José Eduardo
Agualusa

# Die Frauen meines Vaters

*Zu diesem Buch*

Faustino Manso, ein berühmter angolanischer Musiker, hinterlässt nach seinem Tod sieben Frauen und achtzehn Kinder. Als seine jüngste Tochter Laurentina, eine in Portugal lebende Filmemacherin, von ihrem leiblichen Vater erfährt, reist sie nach Angola, um das turbulente Leben des verstorbenen Musikers nachzuzeichnen. Faustinos Spuren führen Laurentina und ihre drei Mitreisenden – Mandume, Bartolomeu und Pouca Sorte – durch die Küstenstädte des südlichen Afrika. Auf ihrer Suche lernen sie Faustinos Frauen, Musikerkollegen und Kinder kennen, und es entsteht das Bild eines Mannes, der durch Charme und Musik einen tiefen Eindruck im Leben vieler Menschen hinterlassen hat.

»Agualusa beherrscht die Kunst, das Alte in der Vereinigung mit dem Neuen zu porträtieren, das Einheimische im Flirt mit dem Fremden. Agualusa zeigt einen Kontinent in schöpferischer Unruhe, voller Leiden zwar, aber auch beschwingt von den Rhythmen der Globalisierung. Selten hat ein Autor diesen Schwung so feinsinnig und intelligent erfasst wie Agualusa.«
*Kersten Knipp, Neue Zürcher Zeitung*

*Der Autor*

José Eduardo Agualusa (*1960 in Angola) veröffentlicht Gedichte, Erzählungen und Romane. Er wurde u. a. mit dem International Dublin Literary Award ausgezeichnet und war für den Internationalen Literaturpreis des Hauses der Kulturen der Welt nominiert. Er lebt in Portugal, Angola und Brasilien.

Im Unionsverlag sind außerdem lieferbar: *Das Lachen des Geckos* und *Barroco Tropical.*

*Der Übersetzer*

Michael Kegler (*1967) arbeitete als Buchhändler und Journalist und übersetzt aus dem Portugiesischen. 2014 erhielt er den Straelener Übersetzerpreis.

Mehr über den Autor und sein Werk auf *www.unionsverlag.com*

José Eduardo
Agualusa

# Die Frauen meines Vaters

Roman

Aus dem Portugiesischen
von Michael Kegler

Unionsverlag

Die Originalausgabe erschien 2007 bei Publicações Dom Quixote, Lissabon.
Die deutsche Erstausgabe erschien 2010 im A1 Verlag, München.

*Im Internet*
Aktuelle Informationen, Dokumente und Materialien
zu José Eduardo Agualusa und diesem Buch
*www.unionsverlag.com*

Unionsverlag Taschenbuch 850

Originaltitel: As Mulheres do Meu Pai
Diese Ausgabe erscheint in Vereinbarung mit der Literarischen Agentur Mertin,
Inh. Nicole Witt e. K., Frankfurt am Main

Neptunstrasse 20, CH-8032 Zürich
Telefon +41 44 283 20 00
mail@unionsverlag.ch

Reihengestaltung: Heinz Unternährer
Umschlagfoto: Al Martin (Unsplash)
Umschlaggestaltung: Peter Löffelholz
Satz: Greiner & Reichel, Köln
Druck und Bindung: CPI – Clausen & Bosse, Leck
ISBN 978-3-293-20850-6

Der Unionsverlag wird vom Bundesamt für Kultur mit einem
Verlagsförderungs-Strukturbeitrag für die Jahre 2016–2020 unterstützt.

Auch als E-Book erhältlich

*Für Karen Boswall, mit der ich Faustino Manso*
*und seine Frauen entdeckte.*
*Für Jordi Burch, der uns auf dieser Reise begleitete.*
*Für Sérgio Guerra, der sie ermöglichte.*

# ERSTER SATZ

*allegro ma non troppo*

*Oncócua im Süden Angolas*
*Sonntag, den 6. November 2005*

Ich erwachte umgeben von schimmerndem Licht. Ich träumte von Laurentina. Sie redete mit ihrem Vater, der, warum auch immer, aussah wie Nelson Mandela. Es war Nelson Mandela und es war ihr Vater, und in meinem Traum erschien mir das alles vollkommen normal. Sie saßen an einem Tisch aus dunklem Holz, in einer Küche, die aussah wie die in meiner Wohnung in Lissabon, im Stadtteil Lapa. Und ich träumte einen Satz. Das passiert mir öfter. Der Satz lautete: »Aus wie vielen Wahrheiten besteht eine Lüge?«

Das Licht wurde durch ein feines Netz vor dem Fenster gefiltert und noch einmal vom Moskitonetz über dem Bett. Unglaublich rein, unglaublich kräftig steckte es die Wirklichkeit mit seinem eigenen Staunen an. Ich drehte mich um und sah in Karens Gesicht. Sie schlief. Wenn sie schläft, ist Karen wieder jung, so jung, wie sie wohl vor ihrer Krankheit (dem Fluch) war.

Wir sind in Oncócua in einer kleinen, von einer deutschen Hilfsorganisation betriebenen Sanitätsstation. Oncócua wurde, wie viele andere Orte in Angola, mit breiten Straßen angelegt, um in der Zukunft einmal eine große Stadt zu werden. Doch die Zukunft hat sich verspätet. Kommt vielleicht nie. Ich stand vorsichtig auf und schaute aus dem Fenster. Ein riesiger Berg in der Form eines perfekten Kegels schwebte am Horizont. Zwei Mucubal-Frauen kamen lautlos näher. Die größere war kaum älter als sechzehn, schmale Taille, bunte Armbänder um die feinen, goldfarbenen Handgelenke; als ich sie sah, musste ich an einen Vers von Ruy Duarte de Carvalho denken – »die Brüste: zerbrechliche Dornen auf dem Rippenschild«. Ruy Duarte hat schöne Verse geschrieben über die Brüste der Mucubal-Mädchen. Ich kann ihn gut verstehen. Wäre ich Dichter, ich hätte kein anderes

Thema. Die andere Frau hatte ihren Körper mit einem grüngelb gemusterten Tuch bedeckt. Sie hinkte ein wenig.

»Sie sind schön, nicht wahr?«

Karen saß auf der Bettkante, das braune Haar zerzaust. Ich sagte: »Ich habe von Laurentina geträumt ...«

»Wirklich? Das ist gut. Figuren beginnen von dem Moment an zu existieren, in dem sie uns im Traum erscheinen.«

»In meinem Traum war sie Inderin. Ein schönes Mädchen mit glattem Haar, großen Augen und sehr dunkler Haut.«

»Das kann nicht sein. Vielleicht halb Inderin, vergiss nicht, ihr Vater ist Portugiese.«

»Der Vater? Welcher denn?«

»Gute Frage. Faustino Manso war aus Luanda, Mulatte oder schwarz. Der, der sie adoptiert hat, war Portugiese, und der biologische ...«

»Das haben wir nicht bedacht.«

»Du hast recht, das haben wir nicht bedacht. Wer zum Teufel war der wirkliche Vater von Laurentina?«

# Grundlegende Lügen

Ich schließe die Augen und im selben Moment bin ich wieder bei dem Nachmittag, an dem meine Mutter starb. Mein Vater empfing mich an der Zimmertür.

»Sie ist sehr aufgewühlt«, murmelte er. »Versuche sie zu beruhigen.«

Ich ging hinein. Sah ihre wachen Augen im Halbdunkel.

»Tochter!« Sie legte mir einen Umschlag in die Hand. »Man ruft mich. Ich muss gehen. Das hier ist für dich, Laurentina. Verzeih mir …«

Ich sagte nichts mehr. Später war Mandume gekommen. Ich erinnere mich, wie er am Bett kniete und die Hand meiner Mutter hielt. Mein Vater kehrte uns den Rücken zu. Mein Vater, oder besser: der Mann, von dem ich bis zu diesem Abend gedacht hatte, dass er mein Vater sei. Nun sitzt er vor mir. Er hat ein herbes Gesicht, knochig, mit hervorstehenden Wangen, volles, graues Haar, zurückgekämmt. Die Frage muss er nächtelang eingeübt haben in der Einsamkeit seines Witwerzimmers.

»Aus wie vielen Wahrheiten besteht eine Lüge?« Er schweigt einen Moment lang, die Augen starr auf einen Punkt hinter mir gerichtet, dann setzt er heftig hinzu: »Viele, Laurentina, viele! Eine Lüge muss, um zu funktionieren, aus sehr vielen Wahrheiten bestehen.« Glänzende, feuchte Augen. Er lächelt traurig. »Es war eine gute Lüge, unsere Lüge, aus vielen glücklichen Wahrheiten. Die Liebe zum Beispiel, die Doroteia für dich empfand, war echte Mutterliebe. Das weißt du, nicht wahr?«

Ich sehe ihn ängstlich an. Stehe auf und gehe ans Fenster. Von dort kann ich den sonnenbeschienenen Hof sehen. Den Feigenbaum, den ich vor Jahren gerettet habe, als ich ihn aus einem kleinen zerbrochenen Kübel auf einer Müllhalde zog und in einen riesigen Keramiktopf pflanzte. Es geht ihm gut neben dem langen Schornstein aus Backsteinen, mitten im Hof. Er ist um einiges gewachsen und schief, wie es Feigenbäume so an sich haben.

Die Bougainvillea weiter hinten hat schon alle Blüten abgeworfen. Der Januar neigt sich dem Ende zu. Ein schlechter Monat zum Sterben, auch in Lissabon, wo selbst im Winter hin und wieder, versprengt und verschlafen wie Mohnblumen in einem Kornfeld, zwei oder drei strahlende Sommertage vorkommen.

Mein Vater hätte gern gehabt, dass ich ein Junge geworden wäre. Bis ich zwölf Jahre alt war, kaufte er mir, ungeachtet der Proteste meiner Mutter, kurze Hosen und Kappen und spielte Fußball mit mir. Wir haben eine starke Beziehung zueinander. Schon immer.

»Die Ilha, Papa, wie ist das Wetter in Mosambik um diese Jahreszeit?«

Die Frage überrascht ihn nicht. Ich glaube, er ist froh, dass er das Thema wechseln kann. Er seufzt. »Im Januar«, sagt er, »ist es meistens sehr heiß auf der Ilha. Das Meer strahlt grün, das Wasser ist fast übertrieben warm, Tochter, es wird bis zu fünfunddreißig Grad warm, eine Smaragdsuppe.« Er zieht eine Münze aus der Tasche. »Erinnerst du dich?«

Natürlich erinnere ich mich. Ich nehme die Münze. Zwanzig Réis. Sie ist abgegriffen, trotzdem kann ich das Datum erkennen: »1824«. Mein Vater fand die Münze an einem Strand auf der Ilha, am ersten Tag, den er dort verbrachte, dem Tag, an dem er meine Mutter kennenlernte. Doroteia war fünfzehn Jahre alt, Dário neunundvierzig. Das war am 18. Dezember 1973. Zwei Jahre später wurde ich geboren. Daran muss ich denken, an meine Geburt, und eine plötzliche Wut steigt in mir auf. Ich merke, wie meine Stimme lauter wird, und weine fast. Ich will nicht weinen[1]: »Ich bin hier, um zu verstehen, wie

---

1 Ich weine oft. Ich weine im Kino, auf Hochzeiten, wenn ich etwas lese, was weiß ich, vielleicht »Die Liebe in den Zeiten der Cholera«. Unglücke bewegen mich oder das Liebesglück anderer, aber ich kann mich nicht erinnern, jemals über mein eigenes Unglück geweint zu haben.

ihr in der Lage wart, so etwas all die Jahre vor mir geheim zu halten! Kannst du mir das erklären?«

Dário duckt sich wie ein kleiner Junge. In meinem Büro an der Wand hängt ein gerahmtes Foto von Nelson Mandela und eines von meinem Vater gleich daneben. Die Ähnlichkeit zwischen den beiden, trotz ihrer unterschiedlichen Hautfarbe, erstaunt alle.

»Ich habe oft mit deiner Mutter über deine Geburt geredet. Ich wollte es dir sagen, aber Doroteia hat mich nicht gelassen. Es gibt Wahrheiten, sagte sie, die mehr lügen als jede Lüge. Deine Mutter, deine biologische Mutter, wollte dich nicht behalten. Sie war ein fünfzehnjähriges Mädchen, Tochter der reichsten Leute der Ilha, eines indischen Händlers. Sie verliebte sich in einen angolanischen Musiker, der aus Quelimane gekommen war und ein wenig blieb. Sie wurde schwanger. Der Mann ging fort, zurück nach Luanda, soweit ich weiß, und das Mädchen wurde verrückt vor Kummer. Aß nichts mehr. Ihr Vater wollte sie umbringen, als er herausfand, dass sie schwanger war, wollte sie aus dem Haus werfen, ein Wahnsinn, aber die Mutter verhinderte es. Der Vater hoffte, sie würden bei der Geburt sterben. Sie und das Kind. Er fand, das sei besser für alle Beteiligten.«

»Erinnerst du dich an den Namen des Musikers?«

»Ich erinnere mich, Lau, natürlich erinnere ich mich. Ich erinnere mich auch an den Namen des Mädchens, sie war ja noch ein Mädchen, deine biologische Mutter: Alima. Den Musiker, den kannten alle. Er war sehr bekannt damals.«

»Wie bekannt?«

»Bekannt, wie man eben bekannt ist! Er hatte mehrere Platten aufgenommen, Singles, und seine Lieder wurden oft im Radio gespielt. Er war ein distinguierter Herr, sehr elegant, ich kann mich erinnern, dass er stets gut gekleidet war. Ein Schwarzer, ein dunkler Mulatte vielleicht, in feinstes weißes Leinen gekleidet, mit einem Einstecktuch, das aus seiner Brusttasche lugte, dort, wo das Herz sitzt. Ah, und das ist wichtig, seine zweifarbigen Schuhe, und auf dem Kopf, den er stets hoch erhoben trug, ein prächtiger Panamahut.«

»Wie hieß er?«

»Faustino. Faustino Manso. Das war ein Typ, dieser Faustino Manso.«

*Liebe Tochter,*
*ich werde dich Tochter nennen bis zum Ende.*

*Es gibt etwas, das du wissen musst, und ich will, dass du es von mir erfährst, denn wenn du es bisher nicht erfahren hast, so war das nur meine Schuld, mir fehlte der Mut.*

*Du bist nicht aus meinem Leib geboren. An dem Tag, als du geboren wurdest, verlor ich ein Mädchen. In dem Zimmer, in dem ich lag, in einem einfachen Krankenhaus auf der Ilha de Moçambique, brachte noch eine Frau ein Kind auf die Welt. Die Geburt verlief kompliziert, und sie hat nicht überlebt. Die Eltern dieser Frau fragten mich, ob ich das Kind haben wolle – und ich sagte Ja. Von dem Moment an, als ich dich sah, liebte ich dich wie mein eigenes Kind.*

*Das wollte ich dir sagen. Verzeih mir, dass ich es nicht früher gesagt habe. Kümmere dich um deinen Vater. Ich mache mir Sorgen um ihn. Dário kann nicht allein leben. Wir haben uns manchmal gestritten. Ich glaube, ich war oft viel zu hart mit ihm. Doch ich liebe ihn sehr, verstehst du? Er war der einzige Mann in meinem Leben. Es war schwer für mich zu akzeptieren, dass er andere Frauen vor mir hatte, schlimmer noch – während er mit mir zusammen war. Aber so sind die Männer.*

*Du warst das Beste, was mir das Leben gegeben hat.*

*Deine Mutter*
*Doroteia*

# Sünde ist es, nicht zu lieben

Ein unglücklicher Zufall. Ich weiß nicht, wie ich es sonst nennen soll. Faustino Manso, mein Vater, ist gestern Abend gestorben. Am Flughafen kaufte ich kurz nach der Landung das »Jornal de Angola«. Die Meldung, kurz und trocken, stand auf der Kulturseite: »Seripipi Viajante gestorben – In der Nacht auf gestern ist nach langer schwerer Krankheit Faustino Manso (81) in der Klinik Sagrada Esperança, Ilha de Luanda, verstorben. Manso, den seine Bewunderer Seripipi Viajante, den reisenden Vogel, nannten, war in den Sechziger- und Siebzigerjahren ein nicht nur in Angola, sondern im gesamten südlichen Afrika bekannter Musiker. Er lebte in verschiedenen Städten Angolas sowie in Kapstadt, Südafrika, und in Maputo, Mosambik, dem damaligen Lourenço Marques. 1975 kehrte er kurz nach der Unabhängigkeit in seine Geburtsstadt Luanda zurück und war dort lange am Nationalen Institut für Bücher und Schallplatten tätig. Er hinterlässt eine Witwe, Senhora Anacleta Correia da Silva Manso, sowie drei Kinder und zwölf Enkel.«

Die Seite mit den Todesanzeigen sagt mehr. In gleich vier Anzeigen steht Faustino Mansos Name. Die erste ist von Anacleta Correia da Silva Manso unterzeichnet. Es ist die größte. Auch die Fotografie ist etwas größer und jüngeren Datums. Dort heißt es: »Du gingst ohne ein letztes Lebewohl, lieber Mann. Die Sonne meines Lebens ist erloschen. Eine großartige Stimme ist verstummt. Wer wird nun für mich singen, wenn ich sticke? Du hast mich betrogen, du versprachst, bei mir zu bleiben, bis das Ende gekommen ist, und mir die Hand zu halten, damit ich mich nicht fürchte. Jetzt habe ich Angst. Schließlich hast du mich doch verlassen, und die Reise ist so lang. Ich weiß nicht, ob ich dir verzeihen kann.«

Die zweite ist von den drei Kindern N'Gola, Francisca (Cuca) und João (Johnny) unterzeichnet. Das Foto zeigt Faustino Manso mit einer Gitarre im Arm. »Lieber Vater, erst spät lernten wir uns kennen, aber zum Glück nicht zu spät. Du gingst, aber du hast uns deine Lieder dagelassen. Heute singen wir mit dir: Kein Weg hat ein Ziel / Fern von deiner Umarmung.«

Die dritte und vierte Anzeige überraschten mich. Irritiert setzte ich mich auf meinen Koffer und bat Mandume, mir eine Flasche Wasser zu holen. Wahrscheinlich wurde mir erst in diesem Moment die Hitze bewusst, die feucht und undurchdringlich vom Boden aufstieg, sich an die Haut heftete, sich um meine Haare schlang und sauer war wie der Atem alter Leute. Eine gewisse Fatita de Matos aus Benguela unterzeichnete die einzige Anzeige ohne Bild. Der Text war kurz, aber deutlich: »Sünde ist es, nicht zu lieben. Noch schlimmer ist, nicht bis zum Ende der Liebe zu lieben. Ich bereue nichts, Tino, mein Seripipi. Ruhe in Frieden.«

In der letzten Anzeige posierte mein Vater für die Ewigkeit, mit der Kraft seiner dreißig Jahre, an einem Tisch in einer Bar. Vor sich eine Flasche Bier. Man kann das Etikett erkennen: Cuca. Während ich dies schreibe, trinke auch ich Cuca. Es ist gut, leicht und frisch. Ich lese den Text noch einmal: »Lieber Vater, gib Mutter einen Kuss, falls du sie triffst. Leopoldina hat so lange darauf gewartet. Sag ihr, ihre Kinder, eure Kinder, haben Sehnsucht, doch sie denken jeden Tag an euch. Euer Vorbild, euer Mut und eure Aufrichtigkeit leiten uns und werden uns immer leiten. Unser Land ist trauriger geworden ohne den fröhlichen Klang deines Kontrabasses. Wer wird ihn jetzt spielen? Deine Kinder Babaera und Smirnoff.«

Mandumes Eltern heirateten 1975 in Lissabon, sie waren damals zwanzig Jahre alt. Marcolino studierte Architektur, Manuela Krankenpflege. Vermutlich waren sie recht naiv und sie sind es noch heute. Manuela erzählte mir: »Zu dieser Zeit waren wir alle Nationalisten, es war wie eine Krankheit. Wir hassten Portugal. Wir wollten das Studium beenden und in die wehrhaften Schützengräben des Sozialismus in Afrika zurückkehren.«

Manuela gab mir alte Schallplatten aus Vinyl und mit angolanischer Musik. Einige Lieder erzählen von den wehrhaften Schützengräben des Sozialismus in Afrika. Genau so, ohne jeden Hauch von Ironie. Die portugiesische Bürokratie wollte nicht zulassen, dass sie ihren ersten Sohn Mutu nannten, nach einem König aus der zentralen Hochebene Angolas: Mutuya-Kevela. Also wurde er offiziell Marcelo genannt und Mutu nur von der Familie und Freunden. Mandume, der mittlere Sohn, heißt in Wahrheit Mariano, und Mandela, der jüngste, Martinho. 1977, als Mandume zur Welt kam, wurden beide Brüder Marcolinos in Luanda erschossen, weil ihnen vorgeworfen wurde, in einen Staatsstreich verwickelt gewesen zu sein. Marcolino hatte das sehr mitgenommen und er sprach nie wieder davon, zurückzukehren. Nach dem Studium hatte er eine Stelle in einem Architekturbüro bekommen, das einem gebürtigen Angolaner gehörte, die portugiesische Staatsbürgerschaft angenommen und sich nur noch auf die Arbeit konzentriert. Mandume lernte ich vor sieben Monaten kennen. Das Erste, was mir an ihm auffiel, waren seine Augen. Der Glanz seiner Augen. Sein Haar, in kleine abstehende Zöpfe geflochten, verleiht ihm etwas Rebellisches, das ganz im Gegensatz zu seinen sanften Bewegungen und seiner Stimme steht. Ich mag es, wie er geht. In der Welt, in der er sich bewegt, gibt es keine Reibung.

»Wie eine Katze?« Aline beugt sich, hauchend und mit feuchten Lippen, über den Tisch.

Wenn man sagt, jemand geht leichtfüßig, denken die Leute sofort an Katzen.

Nein, liebe Aline, Mandume wirkt nicht wie eine Katze. Wenn Katzen sich bewegen, strahlen sie Arroganz aus, eine hochmütige Verachtung der Menschheit, und das hat nichts mit Mandume zu tun. Er ist bescheiden und stolz zugleich. Zumindest sehe ich es so. Vielleicht nur mit meinen Augen. Vielleicht aus Liebe. Aline lachte. Ich denke daran, wie sie lachte, als ich ihr zum ersten Mal von Mandume erzählte. Sie hat ein schönes Lachen. Sie ist meine beste Freundin.

»Und Mandume, was bedeutet das?«

Mandume? Ach, auch ein König. Ein Soba der Cuanhama, der sich im Kampf gegen die Deutschen im Süden Angolas das Leben nahm. Mandume, meinen Mandume, interessiert es nicht weiter, wer die historische Figur war, nach der er benannt ist. Als ich ihn nach seinem Namen fragte, sagte er: »Mariano. Mariano Maciel.«

Und Mário, der Tontechniker, ein kleiner, bleicher Mann mit dünnen, aber langen, sehr blonden Haaren, hatte lächelnd entgegnet: »Oder auch Mandume, der weißeste Schwarze von ganz Portugal.«

Ein unglücklicher Satz. Ich hatte ihn angeblafft: »Ach ja? Soll das vielleicht eine Auszeichnung sein?«

Das hatte es sein sollen. Heute bin ich manchmal versucht, dem armen Mário zuzustimmen, und habe Mandume sogar selbst schon einmal so genannt. Es gibt Momente, in denen ich richtig verliebt bin in Mandume. Manchmal aber könnte ich ihn hassen. Seine Verachtung gegenüber Afrika macht mich wütend. Mandume hat beschlossen, Portugiese zu sein. Das ist sein Recht. Doch ich glaube nicht, dass man, um ein guter Portugiese zu sein, seine Vorfahren verleugnen muss. Ich bin sicher eine gute Portugiesin, doch ich empfinde mich auch ein bisschen als indisch, und schließlich bin ich nach Angola gekommen, um herauszufinden, was von Afrika ich in mir trage.

Mandume hat mich widerwillig begleitet.

»Bist du verrückt geworden? Was willst du denn in Afrika?«

Schließlich ist er mitgekommen, um mich vor Afrika zu retten. Um uns zu retten. Er ist ein Schatz, das weiß ich, ich muss geduldiger mit ihm sein. Außerdem gefällt mir, was er macht. Er verbringt den ganzen Tag damit, mich mit der Videokamera zu verfolgen. Ich sage ihm, nimm dieses oder jenes auf, und er gibt vor, es zu tun, doch dann sehe ich, dass er nur mich filmt.

*Rio de Janeiro, Brasilien*
*Freitag, den 24. Juni 2004*

10 Uhr – Gestern mit Karen zu Abend gegessen. Sie will unbedingt, dass ich ihr helfe, das Script zu einem Musical oder einem Musikfilm über die Situation der Frau im südlichen Afrika zu schreiben.

20 Uhr – Karen holte mich vom Hotel ab, dann gingen wir zum Strand. Einen Großteil des Vormittags und ein paar Stunden nach dem Mittagessen haben wir uns über den Film unterhalten. Ein Drehbuch skizziert. Wir wollen die Geschichte einer portugiesischen Dokumentarfilmerin erzählen, die nach Luanda reist, zur Beerdigung ihres Vaters Faustino Manso, einem berühmten angolanischen Sänger und Komponisten. Irgendwann beschließt Laurentina, den Weg ihres Vaters nachzuzeichnen, der in den Sechziger- und Siebzigerjahren die gesamte Küstenregion des südlichen Afrika bereiste, von Luanda bis zur Ilha de Moçambique. Zwei, drei Jahre hielt sich Faustino jeweils in einer Stadt auf, manchmal auch länger, gründete eine Familie und machte sich dann wieder auf den Weg. In jeder Stadt, die sie besucht, zeichnet Laurentina Gespräche mit Faustinos Witwen, deren zahlreichen Kindern sowie vielen anderen Leuten auf, die Faustino gekannt haben. Das Bild, das sich nach und nach ergibt, ist das eines geheimnisvoll vielschichtigen Menschen. Am Ende findet Laurentina heraus, dass Faustino unfruchtbar war.

Zum ersten Mal sah ich Karen Boswall auf einer Bühne des französisch-mosambikanischen Kulturzentrums in Maputo. Eine Saxofonistin mit hellbraunen Haaren, mit schwarzen Ethnomustern im Gesicht und auf den Armen. Die übrigen Musiker an den Marimbas, Percussions und mit zwei Gitarren waren alle sehr jung und trugen gleiche Bemalungen mit weißer Farbe auf ihrer dunklen Haut. Die Gruppe hieß Timbila Muzimba. Sie erinnerte mich an Carlinhos Brown aus Bahia und sein Orchester Timbalada, das vor Jahren mit derselben Show und derselben fröhlichen und kraftvollen Mischung aus traditionellen und zeitgenössischen Rhythmen arbeitete. Das französisch-mosambikanische Kulturzentrum befindet sich im Gebäude des ehemaligen, 1896 erbauten Hotel Clube, das in der Kolonialzeit wegen seiner ausladenden Balkone und der eleganten schmiedeeisernen Säulen berühmt war. Es war im August 2003 während des Festival d'Agosto, einer Initiative des Teatro Trigo Limpo aus Tondela, Portugal, und der mosambikanischen Theatergruppe Mutumbela Gogo. Der Saal war voll. Rechts von mir stand ein elegant gekleideter Rastafari in hellblauem Anzug mit weißen Nadelstreifen und nickte im Rhythmus der Musik mit dem Kopf. Ich fragte ihn, ob die Saxofonistin Mosambikanerin sei.

»Negativ, brother«, sagte er und schüttelte seine Zöpfe. »Sie ist aus Zimbabwe.«

War sie nicht, doch das erfuhr ich erst ein Jahr später im September, auf den 31. Internationalen Filmfestspielen von Bahia. Ich war gerade vom Flughafen ins Hotel gekommen und füllte meine Meldekarte aus, als Karen mit einem gelben Koffer aus Kunststoff wie meiner und einem Metallkoffer für das Saxofon hereinkam. Ich erkannte sie nicht. Später stellte uns jemand vor, und selbst dann war mir noch nicht klar, dass diese große, gut aussehende Frau mit dem unverkennbar mosambikanischen Akzent diejenige war, die ich schon einmal Saxofon hatte spielen sehen. Karen war nach Salvador gekommen, um »Marrabentando«, einen ihrer Dokumentarfilme über mosambikanische Popmusik, zu zeigen. Jemand sagte zu mir: »Sie ist eine englische Filmemacherin, die seit fünfzehn Jahren in Mosambik lebt.«

Ich sah den Film auf einer Open-Air-Vorführung. Es war noch nicht dunkel, und rund um den kleinen Platz, wo die Organisatoren der Filmtage eine riesige Leinwand hatten aufstellen lassen, brodelte der Verkehr mit mechanischem Brausen. Das wenige, das ich erkennen und auch hören konnte, gefiel mir. Als der Film zu Ende war, kam Karen und spielte auf ihrem Saxofon. Erst da begriff ich, dass ich sie schon einmal gesehen hatte.

# Über die Wurzeln

Mein Alter wollte nicht, dass ich hierherfahre. Ich sollte mich hüten, sagte er, vor den Leuten, vor allem vor den freundlichen und redseligen, die anstatt eines Händedrucks gleich ihre Arme ausbreiten: »Erst umarmen sie dich, mein Sohn, und dann erwürgen sie dich.«

Er hätte mich nicht warnen müssen. Ich mochte Afrika noch nie. Ich habe gesehen, wie Afrika meine Eltern zerstört hat. Habe ein paar Bücher gelesen, die sie in ihrem Büro haben, so Zeug, das andere »angolanische Literatur« nennen: »Der Sieg ist sicher, Genosse!«, »Poesie ist eine Waffe«, »Roter Samstag«. Politische Pamphlete, zumeist mit den Füßen geschrieben.

Wurzeln? Pflanzen haben Wurzeln, deswegen können sie nicht weg. Ich hingegen habe keine Wurzeln. Ich bin ein freier Mensch. War frei, bis ich Laurentina kennenlernte. Ich sage zu ihr: »Du bist meine Heimat, meine Vergangenheit, meine ganze Zukunft.«

Sie lacht spöttisch. Versteht mich nicht. Doroteia mochte mich. Ich mochte sie. Ich hielt ihre Hand im Krankenhaus, als sie starb. Laurentina litt sehr unter dem Tod ihrer Mutter. Kurz bevor die Mutter starb, gab sie ihr einen Brief. Darin stand, dass sie adoptiert worden war. Und sofort hatte Laurentina sich in ihren sturen Kopf gesetzt, ihre biologischen Eltern kennenlernen zu wollen. Ich war entsetzt, als sie mir sagte, sie wolle nach Afrika zurück.

»Bist zu verrückt geworden? Was suchst du denn in Afrika?«

Wurzeln. Sie wollte Wurzeln suchen.

»Bäume haben Wurzeln«, brüllte ich, »weder ich noch du sind Afrikaner.«

Sie hörte mir nicht zu. Laurentina ist stur. Oder entschlossen, wie der alte Dário es ausdrückt. Sicher ist, wenn sie sich etwas in den Kopf gesetzt hat, bringt sie nichts mehr davon ab. Aber das war noch nicht alles. Ich schlug ihr vor, einen Dokumentarfilm über ihre Rückkehr nach Afrika und das Wiedersehen mit der Familie zu drehen. Ihr gefiel die Idee.

Und nun sind wir hier.

# Träume riechen besser als die Realität

Mein Vater ist ein Mann der Leidenschaften. Ein paar Jahre lang widmete er sich der Fotografie und dem Film. Er kaufte eine Super-8-Kamera, die er überallhin mitschleppte. Wegen ihm und seiner Begeisterung und auch wegen dieser alten Kamera, die heute mir gehört, wurde ich Dokumentarfilmerin. Ich erinnere mich, wie Dário – ich war damals noch Teenager – in Lissabon eine kleine Leinwand im Wohnzimmer aufstellte und Dias oder Filme über Lourenço Marques oder die Ilha de Moçambique zeigte. Auf einem bin ich zu sehen, kaum älter als ein Jahr, in einem Schwimmbad, mit einem Schwimmreif, der aussieht wie eine Ente, und ich schlage mit beiden Händen aufs Wasser.

Dário betrachtete die Bilder schweigend und nippte an einem Martini. Am Ende seufzte er: »Ach Mosambik! Das waren glückliche Jahre. Manchmal träume ich von dieser Zeit. Dann wache ich auf, und das Bett riecht nach Afrika. Wer den Duft Afrikas nicht kennt, weiß nicht, wie Leben riecht!«

Als das Flugzeug in Luanda landete und die Türen aufgingen, blieb ich einen Moment oben auf der Treppe stehen und atmete tief ein. Ich wollte den Duft Afrikas aufnehmen. Mandume schüttelte missmutig den Kopf. »Scheiß Hitze!« Ich wurde böse. »Wir haben noch keinen Boden unter den Füßen und du meckerst schon. Kannst du dich nicht über schöne Dinge freuen?«

»Was für schöne Dinge?«

»Was weiß ich, den Duft zum Beispiel. Den Geruch Afrikas!«

Mandume schaute mich entgeistert an. »Der Duft Afrikas? Es riecht nach Pisse, verdammt!«

Ich schwieg. Denn er hatte recht.

# Die Beerdigung

Heute Nachmittag ist Faustino Manso beerdigt worden. Ich trug eine dunkelblaue Bluse, einen schwarzen engen Rock und schwarze Strümpfe. Das Haar hatte ich im Nacken zusammengebunden. Mandume mag es, wenn ich das Haar so trage. Er meint, ich wirke dann größer. Ich bin groß. Einsfünfundsiebzig, zehn Zentimeter kleiner als er. Ich rief in der Rezeption an und bat, mir ein Taxi zu rufen. Man erklärte mir, dass es in Luanda keine Taxis gebe, zumindest nicht das, was wir in Europa darunter verstünden, aber man könne mir einen Fahrer mit eigenem Wagen besorgen. Das war mir recht. Eine halbe Stunde später erschien der Fahrer, ein schöner Mann, hager, mit hervorstehenden Wangenknochen und einem eckigen Kinn. Ich fragte ihn nach seinem Namen.

»Pouca Sorte, Mädchen.«

Das »Mädchen« gefiel mir. Seit Jahren hatte mich niemand mehr so genannt. Über den Namen wunderte ich mich. »Pouca Sorte, Pechvogel? Das ist natürlich ein Spitzname. Wie heißen Sie wirklich?«

»Albino. Albino Amador. Man nennt mich Pouca Sorte, weil die Frauen nichts von mir wissen wollen.« Das sagte er mit einem spitzbübischen Lächeln und ließ dabei ein paar ebenmäßige, strahlende Zähne erkennen. Pouca Sorte hat eine tiefe Stimme und einen fröhlichen, aber diskreten Ton, eleganter als die meisten.

Das Auto, ein blauer Lieferwagen wie es Tausende hier in Luanda gibt, heißt Malembelembe. In schwarzen Buchstaben steht der Name auf der Heckscheibe. Ich fragte ihn, was das bedeute.

Wieder lächelte Pouca Sorte sein fröhliches Lächeln. »Malembelembe sagt man hier für langsam. Es geht langsam voran.«

Mandume kam mit. Es waren viele Leute auf dem Friedhof am

Alto das Cruzes. Sie schienen sich alle zu kennen. Sie umarmten sich. Manche Frauen weinten an der Schulter anderer Frauen. Niemand störte sich an uns. Ein Mann mit einem üppigen, störrischen Patriarchenbart trat neben die Urne, hob die Stimme und sprach, zur Menge gewandt, lange über das Leben meines Vaters. Einiges davon konnte ich aufschreiben:

»Faustino Manso sah ich zum ersten Mal, da war er zwölf Jahre alt und ich keine zehn, im Haus meines Vaters, an dem Tag, an dem Joe Louis Max Schmeling schlug. Mein Vater war damals einer der wenigen Leute in Luanda, die ein Radio hatten. Ich weiß noch, wie wir alle um den Apparat herumsaßen, und erinnere mich an die Freude, als Joe Louis den Deutschen gleich in der ersten Runde zu Boden schickte und wieder Weltmeister im Schwergewicht wurde. Gleich nach der Übertragung des Kampfes erklang ein Piano. Da erhob sich Faustino und verkündete: ›Wenn ich groß bin, will ich Pianist werden.‹ Das sagte er mit einer solchen Überzeugung, dass niemand lachte […]«

»Bitte verzeihen Sie mir, aber ich will die große Leidenschaft nicht verschweigen, die mein Freund für das schöne Geschlecht hegte. Faustino liebte die Frauen […] Es stimmt, dass er gesagt hat, von allen Frauen, die er gehabt hat, hätte er nur eine einzige geliebt, Dona Anacleta, seine Ehefrau, und ich glaube, das stimmt, denn schließlich ist er in ihre Arme zurückgekehrt, nachdem er mehr als zwanzig Jahre durch Afrika gezogen ist […]«

»Faustino, mein alter Freund, das Leben ist ein schneller Traum. Ich schaue zurück und sehe dich Fußball spielen – du warst ein schlechter Spieler – mit Velhinho, Mascote, Camauindo, Antoninho, dem Sohn von Moreira aus der Kneipe, der Mannschaftskapitän war. Ich erinnere mich außerdem an Zeca Pequenino, unseren Torwart, der später sogar Profi geworden ist, fast berühmt geworden wäre und sich nicht mehr an uns erinnert. Wer kennt ihn heute noch? Ich schaue zurück und sehe dich, Jahre später, wie du auf den Tanzveranstaltungen der Liga Africana Klavier spielst […]«

»Einmal, da warst du schon lange weg, kam ich nach Lourenço Marques, und jemand nahm mich mit ins Hotel Polana. Als ich in den Salon kam, begann der Pianist, Muxima zu spielen. Das warst du, schon mit ein paar weißen Haaren, aber immer noch jung und elegant. Du sagtest zu mir: ›Schwarze kommen hier nicht rein‹, und wirklich, wir waren die einzigen farbigen Männer. Du ließest ein paar von deinen Lachern los, voller Leben, voller Klang und Zorn und fügtest hinzu: ›Ich komme mir vor wie eine Gazelle, die in einem Rudel Löwen weidet. Der Trick ist, die Mähne zu schütteln und dabei laut zu brüllen.‹ Tatsache ist, dass Faustino Manso immer überall hineinkam, wo er wollte. Er hat sich nie an einer Tür abweisen lassen und nie hat es jemand gewagt, ihn an der Tür abzuweisen […]«

Als der Alte fertig war, trat eine beinahe vollkommene Stille ein. Insekten summten. Mir fielen die Frangipanibäume auf, ohne Blätter, aber voller Blüten. Große weiße Blüten mit fünf Blütenblättern ruhten auf den nackten Zweigen wie aufgewirbelte Schneeflocken. Ein steinerner Engel betete kniend gleich rechts von mir. Ich trat einen Schritt vor. Vor der Urne stand eine alte Frau, sehr elegant, sehr zerbrechlich, auf zwei andere Frauen gestützt. Ich sah, wie sie ihren Blick hob und zu singen begann, erst mit einem brüchigen Stimmchen und dann, als hätte sie Flügel bekommen, in einer Sprache ohne Kanten, die nur zum Singen geschaffen zu sein schien. Nach und nach schlossen sich der Witwe andere Frauen an, dann alle Männer und schließlich die Kinder, ein perfekter Chor. Die Melodie war von erschreckender Schönheit. Mir fiel erst auf, dass ich weinte, als ein bildschönes Mädchen, schlank und mit kurzem Haar wie ein Junge, aber blond gefärbt, mir ein Päckchen Papiertaschentücher entgegenstreckte.

»Nimm, Cousine, behalte sie. Ich habe mich vorbereitet. Das tue ich immer.«

»Cousine?«

»Sind wir denn keine Cousinen? Ich glaube, wir alle hier sind Cousins und Cousinen. Ich bin Merengue, die Tochter von General N'Gola.«

Merengue war es dann auch, die mich Dona Anacleta vorstellte. Die alte Dame schaute mich einen Moment lang argwöhnisch an.

»Entschuldige, Mädchen, ich kann mich an dich nicht erinnern. Du bist die Tochter von ...?«

Ich nahm meinen Mut zusammen.

»Ich bin eine Tochter des Verstorbenen«, antwortete ich. »Ich bin eine Tochter Ihres Mannes.« Ich dachte, sie würde sauer werden. Fürchtete, sie würde mich schreiend vom Friedhof vertreiben. Aber das Gegenteil war der Fall. Sie umarmte mich mit ehrlicher Herzlichkeit, fast glücklich.

»Du bist noch so jung. Wie alt bist du? Dreißig? Du kannst nur das Nesthäkchen sein, Laurentina. Ich bin so froh, dass du gekommen bist, Kind. Willkommen in deiner Familie.«

So fand ich mich nach der Beerdigung im Haus von General N'Gola wieder, dem zweiten Sohn von Anacleta. Das Haus lag am Ende einer heruntergekommenen, staubigen Straße ohne Bäume, die zu einem kleinen Hügel voller Baracken führte. Merengue, meine Nichte, erzählte mir, dass in dieser Straße zu Kolonialzeiten die obere Mittelschicht gewohnt habe. Heute stehen dort sehr schöne, sehr gepflegte, wenn auch hinter hohen Mauern versteckte Häuser neben anderen, die fast zusammenfallen. Merengue sagte mir auch, dass Häuser in Luanda ein Vermögen kosten, selbst die heruntergekommenen. Viele seien kurz nach der Unabhängigkeit von armen Bauern besetzt worden, die aus den Musseques gekommen seien und die Häuser anschließend ausgeschlachtet und abgewohnt hätten. Und sie jetzt zu Fantasiepreisen, eine Million Dollar oder mehr, verkauften und dann verschwänden. Ich staunte. Gerne würde ich einen Film über einen dieser Hausbesetzer drehen. Herausfinden, was ein armer Mensch tut, der plötzlich eine Million Dollar bekommt. Wo geht er hin? Mandume dagegen ist erschüttert und jammert ununterbrochen über den Lärm, den chaotischen Straßenverkehr, die ziellos umhertreibenden Menschenmassen in den Straßen.

Ich sagte: »Energie!«

»Energie?«

»Energie. Was ich spüre, ist Energie. Diese Stadt pulsiert.«

Wenn ich ehrlich bin, weiß ich noch nicht, ob ich sie liebe oder hasse. Luanda meine ich.

Die Villa von General N'Gola lag in einem großen tropischen Garten mit Palmen, Bananenstauden und einem Teich mit Springbrunnen und roten Fischen. Rund um ein herrliches Schwimmbecken standen zahlreiche runde Eisentische. Die Leute plauderten. Aßen und tranken. Am Tisch, an den wir gesetzt wurden, saß bereits ein junger Unternehmer – »Ich importiere Wein und Spirituosen«, sagte er, als er sich vorstellte – mit seiner Frau, einem dicken Mädchen mit makellosem Gesicht, frisch diplomiert in Wirtschaftswissenschaften an der Universität von Rio de Janeiro. Außerdem noch ein hoch gewachsener junger Mann mit breiten Schultern, der mich mit fröhlicher Offenheit begrüßte.

»Tante Laurentina, stimmt's? Oma hat es mir schon erzählt. Es wurden Wetten abgeschlossen, wie viele Kinder von Großvater Faustino, unbekannte natürlich, auf der Beerdigung auftauchen würden. Zwei sind gekommen. Sie und ein Militär aus dem Süden.«

Ich muss rot geworden sein. Er bemerkte mein Unbehagen.

»Ach was, ärgern Sie sich nicht. Sie sind Teil der Familie. Es tut mir leid, dass Sie den Alten nicht mehr lebend kennenlernen konnten. Er war ein außergewöhnlicher Mensch. Wir alle freuen uns, dass Sie gekommen sind. Vor allem ich, weil ich jetzt eine so schöne Tante habe. Habe ich mich schon vorgestellt? Entschuldigung, mein Name ist Bartolomeu, Bartolomeu Falcato, ich bin der älteste Sohn von Cuca.«

Mandume unterbrach ihn: »Wie viele Kinder hatte Ihr Großvater?«

Bartolomeu lachte. Und der Unternehmer und seine Frau lachten mit.

»Großmutter sagt immer, achtzehn. Sieben Frauen und achtzehn Kinder.«

»Er war ein afrikanischer Mann.« Der Unternehmer zwinkerte mir verschwörerisch zu. »Wir hier in Afrika wissen noch, wie man Kinder macht, nicht so wie ihr in Europa. Europa wird doch nur noch von den afrikanischen Einwanderern vor dem Untergang bewahrt. Die Europäer machen schon längst keine Kinder mehr. Sie haben wahrscheinlich Besseres zu tun.«

»Wie viele Kinder haben Sie?«

»Ich? Nur eins, aber ich bin ja noch jung.«

»Jung? Du bist dreiunddreißig, mein Lieber. Hierzulande bist du schon ein alter Mann«, sagte Bartolomeu und lachte. »Denk daran, dass die Lebenserwartung in Angola bei zweiundvierzig Jahren liegt. Ein Kind, das in Portugal zur Welt kommt, kann es auf siebenundsiebzig bringen. Ein dreiunddreißigjähriger Angolaner entspricht einem achtundsechzigjährigen Portugiesen, als Afrikaner bist du ein Versager!«

»Und Sie, wie viele Kinder haben Sie?«

»Kein einziges, liebe Tante. Ich bin ein kompletter Fehlschlag. Das fängt schon bei dieser Hautfarbe an, die mich als Afrikaner total unglaubwürdig macht. Vor einem Monat war ich in Durban auf einem Schriftstellertreffen. Da gab es Autoren aus verschiedenen Ländern des sogenannten Schwarzafrika, außerdem einen Amerikaner, einen Inder und eine junge Indonesierin, zum Sterben schön, aber das nur nebenbei. Einige der Schriftsteller staunten, als ich mich ihnen vorstellte: ›Bartolomeu Falcato aus Angola.‹ Zwei wollten wissen, ob ich einen portugiesischen Pass hätte. Die dritte Person, die mir diese Frage stellte, die junge Indonesierin, erwischte es. Ich explodierte. In meinem Land interessierten sich nur Grenzbeamte für Pässe, sagte ich zu ihr und fragte, ob sie für die Einwanderungsbehörde arbeite.

Damit hatte ich natürlich eine schöne Feindin gewonnen. Möchten Sie meinen Pass sehen, Tante? Lesen Sie hier, wo Hautfarbe steht, sehen Sie? Da steht ›weiß‹. Mein älterer Bruder, am Tisch dort drüben, der Schwarze, ist als schwarz eingestuft worden. Wir sind Kinder desselben Vaters und derselben Mutter. Zumindest die Mutter ist sicher.«

»He, Bartolomeu!«, schimpfte der junge Unternehmer. »Etwas mehr Respekt vor den Älteren!«

Bartolomeu lachte. Es war wie auf einem Geburtstagsfest, auch wenn ich sah, wie die eine oder andere Dame mit dem Taschentuch eine flüchtige Träne wegwischte. Nur Dona Anacleta nicht. Sie thronte am längsten Tisch, sehr aufrecht und würdevoll, und kommandierte die Hausangestellten mit der bloßen Autorität ihres Blickes. Bartolomeu legte mir seine Hand auf den Arm.

»Ich hörte, Sie sind Dokumentarfilmerin.«

»Ja, lieber Neffe, das mache ich seit einiger Zeit.«

»Dann haben wir noch etwas gemeinsam, außer dass wir verwandt sind. Ich arbeite für das Fernsehen. Hier können wir ›das Fernsehen‹ sagen, denn es gibt nur eines. Ich habe Filmwissenschaften in Kuba studiert. Und außerdem schreibe ich. Ich habe schon zwei Romane veröffentlicht.«

Mandume starrte auf die Hand. Aber er sagte nichts. Bartolomeu fuhr fort: »Ich hörte auch, dass Sie einen Dokumentarfilm über Ihre Reise planen.«

»Woher wissen Sie das?«

»In diesem Land erfährt man alles. Ich möchte einen Vorschlag machen. Vielleicht interessiert er Sie …«

»Ich gehe nur auf ernste Vorschläge ein.«

»Es ist ernst gemeint, liebe Tante. Ich würde gern mit dir filmen, wir duzen uns, einverstanden? Ich würde gern mit dir einen Dokumentarfilm machen, über das Leben des alten Faustino. Ein Roadmovie. Meine Idee wäre, mit einem guten Geländewagen in Luanda aufzubrechen und alle Städte zu besuchen, in denen er gelebt hat:

Benguela, Moçâmedes, Kapstadt, Maputo, Quelimane und die Ilha de Moçambique. Wir interviewen Menschen, die ihn kannten, Musiker, die mit ihm gearbeitet haben. Hugh Masekela zum Beispiel, wusstest du, dass der Alte mit dem großen Hugh Masekela gespielt hat?«

Das wusste ich nicht. Ich schreibe diese Zeilen in unserem Zimmer im Hotel Panorama, einem eleganten Gebäude auf dem Sand der Ilha de Luanda. Mit Blick auf das Meer und mit dem Meer im Rücken. Durch das Fenster sehe ich die Lichter der Stadt, wie sie sich im dunklen Spiegel der Bucht vervielfachen. Bei Nacht und von hier aus betrachtet sieht Luanda wie eine riesige, entwickelte Metropole aus. Die Dunkelheit überdeckt den Müll und das Chaos. Ich muss an meinen Vater denken.

Ich fragte Mandume, was er von Bartolomeus Vorschlag hielt.

»Totaler Schwachsinn!«, brüllte er. »Wir wollten nicht mehr, als das Zusammentreffen mit deiner Familie filmen. Jetzt bleiben wir noch zwei Wochen, wie ausgemacht, und dann fliegen wir nach Portugal zurück.«

Ich versuchte, ihn zu überzeugen. Je mehr ich über das Projekt meines jungen Neffen nachdenke, desto mehr kann ich mich dafür begeistern. Ich sagte ihm, dass ich das für eine sehr gute Idee hielte und dass es mir guttäte, denn es würde mir helfen, meinen Vater zu finden. Und in Mosambik würde ich Alima suchen können, meine biologische Mutter.

Man stelle sich vor, ich fände meine Mutter?

»Ja, und wenn du sie findest, was sagst du dann zu ihr?« Mandume ironisch: »Hallo Mutter, ich bin deine Tochter. Die Tochter, von der du dachtest, sie sei bei der Geburt gestorben.«

Ich wurde sauer und schrie: »Es reicht mir mit dir!«

Wütend verließ Mandume das Zimmer. Er schlug die Tür hinter sich zu. Es ist schon nach ein Uhr, und er ist immer noch nicht zurück.

*Durban, Südafrika*
*Sonntag, 23. März 2006*

## FRAGMENTE EINES INTERVIEWS MIT KAREN BOSWALL

Ich bin die Tochter einer Lehrerin und eines Chemikers. Mein Vater wurde 1924 in Portsmouth geboren, einer Hafenstadt der britischen Armada. Er hat einiges abbekommen im Zweiten Weltkrieg, der Hafen, nicht mein Vater. Mein Vater war Sohn eines Seemanns und eines Zimmermädchens, eine von denen aus der viktorianischen Zeit, die im Erdgeschoss mit den übrigen Dienern warteten, bis der Hausherr oder die Dame des Hauses sie mit einer Klingel riefen. Sein Vater war nie zu Hause. Im Krieg meldete er sich zur Marine und starb früh. Arme Leute. Die Schwester meines Vaters starb an Tuberkulose. Sie war wohl eine der letzten in England, die noch an Tuberkulose gestorben sind. Meine Mutter wurde 1927 geboren, in Beaminster, einem Dorf im Hinterland von Dorset, im Südosten Englands. Als Tochter von Farmeiros, Kleinbauern. Bevor sie heirateten, waren meine Großeltern Schauspieler. Meine Großmutter war mit einem anderen Mann verlobt gewesen. Sie lernte meinen Großvater kennen, als sie die Kate, und so hieß sie tatsächlich, in ›Much Ado about Nothing‹ von Shakespeare spielte. Mein Großvater spielte den Lehrer. Sie verliebten sich, was ein Skandal war in den Zwanzigerjahren, denn meine Großmutter sagte ihre geplante Hochzeit ab und floh mit meinem Großvater. Später gingen sie nach Portsmouth und eröffneten einen Lebensmittelladen. Mein Großvater lieferte Milch mit einem Pferdekarren in die Häuser. Meine Mutter ist eine umgängliche Frau, sehr sympathisch. Sowohl mein Vater als auch meine Mutter haben studiert, sind aufgestiegen, jetzt sind sie beide pensioniert und leben trotzdem bis heute in der Angst, wieder in die Armut zurückzufallen. Ich wurde in London geboren, vierzehn Jahre nachdem meine Eltern geheiratet hatten. Meine Mutter bekam zuerst einen Sohn, der starb, dann meine Schwester und drei Jahre später mich. Mein Vater wollte keine Kinder. Er behandelte uns sehr distanziert. Ich glaube, ich bin so, wie ich heute bin, weil ich immer die Liebe meines Vaters suchte. Er malte, er war ein guter Maler, und spielte Geige, Zigeunergeige. Er stammte aus einer Zigeunerfamilie. Ich glaube, wir haben Verbindungen zum berühmten Circus Boswall [...]«

»Mit sieben Jahren begann ich, Flöte zu spielen, danach Klarinette. Ich spielte sehr gut. Mit sechzehn trat ich bereits für Geld auf. Ich beschloss dann, auf Saxofon umzusteigen, um mich weiterzuentwickeln. Ich lernte auch Klavier. Zu dieser Zeit zog ich von zu Hause aus. Ich begann zu reisen. Erst arbeitete ich in Österreich, gab Japanern Englischunterricht, das waren interessante Gestalten, mehr oder weniger am Rande der Legalität. Gleichzeitig malte ich. Meine erste Einzelausstellung hatte ich mit achtzehn. Alle Bilder wurden verkauft. Mit einer Gruppe von klassischen Komponisten lebte ich auch sechs Monate in Israel. Damals begann ich zu komponieren. Ich ging zurück nach England und wandte mich von der klassischen Musik ab. Ich schloss mich einer Afro-Latin-Jazz-Band an, den ›Legless‹, so nennt man einen, der zu viel getrunken oder getanzt hat. Danach lebte ich in New York von einem Stipendium. Dort malte ich viel und entwarf große Multimedia-Installationen, sprechende Skulpturen, solche Sachen. Anfang der Achtzigerjahre, zurück in London, spielte ich mit einer lesbischen Band, es war die Zeit der feministischen und ökologischen Bewegungen, der Solidarität mit den Bergarbeiterstreiks, der Demonstrationen gegen die Politik von Margaret Thatcher. Wir waren acht Frauen in der Band, und alle wollten mit mir ins Bett. Ich war die große Herausforderung. Wir waren viel unterwegs. Während der Tourneen, die manchmal wochenlang dauerten, durften wir mit keinem einzigen Mann reden. Wir übernachteten in Frauenhotels, gingen in Frauenkneipen und Frauenbars. Deutschland, Schweiz, Holland. Du gehst durch die Stadt und siehst diese rosa Winkel, mit denen homosexuelle Etablissements gekennzeichnet sind. Es gibt viele davon. Die meisten meiner Bandkolleginnen haben später Männer geheiratet. Nur noch zwei machen Musik. Ich bin nur einmal mit einer Frau ins Bett gegangen. Letztendlich ist nichts passiert. Nur ein paar Küsse. Das war nichts für mich [...]«

»Anfang der Achtzigerjahre begann ich mich für afrikanische Musik zu interessieren. Es gab eine Bar, in der afrikanische Musik gespielt wurde. Wir hörten unglaubliche Dinge. Der erste afrikanische Musiker, den ich für mich entdeckte, war Youssou N'Dour. Dann kamen Abdullah Ibrahim, Hugh Masekela, Fela Kuti, Manu Dibango [...]«

»Nach Mosambik kam ich 1990, um Musik und Ton für einen Film des brasilianischen Regisseurs Sérgio Rezende zu machen: ›Ein Kind des Südens‹. Gleich an meinem ersten Tag spielte ich schon in einer mosambikanischen Band Saxofon. Dann ging ich wieder nach London zurück, aber als sie mich das nächste Mal für ein anderes Projekt engagierten, bin ich geblieben. [...]«

»2002 bekam ich den Auftrag, einen Dokumentarfilm über HIV-infizierte Frauen zu drehen. Meine Idee war, das Drama von Antonieta zu erzählen, einer seropositiven Frau, modern und intelligent, die mit Unterstützung einer NGO davon lebt, andere Frauen für den Gebrauch von Kondomen zu sensibilisieren. Im Verlauf der Recherchen fiel mir auf, dass viele mosambikanische Frauen lieber den Traditionen treu bleiben, auch wenn sie damit ihre Gesundheit gefährden. Antonieta zum Beispiel beschließt irgendwann, ihre Tochter Matilde zu einem Initiationsritual mitzunehmen, in einem Dorf irgendwo im Hinterland von Zambézia. Sie weiß, dass die Unterweisungen, die ihre Tochter im Verlauf des Rituals bekommen wird, dem widersprechen, was sie selbst lehrt. Und doch ist es in ihren Augen das Wichtigste, die Geister nicht zu verärgern. Also beschloss ich, die Rituale zu filmen. Ich verbrachte Wochen in diesem Dorf. Um dorthin zu kommen, musste man stundenlang zu Fuß gehen. Einmal konnten wir uns Fahrräder leihen. Ich erinnere mich noch an den Mann, der sie uns vermietete. Nachdem er uns an der Straße abgesetzt hatte, nahm er das eine Fahrrad auf den Rücken und verschwand auf dem anderen kräftig strampelnd in Richtung Dorf, fünfzehn Kilometer die Trampelpfade bergauf und bergab [...] Ich überlegte mir, ob auch ich die Rituale erfüllen sollte, selbst wenn sie mir Angst machten, denn die Frauen dort weiten seit ihrer Kindheit ihre Schamlippen. Ich nahm an, sie würden mich auch dazu zwingen, was zum Glück nicht der Fall war [...] Wir waren ein Team von vier Leuten und filmten sieben Tage und Nächte lang. Die ganze Zeit über wurde getrommelt. Es gibt einen Ort, an dem die Männer Trommeln schlagen. Nur die Trommler dürfen das Ritual sehen, vier Trommler. Wir hatten weder Wasser noch Strom. Licht bekamen wir von riesigen Feuern. Ich hatte Gita Cerveira als Tontechniker dabei. Sidónio, mein Mann, war Produzent. Kameramann war Giulio Biccari, ein Italiener aus Kapstadt. [...]

Jedes Mädchen hat eine Patin. Auch die Mütter kommen mit. Sie machen das Essen, während die Patinnen sich an einem geheimen Ort um die Mädchen kümmern. Jedes Ritual hat mit dem Leiden der Frauen zu tun. Die Frauen müssen den Männern dienen, ihnen Kinder und ein glückliches Sexualleben schenken. Es handelte sich nicht um Unterricht, sondern um symbolische Rituale, doch das begriff ich erst viel später. Damals, als ich filmte, verstand ich nicht, was da vor sich ging. Ich hatte sieben Übersetzer angeheuert, doch jeder erzählte mir eine jeweils andere Version. Nur wenige Leute, die Portugiesisch können, sprechen auch die Sprache dieser Region. Beim Schneiden des Films hatte ich das Gefühl, dass alles zwar fantastisch war, ich aber kein bisschen begriffen hatte [...] Der Film bekam den Titel ›Na Corda Bamba/Dancing on the Edge‹, und zeigte kaum sechs Minuten lang Initiationsrituale. Natürlich hatte ich viel mehr Material, ich hätte allein daraus einen eigenen Dokumentarfilm machen können. Doch am Abend des 1. Dezember, dem Welt-Aids-Tag, als bei der Premiere in einem Kino in Kapstadt die Szene mit den Ritualen lief, platzte der Wasserspeicher in dem neuen, schönen Gebäude, in dem ich arbeitete, und das ganze Rohmaterial wurde zerstört. Einige Filmrollen hatte ich zur Entwicklung an ein Labor in Kapstadt geschickt. Die Techniker riefen mich aufgeregt an: Die Negative waren verbrannt. Und dann wurde ich krank. Kaum einen Monat nachdem der Film fertiggestellt war, diagnostizierten mir die Ärzte Brustkrebs [...]«

*Luanda, Angola*
*Sonntag, 1. Oktober 2006*

AUSZUG AUS EINEM TEXT FÜR DEN KATALOG EINER AUSSTELLUNG VON KILUANGE LIBERDADE, EINEM JUNGEN ANGOLANISCHEN KÜNSTLER, DER IN LISSABON LEBT, IM PORTUGIESISCHEN KULTURZENTRUM

Luanda. Oder Lua (Mond), wie es zärtlich genannt wird. Oder Loanda. Literarisch: Luuanda (vgl. Luandino Vieira). Mit vollem Namen São Paulo da Assunção de Luanda, gegründet 1575 von Paulo Dias de Novais. Zwanzig Jahre später kamen die ersten zwölf weißen Frauen in die Ansiedlung, suchten sich sogleich Männer und bekamen Kinder. 1641 wurde die Stadt von den Holländern besetzt, die nur sieben Jahre später mit Pauken und Trompeten wieder abzogen. Am 15. August 1648 landete eine bunte Truppe von Weißen, Schwarzen und Indios, die ein unglaublich erfolgreicher Landbesitzer und Sklavenhalter aus Rio de Janeiro, gebürtiger Spanier aus Cádiz, Salvador Correia de Sá e Benevides, in seinen Galeonen nach Afrika verschifft hatte, in Luanda. Von einigen listigen Manövern Correia de Sás in die Irre geführt, ergaben sich mehr als tausend holländische Soldaten und hinterließen einer erschöpften Armee von kaum sechshundert Mann ihre weitgehend unbeschädigten Festungen.

So entstand ein wundervolles Durcheinander an Hautfarben, Sprachen, Dialekten, Pfeifen, Hupen und Trommeln, das im Lauf der Jahrhunderte nichts anderes tat, als sich zu perfektionieren. Chaos, das noch größeres Chaos hervorbringt.

Heute mischen sich in den Straßen Luandas das verschlungene Umbundu der Ovimbundos, Lingala (eine Sprache, die zum Singen geschaffen wurde) und das kratzende Französisch der Regrês. Das feine Portugiesisch der Bourgeoisie, das dumpfe Portugiesisch der Portugiesen, das selten zu hörende Kimbundu der echten Bessanganas. In jüngster Zeit gesellt sich das Pfeifen des elliptischen Mandarin der Chinesen dazu, ein Hauch von Spezereien des sonnigen Arabisch der Libanesen und sogar ein paar Worte wiederauferstandenes Hebräisch, gemächlich aufgelesen an Sonntagvormittagen in den edelsten Bars der Ilha de Luanda. Und natürlich Englisch, in den unterschiedlichen Varianten der Engländer, Amerikaner, Südafrikaner. Das fröhliche Portugiesisch der Brasilianer, das verzückte Spanisch des einen oder anderen hängen gebliebenen Kubaners.

Und all diese Leute schieben sich über die Bürgersteige, rempeln sich an Straßenecken an wie in einem weltumspannenden Blinde-Kuh-Spiel. Lyrische junge Männer, schwindsüchtige Mädchen. Firmen für private Hoffnungen. Und (noch einmal) Chinesen in Scharen. Zigaretten, Schlüssel, Batterien, Popcorn, Vorhängeschlösser, Kissen, Kleiderbügel, Parfum, Handys, Waagen, Schuhe, Radios, Tische, Staubsauger verkaufende Kinder. Mädchen, die sich selbst verkaufen vor den Türen der Hotels. Kleine Jungen, die Glitzerkram anpreisen, Spiegel, Alleskleber, Halsketten, Plastikbälle, Haargummis. Mädchen, die mit blonden Haaren handeln, »hundert Prozent menschlich«, Zöpfe zum Flechten. Krüppel, die ihre Prothesen zu Geld machen. Marktfrauen, die Papayas, Maracujas, Apfelsinen, Zitronen, Birnen, Äpfel, saftige Weintrauben und weitgereiste Kiwis feilbieten.

Onkel! He, Väterchen! Schau her, mein Freund. Schnäppchen! Nur heute für fünfhundert die Schallplatte, brother!

… Wasche Wäsche …

… Bewache Ihr Auto …

… Putze …

Wäre Luanda ein Vogel, es wäre ein riesiger Ara, trunken von Tiefe und Blau. Als Katastrophe ein Erdbeben: unbändige Energie, unisono die Tiefen der Erde erschütternd. Als Frau wäre es eine dunkelhäutige Dirne mit unglaublichen Schenkeln, üppigen Brüsten, die – schon ein wenig müde – nackt durch den Karneval tanzt. Wäre Luanda eine Krankheit, dann sicherlich ein Aneurysma.

Der Lärm erdrückt die Stadt wie ein Deckbett aus Stacheldraht. Mittags hallt die knapp werdende Luft. Motoren, Tausende und Abertausende Motoren von Autos, Generatoren, Maschinen, in rasender Bewegung. Kräne, die Gebäude errichten. Klagefrauen, die in langen Trauergesängen einen Toten beweinen, in irgendeiner Wohnung eines vornehmen Hauses. Und Schläge. Menschen, die sich keifend beschimpfen, Geschrei, Gebell, Lachen, Stöhnen, Rapper, die ihre Empörung hinausschreien über den unglaublichen Lärm des flammenden Chaos.

# Das Mädchen und das Huhn

Ich verließ das Zimmer und knallte die Tür zu. Wie gut, dass es Türen gibt. In diesem Moment wollte ich nichts weiter, als mich ins Meer zu stürzen. Am Strand, ein paar Meter vom Wasser entfernt, sah ich einen Mann kauern, vollkommen nackt, der dort sein Geschäft erledigte. Dieser Mann rettete mir das Leben. Ich bin ein Selbstmörder mit Stil. In Abwasser stürze ich mich nicht. Ich rannte den Strand entlang, bis die Erschöpfung über meine Wut siegte. Ich setzte mich hin. Ich glaubte, ich sei im falschen Film, hatte einfach kein Glück in den letzten Monaten, besonders in den letzten Tagen. Wirklich glücklich war ich zuletzt, glaube ich, als ich alleine mit dem Rucksack durch Maranhão reiste, und davor in Rio de Janeiro, als ich mit dem Fahrrad um den See fuhr. Ich bin nach Luanda mitgekommen, weil ich dachte, die Reise würde mich Laurentina wieder näherbringen. Ich wollte sie verstehen. Aber es ist mir nicht gelungen. Sie erlaubt nicht, dass ich mich ihr nähere.

Diese Stadt ist eine Summe schrecklicher Dinge: Armut plus Rassismus plus Dummheit plus Ignoranz plus Konservatismus plus Machismo plus Intoleranz plus Arroganz plus Lärm. Viel Lärm. Lärm überall, rund um die Uhr, Tag und Nacht. Irgendwer hat gestern beim Abendessen ein paar Verse aufgesagt, die ein hiesiger Dichter über die amerikanischen Schwarzen geschrieben hat. Euer Glück, sagt der Dichter – nicht mit den Worten, mit denen ich es jetzt hier wiedergebe, aber immerhin, Hauptsache, der Sinn stimmt –, euer Glück, dass man euch hier fortgeholt hat als Sklaven, denn nun müssen eure Kinder nicht an Malaria oder an Hunger sterben. Ich lachte. Alle am Tisch haben gelacht. Das bewundere ich an diesen Leuten. Die Fähigkeit, sich über ihr eigenes Elend lustig zu machen. Im Übrigen stimme ich dem Dichter zu. Zum Glück sind meine Eltern in Portugal geblieben. Ich bin in Lissabon geboren. Bin Portugiese. Irgendwann in meinem Leben, zwischen den Schmerzen und dem Brennen der Jugend, hatte auch ich Zweifel, wusste nicht, in welche Welt ich gehörte. Wie das eben so ist. Es gibt niemanden, der nicht irgendwann einmal eine Identitätskrise durchlebt hat. Mandela, mein jüngerer Bruder, hat mit drei Schulfreunden eine Hip-Hop-Gruppe gegründet, »Os Cabeças de Cartaz«, die Plakatköpfe. Einer aus der Gruppe, ein blonder Kerl, sehr dürr und sehr linkisch, nennt sich MC Bué. Einmal war er bei uns zu Hause. Nach ein paar Minuten Plaudern, Bier und Pinienkernen fragte mein Vater ihn, ob er in Luanda geboren sei.

»Nein, Cota, in Amadora.«

»Du bist nicht in Angola geboren?«

»Ich? Nein, Cota! Ich bin Tuga, durch und durch …«

»Aber natürlich sind deine Eltern Angolaner …«

»Nein, sind sie nicht! Sie sind auch aus Amadora, beide …«

»Das gibt es nicht! Du sprichst, als wärst du Angolaner. Du hast einen Akzent wie aus Luanda und überhaupt …«

»Ach Cota, in meinem Viertel gibt's nur Manos. In der Schule auch. Ich und noch fünf andere Pulas. Besser gesagt, vier Pulas, ein Zigeuner. Wir konnten uns aussuchen, ob wir Kapverdier oder Angolaner sein wollten. Ich war für Angola.«

Was mich betrifft, wäre, falls ich noch Zweifel gehabt hätte, nach dieser Reise alles klar. Ich saß da, die Augen in die gigantische Nacht gerichtet, und dachte über mein bisheriges Leben nach, über Laurentina und darüber, was ich nun tun sollte, als ein Mädchen sich rechts neben mich in den Sand setzte. Die Kleine war sicher nicht älter als zwölf, dünn, hatte die Haare zu Zöpfen geflochten, ein paar Augen, die im Dunkeln leuchteten wie Kohlen im Feuer. Ein Perlhuhn kam aus der Dunkelheit und schmiegte sich an sie.

»Väterchen«, ihre Stimme war fröhlich und ein bisschen heiser, »ich habe Hunger.« Sie trug ein helles Kleid aus dünnem, fast durchsichtigem Stoff. Ihre Beine waren glatt und lang. An den winzigen Füßen trug sie Plastiksandalen. Sie streckte mir die Hand hin: »Komm!«

Ich kam mit. Sie führte mich zu einem dunklen Haus zwischen anderen noch dunkleren Häusern. Das Huhn folgte uns. Wir stiegen zwei Treppen hinauf und kamen auf eine kleine Terrasse mit Plastiktischen. Der Patio hing über dem gierigen Abgrund des Meeres. Ein junger Chinese baute sich vor uns auf, lächelte heftig, verbeugte sich in umständlichen Verrenkungen und führte uns zu einem Tisch. Es gab nur drei weitere Gäste. Ein chinesisches Pärchen und ein weißer Mann in einer Ecke, ausgemergelt und finster, mit dem Rücken zu uns.

Das Mädchen schaute gar nicht auf die Speisekarte, die der Kellner uns reichte. »Ich will die Zweiundzwanzig.«

»Wie heißt du?«

»Alfonsina.«

»Wo wohnst du?«

»Am Strand.«

»Und deine Eltern, wo sind deine Eltern?«

»Im Krieg geblieben …«

»Wo denn?«

»Im Krieg eben.« Stille, ein kärgliches, rückschauendes Schweigen. Dann ein abschätzender Blick, ein fast spöttisches Lächeln. »Du bist Portugiese, natürlich!«

»Bin ich. Erkennst du das an der Aussprache?«

»Nein. Weil du dich bewegst wie ein Portugiese.«

Der Kellner brachte eine Platte mit Pekingente und ein Tellerchen Reis. Alfonsina aß schweigend und konzentriert, als sei Essen ihre Art, mit Gott zu kommunizieren.

Als sie fertig war, stellte sie den Teller unter den Tisch zu dem Huhn.

»Dein Huhn?«

»Ya!«

»Es benimmt sich wie ein Hund.«

»Sie glaubt, sie sei ein Hund. Sie wurde von einer Hündin aufgezogen. Die Arme ist gestorben, Pintada blieb allein zurück. Sie macht alles, was ein Hund auch macht, nur bellen kann sie nicht, aber fast. Willst du sehen, was ich ihr beigebracht habe? Pintada, gib Pfötchen!«

Das Huhn kam unter dem Tisch hervor und streckte die rechte Kralle aus. Das Mädchen lachte. Ich lachte mit ihr. Ich nahm meine Videokamera (die ich immer dabei habe) und filmte das Huhn.

»Machst du Filme?«

»Ja.«

»Ich war auch mal in einem Film ...«

»Du warst in einem Film?«

»Ya! So einem mit Sex, weißt du, ich und noch fünf andere Mädchen. Ein Italiener ist hergekommen und hat ihn gemacht.«

Ich schaute sie entgeistert an. Steckte die Kamera wieder ein. Der Mann vor uns drehte sich auf seinem Stuhl um und saß mir nun gegenüber. Von vorne sah er noch ausgemergelter aus. Er hatte gelbe Zähne und einen Dreitagebart, rau, hart wie Stacheldraht. Er lächelte. Ein Kaktus mit Mund, der lächeln kann, sähe so aus.

»Entschuldigen Sie«, sagte er. »Ich habe Ihre Unterhaltung mitgehört. Trauen Sie niemals einem Mann, der Ihnen den Rücken zudreht. Ich höre viel. Früher bezahlte man mich fürs Zuhören. Heute bin ich Unternehmer. Ich habe in Fischfang investiert.«

Er öffnete seine Brieftasche und zog eine Karte heraus. Knickte sie an einer Ecke um und steckte sie mir in die Hemdtasche.

»Falls Sie mich mal brauchen. Also, wie ich schon sagte, ich habe Ihre Unterhaltung gehört. Nehmen Sie das nicht zu ernst, was das Mädchen erzählt. Sie ist eine kleine Nutte, eine Kinderprostituierte. Die Stadt ist voll davon. Sie wissen, der Krieg ...«

Alfonsina stand auf: »Ich geh schon ...« Sie rannte hinaus. Als sie am Eingang war, pfiff sie. Das Huhn stieß ein raues Krächzen aus, das sich tatsächlich fast wie ein Bellen anhörte, ließ den Teller mit Reis stehen und folgte ihr flatternd.

Der Mann heftete seine finsteren Augen auf mich: »Haben Sie eine Zigarette?«

»Nein, ich rauche nicht.«

»Das ist gut. Ich auch nicht. Ich habe schon lange mit dem Rauchen aufgehört. Rauchen ist tödlich, nicht wahr? Mich hat es eine Lunge gekostet. Was mich jetzt umbringt, ist die Langeweile. Sie machen also Filme?«

»Ja, ich bin Kameramann.«

»Verstehe. Wer ist Ihr Vater?«

»Wie bitte?«

»Ihr Vater, wie heißt Ihr Vater? Sie sind vielleicht Portugiese, aber Ihr Vater ist Angolaner. So ist es doch?«

»Warum wollen Sie das wissen?«

»Schon gut, seien Sie mir nicht böse. Ich wurde darin trainiert, Fragen zu stellen. Manchmal geht es mit mir durch. Ich vergesse, dass diese Zeit vorbei ist. Sie müssen nicht antworten, natürlich nicht. Aber erlauben Sie, was die Kleine betrifft, vergessen Sie, was sie erzählt hat. Hirngespinste. Auch in unserem Land gibt es Prostitution, wie überall, und sogar Kinderprostitution, aber das sind Randerscheinungen, jede für sich, keine Rede von organisierten Strukturen und schon gar nicht von Filmen, Pornografie. Wie lange sind Sie schon in Luanda?«

»Drei Tage.«

»Ah, Sie haben noch gar nichts gesehen. Sie sind jung, vergnügen Sie sich. Luanda ist eine schöne Stadt. Eine der schönsten Städte Afrikas. Und die Bucht, wunderschön, wunderschön, nicht wahr? Ich glaube, es gibt keine Stadt, die es mit Luanda aufnehmen könnte, außer vielleicht Rio de Janeiro. Und wir haben hier die aufregendsten Nächte von ganz Afrika, und großartige Frauen, Mulattinnen, Schwarze, sogar Blonde. Falsche Blonde natürlich, aber die falschen Blonden sind wie falsche Ray-Bans. Selbst wenn sie nicht echt sind, fallen sie auf.« Er stand auf, nahm ein Bündel Geldscheine aus der

Tasche und legte sie auf den Tisch. »Lassen Sie mich bezahlen. Falls Sie mich einmal brauchen, Sie haben meine Karte. Leben Sie wohl …«

Er verschwand. Ich bestellte ein Bier und blieb noch eine ganze Weile allein dort sitzen. Es war schon nach ein Uhr, als der Kellner kam und mir unter heftigem Lächeln und vielen Verrenkungen erklärte, dass er gerne das Lokal schließen würde. Ich ging ins Hotel zurück, mit großen Schritten, ein wenig verängstigt, denn meine Todessehnsucht war vorüber, und nachts in dieser Stadt, wie soll ich sagen, ist es wirklich Nacht, eine Nacht wie früher, in der Vorzeit, finster und voller Geräusche und Gefahren. Und seien sie nur eingebildet. Eingebildete Gefahren machen genauso viel Angst wie echte. Laurentina wartete schon auf mich, sie war sehr aufgeregt. Es freute mich, sie so zu sehen.

## Dário Reis

Was soll ich dir erzählen, Tochter?

Mein Leben?

Nun, ich habe ein einfaches Leben geführt, da gibt es nicht viel zu erzählen.

Ich war ein glückliches Kind. Bin hier geboren, in Ílhavo, in einer großen Familie. Ich erinnere mich gut an das Haus, in dem ich geboren wurde. Heute ist es ein Restaurant. An der Fassade stand das Jahr seiner Erbauung – 1900.

Mein Vater kaufte es weit unter Wert, weil es darin spukte. Der Vorbesitzer war ein Brasilianer, kein wirklicher Brasilianer, einer aus Ílhavo, der in Brasilien reich geworden war, in Amazonien, und dann als alter Mann zurückkehrte, verheiratet mit einer viel jüngeren Frau, einer halben Indianerin. Also, man sagt, der arme Mann hätte seine Frau eines Tages mit einem Nachbarn im Bett erwischt und sie erschossen. Das Gericht hat ihn freigesprochen. Das war damals so. Ein Mann hatte das Recht, ja sogar die Pflicht, seine Frau zu töten, wenn er sie in flagranti mit einem anderen erwischte. Der Geist der Indianerin erschien immer bei Vollmond, in der Küche, über die Spüle gebeugt, wusch sich die Schusswunde aus, mit einem rot getränkten Lappen, und murmelte dabei irgendwelche Sprüche in schlechtem Portugiesisch.

Mein Vater war nicht reich, er hätte nie das Geld gehabt, so ein Haus zu kaufen, es war ein Glücksgriff. Uns Kinder störte die Indianerin nicht. In Vollmondnächten gingen wir eben nicht in die Küche. Ich sah sie ein einziges Mal und fand sie schön. Schwarze, glatte Haare, tief liegende Augen. Erst jetzt merke ich, dass du ihr sehr ähnlich siehst.

In dem Haus lebten außer meinen Eltern, meinen zwei Geschwistern und dem Geist der Indianerin zwei Schwestern meiner Mutter und drei Neffen, Kinder eines Onkels, der, nachdem er Witwer geworden war, in die Vereinigten Staaten ging und die Kinder in die Obhut meiner Eltern gab. Die ersten Jahre hatte mein Vater noch, wenn auch unregelmäßig, Nachricht von seinem Bruder erhalten und auch ein paar, wenn auch wenige Zwanzigdollarscheine. Dann kamen die Briefe seltener und ebenso die Geldscheine, und irgendwann vergaßen wir ihn. Viel später, das war schon in den Siebzigerjahren, reiste ich einmal mit meiner Frau nach New York in Urlaub und dort traf ich ihn. Es war einer dieser Zufälle, die ein Schriftsteller von sich weisen würde, aus Angst, seine Glaubwürdigkeit zu verlieren, von Paul Auster einmal abgesehen, der, wie du weißt, solche Zufälle schätzt. Gut, also es war so, dass wir in New York überfallen wurden von drei jungen Kerlen mit Messern und Knarren, auf offener Straße in Harlem. Ich versuchte, mit ihnen zu diskutieren, Doroteia klammerte sich an mich, weinte, und ich brüllte auf Portugiesisch, weil ich so am besten brüllen kann, denn ich kann es nicht leiden, wenn man mir etwas klaut, weder Geld noch Träume noch Zeit oder Energie, und da kam ein Polizist und sie hauten ab. Der Polizist, du wirst es nicht glauben, hieß Dário, Dário Reis, wie ich. Ich heiße ja Dário wegen diesem Bruder meines Vaters, der in die Vereinigten Staaten gegangen war. Der Polizist war sein Sohn. Mein Onkel war fast hundert Jahre alt, aber noch immer klar im Kopf und gesund. Es war ihm ganz peinlich, als sein Sohn mich mit nach Hause brachte und ihm erklärte, wer ich war. Meine Cousins, also meine portugiesischen Cousins, haben ihren Vater nie kennengelernt.

Ich bin glücklich dort in dem Haus aufgewachsen. Ich wollte immer viele Kinder haben, glaube ich, weil ich die Stimmung meiner Kindheit wieder erleben wollte. Aber es ging nicht. Weiter: Weißt du, wie ich meine Liebe zu Büchern gefunden habe? Klar weißt du das, ich habe dir die Geschichte schon ein paar Mal erzählt. Wegen mir, zumindest denke ich das, hast du begonnen, dich für Bücher zu interessieren, und dann für Fotografie, und später für den Film, stimmt's?

Ja, ich verstehe, ihr nehmt das auf. Also erzähle ich es noch einmal, als hätte ich es nie erzählt.

Zurück zu dem Haus, in dem ich geboren wurde. In meinem Zimmer, das ich mit einem meiner Cousins, Idalino, teilte, entdeckte ich irgendwann, entdeckten wir, hinter einem Schrank versteckt, eine kleine Tür. Diese kleine Tür, die abgeschlossen war, aber schließlich aufging, als wir es versuchten, führte in eine viereckige Kammer mit nicht mehr als vier oder fünf Treppenstufen, die zu einem kleinen Fenster hinaufgingen, fast wie eine Schießscharte, durch die ein wenig Licht fiel. Durch das Fenster konnten wir die Salinen von Malhada sehen oder nachts den Leuchtturm von Aveiro. Mit etwas Fantasie konnten wir sogar das langsame Rollen der Wellen am Strand von Costa Nova hören, der etwa fünf Kilometer entfernt war.

Meine Eltern ahnten nichts von diesem geheimen Zimmer und auch der Rest der Familie nicht, denn wir schlossen einen mit Blut besiegelten Pakt, ich und Idalino, und den haben wir eingehalten, zumindest mein Cousin hat ihn nicht gebrochen, denn soweit ich weiß, hat er bis zu seinem Tod niemandem davon erzählt. Er ist vor zwei Jahren in Kanada gestorben, unverheiratet und ohne Kinder. Ich habe den Pakt auch mehr oder weniger erfüllt, zumindest habe ich keinem meiner Brüder und Cousins davon erzählt. Dir habe ich es erzählt. Als du kleiner warst, wolltest du immer, dass ich dir diese Geschichte erzähle. In dem Zimmer fanden wir ein dickes, gebundenes Buch, dessen Titel ich inzwischen vergessen habe. Es war ein nicht enden wollender Roman, in dem eine Figur auf die andere folgte, ununterbrochen, und sie änderten dauernd ihre Namen und das Geschlecht, die Hautfarbe und einige sogar die Gattung, sodass man irgendwann einfach nicht mehr wusste, wer wer war, oder ob am Ende nicht alle ein und dieselbe Person waren. Was weiß ich denn, vielleicht sogar Gott!

Faszinierend, findest du nicht?

Ich schon. Das finde ich immer noch.

Eines Tages war das Buch verschwunden. Den Rest meines Lebens verbrachte ich damit, alte Romane zu lesen, mich in Bibliotheken und Antiquariaten herumzudrücken, um herauszufinden, wer das Buch geschrieben hatte und was zum Teufel das gewesen war, diese Unermesslichkeit, aber ich habe es nie herausgefunden. Dieses unmögliche Buch war es, das mich dazu brachte, Literatur zu studieren. Ich entschied mich für Germanische Sprachen und Literaturen, denn ich vermutete, das Buch sei aus dem Englischen übersetzt worden. Heute bin ich mir nicht mehr sicher. Meinen Abschluss machte ich in Coimbra. Da war ich dreiundzwanzig Jahre alt und hatte das ganze Leben noch vor mir. Ich fühlte mich eingeengt in Lissabon, als hätte ich aus Versehen eine fremde Jacke angezogen, die an den Schultern zwickt. Ich konnte mich nicht bewegen, war wie eingeschnürt. Also beschloss ich, mich bei der Überseeverwaltung zu bewerben, und wurde nach Mosambik geschickt. Meinen ersten Flug verbrachte ich in der ersten Klasse. Seitdem hat mir der Staat nie mehr eine solche Vergünstigung zukommen lassen.

In Lourenço Marques nahm mich mein Cousin Idalino in Empfang, der gut fünfundzwanzig Jahre in Mosambik gelebt hat, bevor er 1973 nach Kanada ging. Als hätte er geahnt, was passieren würde. Ich zog erst einmal in seine Wohnung. In Lourenço Marques unterrichtete ich viele Jahre lang, und später ging ich nach Quelimane. Es waren glückliche Jahre dort, mit Blick auf den Rio dos Bons Sinais. Ich hatte viele Affären, mit schwarzen Mädchen, weißen, Mischlingen und Inderinnen, sogar einer Albinofrau, aber geheiratet hatte ich nie. Ich dachte, ich würde nie heiraten, bis mein Blick zum ersten Mal auf die Frau fiel, die später meine Frau wurde, Doroteia, meine liebe Doroteia, das war am 18. Dezember 1973 auf der Ilha de Moçambique. Weißt du, wie alt sie damals war? Du wirst einen Schreck bekommen, sie feierte an diesem Tag ihren fünfzehnten Geburtstag. Ich erinnere mich, als wäre es heute. Ich führte auf der Ilha de

Moçambique ein portugiesisches Ehepaar herum, das in Südafrika lebte, und eines Nachmittags ging ich in einen Bazar, um einen Hut zu kaufen, und da sah ich sie. Doroteia wurde von ihrer wesentlich älteren Schwester begleitet, aber sie bewegte sich mit einer solchen Sicherheit, mit solcher Eleganz, dass man meinte, sie sei es, die ihre Schwester begleitete. Ich sagte nichts. Kehrte nach Quelimane zurück und mein Herz war beklommen. Ich wollte mir nicht eingestehen, nicht einmal mir selbst, dass ich mich in ein fünfzehnjähriges Mädchen verliebt hatte. Doch von dem Tag an ging ich, wann immer es mir möglich war, auf die Ilha zum Angeln, Bootfahren, Fotografieren, und hin und wieder begegnete ich ihr.

Ich bekam schnell heraus, wer sie war. Freundete mich mit ihrem Vater an, einem kleinen Einzelhändler aus Goa, und so, nach und nach, kam ich ihr näher. Schließlich verliebte sich Doroteia in mich, trotz des Altersunterschiedes. Wenn ich behaupten würde, ich hätte Probleme gehabt, ihren Vater zu bewegen, mich als Schwiegersohn zu akzeptieren, würde ich lügen. Der alte Justiniano durchlebte gerade eine wirtschaftlich schwierige Situation, und die Hochzeit der Tochter war für ihn eine Erleichterung. Er war selbst sehr viel älter als seine Frau. Also heirateten wir, ich und meine Doroteia, ein paar Wochen nachdem sie ihren sechzehnten Geburtstag gefeiert hatte. Ich wollte immer viele Kinder haben, wie ich dir schon erzählt habe, aber man weiß ja: Der Mensch denkt und Gott lenkt. Mein erstes Kind starb bei der Geburt mit der Nabelschnur um den Hals, aus reiner Schlampigkeit des Arztes. Das war einer der schlimmsten Momente meines Lebens. Doroteia wurde wieder schwanger. Auch diesmal hatten wir kein Glück. Nach drei Monaten verlor sie das Kind und musste eine Ausschabung vornehmen lassen. 1975, kurz vor der Unabhängigkeit, mitten in all dem politischen Durcheinander, Weiße gegen Schwarze, Schwarze gegen Weiße, die Portugiesen auf der Flucht, ich keine Ahnung, wurde meine geliebte Doroteia wieder schwanger. Es war eine schwierige Schwangerschaft. Die letzten drei Wochen verbrachte sie in einem Krankenhausbett. Im selben Zimmer lag ein Mädchen, ebenfalls indischer Abstammung, die Alima hieß. Ich erinnere mich gut an sie. Große, sehr traurige Augen. Man sagte, der Vater des Kindes sei Faustino Manso, ein angolanischer Musiker, der einige Jahre in Mosambik gelebt hatte und plötzlich, ohne eine Spur zu hinterlassen, verschwunden war.

Alimas Vater, ein großer Mann mit fahler Hautfarbe und großen Ohren, Ganesh hieß er, kam manchmal ins Krankenhaus, setzte aber keinen Fuß in das Zimmer, um seine Tochter zu sehen. Er tigerte mit kräftigen Schritten durch den Innenhof, hin und her, die Augen immer auf den Boden geheftet. Dona Renuka, die Mutter des Mädchens, war eine sehr schlanke Dame, zerbrechlich wie ein Traum und doch praktisch veranlagt. Ich mochte sie. Bei Doroteia und Alima setzten die Wehen fast gleichzeitig ein. Bei Doroteia ging die Geburt schief. Wir verloren das Kind. Auch Alimas Niederkunft war kompliziert, sie fiel ins Koma, doch das Kind wurde gerettet. Dona Renuka übergab das Mädchen an meine Frau, und die Hebamme verschloss die Augen vor dem Tausch. Niemand dachte, dass Alima überleben würde …

… und doch, ja, sie hat überlebt …

… Ich habe nie wieder etwas von ihr gehört. Vielleicht lebt sie noch auf der Ilha de Moçambique. Vielleicht ist sie inzwischen gestorben …

… Es wird viel gestorben in Afrika. Die Leute sterben an Wechselfieber, Gelbfieber, Cholera, Typhus, an einer verirrten Kugel, an Kummer oder Erschöpfung. Manchmal glaube ich, Alima ist auch nach Portugal gegangen, ich stelle mir vor, dass sie geheiratet und weitere Kinder bekommen hat. Manchmal begegne ich in Lissabon einer indischen Frau auf der Straße und denke, ob das Alima ist. Doch dann biegt sie um die Ecke und ich stehe da, mache mir Gedanken und überlege mir, wie ich sie um Verzeihung bitten könnte.

*Quicombo, Angola*
*Sonntag, 30. Oktober 2005*

16.33 Uhr – Wir stehen am Rio Quicombo. Ich bin sicher, dass es in einem der vier Bildbände des portugiesischen Fotografen Cunha e Morais ein Bild von diesen hohen Ufern gibt. Die vier Bücher habe ich vor gut zwanzig Jahren im Lager eines der wichtigsten Antiquare in Lissabon gekauft. Damals war Cunha e Morais noch nicht von den Encontros de Fotografia de Coimbra wiederentdeckt und vor dem Vergessenwerden bewahrt worden. Nur wenige kannten ihn. Der Verkäufer, ein rätselhafter Deutscher mit einem eigenwilligen Sinn für Humor, der, ohne je einen Fuß nach Afrika gesetzt zu haben, alles über den Kontinent wusste, hatte mir einen guten Preis für alle vier Bände zusammen gemacht. Ich glaube, er mochte mich. Die Fotos von Cunha e Morais, in der zweiten Hälfte des 19. Jahrhunderts in Angola entstanden, halfen mir, meinen ersten Roman zu entwerfen. Eines Nachmittags, nachdem ich ihn veröffentlicht hatte, kehrte ich noch einmal in die staubigen Räume des alten Deutschen zurück. Er empfing mich oben auf der mit Büchern zugestellten Treppe, die in den ersten Stock führte.

»Ich hörte, Sie sind nun kein einfacher Student mehr«, sagte er mit einem Lächeln. »Sie sind nun Schriftsteller. Das hat Einfluss auf die Preise.«

Viel Wasser ist diesen Fluss heruntergeflossen, seit Cunha e Morais ihn fotografierte. Doch die Landschaft ist fast die gleiche geblieben. Ein paar Frauen und Kinder tanzen Kuduro zum Klang eines riesigen batteriebetriebenen Radios. Ich erkenne die mächtige Stimme von Dog Murras:

Stehe auf um fünf
Komm um acht Uhr zurück

Den ganzen Tag unterwegs
Verkaufe die Fuba
Der Rücken tut weh
Zu Hause sterben die Kinder vor Hunger
Ai, doch die Freude ist groß
Es ist Frieden in Angola

Das Licht fällt weich über das Wasser des Flusses. Mit den Augen folge ich einem Fries aus hohen Palmen, die an seinem langsamen Lauf aufgereiht stehen. In ihrem Schatten gedeiht ein Bananenhain.

Frühmorgens sind wir von Luanda aufgebrochen. Anders als vereinbart nicht im Jeep, sondern mit einem Kleinbus, wie sie in Angola und fast überall in Afrika als Sammeltaxis eingesetzt werden. Einem Candongueiro also. Ich hoffe, dass es noch hell ist, wenn wir in Canjala ankommen.

*Benguela, Angola*
*Montag, 31. Oktober 2005*

Es war schon dunkel, als Azarado mit dem Kinn auf ein paar Hügel in der Ferne deutete und verkündete: »Canjala …«

Als sagte er: »Die verehrte Frau Tod …«

Der Abschnitt Canjala, Schauplatz blutiger Scharmützel während des Krieges, ist immer noch nicht repariert. Tausende bösartiger Schlaglöcher halten sich in voller Pracht, vielleicht die größte Ansammlung von Schlaglöchern der Welt. An diesem Nachmittag waren sie besonders hungrig. Stürzten sich auf uns mit der Gier von Piranhas.

Azarado kämpfte tapfer vier Stunden lang und versuchte, mit abrupten Ausweichmanövern, doch ohne vom Gas herunterzugehen, die gierigen Mäuler der Monster zu meiden. Schließlich entschloss er sich erschöpft, die Taktik zu wechseln und sie einfach zu überfahren. Die Bestien reagierten kreischend und mit Schlägen und drohten den Bus umzuwerfen. Dann plötzlich entfernten sie sich, blieben zurück und ließen vor uns wie durch ein Wunder einen glatten Streifen Asphalt auftauchen. Azarado seufzte, trat das Gaspedal durch, legte sein Kinn auf das Lenkrad und schlief ein. Der Bus schoss über den Randstreifen hinaus und stürzte holpernd über den zerklüfteten Boden der Savanne. Unsere Koffer wirbelten um uns herum, als seien sie plötzlich zum Leben erweckt worden. Und dann stand der Wagen still. Ein kurzes Staunen – wir lebten noch!

Jordi war der Erste, der sprechen konnte. »Was für ein Schlagloch, Muadiê!«

»Das war kein Loch«, weckte ihn Karen. »Wir sind von der Straße abgekommen!« Ich sprang aus dem Wagen, um die Schäden zu begutachten. Beide Reifen auf der rechten Seite waren platt. Azarado wiegte den Kopf hin und her.

»Pech für uns. Wir haben nur ein Ersatzrad.«

Ich spürte, wie mein Blut zu kochen begann. Erst hatten wir mit Azarado vereinbart, dass er einen Jeep mitbringen würde, und er war in letzter Sekunde mit diesem motorisierten Albtraum erschienen. Dann war er am Steuer eingeschlafen. Und schließlich hatte er nur einen einzigen Ersatzreifen dabei. Ich fuhr aus der Haut. »Und was nun, Alter, übernachten wir hier?«

Azarado warf mir einen bösen Blick zu und murmelte: »Kein Problem!«

Dann sagte er etwas auf Umbundu zu seinem Helfer, dieser zog ein Messer heraus und begann, Gras zu schneiden. Dann schnitt er ein rundes Loch in den Reifen und mühte sich, das trockene Gras dort hineinzustopfen. So etwas hatte ich noch nie gesehen.

Jordi fotografierte begeistert. »Genial!«

»Hält der Reifen das aus?«

»Klar hält er das aus.«

Azarado wurde in Benguela geboren. Er ist ein eleganter Mann mit sauber rasiertem, glattem Gesicht. Niemand würde ihn auf mehr als vierzig Jahre schätzen. Er ist vor Kurzem fünfzig geworden. In der Kolonialzeit hatte er sich als Sänger versucht und eine Rockband namens »Os Inesquecíveis«, die Unvergesslichen, gegründet, aber das Projekt scheiterte. Nach der Unabhängigkeit war er Lastwagenfahrer, Fischer, Friseur, Portier in einem Hotel in Luanda und dann wieder Fahrer. Er hat achtzehn Kinder.

»Von wie vielen Frauen?«

Die Frage traf ihn unvorbereitet. »Ah, das weiß ich nicht. Muss mal zählen …«

Und er zählte an den Fingern ab: »Anacleta, drei Kinder. Fatita, zwei Kinder. Leopoldina, drei Kinder …«

Karen schaute fasziniert. Man hörte beinahe, was sie dachte. »Und die Kinder? Kennst du sie alle beim Namen?«

»Natürlich. Alle meine Kinder sind nach Getränken benannt.«

»Nach Getränken?!«

»Genau, nach Getränken. Als meine erste Tochter geboren wurde, saß ich mit Freunden in einer Bar und trank Cuca. Deswegen Cuca.«

Später, als wir schon in Benguela waren, im Hotel A Sombra, und uns von Azarado verabschiedet hatten, nahm mich Karen am Arm.

»Hast du das mit den Namen mitbekommen? Ich fand das großartig …«

Es war schon nach Mitternacht. Der mit Stroh ausgestopfte Reifen hatte nicht länger als zwanzig Minuten gehalten. Er hatte sich sofort in Fetzen zerlegt, sodass wir Lobito auf der blanken Felge erreichten. Am Ortseingang von Lobito gibt es eine gute Autowerkstatt. Dort wechselten wir das Rad und setzten unsere Reise fort. Ich bin erschöpft. Zum Glück ist das Zimmer komfortabel. Ich habe ein breites Bett nur für mich. Ich werde gut schlafen.

# Die Abfahrt

Mandume weckte mich um halb sechs. Gewaschen, angezogen, parfümiert und (seltsamerweise) gut gelaunt.

»Fahren wir?«

Pünktlich um sechs gingen wir in die Lobby hinunter. Pouca Sorte erwartete uns in einem Sessel, die Beine übereinandergeschlagen, Zeitung lesend. Er stand auf, begrüßte uns und half, Rucksäcke und Koffer im Lieferwagen zu verstauen. Gestern habe ich zehn Eineinhalbliterflaschen Wasser gekauft, außerdem Bier, Limonaden, Schokolade und Pakete voller Kekse. Auch Medikamente. Es passte alles hinein. An Platz fehlt es nicht. Bartolomeu ließ auf sich warten. Um zwanzig nach sechs rief ich ihn an. Er sagte, er sei auf dem Weg. Eine halbe Stunde später, Mandume begann bereits, ungeduldig zu werden, hielt ein kleiner goldener Jeep vor dem Hotel. Bartolomeu sprang heraus, die schwarze Haarkrause durcheinander, tiefe Augenringe, als hätte er die ganze Nacht nicht geschlafen. Wer am Steuer gesessen hatte, bemerkte ich erst, als Merengue ausstieg, um uns zu begrüßen. Auch sie sah aus, als sei sie eben erst aufgewacht. Sie trug einen schwarz-grünen Trainingsanzug und gelbe Turnschuhe, und mir fiel auf, dass sie eine violette Stelle am Hals hatte. Sie umarmte mich. »Ich wünsche euch eine gute Reise …«

An ihrer Haut bemerkte ich einen stechenden Duft nach Schokolade und Pfeffer, eine explosive Mischung.

Mit verächtlichem Blick schlich Bartolomeu um den Kleinbus. »In dieser Rostlaube wollen wir das südliche Afrika durchqueren?«

Malembelembe zu nehmen, war meine Idee gewesen. In Angola ist es teuer, ein Auto zu mieten. Ein guter Jeep ist unerschwinglich. Pouca Sorte verlangte nur fünfzig Dollar pro Tag. Er fahre regelmäßig nach Benguela, sagte er mir, um seine Familie zu sehen und ein paar kleine Geschäfte abzuwickeln, und immer in diesem Auto. Und er versicherte, was mir auch andere Leute bestätigten, dass sich täglich Dutzende Candongueiros derselben Herausforderung aussetzen und auch meistens ankommen. Bartolomeus Bemerkung ärgerte ihn. »Das Auto ist stabil«, murrte er. »Es ist schon so oft nach Benguela gefahren, dass es gar keinen Fahrer mehr braucht. Es kennt den Weg alleine. Manchmal schlafe ich in Porto Amboim ein, und wenn ich wieder aufwache, bin ich schon am Ortseingang von Lobito.«

»Lieber wäre mir, Sie würden nicht einschlafen …«

Pouca Sorte warf ihm einen bösen Blick zu, zuckte mit den Schultern und stieg in sein Auto. Auf dem Weg nach Porto Amboim sprach er nur wenig. Den einen oder anderen schlechten Straßenabschnitt ausgenommen, war es eine angenehme Fahrt. Die Landschaft ist wunderschön. Endlich habe ich das Gefühl, in Afrika zu sein, in dem weiten Raum ohne Grenzen, nach dem sich mein Vater so sehr zurücksehnt. Der offene Horizont, die rote Erde, die riesigen Baobabs von den Postkarten. Ich schreibe am Tisch eines Restaurants, auf einer kleinen Terrasse mit Blick auf das Meer. Strahlende Sonne. Samstag. Der Strand wimmelt von Menschen. Kinder, muskulöse junge Männer, dicke Frauen mit Kindern auf dem Schoß. Mandume und Bartolomeu sind Schwimmen gegangen. Mandume ein bisschen misstrauisch – »Ist das Wasser auch sauber?« –, Bartolomeu begeistert. Ich kann sie von hier aus sehen. Mandume ist ein Stück hinausgeschwommen und krault formvollendet an der Küste entlang. Bartolomeu unterhält sich angeregt mit einer großen jungen Frau. Ich ahne das Funkeln seiner Zähne und spüre (idiotischerweise) einen Hauch von Eifersucht.

*Lobito, Angola*
*Montag, 31. Oktober 2005*

Ein Mädchen schläft in der Hocke auf einem Podest, eingehüllt in ein gelbes Tuch. Sie stellt sich zur Schau (und verhüllt sich zugleich) wie ein Kunstwerk. Jordi springt fasziniert aus dem Wagen und fängt an zu fotografieren. In der Ferne ziehen phlegmatisch Flamingos vorbei und verstärken die Langmut des Nachmittags. Das Mädchen wacht auf, und die erschrockenen Augen schauen glänzend unter dem Tuch hervor. Jordi weicht zurück. Rettet sich ins Auto.

»Hast du sie erschreckt, oder hast du dich erschreckt?«

Er antwortet nicht. Fotografieren heißt eindringen. Ich glaube, Jordi wird dies manchmal schlagartig bewusst.

Ich kenne Jordi Burch seit Oktober 2004, als wir gemeinsam für eine portugiesische Reisezeitschrift eine Reportage über Barcelona machten. Wir entschlossen uns dazu, eine kleine Geschichte zu erzählen, eine Art Fotonovela, mithilfe einer jungen italienischen Studentin, die als Hauptperson herhalten musste. »Herbst in Barcelona« erzählt die Geschichte von Montserrat Montaner, einer jungen Portugiesin, die nach dem Tod ihrer Mutter nach Barcelona kommt und sich mithilfe von einem Bündel Briefe ihres Vaters orientiert, der einige Jahre zuvor in einem Gefängnis in Indonesien gestorben ist und den sie nie kennenlernte. Die Figur der Montse erschuf ich nach dem Vorbild von Jordi, der ebenfalls Kind eines verstorbenen katalanischen Vaters und einer portugiesischen Mutter ist. Die Geschichte war mir wieder eingefallen, als ich mich mit Karen in Rio de Janeiro traf, um mit ihr ein Drehbuch zu entwerfen, in dem wir ohne große Verrenkungen die beiden großen Themen unter einen Hut bekommen könnten, an denen sie in den letzten Jahren als Dokumentarfilmerin gearbeitet hat: afrikanische Musik und das harte Leben der Frauen im südlichen Afrika. So basiert »Die Frauen meines Vaters« gewissermaßen auf einem »Herbst in Barcelona«.

Jordi Burch hat mit sechzehn Jahren seinen Vater verloren und mit zwanzig die Mutter. Und dann auch noch den älteren von zwei Brüdern. Diese Summe tragischer Ereignisse hätte aus ihm einen Zyniker machen können, einen Typen, der das Sonnenlicht meidet und die Einsamkeit sucht. Doch es hat ihn, im Gegenteil, stärker gemacht.

»Das Schlimmste, was mir je passieren konnte, habe ich hinter mir. Jetzt habe ich alles Recht, glücklich zu sein.«

Ich habe ihn noch nie sauer gesehen. Seine gute Laune steckt alle anderen an. Als ich beschloss, ihn zu bitten, mit uns zu kommen, wog dies genauso schwer wie die Qualität seiner Arbeit. Es war eine gute Entscheidung. Jordi macht Fotos, die uns später sehr nützlich sein können, beim Entwerfen des Scripts und auch bei der Werbung für das Projekt.

Was ist das Besondere an Jordis Fotos?

Fotografieren ist wie Beleuchten. Jordi mag Sebastião Salgado nicht, seit er einmal mitbekommen hat, wie sich der große brasilianische Fotograf abfällig über jüngere Kollegen äußerte, die, um eine möglichst originelle Perspektive zu bekommen, sogar auf Kronleuchter klettern würden, sich verrenkten oder andere Kunststücke vollführten. Mein Freund hat das persönlich genommen, als sei diese Bemerkung direkt gegen ihn gerichtet gewesen. Was ich allerdings nicht glaube. Denn Jordi beleuchtet seine Objekte auf eigene, besondere Weise. Das Überraschende ist nicht die Perspektive, sondern das Licht der Figuren, die von innen heraus zu strahlen scheinen.

In Lobito erkannte ich das Hotel Terminus noch wieder. Ich erinnere mich, dass ich als Kind ein paar Mal dort zu Mittag gegessen habe. Ich erinnere mich an:

1. die Kellner, sehr steif, in ihren strahlend weißen Anzügen. Noch heute fallen mir, wenn ich einen Admiral sehe, die Kellner im

Hotel Terminus ein. Und ich habe bis jetzt keinen Admiral gesehen, der so würdig ausgesehen hat.

2. ein Gespräch zwischen meinen Eltern und einem Freund über ein bestimmtes Gericht, das sie zu Mittag gegessen hatten, in dem Obst und Fleisch zusammen serviert wurden. Das fanden sie exotisch. Der Freund meiner Eltern hatte erzählt, er habe so etwas schon einmal in Südafrika gegessen. Viele Jahre lang habe ich daraufhin geglaubt, in der südafrikanischen Küche würden wahre Wunder vollbracht.

An mehr erinnere ich mich beim besten Willen nicht.

Das Hotel Terminus wurde von einer angolanischen Privatbank vollständig renoviert. Dahinter steht nun mitten auf feinstem Sandstrand eine Bungalow-Bar. Mir fiel außerdem ein Platz vor dem Hafen ein, an dem ich eine riesige Schildkröte aus Beton wiedererkannte, die allerdings inzwischen stark gelitten hatte. Wir aßen sehr gut und günstig im Tamaris zu Mittag, einem heruntergekommenen, aber immer noch guten Restaurant, das einer Dame gehört, die denselben Namen trägt wie meine Großmutter väterlicherseits: Rosa Maria Carvalho. Im Stockwerk darüber ist ein kleines Casino. Wir machten auch einen Ausflug in die Dünen. Wunderschöne Strände. Den Nachmittag ließen wir dann mit einem Bad im lauwarmen Wasser der blauen Bucht ausklingen.

# Der Unfall

Plötzlich waren die Schlaglöcher da, ohne Vorwarnung. Malembelembe kam nur noch holpernd voran. Der Wagenhimmel kam mir mit einem Mal unglaublich niedrig vor. Wir versuchten, unsere Köpfe mit Kissen zu schützen. Ich hatte das Gefühl, mein ganzer Körper würde auseinanderfallen. Mandume nahm mich in den Arm. Ich spürte seinen angespannten, schweißgebadeten Körper. Er brüllte etwas in den Lärm, aber ich konnte ihn nicht verstehen. Die Nacht stürzte zu den Fenstern herein. Bartolomeu, der uns gegenüber saß, lachte schallend. Ich schrie Pouca Sorte an, er solle langsamer fahren.

»Er kann dich nicht hören«, brüllte mir Mandume ins Ohr. »Er schläft nämlich!«

»Wie, er schläft?«

»Er schläft! Schau doch mal in den Rückspiegel. Seine Augen sind zu. Er schläft schon seit einer Weile …«

»Ich kann nichts sehen …«

»Glaub mir, er schläft!«

»Dann weck ihn auf, caramba! Wie kann einer am Steuer einschlafen und einfach weiterschlafen, auf so einer Straße?«

Bartolomeu stürzte vom Sitz. Mandume hielt ihn fest, um zu verhindern, dass er sich den Schädel an der Tür stieß. Sie riefen einander irgendetwas zu. Bartolomeu brauchte einen Moment, um zu verstehen, was Mandume ihm sagen wollte, aber dann drehte er sich um und schüttelte Pouca Sorte. Die fünf Sekunden, die folgten, waren die schrecklichsten meines ganzen Lebens. Malembelembe kam von der Straße ab und holperte gut fünfzig Meter weiter, in großen Sprüngen, trockenes Gras und Termitenhügel niedermähend, und kam dann endlich, deutlich nach rechts geneigt, in einer dichten Staubwolke zum Stehen. Das Licht der Scheinwerfer bohrte sich mühsam durch roten Staub und ließ kaum zwei Meter weiter die harte Rinde eines Baobab erkennen.

»Das war knapp«, seufzte Mandume. »Ich dachte, wir würden alle sterben …«

Bartolomeu brüllte Pouca Sorte an: »Verdammt, Alter, hab ich dir nicht gesagt, du sollst nicht schlafen?!«

»Sie sind schuld!« Pouca Sortes Stimme klang seltsam ruhig, eine samtene Stimme in der absoluten Stille der riesigen Nacht um uns herum. »Sie haben mich erschreckt …«

»Erschreckt?! Aufgeweckt hab ich dich, das war es!«

»Ja, aufgeweckt. Hätten Sie mich schlafen lassen, wäre nichts passiert …«

Mandume öffnete die Tür und sprang heraus. Auch ich stieg aus. Mir tat die Brust weh und ich hatte das Gefühl, dass keines meiner Organe mehr an seinem Platz war. Zitternd lehnte ich mich an den knorrigen Stamm des Baobab. Er war riesig. Soweit ich sehen konnte, gab es im Umkreis keinen einzigen anderen Baum. Im Mondschein erkannte man nicht viel, doch das Leuchten der Sterne erhellte alles, Millionen und Abermillionen von ihnen, so viele, wie ich noch nie gesehen hatte, der Himmel voll, bis zum Horizont, bis auf die Erde herunter, leuchtend, sich vervielfältigend und lautlos in der endlosen Weite des Universums explodierend.

»Mein Gott.« Ich hätte beinahe gebetet. »Es ist so schön!«

Pouca Sorte klammerte sich an sein Auto und sagte leise: »Entschuldige bitte, meine liebe Malembe.« Dann drehte er sich zu Bartolomeu um und sagte im gleichen Tonfall: »Sie hätten mich nicht schütteln dürfen! Ich habe Ihnen doch gesagt, dass ich diese Strecke im Schlaf fahre. Das ist wirklich wahr. Glauben Sie, ich könnte diese Schläge ertragen, wenn ich wach wäre?«

Bartolomeu stellte sich neben mich. Seine Wut war verflogen. Er lächelte. »Und nun, Pouca? Wir haben drei Reifen verloren und nur ein Ersatzrad, was machen wir jetzt?«

»Wir warten ...«

»Auf was warten, Cota?«

»Warten eben. Irgendwer wird schon kommen.«

Zum Glück hatte ich daran gedacht, eine Taschenlampe mitzunehmen (ein Geschenk meines Vaters), die zugleich ein Radio und ein Alarmgerät war. Sie hatte keine Batterien. Damit sie funktionierte, musste man an einer Kurbel drehen. Wenn ich fünf Minuten lang schnell an der Kurbel drehte, hatte ich Licht für weitere fünf Minuten und konnte außerdem Radio hören. Ich fand einen angolanischen Sender. Den höre ich nun, während ich im Auto sitze, diese Zeilen schreibe und Schokolade esse. Cadbury mit Minze, hergestellt in Südafrika.

In Europa wird diese Sorte nicht verkauft, glaube ich. In Luanda kann man sie auf der Straße kaufen. Sie schmeckt gut. Und entspannt.

Im Radio höre ich:

»Heute vor zwei Wochen verstarb in Luanda der Sänger und Komponist Faustino Manso. Gemeinsam mit den legendären N'Gola Ritmos von Liceu Vieira Dias und dem Duo Ouro Negro, zwei leider inzwischen fast vergessenen Gruppen, suchte Faustino Manso in der Folklore der Region um Luanda die Inspiration für seine Musik. Der reisende Vogel, wie er genannt wurde, lernte bei einem amerikanischen Musiker Kontrabass spielen, der Anfang der Vierzigerjahre von einem Kriegsschiff desertiert und in Luanda geblieben war. 1958 führte ihn seine Liebe zum Jazz bis nach Cape Town, wo er mit Größen wie Hugh Masekela und Abdullah Ibrahim spielte, der sich damals noch Dollar Brand nannte. Heute, zu dieser nachtschlafenden Stunde, wollen wir uns ein paar der Stücke anhören, die ihn bekannt gemacht haben [...]«

Und dann kam wirklich jemand – zwei Soldaten in einem klapprigen Volkswagen –, während Faustino Manso »Luanda ao Crepúsculo«

sang. Der Soldat, der am Steuer saß, war groß und schlank; der andere war klein und rundlich und trug einen dichten Schnurrbart, der an einen Besen erinnerte. Dom Quixote stieg aus seinem Wagen und streckte sich. Sancho Pansa stieg auch langsam aus, versuchte erst einmal, seinen riesigen Bauch in der Hose zu verstauen, gab den Versuch schließlich auf, ging gemächlich zum Baobab hinüber und pinkelte ausgiebig. Dom Quixote rief ihn zur Ordnung: »Hauptmann, das Mädchen!« Er streckte mir seine Hand hin. »Ein Unfall?«

Ich erzählte ihm, was passiert war.

Dom Quixote schüttelte mitfühlend seinen länglichen, hageren Kopf. »Hier können Sie unmöglich bleiben. In dieser tiefen Nacht. Vor allem Sie nicht, eine so zarte, junge Frau. Wir befinden uns in Feindesland. Der Krieg ist aus, das schon, aber hier im Busch stecken immer noch einige versprengte Banditen. Neunundneunzig, wissen Sie, wäre ich fast umgekommen. Dieser Baobab hier hat mir das Leben gerettet.«

»Sind Sie in einen Hinterhalt geraten?«

»Nein, meine Dame. Meine Frau hätte mich fast umgebracht ...«

»Ihre Frau?«

»Genau. Ich war gerade in einem Fahrzeug mit einer jungen Dame aus Benguela beschäftigt. Mil Flores war ihr Name, eine hellhäutige Mulattin ... so wie Sie. Ich war bereits, wie soll ich sagen, in Gefechtsstellung, als meine Frau auftauchte. Wir waren, wie ich später in Erfahrung bringen konnte, von einer anderen, sehr eifersüchtigen Geliebten von mir denunziert worden, Anunciação hieß sie. Maria Rita, meine Frau, war mit einer Machete bewaffnet. Ich sah sie nicht kommen und bemerkte sie erst, als sie das Fenster auf der Fahrerseite einschlug. Mil Flores öffnete die Beifahrertür und rannte fort, nackt wie sie war, was herrlich anzusehen war, in Richtung Lobito. Gott schuf mich so, wie Sie mich hier sehen, schlank und flink wie ein Zicklein, doch ich bin alt, meine Frau ist wesentlich jünger als ich, hat also mehr Ausdauer. Deshalb war es nur eine Frage der Zeit, bis sie mich erwischt hätte. Und dann: zack, wäre ich meiner Bewaffnung beraubt worden. Also floh ich den Baobab hinauf.«

»Nicht möglich! Wie haben Sie das geschafft?«

»Wie können Katzen fliegen?«

»Katzen fliegen nicht!«

»In Europa vielleicht, Mädchen. Hier können sie es! Schicken Sie einen Windhund hinter einer Katze her, und sehen Sie, wie die Katze fliegen kann. Eine panische Katze klettert jeden Baum hoch, selbst wenn es ein Eukalyptus ist. Bei einem entsprechenden Windhund schafft sie es auch eine glatte Wand hinauf. Sicher ist, ich bin geflogen und raufgekommen. Dort oben blieb ich, pudelnackt, also vor allem nackt, denn für einen Pudel fehlt mir doch ein wenig Fell, bis die Nacht kam, Maria Rita es leid war und fortging.«

# Fatita de Matos, unglückliche Geliebte

Im geräumigen Besucherzimmer des Hauses von Fatita de Matos, Mana Fatita, in den Dünen von Lobito hängen fünf jeweils einen auf eineinhalb Meter große Ölporträts. Auf allen ist Fatita de Matos in einem Korbstuhl und in fast identischer Pose zu sehen, mit einem Buch im Schoß. Das erste Bild wurde 1946 gemalt. Fatita ist zwanzig Jahre alt, noch Jungfrau und liest »Das Verhängnis der Liebe« von Camilo Castelo Branco. Auf dem zweiten Gemälde ist sie dreißig Jahre alt, hat vier uneheliche Kinder und liest »Das Verhängnis der Liebe«. Auf dem dritten ist sie vierzig, trägt Schwarz, weil das jüngste Kind gestorben ist, und liest »Das Verhängnis der Liebe«. Auf dem vierten ist sie fünfzig Jahre alt, hat sieben Enkel und liest immer noch »Das Verhängnis der Liebe«. Auf dem fünften Bild schließlich ist sie sechzig, hat zwölf Enkel, drei Urenkel und liest »Hundert Jahre Einsamkeit« von Gabriel García Márquez. Sämtliche Bilder hat sie selbst gemalt.

»Es fehlen zwei«, sage ich. »Haben Sie aufgehört zu malen?«

Fatita lächelt. Sie hat ein jugendliches Lächeln. Das Lächeln ist auf allen fünf Bildern dasselbe. Es ist nicht gealtert.

»Nein, ich habe nicht aufgehört zu malen, ich male nur nicht gern alte Leute.«

Dann schweigt sie. Ihre älteste Tochter, Doktor Pitanga de Matos, bricht das Schweigen und erzählt, ihre Mutter habe wegen Faustino Manso sehr gelitten. Sie erzählt von der Liebe der Mutter, als wäre es ihr eigenes Leid. Fatita de Matos lächelt nur hin und wieder ein wenig spöttisch oder nickt mit geschlossenen Augen. Pitanga de Matos ist eine kräftige Frau. Ihre dunkle Haut reflektiert das Licht wie ein

Spiegel. Ihre Augen sind grau und sehr lebhaft. Sie hat im früheren Jugoslawien sozialistische Ökonomie studiert und war zwei oder drei Jahre lang stellvertretende Finanzministerin. Heute leitet sie erfolgreich ein Fischfangunternehmen mit Sitz in Lobito und eine Fischmehlfabrik in Tombua. Ihre Stimme klingt fest und leicht nasal.

»Mama hat Papa auf einem Karnevalsball kennengelernt. Es war Liebe auf den ersten Blick. Sein Orchester spielte einen Bolero, ›Bésame Mucho‹, kennen Sie den? Natürlich, den kennt jeder.«

Sie singt. Die Art, wie sie singt, das Timbre, irgendetwas, erinnert mich an Faustino Manso:

Bésame, bésame mucho,
como si fuera esta noche la última vez
bésame, bésame mucho,
que tengo miedo a perderte,
perderte después.

»Und dann hat Papa begonnen zu singen. Er hat gesungen und dabei Mama angesehen, seine Augen gefesselt von ihren Augen …

Quiero tenerte muy cerca
mirarme en tus ojos, verte junto a mí.
Piensa que tal vez mañana
yo estaré lejos, muy lejos de ti.

Es war ehrlich gemeint, ja, das war es, doch sie hat es nicht gemerkt, die Arme. Sie begannen sich heimlich zu treffen, erst ein paar Küsschen, dann ein paar Zärtlichkeiten, und fünf Monate später war Mama schwanger. Ein Skandal! Mama, die einzige Tochter, war immer wie eine Prinzessin behandelt worden. Mein Großvater war Angestellter der Eisenbahngesellschaft von Benguela, Goaner, ein riesiger Mann, sehen Sie die Fotografie dort? Das ist er. Wir sehen uns ähnlich. Meine Großmutter, eine Dame aus Benguela mit sehr konservativen Ansichten, war völlig am Boden zerstört und wurde bettlägerig. Großvater schloss Mutter in ihr Zimmer ein und befahl den Bediensteten, ihr weder Essen noch Trinken zu geben, bis sie den Namen ihres Verführers preisgab …

… So sagte man damals, Verführer, ich finde den Begriff sogar schön …

… Am dritten Tag nannte sie schließlich den Namen: Faustino Manso. Mein Großvater machte sich, mit einer Pistole bewaffnet, auf die Suche nach ihm, doch er fand ihn nicht. Faustino war nach Luanda verschwunden. Da nahm mein Großvater einen Dampfzug in die Hauptstadt, entschlossen, ihn mit Gewalt nach Benguela zurückzuholen und ihn zu zwingen, Mama zu heiraten. Aber er kam zu spät. Faustino hatte zwei Tage zuvor schon geheiratet.«

Fatita de Matos schmunzelt. »Ich mochte Faustino. Er war ein süßer Kerl.«

»Anscheinend tatsächlich sehr süß, pure Schokolade! So süß, dass du dich, obwohl er verheiratet war, weiter mit ihm getroffen hast. Heimlich. Nach mir kamen drei weitere Kinder. Mein jüngster Bruder ist an Malaria gestorben, als er fünfzehn war. Balantine, die Zweite, lebt heute in Rio de Janeiro. Malibu ist in Luanda …«

Fatita de Matos schaut auf und sagt provozierend: »Als Malibu geboren wurde, war ich schon mit Faustino verheiratet!«

Pitanga zuckt mit den Schultern. »Verheiratet? Sozusagen verheiratet. Verheiratet nach Landessitte …«

Das kam so: An einem stürmischen Morgen wachte Fatita de Matos auf und Faustino saß an ihrer Bettkante, vollkommen durchnässt. Ein Blitz erhellte sein Gesicht, und sie konnte erahnen, wie er vierzig Jahre später aussehen würde: wie ein ausgelaugter, tatteriger Alter, der sich an der Wand abstützen musste, um nicht zu stürzen. Sie fragte ihn, was passiert sei, und der Alte antwortete: »Nichts.« Und strich ihr mit der Hand über die Haare und sagte, er würde nie mehr nach Luanda zurückkehren. Und fügte hinzu: »Ich will dir gehören bis zur Stunde meines Todes.«

Sieben Jahre lang hatte Fatita sich diesen Moment erträumt. Sie stand auf, ging zum Fenster und schaute in das Unwetter hinaus. In ihren Träumen war Faustino immer in genau so einer Nacht erschienen, hatte sie umarmt, seinen Kopf in ihren Schoß gelegt, ihr die Haare zu Zöpfen geflochten, und sie hatte geweint. Morgens erwachte sie dann sehr früh, und ihr Kopfkissen war feucht von den Tränen. Im Angesicht der Realität jedoch weinte Fatita de Matos nicht. Im Gegenteil, sie bekam plötzlich den Drang, laut zu lachen. Lachte voller Wut, ein raues, unbändiges Lachen, und erinnerte sich an all die Nächte, die sie alleine verbracht hatte, die peinlichen Blicke der Leute auf der Straße, das Grinsen hinter ihrem Rücken und an das wütende Schweigen des Vaters, die Ohnmachtsanfälle der Mutter, und lachte immer noch, als sie nach einem Stuhl griff und diesen mit einer Kraft, von der sie bis dahin nicht einmal wusste, dass sie sie besaß, auf den Kopf des Geliebten und zu dessen großem Erstaunen niederkrachen ließ. Im Film, vor allem in Wildwestfilmen, ist es normal, dass jemand einen Stuhl auf dem Kopf eines anderen Darstellers zerschmettert, ohne dass das Opfer groß darunter zu leiden scheint. In der Wirklichkeit, in der wir leben, das ist bekannt, sind Stühle härter oder Köpfe zerbrechlicher oder beides als im Fantasieuniversum, in dem sich Filmstars bewegen. Faustino musste ins Krankenhaus und blieb drei Tage und zwei Nächte bewusstlos. Als er schließlich die Augen verblüfft wieder aufschlug, sah er Fatita de Matos vor sich. Sie saß auf einem Stuhl in einer Ecke und las »Das Verhängnis der Liebe«. Ganz in Schwarz gekleidet wie eine Witwe aus früheren Zeiten und so konzentriert, dass sie erschrak, als sie seine dünne Stimme vernahm.

»In Ordnung«, murmelte er. »Ich verspreche dir, auch nach dem Tod noch der Deine zu sein.«

Doch nicht einmal den ersten Teil seines Versprechens hat er gehalten.

Faustino Manso wurde erst Berufsmusiker, nachdem er Luanda verlassen hatte. In der Hauptstadt hatte er noch (mehr oder weniger) als Postbeamter gearbeitet. Hatte Kontrabass in einer Jazzband auf privaten Feiern und in dem einen oder anderen Club gespielt, meistens am Wochenende. In Lobito fand er dann eine Anstellung als Pianist im Hotel Terminus. Bis dahin hatte er noch nie vor Publikum Klavier gespielt. Es war eine relativ gut bezahlte Arbeit, die ihm jede Menge freie Zeit ließ. Eines Abends kam ein junger Südafrikaner und beglückwünschte ihn. Er hieß Basil du Toit. Sein Vater, Besitzer einer Hotelkette in Südafrika, hatte ihn nach Angola geschickt, um den Markt zu sondieren. Basil, der in Kapstadt geboren war, erzählte ihm voller Begeisterung von Sophiatown und davon, wie der Jazz, nun nach Hause zurückgekehrt, neue Farben entwickelte. Und er versicherte, dass er Faustino, sollte er irgendwann einmal nach Südafrika kommen, nach Kräften unterstützen wolle.

Zwei Jahre vergingen. An einem warmen, feuchten Dezembermorgen im Jahr 1956 fuhr Faustino mit dem Fahrrad los. Wie üblich radelte er bei der Post vorbei, wo er erst einmal ewig mit ehemaligen Kollegen schwatzte. Wenig später kam er aufgeregt mit einem Brief von Basil in der Hand wieder heraus. Der Südafrikaner lud ihn ein, für drei Monate in Kapstadt zu spielen, und bot ihm einen guten Vertrag. Fatita sah seine Begeisterung und versuchte nicht einmal, ihn umzustimmen. Einen Monat danach, kurz nach Weihnachten, bestieg Faustino ein Schiff mit dem Ziel Südafrika.

Das Haus steht in der Mitte eines riesigen, etwas verwahrlosten Grundstücks, umgeben von fünf zerzausten Palmen und einem jungen, schon halb vertrockneten Mangobaum. Es ist ein schönes Beispiel für die Architektur der Kolonialzeit – das Erdgeschoss aus Beton mit seinen eleganten Arkaden, auf das sich eine leichte Holzkonstruktion stützt, ist smaragdgrün und verblichen. Die Veranda, groß und luftig, läuft komplett um das Haus herum. In der Karibik sah ich ähnliche Gebäude.

»Ich wurde nicht hier geboren. Wir zogen hierher, als ich fünfzehn war. Dann wurde ich schwanger und ging zu einer alleinstehenden Tante nach Benguela. Ich kam erst zurück, als mein Vater tot war.«

»Und Ihre Mutter? Kam sie mit Faustino zurecht?«

»Nein, überhaupt nicht! Sie ignorierte ihn einfach. Tat so, als sei er gar nicht vorhanden. Sie hat nicht ein einziges Mal mit ihm geredet. Irgendwann glaubte ich, dass sie ihn tatsächlich nicht wahrnahm …«

»Als sei Papa ein Gespenst gewesen«, bestätigt Pitanga. »Eines Tages kam sie ins Bad, wo er in der Badewanne lag. Papa begann zu schreien …«

Fatita lachte. »Stimmt, das hatte ich schon fast wieder vergessen. Faustino begann zu schreien, und ich ging nachsehen, was los war. Da saß Mama ganz ruhig auf der Toilette und pinkelte. Ich sagte zu ihr: ›Mama, schämst du dich nicht, schau mal, da ist Faustino!‹ Und sie zuckte die Schultern. ›Faustino? Welcher Faustino? Es gibt keinen Faustino!‹ So war es immer.«

*Lubango, im Süden Angolas*
*Mittwoch, 2. November 2005*

Gestern früh kamen wir in Lubango an. Wir wohnen im Stadtzentrum in einem Drei-Zimmer-Apartment mit Badezimmer, Küche und einem Wohnzimmer, im dritten Stock, ohne Aufzug. Heute Morgen haben wir im Café Huíla gefrühstückt, das im Erdgeschoss des Gebäudes liegt und den Besitzern unseres Apartments gehört. Es scheint der Treffpunkt der örtlichen Bourgeoisie zu sein. Es ist fast immer voll. Man sieht viele weiße Angolaner, die hier »Chicoronhos« genannt werden, eine Verballhornung von »Senhor Colono«, Herr Kolonist. Man begegnet uns mit einigem Misstrauen. Niemand sucht den Kontakt.

Den gestrigen Tag verbrachten wir damit, die »Sehenswürdigkeiten« und einige mögliche Drehorte abzuklappern: das Grand Hotel Huíla, die Christusstatue, die gewundene Straße in die Serra da Leba, die Schlucht von Tundavala. Jordi hat viel fotografiert.

Wir sind mit einer Taxifahrerin unterwegs, Dona Augusta, die wir direkt am Flughafen kennengelernt haben. Das Grand Hotel Huíla ist mittlerweile in den Farben des Ölkonzerns Sonangol gestrichen: rot und gelb, ein schmerzendes Gelb, grell wie ein Schuss, wodurch das gesamte Gebäude aus dem Gefüge der Stadt heraussticht. Innen ist eine gewisse koloniale Eleganz erhalten geblieben. Die Straßen sind in hervorragendem Zustand. Die Christusstatue, eine zwergenhafte und etwas plumpe Replik des großartigen Cristo Redentor, der über Rio de Janeiro wacht, ist komplett restauriert worden. Von dort aus kann man die ganze Stadt überblicken.

Danach fuhren wir in die Tundavala. Der Himmel sah nach Gewitter aus. Dunkle Wolkenballen drängten nervös in Richtung Sonnenaufgang. Das Licht der Sonne, das sie von hinten beleuchtete, hob ihre Umrisse und ihre gewaltigen Ausmaße hervor. Plötzlich mündete die Straße in eine große Ebene, die über und über von riesigen grauen Steinen bedeckt war. Die Form der Steine und ihre Anordnung strahlten eine absolut regellose Unordnung aus, eine verkorkste Intelligenz, wie ein von einem Irren verfasster Brief. Erst dahinter lag die Schlucht, der kein Foto gerecht werden kann. Vor dem sich plötzlich auftuenden Abgrund spürten wir, wie uns jede Vernunft abhanden kam. So etwas konnte es gar nicht geben. Und doch war es da.

Schließlich fuhren wir nach Chibia. Ich wollte Karen die Bar da Inês zeigen. Sie befindet sich in der Hauptstraße, es gibt nicht viele Straßen in Chibia. Der Besitzer, ein einigermaßen betagter Herr, ein sehr hellhäutiger Mischling, »kaputt weiß«, wie Dona Augusta sagt, wurde in Malanje geboren und kam gleich nach der Unabhängigkeit nach Chibia. Seine Augen sind von einem fast durchsichtigen, hellen Blau. Als glühender Anhänger von Sporting hat er das kleine Lokal grün-weiß gestrichen und in eine Ecke einen Plastiklöwen gestellt. Er sagt, er könne sich noch sehr gut daran erinnern, wie ich vor vier Jahren zum ersten Mal in seiner Bar war, zusammen mit dem Schriftsteller Jorge Arrimar, der aus Chibia stammt und damals nach dreißig Jahren Abwesenheit in die Stadt zurückgekehrt war. Ich setzte mich mit Karen an einen Tisch.

»Verstehst du jetzt, warum ich dich hierhergebracht habe?«

Sie verstand nicht.

»Das hier, meine Liebe, wird die Bar von Leopoldina, Faustinos dritter Witwe.«

Karen wiegte ihren Kopf hin und her. »Es kann schon diese Bar hier sein. Aber sie wird nicht in Chibia liegen, sondern in Namibe. Namibe ist eine Küstenstadt. Dort gibt es einen Hafen. Und unser Mann, vergiss das nicht, war so eine Art Seefahrer: in jedem Hafen eine Frau.«

## GESPRÄCH MIT EINEM ÄRMLICH WIRKENDEN, REICHLICH ANGETRUNKENEN MANN AN DER TÜR DER BAR DA INÊS

»He Mann, ich brauche Hilfe, ich leide an Bildern …«

»Wie, Sie leiden an Bildern?«

»Ich leide an Bildern. Von Ihnen als Wissenschaftler würde ich gern wissen, ob es noch mehr Menschen gibt, die ein solches Leiden haben.«

»Ich verstehe nicht, woran genau leiden Sie?«

»Sie reden mit der Person an der Wand. Und das Bild spricht mit Ihnen.«

»Ich rede nicht mit Bildern …«

»Genau darum geht es, Herr Wissenschaftler. Ich schon.«

»Und was sagt das Bild?«

»Es sagt, es wird sterben. Doch jetzt, genau jetzt, verschwindet die Stimme. Das Hemd ist eine Schlange, die über den Körper schleicht. Sie sind doch Wissenschaftler, geben Sie das weiter, mein Name ist Elídio Cabinda.«

# Die erste Meerfrau war tot

Ein sandfarbener Hund flitzte vorbei. Dabei hinterließ er einen starken Geruch nach nassem Fell und getrocknetem Fisch. Der Geruch schien das einzig Konkrete an ihm zu sein. Andere Hunde kamen zwischen den Dünen hervor und schlossen sich ihm an. Mandume stürmte mit weiten Schritten den Strand entlang und gab sich alle Mühe, die Meute zu filmen. Ich rief ihm zu, dass er vorsichtig sein solle. Er winkte mit der freien Hand zurück. Sein Oberkörper war nackt, und er hatte ein rotes Tuch um den Kopf gebunden.

»Keine Gefahr«, versicherte mir Bartolomeu. »Es gibt nur diese Hunde hier, und die greifen keine Menschen an …«

»Tigerbucht«. Ich habe das Buch von Pedro Rosa Mendes gelesen. Ich hätte es mitnehmen sollen. Ich kann mich nicht erinnern, was er über diesen alten Fischerort geschrieben hat, der heute tot und unter den lebenden Dünen der Wüste begraben (fast begraben) daliegt. Nur die Metapher habe ich mir behalten. Wir waren in einem der Trawler meiner Nichte unterwegs nach Namibe oder Moçâmedes, wie die Stadt in der Kolonialzeit hieß, davor hatte sie Angra do Negro geheißen. Mateus, der Bootsführer, hatte in der Tigerbucht Anker geworfen, und wir waren an Land gegangen, Gespenster besuchen.

Eine halbe Stunde später tauchte Mandume wieder auf, erschöpft von der Verfolgung der Hunde. Er tat geheimnisvoll. »Ich will dir was zeigen.« Er setzte sich in den Sand, mit dem Rücken zur Sonne, sodass das Display seiner Kamera im Schatten lag. »Siehst du das?«

Ich musste lachen. »Das ist gut. Sieht wirklich aus wie eine Meerjungfrau von Fontcuberta.«

»Ich schwöre dir, ich habe sie nicht zusammengebastelt! Die war schon da.«

Der spanische Fotograf Joan Fontcuberta ist durch seine humoristischen Inszenierungen mythischer Ungeheuer berühmt geworden, besonders durch eine Serie versteinerter Meerjungfrauen. Mandumes Aufnahmen erinnerten mich daran: der obere Teil eines Skeletts, auch der Schädel, von einem Menschen oder Affen, und dazu etwas, das wie die abgenagten Knochen eines Delfins aussah. Die Entdeckung belustigte alle. Bartolomeu rief in unregelmäßigen Abständen: »Da, schau, im Wasser, eine Meerjungfrau!«

Anfangs tat Mandume noch so, als fände er das witzig. Jetzt lachte er nicht mehr. Die (zugegeben manchmal etwas grobe) Heiterkeit von Bartolomeu ärgerte ihn, alles, was an ihm, seinen Gesten, seinem Lachen, dreist und unmäßig ist. Er nahm mich in den Arm und flüsterte mir ins Ohr: »Der Typ ist ein Schauspieler, er spielt einen Schwarzen oder das, was er sich unter einem Schwarzen vorstellt. Ich jedenfalls bin schwarz und bin nicht so.«

»Vielleicht bist du ja nicht einmal schwarz.«

»Glaubst du nicht?«

»Ich weiß nicht. Was macht eigentlich einen Schwarzen aus?«

Pouca Sorte ist uns mit Malembelembe auf dem Landweg gefolgt. Zwei oder drei Tage wird er bis Namibe brauchen. Von dort werden wir mit ihm weiterfahren. Den Vorschlag, mit dem Trawler zu fahren, hatte Pitanga gemacht. Neugierig nahm ich das Angebot an, denn ich wollte herausfinden, wie Faustino sich gefühlt hatte. Immerhin war das Meer vielleicht noch dasselbe, das Boot ganz bestimmt ein anderes, vor allem komfortabler, und die Zeit war auch eine andere. Doch wir hatten wenig Glück. Nach vier Stunden Bootsfahrt verdunkelte sich der Himmel und es begann zu regnen. Der Wind türmte Wolken auf. Heulen und Pfeifen und das heftige Aufbäumen des Wassers, das gegen das Holz klatschte. Das Boot schaukelte gefährlich. Hätte ich mich über die Reling gebeugt, hätte ich das Meer immer näher kommen sehen, es fast mit den Fingern berühren können, und dann beobachten, wie es sich wieder zurückzieht, weiter und weiter, bis fast der gesamte Rumpf zum Vorschein kommt.

»Oh nein!«, stöhnte Mandume. »Nicht schon wieder Canjala!« Sagte er und erbrach sich über die Reling. Bartolomeu tat es ihm nach. Ich konnte mich beherrschen. Das ist wahrscheinlich genetisch …

… Aber nein, natürlich, ich mache mir selbst etwas vor. Ich vergesse immer, dass mein Vater gar nicht mein Vater ist. Ich meine, dass Dário nicht mein biologischer Vater ist. Dários Vater war Kapitän bei der Handelsmarine. Sein Großvater väterlicherseits kam beim Kabeljau-Fischen ums Leben. In Ílhavo hat jeder irgendeinen Verwandten, der irgendetwas mit dem Meer zu tun hat. Erst jetzt, da ich diese Zeilen schreibe, wird mir klar, dass ich keinerlei Seemannsblut in den Adern habe. Schade. Ausgerechnet ich, die ich doch so stolz darauf war.

Und dann ist plötzlich alles wieder ruhig. Das Meer geht ins Blau des Himmels über und ich weiß nicht mehr, ob wir fahren oder fliegen.

Vielleicht fliegen wir ja.

»Namibeeeeeeeee!«

Der alte Mateus lächelt. Ein freundliches Lächeln, warm wie eine Umarmung. »Das gute alte Moçâmedes. Hier bin ich geboren.«

# Die Stille der Schachspieler

Die Stille.

Nein, Stille in der Mehrzahl.

Ich könnte eine kurze Abhandlung über die Stille schreiben. Oder besser gesagt, ein Stichwortverzeichnis der verschiedenen Formen der Stille zur Verdeutlichung für gehörlose Menschen[2]:

Die Stille vor dem Hinterhalt.
Die Stille beim Freistoß.
Die Stille eines Trauermarsches.
Die Stille der Sonnenblumen.
Die Stille Gottes nach einem Massaker.
Die Stille eines am Strand sterbenden Wals.
Die Stille an einem Sonntagmorgen in einem kleinen Dorf
im Alentejo.
Die Stille der Spitzhacke, mit der Trotzki getötet wurde.
Die Stille der Braut vor dem Jawort.
Usw.

Es gibt ruhige Formen der Stille und überbordende. Fröhliche Stille und dramatische. Stille, die nach Weihrauch duftet, und Stille, die Dunggeruch verströmt. Stille, die stark nach reifen Guaven schmeckt, Stille, die man in der Innentasche der Jacke aufbewahrt, zusammen mit einem Foto des gestorbenen Kindes; Stille, die nackt über die Straße geht, arrogante Stille und jene, die einen anbettelt.

---

2 Ich glaube, dass jemand, der in vollkommener Stille lebt, nicht weiß, woraus diese Stille besteht. Weiß ein Blinder, was Dunkelheit ist?

Die Stille der Schachspieler unterscheidet sich von jeder anderen. Die zwei da vor mir, unwahrscheinliche Gegner, rufen gemeinsam eine Stille hervor, die ich von Salons kenne, die ganz anders sind als dieser hier. Der erste Spieler hat einen riesigen, von der Sonne beschienenen Kürbiskopf und trägt das wenige Haar, das ihm noch geblieben ist, in wilden, rebellischen, bis auf die Schultern herabfallenden Strähnen. Der andere könnte als Modell für Touristen herhalten, die nach typisch afrikanischen Figuren suchen, wenn sich Besucher in dieser halb verlassenen Stadt nicht allzu rar machen würden: Er ist ein Mucubal. Und zwar wohlgemerkt nicht so, wie ich Portugiesin bin, sondern wie ein Pauliteiro de Miranda, der sich für ein Folklorefestival herausgeputzt hat. Und doch gibt es einen Unterschied: Der Pauliteiro de Miranda ist gar kein Stocktänzer, er ist es nur, solange er auf der Bühne steht; danach zieht er die Tracht wieder aus und schlüpft in seine Jeans und ein T-Shirt mit dem Konterfei von Bob Marley oder Che Guevara. Einmal filmte ich in Santiago de Chile einen Obdachlosen, der sich als Mapuche-Indianer verkleidet hatte. Er trug sogar ein Schild um den Hals: »Echter Indio. Made in Chile.« Dem Mann hier fehlt nur noch so ein Schild. Er ist sehr groß, elegant, hat breite Schultern und ein scharf geschnittenes Gesicht, lange Koteletten wie ein Rocksänger der Siebzigerjahre. Sein Haar ziert ein buntes Tuch, und um die Hüften trägt er eine Art Tanga, ebenfalls aus Stoff. Zwei Glasperlenketten, von denen die eine noch eine Sicherheitsnadel ziert, lenken die Blicke (zumindest meinen Blick) auf den kräftigen Hals und die starke Brust. Als wir hereingekommen sind, hat er uns in makellosem Portugiesisch begrüßt und Bartolomeu gefragt, ob Sporting gewonnen hätte. Die Antwort hat ihn gefreut.

»Sporting ist gut!«

Hier sind anscheinend alle Sporting-Fans. Sogar die Bar ist grünweiß gestrichen. In einer Ecke hängt eine Art Altar an der Wand; zwischen brennenden Kerzen entdecke ich ein ausgestopftes und ebenfalls grün angemaltes, katzenartiges Tier. »Was wollen Sie?«, fragt der Mucubal, als er mein erstauntes Gesicht sieht. »Der beste Löwe, den wir hier bekommen konnten.«

Mit seinem Gegenüber redet der Mucubal in einer trockenen, zischenden Sprache, die in meinen Ohren wie Russisch klingt. Victória, die Tochter der dritten Frau meines Vaters, bringt den Spielern noch zwei Bier. Ich bestelle drei für uns. Und frage sie: »Ist das Russisch?«

Sie nickt und verzieht keine Miene. Es war nicht schwer, Leopoldinas Bar zu finden. Noch bevor wir hier ankamen, erzählte uns jemand, dass Leopoldina gestorben sei und der Laden jetzt von Victória, ihrer jüngsten Tochter, geführt werde. Sie empfing uns sehr freundlich, doch als ich meinen Namen nannte und sagte, warum ich hier sei, verschwand ihr Lächeln sofort.

»Ich habe Ihren Vater nicht gekannt. Ich erinnere mich nicht an ihn. Er hat uns verlassen, bevor ich geboren wurde. Ich wollte ihn auch nie kennenlernen.«

Ich werde mich anstrengen müssen, dass sie mit mir redet.

Der Blonde heißt Nicolau Alicerces Peshkov. Sein Großvater war Kavallerieoffizier unter Nikolaus II. Nach der Oktoberrevolution floh er nach Paris, landete dann in Luanda, wie ein vom Sturm fortgerissenes Boot auf einer unbekannten Insel, und ließ sich dort erst einmal nieder, um zu verschnaufen und seine Wunden zu lecken. Irgendwann heiratete er eine Deutsche aus Namibia, eröffnete ein Fotostudio und bekam einen einzigen Sohn, dem er den Namen des letzten Zaren gab. Der führte das Geschäft des Vaters weiter. Außerdem interessierte er sich für Film und zog schließlich Mitte des vergangenen Jahrhunderts nach Benguela, wo er einen Saal mietete, in dem er Filme vorführte. Leider trank er sehr viel, spielte und hatte einen Hang zu unglücklichen Liebesgeschichten. Er starb in den Armen seines ältesten Sohnes, Nicolau II, dem Blonden, und hinterließ ihm als einziges Erbe einen Projektor sowie ein halbes Dutzend Filme in schlechtem Zustand. Einige Jahre lang, noch vor der Unabhängigkeit, verdiente sich Nicolau seinen Lebensunterhalt damit, dass er Filmklassiker in Schwarz-Weiß in den ärmeren Vierteln von Lobito, Benguela, Namibe und Lubango vorführte sowie in Dörfern auf dem Land, weit entfernt von jeder Eisenbahnstrecke. Er wurde durch das Fernsehen und später die Videos verdrängt. Auf der Suche nach einem dennoch interessierten Publikum war er gezwungen, in immer abgelegenere Ortschaften zu ziehen. Mit dem Fahrrad und in Begleitung eines dürren, schüchternen Jungen namens James Dean. Ich kann ihn von hier aus sehen, den jungen James Dean, er sitzt draußen im Schatten einer Mauer und liest ein Buch. Ich fragte ihn nach seinem wirklichen Namen und er schaute mich verwundert an.

»Ich heiße wirklich James, gute Frau. James Dean.«

Er zeigte mir seinen Ausweis. Er heißt tatsächlich James Dean, Hautfarbe schwarz, geboren in Lobito am 4. Juli 1990. Nicolau und James Dean kennen die Wüste wie ihre Westentasche. Sie durchstreifen sie auf dem Fahrrad. Und wenn sie auf eine Ansiedlung von Viehhirten stoßen, hängen sie ein Betttuch vor eine Wand oder spannen es zwischen zwei größere Bäume, falls keine Wand zur Verfügung steht, werfen ihren Projektor an und zeigen ihren Film. James Dean muss während der gesamten Vorführung in die Pedale treten, um Strom zu erzeugen.

»Wenn Neumond ist, gibt es keinen besseren Kinosaal«, versicherte Nicolau inbrünstig. »Und der Film ist wirklich gut.«

Der Film ist eine mehr oder weniger zufällige Collage aus Fotogrammen. Nicolau selbst hat sie mit einer Engelsgeduld zusammengeschnitten, aus dem, was von den Filmen des Vaters noch übrig war: aus »African Queen«, »Casablanca«, »Vertigo«, »Die Faust im Nacken« und natürlich »Denn sie wissen nicht, was sie tun«.

Sein Schachpartner – »nenn mich einfach João« – wurde im Alter von zwölf oder dreizehn Jahren von den angolanischen Streitkräften verschleppt. Er lernte schießen und Portugiesisch, verbrachte fünfzehn Monate in Moskau, studierte dort »Überzeugungstechnik«, was auch immer das sein mag (ich möchte es lieber nicht wissen), und sprach fließend Russisch, als er zurückkam. 1998 entlassen, kehrte er nach Hause in die Wüste zurück und wurde wieder ein einfacher Hirte. »Einfacher Hirte« sind seine Worte, und natürlich auch »Überzeugungstechnik«. Immer wenn er nach Namibe kommt, schaut er kurz in Leopoldinas Bar herein, um mit Nicolau II Schach zu spielen. Und bringt ihm Russisch bei. Dafür erteilt Nicolau ihm Lektionen in Filmgeschichte.

## FRAGMENTE EINES INTERVIEWS MIT VICTÓRIA MANSO

Ich: Hat Ihnen Ihre Mutter von Faustino Manso erzählt?

V. M.: Nein. Für mich ist er nicht mein Vater. Er hat uns verlassen, bevor ich geboren wurde. Danach hatte Mutter andere Männer. Dieser Herr hat uns nie besucht, auch nicht, nachdem er nach Angola zurückgekehrt war. Glauben Sie, er hätte meiner Mutter nur ein einziges Mal geholfen? Nie. Nie und nimmer. Das Einzige, was ich empfinde, wenn ich an ihn denke, ist Wut.

Ich: Wissen Sie, wie Ihre Mutter Faustino Manso kennengelernt hat?

V. M.: Ich weiß nur, was die Leute sagen. Er soll Mutter geraubt haben. Er soll sie ihrem Volk geraubt und nach Sá da Bandeira verschleppt haben. Sie musste für ihn arbeiten.

Ich: Kennen Sie die Familie Ihrer Mutter?

V. M.: Sie sind Mucumbais.

Ich: Ja. Kennen Sie sie?

V. M.: Nein. Sie leben ihr Leben. Wir leben unseres.

...

Ich: Waren Sie schon einmal in Luanda?

V. M.: Nein. Ich war einmal in Oshakati.

Ich: Als Faustino Manso Lobito verließ, um nach Kapstadt zu gehen, wissen Sie, warum er hiergeblieben ist?

V. M.: Er ist nicht hiergeblieben. Das Schwein hat uns verlassen, er ist weggegangen ...

Ich: Aber er ist drei Jahre geblieben ...

V. M.: Ja, er ist drei Jahre geblieben ... Nein, keine Ahnung, warum. Ich will es auch nicht wissen. Fragen Sie meinen Bruder Babaera. Sie finden ihn in Lubango. Gehen Sie hin und fragen Sie ihn.

# Ein Held am Straßenrand

Mit letzter Kraft erklomm Malembelembe die Serra da Leba. Mandume hatte sich mit der Videokamera an eines der Fenster gesetzt. Zum ersten Mal war er von der Landschaft begeistert. »Tolle Kurven!«

»Tolle Kurven!«, pflichtete ihm Pouca Sorte bei. »Diese Straße hier hat mehr Kurven als jede schöne Frau.«

Sie lachten. Bartolomeu klopfte ihm auf die Schulter. »Glaubst du an die Treue, Mano?«

»Ich? Ich nicht! Ich glaube nicht, dass ein Mann sein Leben lang nur eine einzige Frau lieben kann.«

»Hast du gehört, Tante? So denkt ein echter Afrikaner. Also ich glaube, dass ein Mann, der nur eine einzige Frau liebt, in Wahrheit überhaupt keine Frau liebt. Treue Männer gibt es nicht. Höchstens Männer, die es nicht schaffen, untreu zu sein. Ich habe gehört, dass von den Säugetieren nur Wale monogam sind.«

»Nicht einmal die!«, sagte Pouca Sorte. »Sie sind nur sehr diskret, diese Viecher.«

Nun lachten alle drei. Danach war Stille. Mandume filmte in Gedanken versunken die Landschaft. Bartolomeu wirkte plötzlich nachdenklich; irgendwann bat er Pouca Sorte anzuhalten. Unter der kräftigen Sonne des Nachmittags stieg er aus, ich ging mit. Er bahnte sich durch das hohe, goldgelbe Gras einen Weg, bis er auf ein Steinkreuz stieß. Am Fuß des Kreuzes war eine kleine Marmortafel angebracht. Ich las: »Hier fiel Bernardo Falcato im Kampf um die Verteidigung des Vaterlandes. Ruhe in Frieden, Comandante.«

Bartolomeu schaute mich an: »Mein Vater.«

Er hatte Tränen in den Augen. Bernardo Falcato, ein junger Medizinstudent, der hastig zum Kommandanten der Volksbefreiungsarmee gemacht worden war, hatte 1975, gleich zu Beginn des Bürgerkrieges, versucht, eine südafrikanische Panzerkolonne aufzuhalten. Mit fünf Mucubal-Kriegern. Nachdem ihnen die Munition ausgegangen war, hatte Bernardo seine Waffe fortgeworfen und war schutzlos die Straße hinuntergegangen, seinem entsetzlichen Tod entgegen.

»Heute erinnert sich kein Mensch mehr an ihn.«

Mit dem rechten Handrücken wischte sich Bartolomeu die Tränen weg. Ich nahm ihn in den Arm und wusste nicht, wie ich ihn trösten sollte.

Da kam Mandume mit seiner Videokamera. »Darf man erfahren, was hier los ist?« Seine Stimme bebte. »Belästigt dich der Typ?«

Ich hätte ihn ohrfeigen können. Ich brüllte: »Halt die Klappe, Idiot!«

Ich hatte ihn noch nie Idiot genannt. Aber das Schlimmste war der Ton, in dem ich es tat, er war wie eine eisige Klinge, die mir über die Lippen kam. Erschrocken schaute Mandume mich an, drehte sich um und ging weg. Vorhin im Hotel habe ich ihn um Verzeihung gebeten. Ich erklärte ihm, was passiert war. Genützt hat es nicht viel. Ich merke, wie wir uns auseinanderleben.

Es gab einmal eine Zeit, da rühmte sich Lubango, das größte Schwimmbad der Welt zu besitzen. Selbst wenn es nie wirklich das größte war, so kam es dem doch sehr nahe, und noch heute strahlt es, selbst ohne Wasser, eine Größe aus, die alle Besucher in Staunen versetzt. Eine Stille aus unterschiedlich großen Bäumen umgibt es. Vereinzelte spitze Zypressen, wie in den Boden gerammt, daneben Mangobäume, schattig und rund. Weiter hinten ein paar Eukalyptus und Pinien. Auf mich wirkt es wie ein großer internationaler Flughafen, wo die unterschiedlichsten Hautfarben sich begegnen, rein zufällig, aber fest entschlossen, sich nicht zu vermischen.

Wenn man eine Treppe aus Stein hochsteigt, stößt man auf ein elegantes, in sanftem Rosa gestrichenes Gebäude – das Casino von Lubango. Oberst Babaera, Victórias älterer Bruder, erwartete uns am

Eingang. Ein Bär mit Bart, der mir sofort sympathisch war. Es war, als würden wir uns schon ewig kennen.

»Schwesterchen?! Hättest du dich angekündigt, deine Ankunft und dass es dich gibt, hätte ich einen Ochsen schlachten lassen …«

Babaera fuhr uns in seinem Auto, einem schwarzen »Hummer«, zu einer großen, schönen Villa, die sich in einem gepflegten Garten verbarg. Die Gartenmauer war niedrig wie bei fast allen Villen der Stadt, was mich angenehm überraschte. In Luanda hatte mir oft regelrecht die Luft gefehlt, wenn ich irgendwo versuchte, ein wenig Grün, ein bisschen mehr Blau zu erhaschen, und dabei durch ein verwirrendes Labyrinth von hohen Mauern hastete. Hier dagegen konnte man atmen. Die frische Luft tat gut wie eine Dusche aus einem Wasserschlauch, die einem die Seele reinwäscht.

»Luanda?«, lachte Babaera, als ich ihm von meiner Beklemmung erzählte. »Unsere Hauptstadt ist der reinste Horror, liebe Schwester. Gott schuf Angola, und dann kam der Teufel und erfand Luanda.«

Babaera war drei Jahre alt, als Faustino verschwand. Trotzdem spricht er voller Bewunderung von ihm. Er habe ihn davor bewahrt, sagte er, ein einfacher Viehhirte zu sein. Und zärtlich bewahrt er die wenigen Erinnerungen an ihn auf, an nachmittägliche Spaziergänge an der Hand seines Vaters, der dem Zwitschern der Vögel Namen gab und ihm zeigte, wie man einen Kreisel dreht, mit ihm auf dem Schoß Klavier spielte und auf der Straße mit den Leuten plauderte. Er hatte hier jeden gekannt.

»Ich will dir einen Schatz zeigen, Schwester …«

Er zeigte mir seine Sammlung von Schallplatten Faustino Mansos, aus verschiedenen Ländern und über viele Jahre zusammengetragen: zwölf Singles und drei Langspielplatten. Nur eine seltene Single aus Südafrika fehlte ihm noch. Eine der Langspielplatten ziert das Bild einer jungen Mucubal-Frau, schlank und groß, vor der Schlucht von Tundavala.

»Darf ich dir meine Mutter vorstellen? Dona Leopoldina …«

Babaera hat drei Töchter, Muxima, Rosa Maria und Belita, und alle drei haben die stolze Figur ihrer Großmutter geerbt. Die beiden jüngsten sind Zwillinge. Muxima ist Agraringenieurin, verheiratet und spielte früher in der Basketball-Nationalmannschaft. Sie ist einen Meter achtzig groß. Rosa Maria und Belita sind fast exakte Miniaturen ihrer Schwester, mit etwas hellerer Haut und glatterem Haar. Beide studieren Hotelwirtschaft in Kapstadt und waren für einige Tage zu Besuch. Mit demonstrativer Begeisterung für ihren Cousin (was mich etwas ärgerte) schleiften sie Bartolomeu in die Küche, und nach einer halben Stunde servierten sie uns eine Fischsuppe, die zum Besten gehört, was ich in meinem Leben gegessen habe.

Nach dem Mittagessen führte uns Babaera in einen kleinen Raum, in dem alle Sessel auf einen riesigen Flachbildfernseher ausgerichtet waren. Er schaltete den Bildschirm an und legte eine DVD ein. Dann löschte er das Licht. »Was ihr nun sehen werdet, ist ein Amateurfilm. Ich kaufte ihn vor einem halben Jahrzehnt in Lissabon einem portugiesischen Händler ab. Dann habe ich ihn auf DVD überspielen lassen. Er wurde in der Nähe der Tundavala aufgenommen, 1957, vermutlich im Dezember …«

Gelbkörnig. Blitze am Himmel, plötzliches Leuchten. Dunkle Steine, alt und schroff, über den ebenen Boden verteilt. Ein Weg, der sich labyrinthisch zwischen den Steinen hindurchschlängelt. Von links nähert sich ein Fahrrad. Ein Mann auf dem Fahrrad trägt einen Kontrabass über der Schulter. Das Bild ruckelt. Man sieht drei Paare, die gemütlich auf dem Boden sitzen, zwischen ihnen ein Tuch mit Tellern und Speisen. Sie essen. Lachen. Das Bild springt wieder. Nun sieht man einen schlanken Mann, der einen Kontrabass im Arm hält. Der Mann sitzt auf einem der seltsamen schwarzen Steine vom Anfang des Films. Im Hintergrund, wie ein Gemälde, dunkler Gewitterhimmel. Der Mann spielt. Was er spielt, kann man nicht hören. Der Film ist ohne Ton.

Ein Bild wie aus einem Traum.

## FRAGMENTE EINES INTERVIEWS MIT OBERST BABAERA MANSO

Ich: Victória sagte mir, Sie wüssten vielleicht, wieso Faustino Manso drei Jahre zwischen Moçâmedes und Sá da Bandeira verbrachte, anstatt gleich nach Kapstadt zu gehen, wie er zunächst vorgehabt hatte …

B. M.: Wegen einer Frau, warum denn sonst? Eine portugiesische Dame, die er auf dem Schiff kennengelernt hatte. Die Dame war mit einem erfolgreichen Landbesitzer hier aus Lubango verheiratet, der aber viel Zeit in Lissabon und Luanda verbrachte. Papa verliebte sich in diese Frau, und anstatt seine Reise fortzusetzen, entschloss er sich, auf das nächste Schiff zu warten. Er wollte höchstens drei Wochen bleiben. Daraus wurden drei Jahre.

Ich: Wie haben Sie das herausgefunden?

B. M.: Papa hat es mir erzählt.

Ich: Erzählt? Wann denn?

B. M.: In Luanda. Ich traf ihn regelmäßig in Luanda, nach der Unabhängigkeit natürlich, als ich dort beim Militär war. Wir aßen immer im alten Biker zu Mittag, kennen Sie es? Ein altes, schönes Bierlokal direkt gegenüber dem »Jornal de Angola«, ich glaube, inzwischen ist es geschlossen. Vor fünf oder sechs Jahren traf ich ihn zum letzten Mal. Wir redeten viel über Musik, über das Reisen, über Frauen. Wir waren gute Freunde.

Ich: Und die portugiesische Dame, in die sich Faustino verliebt hatte?

B. M.: Sie hieß Perpétua. Ihr Ehemann kam schließlich dahinter, dass sie eine Affäre hatten, weil er einen Brief von Papa an Dona Perpétua abfing, und dann tat er das Dümmste, was man in einer solchen Situation tun kann – er brachte sich um! Schoss sich eine Kugel durch den Kopf. Das war drei oder vier Monate, nachdem

Papa in Richtung Moçâmedes aufgebrochen war, doch ich glaube, niemand hat den Zusammenhang erkannt, kein Mensch hat die Tat des armen Mannes begriffen. Dona Perpétua verkaufte die Farm, und man hat nie wieder etwas von ihr gehört. Inzwischen war meine Mutter aufgetaucht, und Papa hatte sich in sie verliebt. Er verliebte sich immer sehr schnell.

Ich: Und warum ist er fortgegangen?

B. M.: Basil du Toit, der Freund, der ihn nach Kapstadt eingeladen hatte, ließ nicht locker. Also packte Papa seine Koffer und ging …

Ich: Und in Kapstadt traf er wieder eine neue Frau …

B. M.: Natürlich. Seretha du Toit, Basils jüngste Schwester …

Ich: Eine Boer?

B. M.: Eine weiße, blonde Frau, und das mitten in der entstehenden Apartheid. Papa war ein sehr mutiger Mann. Seretha war erst zwanzig Jahre alt. Ich habe Fotos von ihr gesehen, sie war sehr schön. Choreographin. Heute ist sie eine bekannte Person. Und sehr angesehen.

Ich: Haben Sie Kontakt zu ihr?

B. M.: Nein. Aber es ist sicher nicht schwer, sie zu finden. Ich sagte ja, Seretha ist eine bekannte Persönlichkeit. Zur Zeit der Apartheid hat sie im Gefängnis gesessen. Heute leitet sie ein Tanzensemble. Unser Vater stand lange Jahre mit ihr in Briefkontakt.

# Albino Amadors Geheimnis

Vor ein paar Tagen begegnete mir in Luanda ein chinesischer Candongueiro.

Jawohl, ein Chinese!

Ein mageres, hektisches Männlein mit blitzenden Augen. Er raste blindlings los wie ein betrunkener Truthahn, dem man den Kopf abgeschlagen hat. Ich bremste und brachte dadurch eine dicke Krämerin aus dem Gleichgewicht, die eine junge Ziege auf dem Schoß hatte. Das arme Tier knallte mit dem Kopf gegen das Armaturenbrett. Das ärgerte mich und ich brüllte den Chinesen an: »Achtung!«

Achtung, mehr nicht. Ich fluche nie. Ich habe (Gott sei Dank) eine vortreffliche Bildung genossen. Da streckte der Mann seinen Kopf aus dem Fenster und plärrte: »Geh zurück nach Kongo, Langa!«

Ich schwöre bei Gott! Zu mir, Albino Amador, einem reinrassigen Luandenser, fast sogar Muxiluanda. Ich bin zwar im Bairro Operário geboren, aber mein Vater stammte direkt von der Ilha. Zurück zum Chinesen, ich stelle das hier zur Diskussion, um Ihnen zu zeigen, dass Taxifahren eine lukrative Tätigkeit ist, die für alle so interessant ist, dass sogar ein frisch eingetroffener Einwanderer das Risiko eingeht, sich im infernalischen Straßenverkehr von Luanda zu bewegen. Schon damals, in den schwierigen Zeiten des Sozialismus, konnte man damit viel Geld verdienen. Kaum verwunderlich, dass es sogar Minister gegeben haben soll, und zwar nicht wenige, die ihre Fahrzeuge in diesen Dienst stellten. Wahrscheinlich auch heute noch. Und Schauspieler, Künstler, Ingenieure, Geschäftsleute et ceterea, besser gesagt, viele andere. Ich war auch nicht immer Candongueiro. Es gab eine Zeit, da hatte ich eine Zukunft, eine gute Zukunft vor mir, wie die Besten der Besten. Meine alte Mutter war stolz auf mich, zeigte ihren Freundinnen das Foto von meinem Eintritt ins Seminar und sagte: »Mein Sohn hier, der wird es einmal weit bringen.«

So hätte es auch kommen können. Manchmal schlafe ich ein und träume davon. Sehe mich dann als Bischof, als Kardinal. Doch der Mensch denkt, und Gott denkt sich was anderes.

Gott, Gott, Gott! Lasst Gott aus dem Spiel. Ich hab die Schnauze voll von Gott. Zisch ab, Gott! Zisch ab!

Er soll sich um Seeungeheuer kümmern und um alles, was da kreucht und fleucht und aus dem Wasser steigt, jedes nach seiner Art, und um die Vögel kümmere er sich, die da fliegen, und um die üppigen Scharen lebender Wesen, und soll endlich für immer aus meinen Gedanken verschwinden, genauso, wie er mein Leben auf niederträchtige Weise verlassen hat. Zisch ab, Gott! Zisch ab!

Ich selbst habe mit der rechten Hand aufgebaut und mit der linken wieder eingerissen. Ich will Ihnen die Wahrheit erzählen. Aber nicht gleich. Ich bitte Sie um ein bisschen Geduld.

Vor dem Skandal (über den ich jetzt noch nicht reden will) war ich ein glücklicher Mensch. Noch heute bin ich es manchmal, in Momenten, in denen ich mich vergesse. Folgendes passiert mir: Ich fahre alleine auf einer Straße, ich und Malembelembe, um uns die große Stille der Natur, und plötzlich ertappe ich mich dabei, dass ich singe.

Am Steuer eines Candongueiro lernt man gelegentlich interessante Leute kennen, und ich reise gerne. Diese Arbeit zum Beispiel, für die Filmleute, ist ein Geschenk des Himmels. Das junge portugiesische Paar ist sympathisch. Der junge Angolaner allerdings geht mir ein bisschen auf die Nerven, das gebe ich zu, mit seinem Hang zur Übertreibung und dem ständigen begeisterten Loblied auf die Vermischung der Hautfarben. Ich habe nicht das Geringste für Mischlinge übrig. Aber er kann Geschichten erzählen und bringt uns alle damit zum Lachen. Das Mädchen, Laurentina, hat eine Schwäche für ihn, die Arme, sie wird noch Probleme bekommen.

*Canyon, im Süden Angolas*
*Donnerstag, 3. November 2005*

18 Uhr – Etwas Licht ist noch da, um zu schreiben. Vor ein paar Minuten bin ich zum Jeep zurückgekehrt. Ich höre, wie Karen Muxima spielt. Das laute Klagen des Saxofons hallt lange von den hohen Steilhängen wider. Muxima, ein traditionelles Lied, das erstmals von Liceu Vieira Dias' Gruppe N'Gola Ritmos, später in einer etwas anderen, zweisprachigen Interpretation des Duo Ouro Negro bekannt wurde, ist ein Wort auf Kimbundu und bedeutet nichts weiter als »Herz«. Es bezieht sich auf die Kirche von Nossa Senhora da Muxima am rechten Ufer des Quanza, ungefähr einhundertvierzig Kilometer von Luanda entfernt. Die Legende sagt, diese Kirche sei irgendwann in der ersten Hälfte des 17. Jahrhunderts wie durch ein Wunder von einem Moment auf den anderen entstanden.

Ich weiß nicht, wie dieser Ort heißt.

Canyon. Nannte Johan ihn.

Johan ist dreiundzwanzig Jahre alt, wirkt aber wie mindestens fünfunddreißig. Grüne, kalte Augen. Er erinnert mich an Joaquin Phoenix in der Rolle des Commodus in »Gladiator«, ohne Rüstung natürlich und ohne die Hasenscharte. Er nennt sich selbst den »Wahnsinnigen in der Familie« und spricht Portugiesisch mit dem gleichen Akzent und denselben Fehlern wie ein angolanischer Bauer. Sein Vater, ein Südafrikaner, kam vor etwa fünfzehn Jahren nach Angola, auf der Suche nach Diamanten – wie er mir selbst erzählte. Doch er fand keine Diamanten, sondern gründete eine Fischmehlfabrik im ehemaligen Porto Alexandre, dem heutigen Tombua. Nachdem er in einem komplizierten Gerichtsverfahren die Fabrik verloren hatte, errichtete er ein halbes Dutzend Baracken in der Nähe von Moçâmedes – die Paraíso Lodge. Hier ist Johan aufgewachsen, hat dann in Kanada studiert und ist später zurückgekehrt. Er stellte sich als ein ganz außerordentlicher Fahrer heraus.

Der Canyon: ein enger Graben parallel zur Küste. Dort unten spielt Karen gerade ihr Konzert für sich selbst, ganz in Weiß gekleidet wie eine New-Age-Fee, und die Kanten des Canyons zeichnen die Umrisse Afrikas in den Himmel.

Auf einem Stein entdeckte ich einen toten Skorpion. Mindestens fünfzehn Zentimeter lang. Platt und trocken, trotzdem machte er mir Angst. Johan sagte, sein Vater sei an genau demselben Ort von einer Schlange gebissen worden. Er und sein Vater gehen immer barfuß. Vor vielen Jahren interviewte ich einen burischen Unternehmer. Er erzählte mir, er sei im Schoß einer sehr armen Familie zur Welt gekommen und sein Vater sei der Erste in der Familie gewesen, der Schuhe besessen habe. Dank der Apartheid hätten die Boer plötzlich alle Familienmitglieder mit Schuhen versorgen können. Ich schließe daraus, dass einige von ihnen noch Sehnsucht haben nach der Zeit, in der sie keine Schuhe trugen.

20 Uhr – Nun sitze ich im Speisesaal der Paraíso Lodge. Ein dicker Mann mit Glatze spielt Gitarre und singt dazu auf Afrikaans. Mein Leben lang dachte ich, es könne auf der Welt nichts Schlimmeres geben als Country-Musik. Gibt es aber doch: Country-Musik auf Afrikaans. Auch zwei Boer sitzen herum, die hier arbeiten, und zwei Jugendliche. Sie alle scheinen Spaß am Auftritt des dicken Mannes zu haben. Ein unangenehmes Gefühl beschleicht mich: Ich fühle mich fremd. Ich bin in Angola und fühle mich fremd. An den Wänden hängen Poster mit Fischen und Fotografien von Anglern, die stolz ihre Trophäen vor sich hertragen.

# Ort und Identität

Ich bin nicht von hier. Ich bin nicht von hier. Ich bin nicht von hier.

Den ganzen Tag geht mir das im Kopf herum.

Ich habe das Gefühl, die Leute hören mich, sie hören, was ich denke, sie sehen mich so seltsam an, von der Seite, wie ein Vogel, der seinen Jäger beäugt. Manche fragen auch: »Sie sind kein Angolaner, nicht wahr?«

Andere fragen nicht. Und doch erkläre ich ihnen: »Ich bin Portugiese!«

Die Reaktionen sind unterschiedlich. Manche grinsen.

»Ich bin Sporting-Fan.«

Oder Porto oder Benfica, egal. Ein alter Mann fragte mich einmal, was denn aus Eusébio geworden sei, dem Schwarzen Panther. Ein anderer erwiderte ernsthaft: »Das war ich früher auch, aber dann wurde ich erwachsen, und es ging vorbei.«

Einmal arbeitete ich für einen Dokumentarfilm über rechtsextreme Gruppen in Portugal. Dafür mussten wir eine Demonstration gegen Einwanderer in Lissabon filmen. Maria, die Regisseurin, eine trockene, strenge Frau, hinter deren kalter Fassade sich jedoch ein großes Herz verbarg, sagte mir, ich sollte mich direkt vor den Demonstrationszug stellen, sodass ich später mittendrin stehen würde und die Demonstranten um mich herum laufen müssten. Ich zählte an die fünfzig Jugendliche, fast alle sehr muskulös, mit Glatzen, Totenköpfen und Hakenkreuz-Tattoos auf den Armen. Die meisten von ihnen trugen schwarze T-Shirts mit der Aufschrift: »Es sieht schwarz aus für Portugal.« Angst hatte ich keine, nicht einmal, als mir klar wurde, dass ich selbst in Gefahr war. Erst als es schon zu spät war.

Einer der Jugendlichen baute sich plötzlich vor mir auf und skandierte: »Neger! Neger! Geh zurück in dein Land, Neger!«

»Nimm das auf!«, rief mir die Regisseurin durch den Kopfhörer zu. »Film das, hör nicht auf zu filmen.«

Ich biss die Zähne zusammen und tat, was sie verlangte. Heute, wenn ich zurückdenke, glaube ich, dass es das Richtige war. Ein weniger aufgeregter Typ mit Schnauzer und Spitzbart legte dem jungen Mann den Arm über die Schulter, flüsterte ihm etwas ins Ohr und zog ihn fort. Die anderen ignorierten mich. Als sie vorbeigezogen waren, begann ich zu zittern. So sehr, dass ich mich nicht mehr auf den Beinen halten konnte. Ich musste die Kamera ablegen und mich auf den Bürgersteig setzen.

Maria kam zu mir. Sie war besorgt. »Alles in Ordnung?«

Ich spürte, wie die Wut in mir aufstieg. »Verschwinde!«, brüllte ich ihr zu. »Verschwinde, oder ich hau dir eine rein!«

Die Furien Alekto, Megaira und Tisiphone, die drei alten Furien der Hölle, ich spürte, wie sie über mich kamen und von mir Besitz ergriffen, mit ihrer grässlichen Hitze, ihrem sauren Geruch, der schroffen Peitsche wuterfüllter Stimmen. Ich stand auf und trat gegen die Kamera. Verpasste ihr einen richtig heftigen Tritt. Ich musste danach noch eine ganze Woche lang humpeln, aber es beruhigte mich. Die Furien verzogen sich, und zurück blieb eine unermessliche Traurigkeit. Ich setzte mich wieder und weinte.

Maria hockte sich neben mich. Trocknete mir die Tränen mit einem Papiertaschentuch und sagte: »Ich habe schon viele Kämpfe verloren in meinem Leben, auch einige wichtige. Aber es gibt eine Schlacht, die ich gewinnen werde, das weiß ich. Es ist, als hätte ich sie schon gewonnen, weißt du? Den Kampf darum, dass dieses Land wieder zu dem wird, was es jahrhundertelang war, nämlich ein Ort der Begegnungen und der Vermischung. Diese Typen da können wir nicht einmal Feinde nennen. Sie sind nichts als ein Fehler, eine Verirrung, eine Art Vogel ohne Flügel.«

Ich musste lachen. »Ein grauer Regenbogen.«

»Nicht einmal! Ein taubstummes Rotkehlchen …«

»Ein fleischfressendes Schaf …«

»Ein glücklicher Fadosänger!«

»Ein blinder Fotograf!«

»Blinde Fotografen gibt es aber wirklich!«, lachte sie. »Ich kenne einen Franzosen slowenischer Abstammung, Evgen Bavčar. Der ist auf beiden Augen blind. Und ziemlich gut …«

Es wurde zu einem Spiel zwischen uns. Wann immer wir uns trafen, spielten wir es. Die Episode mit den Glatzköpfen fiel mir wieder ein, als vor Kurzem, mitten in einer wilden Diskussion über die Vorzüge und Nachteile der Portugiesen, Bartolomeu plötzlich wissen wollte, ob ich denn in Portugal noch nie Opfer rassistischer Gewalt gewesen sei. Ich sagte spontan Nein, aber danach war mir der junge Mann eingefallen. Ich verbesserte mich: »Doch, du hast recht.«

»Ya!«, rief Bartolomeu triumphierend. »Da siehst du, alles Rassisten, die Tugas!«

»Oh ja, alle!«

»Okay, natürlich nicht alle. Aber sie werden dich niemals so behandeln, als wärst du ein echter Portugiese.«

»Aber ich bin ein echter Portugiese.«

»Lass doch den Blödsinn. Du bist ein in Portugal geborener Angolaner …«

»Nein, ich bin nicht von hier.«

(Ich bin nicht von hier. Ich bin nicht von hier. Ich bin nicht von hier.)

»Und wenn du die Nationalhymne singst, ›Os nossos egrégios avós‹, unsere erhabenen Ahnen und so weiter, was spürst du da? Deine Großeltern sind Angolaner, verdammt! Und mit Sicherheit keine Erhabenen, wer auch immer erhaben gewesen sein mag.«

»Und was spürst du bei deiner Nationalhymne? ›Vorwärts Angola! Revolution durch die Macht des Volkes! Einiges Vaterland, Freiheit, ein Volk, eine Nation!‹ Was spürst du da? Fühlst du dich angolanisch oder eher marxistisch? Was auch immer die Marxisten gewesen sein mögen.«

»Okay, Muadiê, weißt du was? Ich gebe auf. Bleib doch einfach bei deinem Fehler …«

»Fehler! Ja, von Fehlern verstehe ich etwas. Ein grauer Regenbogen. Ein taubstummes Rotkehlchen. Ein fleischfressendes Schaf. Ein glücklicher Fadosänger.«

# Das Geheimnis der Chamäleons

Ich sitze allein im Speisesaal, eine einfache Holzterrasse mit Blick aufs Meer. Auf dem Weg in die Ansammlung von Baracken, aus denen The Chameleons' Secret besteht, muss man unter einem Bogen aus zwei riesigen Walrippen hindurch. Noch mehr Walknochen und zwei riesige Schildkrötenpanzer liegen am Wegesrand.

Mir macht so etwas Angst.

Von hier aus sehe ich auch die anderen Baracken. Ich zähle fünf, traurig und verwaist wie die Knochen der Wale. Eine trostlose Stimmung strahlt langsam und perfide von ihnen herüber. Ich habe keine Ahnung, was Andries dazu bewegt haben könnte, hier diese Szenerie aufzubauen.

»Wir haben viele Gäste«, versicherte mir Brand mit (eher schlecht) gespielter Begeisterung, die allem widersprach, was um ihn herum zu sehen war. »Fischer. Es kommen viele Angler aus Südafrika und Namibia. Hier im Wasser, mein Freund, steckt jede Menge Fisch.«

Ich mag ihn nicht. Als ich Laurentina das sagte, war sie sauer. Ganz egal, was ich ihr sage, sie ist immer sauer. Jedenfalls mag ich Brand nicht. Er hat grüne, eiskalte Augen, und eine Hasenscharte verleiht ihm einen ständig überheblichen Ausdruck. Aber Bartolomeus Argumente zählten: Um bis zur Grenze in Ruacaná zu kommen, brauchten wir einen guten Führer, und man sollte eine solche Reise niemals mit nur einem Auto unternehmen. Also entschlossen wir uns, die Nacht in der Absteige der Südafrikaner zu verbringen, im The Chameleons' Secret, dem Geheimnis der Chamäleons. Morgen früh wird Brand zwei Gäste heim nach Kapstadt bringen. Wir werden ihm im Jeep folgen.

Laurentina meinte, es sei besser, wir alle, ich, sie, Bartolomeu und

Pouca Sorte, blieben zusammen. In jeder Baracke standen vier Betten, und so, sagte sie, können wir Geld sparen. Sie meidet mich. Meiden. Ich schreibe das Wort noch einmal auf, langsam. Und betrachte es, wie man einen Stein betrachtet. Ein dunkles, knorriges Wort, das schwer in der Hand liegt. Laurentina meidet mich nicht, sie entgleitet mir wie ein Fisch, entfernt sich von mir.

Ich rede mit ihr und sie hört nicht zu. »Hast du gehört, was ich sage?«

»Klar habe ich es gehört, sei nicht albern …«

»Was habe ich gesagt?«

»Du spinnst. Ich habe keine Lust, dieses Spiel mitzuspielen.«

Wenn ich sie anfasse, weicht sie zurück. Ich berühre sie noch einmal. Berühre ihre Haare ganz leicht, wenn sie schläft. Meine Freundin hat dichte, glatte Haare. Langsam vergrabe ich meine Finger bis zur Wurzel in ihnen, dort sind sie weich und sanft. Ich rieche an ihren Haaren, an ihrem Nacken, und sie seufzt leise. Sie redet im Schlaf, allerdings in einer Sprache, die ich nicht verstehe. Ich liege wach und sehe ihr zu, wie sie schläft. So war es die letzten Nächte. Wenn das erste Licht auf die Laken scheint, schlafe ich erschöpft ein.

Sie weckt mich. »Was hast du die Nacht über getrieben? Du hast Ringe unter den Augen …«

Was soll ich ihr antworten?

Dich beobachtet, Liebling. Beobachtet, wie die Träume dir in schnellem Flug über die Augenlider gleiten. Ich streiche mit den Fingerspitzen über deinen Rücken, vom Flaum im Nacken bis nach unten, wo das Fleisch sich wölbt, fest und stolz. Laurentina erzählt immer, wie eine Professorin an der Universität sie einmal fragte, ob sie nicht auch eine afrikanische Seite habe.

»Ja«, hatte sie geantwortet. »Die Seite, auf der ich sitze.«

Heute werden wir in getrennten Betten schlafen.

*Espinheira, im Süden Angolas*
*Freitag, 4. November 2005*

Wir zelten im Busch, im Parque do Iona an einem Ort namens Espinheira. Auf Landkarten (zumindest auf den besseren) steht es so:

Espinheira

Und weit und breit nichts. Kein anderer Name, nicht einmal ein, wie in diesem Fall, erfundener. Zehn winzige schwarze Buchstaben auf dem öden, ockerfarbenen Papier. Und die Realität ist noch trostloser: Einige saubere Ruinen sind alles, was von zwei Häusern und einem Wasserspeicher übrig geblieben ist. Blechwände ohne Türen und ohne Fensterglas, orange gestrichen. Der Anstrich sieht aus wie neu. Keine Spur von einem Dach. Und drum herum, wie der portugiesische Name sagt: Dornen. Die eine oder andere einsame Akazie. In der Ferne die Berge.

Ich denke: Der Ort passt zu dem Namen.

Ich setze mich, mit dem Rücken an eine Wand gelehnt, und die Sonne bewegt sich in Richtung Horizont. Ein Moment wie auf einer Postkarte. Der Himmel nimmt unglaubliche Farben an. Ich rufe nach Jordi, nur um ihn zu ärgern, er soll seinen Fotoapparat holen. Wir sind heute an vielen Postkartenmotiven vorbeigefahren, die er sich entsetzt geweigert hat zu fotografieren. Vor allem die Fahrt am Meer entlang hat mir gefallen. Links der Strand mit riesigen Dünen, Dutzende Seelöwen, Flamingoschwärme und riesige Schildkrötenpanzer.

Johan hat ein kleines Zelt für mich und Karen aufgebaut, Jordi schläft lieber, wie die Boer, unter freiem Himmel. Er will die Sterne sehen. Vorhin saßen wir am Feuer, und Harry, ein dicker, mittelalter Typ, der sich uns in Namibe mit seinem Auto angeschlossen hat, erzählte uns, dass die Boer ihre Kinder sehr streng erzögen, sie lehrten, die Alten zu achten, denn dies sei die einzige Art, in einer feindlichen Umgebung zu überleben. Damit meinte er Afrika. Ich sagte nichts, aber seine Worte gaben mir zu denken.

Ich wurde 1960 geboren und habe den größten Teil meines Lebens, bis vor Kurzem, den angolanischen Bürgerkrieg als Journalist begleitet. Ich habe mich mit politischer Intoleranz herumgeschlagen und darunter gelitten (natürlich haben Tausende andere unendlich viel mehr gelitten). Trotzdem sehe ich mein Land nicht als feindliche Umgebung. Wenn ich auf meine Kindheit zurückblicke, erinnere ich mich vor allem an die Freiheit. Alles war (und ist!) riesig. Ich erinnere mich, wie mein Vater mich sonntags bei Morgengrauen weckte, um mit mir auf die Jagd zu gehen. Die Jagd machte mir keinen Spaß, aber ich mochte das Gefühl, auf den langen, einsamen Straßen zu fahren, durch den strahlenden Morgennebel, und den Geruch nach feuchter Erde und Hund. Der polnische Journalist Ryszard Kapuściński wurde einmal gefragt, was ihn an Afrika am meisten beeindruckt habe. Kapuściński antwortete, ohne zu zögern: »Das Licht!« Und genau das ist es: Wo die einen Licht sehen, erkennen andere nur den Schatten. Diejenigen, die Schatten sehen, errichten Mauern, um sich zu schützen. Sie werden zu fanatischen Mauerbauern.

*Oncócua, im Süden Angolas*
*Samstag, 5. November 2005*

Ich bin früh aufgestanden. Die ganze Nacht schon hatte ich mich über die Stille gewundert. Ich dachte, im Busch sei die Dunkelheit von unzähligen kleinen Geräuschen begleitet: dem Pfeifen einer Eule, dem Schleichen einer Schlange durch das trockene Gras, dem Knarzen der Zweige, dem Raunen des Windes in den Baumwipfeln, Grillen.

Aber nein, nichts. Nichts und wieder nichts.

Nur eine große grundlose Stille. Die schweigenden Sterne in ihrer dunklen Tiefe.

Ich erinnere mich, wie alte Jäger von Espinheira als einem Ort voller Leben erzählten. Dass man hier Kudus, Olongos, Bergzebras und Springböcke sehen konnte. Manche schwören sogar, schwarze Nashörner gesehen zu haben. Doch am meisten wunderte mich, dass es weder Vögel noch Insekten gab. Mir ist klar, dass der Krieg und die regel- und grenzenlose Jagd alle größeren Tiere vernichtet haben.

Aber die Vögel?

Wir haben eine Dame mitgenommen, Avelina. Sie hat sich am Fuß verletzt. Kaum hatten wir ihr erlaubt, in unser Auto zu steigen, war ihr Mann aufgetaucht und noch ein paar Verwandte mit tausend und einem Bündel, die sie mit unglaublicher Sorgfalt und Geschick auf dem Dach des Jeeps verteilt hatten. Johan hatte verzweifelt versucht, sie daran zu hindern, weil zu viel Gewicht die Reise nur verlangsamen würde, hatte auf sie eingeredet und dabei versucht, seinen Ärger im Zaum zu halten. Später hatte er sich über den Dörrfleischgeruch, den eines der Bündel verströmte, beschwert und gedroht, es aus dem Fenster zu werfen. Und dann hatte das Auto eine Panne. Wir stiegen alle aus, in die sengende Sonne, und befanden uns mitten in einer riesigen Einöde. Steiniger Boden. Trocken. Ein kleines Brett, das an einem Busch befestigt war, fiel mir auf. Darauf stand: »Gemächer des Soba Tchimalaca-Lutuima«. Es waren die schäbigsten königlichen Gemächer, die ich bis heute gesehen habe. Nach fast zwei Stunden gelang es Johan, die Panne durch Improvisation zu beheben, und wir konnten die Reise fortsetzen. Avelina, eine sehr große, schöne Frau, wurde in Huambo geboren. Sie hat acht Kinder, von denen nicht eines die Sprache der Eltern beherrscht – sie sprechen nur Portugiesisch. Wir überredeten sie, uns einige traditionelle und religiöse Lieder auf Umbundu vorzusingen. Ich war beeindruckt: eine wunderschöne Stimme. Und einfache, ansteckende Melodien.

Am späten Nachmittag erreichten wir Oncócua, einen kleinen Ort mit breiten Straßen aus rotem Staub. Es gibt hier ein Krankenhaus und sogar, wie Jordi herausfand, eine kleine Diskothek. Wir kamen in einer Arztstation unter, die von drei Deutschen betrieben wird: einem älteren Mann, einem jungen Mann und einer jungen Frau, alle drei Krankenpfleger. Heute Abend werden wir ein wenn auch nicht besonders sauberes Bad und ein Bett mit Moskitonetz haben. Wir aßen gut, am Lagerfeuer, und dann holte Karen ihr Saxofon, und Harry begleitete sie auf der Gitarre. Die deutsche Krankenschwester sang ein paar alte Lieder von Jacques Brel.

# Ein anderer Anfang

Ich erwachte umgeben von schimmerndem Licht. Ich drehte mich um und sah in Mandumes Gesicht. Er schlief. Wenn er schläft, ist Mandume wieder ein Kind. Wenn ich ihn so sehe, möchte ich ihn umarmen. Ich würde ihn gerne lieben wie damals, als alles begann.

Wie alles begann?

Ach! Bairro Alto, der Mond oben am Himmel. Eine gewundene Gasse. Junge Leute sitzen auf dem Bürgersteig, mit Getränken in der Hand. Lachen. Eine transparente Heiterkeit (es war Sommer). Ich war mit einer Freundin unterwegs, sie erholte sich gerade von einer verunglückten Liebe, plötzlich sprang uns ein Typ in den Weg, dem überall vom Kopf kleine Zöpfchen abstanden.

»Habt ihr Feuer?«

»Nein. Ich rauche nicht …«

»Ich auch nicht. Aber für dich würde ich damit anfangen.«

Er sah gut aus, trug ein modisches Hemd mit bunten Streifen und an den Knien aufgerissene Jeans. Er konnte reden und, was noch seltener ist, küssen.

Ich stand vorsichtig auf und schaute aus dem Fenster. Zwei Mucubal-Frauen (sind es wirklich Mucubais?) liefen lautlos eine breite Staubstraße entlang. Die größere schien nicht älter als fünfzehn Jahre alt zu sein, schmale Taille, eine Taille, wie ich sie gern wieder hätte, bunte Armbänder um die zarten, goldenen Handgelenke. Ein riesiger Berg in der Form eines perfekten Kegels erhob sich am Horizont. Als ich ihn sah, fielen mir die Verse von Eugénio de Andrade ein: »Auch sie singen, die Berge / nur niemand von uns / hört sie, abgelenkt / von dem eintönigen Säuseln des Windes.«

Ich träumte von dem Morgen, an dem sie meinen Vater verhafteten. Es ist meine schlimmste Erinnerung und ein immer wiederkehrender Albtraum. Doroteia hielt es für völlig ausgeschlossen, dass ich mich an diese Episode noch erinnern könne.

»Das kann nicht sein«, sagte sie immer wieder. »Du warst erst drei Jahre alt.«

Und doch erinnere ich mich. Mein Vater hatte gerade sein Frühstück beendet, Toastbrot mit Butter, Milch mit Schokolade, war vom Tisch aufgestanden, um aus dem Haus zu gehen, als es an der Tür klopfte. Sie klingelten nicht, sondern schlugen drei Mal gegen die Tür. Erschrocken ging meine Mutter öffnen.

Ein kräftiger Mann in Uniform schob sie mit einer Armbewegung beiseite und kam herein. »Genosse Dário Reis, du bist verhaftet!«

Zwei weitere Männer warteten an der Tür. Mein Vater fragte, was ihm vorgeworfen werde. Doroteia umarmte ihn und schrie. Der Polizist sagte nichts. Er zerrte meine Mutter von meinem Vater weg und stieß ihn zur Tür hinaus. Die beiden anderen griffen Dário an den Armen und zwangen ihn, in einen grünen Jeep mit vergitterten Fenstern zu steigen.

Einige Nachbarn schauten zu. Einer von ihnen spuckte verächtlich aus, als mein Vater vorbeifuhr. In meinen Albträumen hat er verschiedene Gesichter. Doch ich erkenne ihn an dem schiefen, grausamen Grinsen, bei dem eine Reihe von kleinen gelben Zähnen zum Vorschein kommt: »Jetzt bist du dran, Kolonist! Wir werden dich umerziehen ...«

Wir lebten damals in Quelimane. Wir zogen weg und fanden Zuflucht im Haus eines Bruders meiner Mutter in Maputo. Doroteia fand keine Ruhe, setzte Himmel und Hölle in Bewegung, bis sie erreichte, dass mein Vater aus einem »Umerziehungslager« im Norden des Landes in ein Gefängnis in der Hauptstadt verlegt wurde. Vor seiner Verhaftung hatte er versucht, mir das Pfeifen beizubringen, und obwohl ich mir große Mühe gab, kam zu seinem großen Bedauern kein Ton heraus. Jetzt übte ich tagelang allein, und als wir ihn zum ersten Mal im Gefängnis besuchten, ich in einem geblümten Kleid und mit einem blauen Hut auf dem Kopf, pfiff ich für ihn »Casa das Mariquinhas«. Da musste Dário weinen. Ich umarmte ihn, und diese Tränen brennen noch heute auf meiner Haut. Ich erinnere mich auch noch gut an den Nachmittag, an dem wir uns auf dem Flughafen von ihm verabschiedeten. Ich erinnere mich noch sehr gut an meinen Vater in Handschellen, wie er die Treppe zum Flugzeug hinaufstieg. Oben auf der Treppe nahm ein Polizist ihm dann die Handschellen ab, und er drehte sich um und winkte uns zu, hob die Hände aber nur bis zum Gesicht hoch, als hätte er immer noch die Handschellen an. Dann stieg er ins Flugzeug, und ich sah ihn erst drei Monate später wieder.

Ich war vier Jahre alt, als ich Portugal entdeckte. Mein erster Eindruck: ein Apfel. Ein Apfel, den mir mein Vater gleich bei der Ankunft am Flughafen schenkte. Ich biss hinein und er schmeckte sauer.

Brand. Brand Malan. Ein etwas zwielichtiger Typ, finde ich zumindest, aber tief im Inneren ein guter Mensch, ein gutes Muxima. An manchen Tagen erwacht er als Angolaner, an anderen als Carcamano. Und dann wieder als Angolaner, Carcamano und Boer zugleich. Dann hält man sich besser von ihm fern. Heute Abend kam er zu mir, die Zigarette im Mundwinkel, und lachte vor sich hin.

»Cota Bartolomeu, mein Camba! Ich hab hier ziemlich gutes Liamba. Rauchst du?«

Er drehte einen Joint und hielt ihn mir hin. Zum Rauchen verzogen wir uns hinter die Arztstation. Vor dem Haus hatten Laurentina, Mandume und die beiden Buren (Vater und Sohn), die Brand aus Namibe mitgenommen hatte, eine kleine Feier auf die Beine gestellt. Sie hatten ein riesiges Feuer gemacht und sangen und tanzten mit den deutschen Ärzten. Brand rauchte schweigend zu Ende, in der Hocke, was aus meiner Sicht keine besonders bequeme Haltung ist.

»Tanzen wir?«

»Mit denen?!«

»Nein, verdammt! Nicht mit den Weißen! Mit den Mädels von hier ...«

»Und wo?«

»In einer Diskothek. Hast du noch niemals etwas von den wilden Nächten von Oncócua gehört? Die tanzen hier wie verrückt.«

Ich dachte, das sei einer seiner Scherze. Aber es stimmte. Er nahm mich mit in eine Bar namens O Máximo, eine heruntergekommene Pinte mit Postern von nackten Frauen und Bierkästen an den Wänden. In schummerigem Licht waberten von Alkohol gezeichnete Visagen. Junge Männer mit nackten Oberkörpern und einer Art Ledertanga um die Hüften; sehr junge Mädchen mit sorgsam zu Zöpfen geflochtenem Haar, Ketten aus Muscheln und Glasperlen. Ihre harten Brustwarzen stachen mir in die Augen. Unsere Ankunft wurde mit Gebrüll und Gelächter begrüßt. Brand bestellte ein halbes Dutzend Biere und verteilte sie an die jungen Männer und Frauen. Eins drückte er mir in die Hand.

»Tarrachinha«, sagte er und deutete auf zwei Paare unmittelbar vor uns. »Tanzt man bei euch in der Hauptstadt auch Tarrachinha?«

Ja, auch in Luanda tanzt man Tarrachinha, ist dabei aber nicht so spärlich bekleidet. Es ist ein Tanz mit wilder erotischer Ausstrahlung und übertrifft alles, was ich jemals auf einem Baile Funk in den Favelas von Rio gesehen habe (und dort habe ich schon vieles gesehen). Das Mädchen schmiegt sich an die Brust des Jungen, hält ihn im Nacken und reibt sich mit langsamen Hüftbewegungen an ihm. Können Sie es sich vorstellen? Dann stellen Sie sich nun vor, Sie tanzen Tarrachinha mit einer Fünfzehnjährigen mit nacktem Oberkörper.

»Das ist besser als Sex«, seufzte Brand mit erregter Stimme. »Tanzen Sie nicht?«

Ich?! Ich, Bartolomeu Falcato, war geschockt. Um es zu kaschieren, wechselte ich auf die andere Seite des Tresens und nahm auf einer

Bierkiste Platz, neben einem dürren, verhärmten Alten, dessen Gesicht von winzigen Falten durchzogen war.

Der Alte warf mir einen neugierigen Blick zu. »Angolaner?«

»Ya, Cota! Bartolomeu Falcato mein Name …«

»Angenehm. Ich bin Máximo, der Besitzer dieses Etablissements. Gefällt es Ihnen?«

»Es gefällt mir … Es ist anders …«

Der Alte lachte. Ein schönes und offenes Lachen. Ein paar Zähne fehlten ihm, und die wenigen, die er noch hatte, waren schmutzig und ungepflegt. Doch beim Lachen kam seine Kindheit zurück; als steckte unter der dunklen, dicken, faltigen Haut noch ein Kind.

»Sind Sie von hier?«

»Ich? Aus Oncócua?! Natürlich nicht, junger Mann! Ich bin aus Timor …«

»Aus Timor?«

»Wundert Sie das? Mein Vater war Portugiese. Anarchosyndikalist. Salazar schickte ihn nach Timor. In die Verbannung, wie viele andere, und dort heiratete er eine Timoresin und bekam mit ihr fünf Kinder. Ich bin der Älteste.«

»Und wie sind Sie hier gelandet?«

»Gelandet? Ich bin nicht gelandet. Ich bin hängen geblieben. Wie ein Auto, das auf halbem Weg ohne Sprit stehen bleibt. Dieser Ort hier liegt zwischen Nichts und Nirgendwo.«

Er richtete seine neugierigen Augen auf mich, und erst da bemerkte ich, dass sein Gesicht im Detail tatsächlich etwas Orientalisches hatte. Obwohl es hier im Süden auch Leute mit Schlitzaugen und hervorspringenden Wangenknochen gibt. Mucancalas. Mucuíssos. Uralte Völker. Máximo lächelte … schon wieder das Kind.

»Sie sind der Sohn von Bernardo Falcato, da bin ich sicher. Ich kannte Ihren Vater sehr gut. Als ich Sie sah, erinnerte ich mich sofort an ihn, und dann setzten Sie sich zu mir und stellten sich vor. Ihr Vater war ein mutiger Mann, aber ein miserabler Spieler. Spielen Sie?«

»Spielen?! Was spielen? …«

»Würfel, Karten, irgendetwas, worauf man wetten könnte.«

»Nein, ich habe noch nie gespielt. Es macht mir keinen Spaß.«

»Das ist schade. Ich hätte gerne dieses Etablissement gegen Ihr Auto verwettet. Hätte ich gewonnen, hätte ich das Auto genommen und wäre ins Leben zurückgekehrt, das ich hinter mir gelassen habe.«

»Und wenn Sie verloren hätten?«

»Wäre ich natürlich auch zurückgekehrt! Aber zu Fuß.«

# ZWEITER SATZ

*andante*

*Swakopmund, Namibia*
*Montag, 7. November 2005*

Wir sind in Swakopmund angekommen.

Eine beißende, trockene Kälte zieht durch die verwaisten, blitzsauberen Straßen. Und jetzt sagt bestimmt jemand: »Man glaubt gar nicht, dass man in Afrika ist!«

Der Präsident Brasiliens, Lula da Silva, sagte das, als er in Namibia war. Das ärgerte viele ehrliche Leute (wobei manche sagen, er hätte »Das sieht ja besser aus als Brasilien« gemeint). Es ist, glaube ich, der meistgesprochene Satz hier, von Reisenden, vor allem von denen, die mit Jeeps aus dem Norden kommen. Bei Ruacaná überquerten wir die Grenze.

Von Oncócua bis dort brauchten wir eine Ewigkeit, über seit dreißig Jahren verlassene Straßen, fast unsichtbare Tierpfade, die nur der Blick eines äußerst erfahrenen Fahrers, wie Johan einer ist, zwischen den herumliegenden Steinen und dichten, messerscharfen Dornsträuchern erkennen kann. Der Grenzposten, eine fenster- und türlose Baracke, wirkte verlassen. Irgendwann kam ein Junge und informierte uns darüber, dass die Wachposten zu Tisch seien. Wir warteten. Dann kam einer und zog sich ein Hemd über. Er roch nach Alkohol. Dann kam noch einer, der hatte nicht einmal ein Hemd an. Er war sehr nett. War aus Luanda, seine Familie stammte aus dem Norden. Er hatte in Kuba studiert, auf der Isla de la Juventud, und konnte sogar auf holperigem Spanisch einen Witz über Fidel Castro erzählen. Dann forderte er mich zu einer Partie Dame heraus, auf einem Spielbrett aus Beton mit Kronkorken als Spielsteine. Cuca gegen Ngola. Wir spielten zwei Partien, während sein Kollege die Papiere ausfüllte. Mitten in der dritten Partie tauchte ein Mucubal-Mädchen auf und begann, mit dem Wachposten zu streiten. Dann nahm sie einen Besen und kehrte die Kronkorken auf den Boden. Der Mann lächelte entschuldigend und rannte hinter dem Mädchen her, nicht ohne vorher die Kronkorken aufgelesen zu haben. Auf der anderen Seite der Grenze nahmen uns die namibischen Wachposten in Empfang, in ordentlichen Uniformen und mit professioneller Kälte. Die Straße: ein glattes, schwarzes Band, perfekt in eine immergleiche Landschaft gezeichnet und von Stacheldraht begrenzt. Ein widersprüchliches Gefühl von Freiheit und Klaustrophobie stieg in uns auf. Der unermessliche Horizont, überall, war uns versperrt. Uns blieb nur der schmale Asphaltkorridor.

Johan war das Chaos lieber. »Die Angolaner, chê! Ein einziges Durcheinander, aber mit Seele. Die Leute hier sind kalt wie die Landschaft, alles ist organisiert, doch ohne jede Überraschung.«

Das stimmt nicht. Es gibt Überraschungen. Wlotzkas Baken war eine Überraschung.

Wir kamen dort zufällig vorbei, ich bat Johan, einen Moment anzuhalten, und machte ein paar Fotos. Auch Jordi fotografierte, allerdings widerstrebend. Ich dachte, wir könnten dort eine irre Szene drehen. Das Szenario wäre klar: einige kleine Häuser, neben jedem ein Wasserturm, in fröhlichen Farben. Auf der Straße kein Mensch. Keine Spur menschlicher Aktivität. »Hopper«, sagte Karen, und sie hatte recht, es erinnerte an ein Bild von Edward Hopper. Einsamkeit und Melancholie. Es seien Ferienhäuser, erklärte uns Johan, sie gehörten namibischen Deutschen, die dort ihre Weihnachtsferien verbrächten. In dieser Zeit des Jahres, versicherte er uns, sei die Stadt voller Leben, wenn die Deutschen, meist ziemlich angetrunken, von Haus zu Haus zögen.

Doch das müssen wir den Zuschauern des Films nicht erklären. Wir müssen nichts erklären. Wir können uns darauf beschränken, die Stadt so zu zeigen, wie sie uns erschienen ist.

Unerklärlich.

# Wlotzkas Baken

Laurentina hält mich im Arm.

»Beruhige dich, Liebling, ganz ruhig! Du bist weggetreten, glaube ich.«

Ich weiß nicht, woher dieser Ausdruck kommt, aber ich kann es mir vorstellen. Und zwar so: wegtreten in einen dunklen Abgrund, wo man mit einem Hut aus Zeitungspapier herumläuft und an einer Kordel eine leere Coca-Cola-Dose hinter sich herzieht.

Und der Psychiater: »Nun, Mandume, gehen wir mit unserem Hund Gassi?«

»Hund? Ich glaube, Sie sind der Irre. Sehen Sie nicht, dass das eine leere Coca-Cola-Dose ist?«

Der Psychiater tritt ein paar Schritte zurück und murmelt etwas in seinen Bart: »Der Typ ist gesund. Er kann nach Hause gehen.«

Und ich zu der Dose: »Gut gemacht, Fiffi, den haben wir aber hereingelegt!«

Ja, ich war wirklich weggetreten. Lassen Sie mich erklären:

Erstens die Erschöpfung. Seit ein paar Nächten schon schlafe ich kaum mehr. Manchmal träume ich mit offenen Augen oder ich glaube nur, dass ich träume. Ich höre Stimmen, manche davon kenne ich, andere nicht; die echten kann ich von den falschen dadurch unterscheiden, dass letztere wie ein Echo zwischen meinen Fingern zerbröseln, sobald ich versuche, sie zu entschlüsseln. Ich sehe auch Schatten, die von links oben nach rechts unten durch das Bild ziehen. Dann schlagen sie mit den Flügeln und verlassen die Szene.

Zweitens die Landschaft. Stunde um Stunde fahren wir durch die Leere, und über uns steht eine brüllende Sonne, ein Glanz, der einen nichts sehen lässt. Licht blendet mehr als Dunkelheit.

Irgendwo aus der Ferne hörte ich Laurentinas erschrockene Stimme: »Was ist denn das?«

Ich schaute auf, und was ich sah, kam mir vor wie das, was ich sehe, wenn ich mit offenen Augen versehentlich einschlafe oder glaube, dass ich einschlafe. Häuser in fröhlichen Farben schwebten (schweben) in der Wüstenluft, abwesend wie aus einem Aquarium geflohene tropische Fische. Hier ein vertrockneter Garten aus Knochen, dort ein Schaukelstuhl, der von allein schaukelt. Spuren im Sand, die von niemandem zu stammen scheinen. Der Wind, der leise durch die leeren Straßen säuselt. Und im Hintergrund immer und immer wieder die flammenden Trugbilder. Wir hielten an. Alle stiegen aus. Auch ich. Die Sonne knallte mir auf den Kopf. Ich ging zwei Schritte nach vorn, drei zur Seite, als wollte ich tanzen. Das zumindest fragte mich Laurentina.

»Hey, tanzt du?«

»Der Neger da kann doch überhaupt nicht tanzen«, spottete Bartolomeu. »Er ist eine farbliche Fälschung, und ich wette, er isst Muamba mit Reis.«

Ja, mein Herr, das tue ich (Funje hat mir noch nie geschmeckt), hätte ich ihm erwidern können, ich hätte auch gar nichts sagen können, mich umdrehen, wieder ins Auto steigen und dort ein lauwarmes Bier trinken. Aber nein. Genau in diesem Moment bin ich weggetreten, durchgedreht.

»Setzt mich in Windhoek ab«, brüllte ich. Meine Stimme zitterte und klang so anders, dass selbst ich einen Augenblick brauchte, um sie zu erkennen. »Ich gehe. Ich hab die ganze Scheiße hier satt! So satt!«

»Was ist denn jetzt los?«

»Ich hab die Schnauze voll von diesem Typ, immer diese rassistischen Bemerkungen!«

»He, Muadiê, mach mal halblang! Ich ein Rassist?! Also wirklich …«

Pouca Sorte stieg aus dem Auto und fuchtelte mit beiden Armen in der Luft herum. Er rief etwas, aber was auch immer es war, es verlor sich im Tumult der Stimmen in meinem Kopf. Die Sonne brüllte noch lauter. Der Wind hatte angefangen zu heulen. Ich auch. »Ich will nach Windhoek und zwar sofort! Nicht einen Tag länger verbringe ich mit diesem Scheißrassisten da.«

»Wir bringen dich nach Windhoek, bleib ganz ruhig, Muadiê, aber vorher müssen wir das mit dem Rassismus klären. Ich lasse mich von niemandem als Rassisten beschimpfen.«

»Aber ich tu es. Rassist, ja Rassist! Und ein Provinz-Don-Juan noch dazu. Und wenn du eins aufs Maul haben willst, dann komm nur, ich hab keine Angst vor dir ...«

Bartolomeu ging zwei Schritte auf mich zu, die Hände zu Fäusten geballt, als wollte er mich schlagen. Aber er schlug nicht. Im Gegenteil. Er baute sich vor mir auf und begann zu lachen. Ein ehrliches, offenes Lachen, das lustig in der Luft zerplatzte wie Feuerwerk und dann durch die verlassenen Straßen kullerte. Dann setzte er sich in den Sand und rieb sich die Augen. Er musste weinen vor Lachen, das Schwein.

»Entschuldige, Kumpel, entschuldige. Ich glaube, du hast ein bisschen zu viel Sonne abbekommen.«

Das war schlimmer, als wenn er mich geschlagen hätte.

Ich rannte fort. Durch die Straßen ins Leere, verfolgt von der Sonne und meiner eigenen Scham. Schließlich war ich erschöpft und streckte mich im lachsfarbenen Schatten eines Hauses aus. Dann kam Laurentina, ganz außer Atem. Sie setzte sich zu mir. Und dann umarmte sie mich.

»Beruhige dich, Liebling, ganz ruhig! Du warst weggetreten, glaube ich.«

Ich merkte, wie mir die Tränen übers Gesicht liefen. Ich wollte nicht vor ihr weinen. »Hast du mich Liebling genannt?«

»Das habe ich, du bist meine Liebe.«

»Nein, bin ich nicht. Es ist vorbei, oder nicht?«

Laurentina setzte sich wieder auf und verbarg ihren Kopf zwischen den Knien. »Ich weiß nicht. Ich schwöre, dass ich es nicht weiß. Ich weiß, was ich tun müsste. Mit dir zusammenbleiben. Du bist ein guter Mensch. Einer der besten Menschen, die ich je kennengelernt habe …«

»Den Text kenne ich«, sagte ich. »Er ist abgedroschen. Sogar ich habe ihn schon benutzt. Versuch es mit einem anderen.«

Laurentina stand auf. »Es tut mir leid.«

Dann drehte sie sich um und verschwand. Als ich zum Auto zurückkam, waren die drei beim Mittagessen. Sie unterhielten sich leise. Als sie mich sahen, verstummten sie. Pouca Sorte hielt mir ein Brot mit Wurst hin.

Laurentina wartete, bis ich aufgegessen hatte. »Willst du wirklich, dass wir dich in Windhoek absetzen?«

Ich versuchte zu lächeln. »Nein, es lohnt sich nicht.«

Ich war verzweifelt. Leer. Brand war mit den zwei Boers angekommen. »Dieser Ort«, erklärte er ihnen, »heißt Wlotzkas Baken.«

Wäre ich eine Stadt, ich wäre wie Wlotzkas Baken.

# Moose's Bar

Nach der Stadt, in der Mandume durchdrehte, verlief die Reise, wie soll ich sagen, grauenhaft. Alle schwiegen. Mandume und Laurentina saßen vor mir. Sie tat, als würde sie schlafen, er tat, als lese er; und ich las tatsächlich. Die Straßen sind glatt und fast ohne Kurven, ein Auto ab und zu, das nächste erst hundert Kilometer weiter, sodass man selbst in einer mechanischen Katastrophe wie dieser, mit der wir unterwegs sind, lesen kann, als säße man zu Hause. Ich lese gerade (von Laurentina geklaut) »Wieder ein Tag Leben« von Kapuściński. Einige seiner Protagonisten kenne ich persönlich. Freunde meiner Mutter, die in unserem Haus zu Besuch waren. Es ist seltsam, sie jetzt zwischen Buchdeckeln wiederzufinden, in einem Buch, das sich liest wie ein Roman.

Die Sonne ging bereits unter, als Pouca Sorte uns auf eine Bar aufmerksam machte. Eine Szene wie in einem amerikanischen Roadmovie à la »Thelma & Louise«. Eine Tanksäule, und dahinter eine Bar mit Leuchtbuchstaben: Moose's Bar.

Und drum herum nichts als Wüste. Das flache Licht betonte jedes Sandkorn, der strahlend blaue, von matten Streifen durchzogene Himmel sah aus wie die zerknüllte Fotografie eines strahlenden Himmels. Wir gingen hinein. Drinnen befand sich nur eine einzige Person, ein Mann hinter dem Tresen, etwa fünfzig Jahre alt, groß und dick mit blondem, bereits angegrautem Haar, das er zu einem Pferdeschwanz zusammengebunden hatte. Wir bestellten Orangensaft und Schinkenbrötchen mit Tomate und ließen uns in einer Ecke des Lokals nieder.

Der Mann brachte den Saft auf einem Tablett, blieb dann einen Moment stehen und beobachtete uns, während wir redeten. Er lächelte.

»Sprechen Sie Portugiesisch? Es hört sich an wie Russisch, aber das halte ich für wenig wahrscheinlich.«

»Ja«, sagte Laurentina. »Wir sprechen Portugiesisch!«

»Sind Sie Angolaner?«

Ich sagte Ja, doch bevor ich noch etwas hinzufügen konnte, unterbrach mich Mandume in fließendem Englisch, vermutlich in England gelernt, damals als er an der National Film and Television School studierte.

»Nein, ich bin Portugiese. Ich und das Mädchen. Die anderen, sie sind Angolaner.«

Der Mann schaute ihn amüsiert an. Dann zog er einen Stuhl heran und wandte sich an mich und Pouca Sorte. »Ich kenne Ihr Land«, sagte er. Und seine Stimme wurde ernster, während er erzählte. »Ich war gleich zu Beginn des Krieges in Angola, 1975. Eine schlimme Zeit. Wir hatten keine andere Wahl. Ich war Fahrer einer Panzerkolonne der südafrikanischen Armee. Ich fuhr zufällig ganz vorne. Plötzlich stand ein Weißer vor mir, allein, mitten auf der Straße, und begann auf uns zu schießen. Als ihm die Kugeln ausgingen, warf er die Waffe weg und breitete die Arme aus. Ich fragte unseren Hauptmann, was ich tun sollte. ›Fahr weiter‹, sagte er, ›mach ihn platt.‹ Und ich fuhr weiter. Heute sehe ich jedes Mal, wenn ich einschlafen will, das Gesicht dieses Mannes. Ich habe nie wieder ruhig schlafen können.«

Ich stand auf und ging hinaus in die kühle Nacht. Setzte mich auf eine Bank.

Was war passiert? Ich war mir nicht sicher, ob ich richtig verstanden hatte.

Einige Minuten später kam Laurentina zu mir. »Alles in Ordnung?«

Ich sagte Ja und bat sie um etwas Zeit, meine Gedanken zu ordnen. Ich schloss die Augen und lehnte mich zurück. Da hörte ich die Stimme des Mannes, der meinen Vater getötet hatte. Er stand vor mir, aufrecht, gerade, wie jemand, der einem Erschießungskommando gegenübersteht.

»Es tut mir sehr leid. Ich würde alles darum geben, um es ungeschehen zu machen ...«

»Und was würden Sie tun, wenn Sie die Zeit zurückdrehen könnten?«

»Ich hätte den Befehl verweigern können.«

»Und was wäre geschehen?«

»Man hätte mich eingesperrt und wegen Verrat und Befehlsverweigerung angeklagt. Wahrscheinlich hätte ich ein paar Jahre im Gefängnis gesessen.«

»Und mein Vater?«

»Den hätten sie trotzdem getötet, natürlich!«

»Also, was macht es für einen Unterschied?«

»Für Sie keinen. Aber für mich hätte es einen riesigen Unterschied gemacht.«

Ich bat ihn, sich zu setzen. Ich spürte keinerlei Hass. Auch jetzt beim Schreiben spüre ich keinen Hass. Er setzte sich und streckte mir die Hand hin: »Ich möchte Sie um Verzeihung bitten. Sie und Ihre Familie.«

Ich drückte seine Hand, eine breite, knochige, ein wenig raue Hand. Dann sah ich in sein Gesicht. Er hatte helle, haselnussfarbene Augen, klar und offen, mit Fältchen an den Rändern. Tiefe Augenringe.

Er erinnerte mich an eine alte Schildkröte, die ich als Kind gehabt hatte. Sie hieß Leonardo, weil sie gern Leonard Cohen hörte. Manchmal verschwand sie für Wochen. Damit sie wieder auftauchte, musste man lediglich eine Platte des kanadischen Sängers auflegen. Bei den ersten Versen von »Famous Blue Raincoat«, »It's four in the morning, the end of December / I'm writing you now just to see if you are better«, tauchte Leonardo aus irgendeinem unbekannten Loch auf, die Starre eines langen Traums hinter sich herschleifend, stellte sich auf die Hinterbeine an eine der Boxen, reckte den Hals und schien für einige kurze Momente vollkommen glücklich zu sein.

Dann war er wieder traurig. Eine Traurigkeit wie die der Wüsten. Der Mann neben mir erinnerte mich an Leonardo, die Schildkröte, wenn die Musik verstummt war.

»Erzählen Sie mir von Ihrem Vater.«

Ich habe meinen Vater nie kennengelernt, und er mich auch nicht. Aber wir haben viel miteinander geredet. Ich bin von Natur aus skeptisch. Schon als Kind lachte ich über den Nikolaus und über Gespenster und Monster. Und an Gott glaube ich auch nicht. Ein fester Unglaube. Doch ich glaube, mein Vater wacht über mich und beschützt mich. Ich sammle Fotos von ihm und die Bücher, die er las und in die er sich Notizen machte. Ich glaube, ich bin Animist, auf meine eigene Weise. Vor einer Weile hat sich Laurentina über mich lustig gemacht: »Dein Vater ist eine Erfindung!«

»Und deiner auch«, hatte ich erwidert. »Das verbindet uns.«

»Erzählen Sie mir von Ihrem Vater«, wiederholte der Mann. »Ich muss so oft an ihn denken. Seit dreißig Jahren denke ich an ihn …«

Mein Vater war ein guter Mann. Vielleicht ein wenig neben der Spur. Er liebte die Wüste. Er sagte, in der Wüste fühle er sich vollkommen. Meine Mutter erwiderte dann immer (erzählte sie mir), er liebe die Wüste deswegen, weil dort keine Leute seien. Cuca hat einen scharfen Humor. Mein Vater widmete sich mit Haut und Haaren den aussichtslosen Dingen, den Entrechteten und Enterbten, den verlorenen Orten. Er hätte bestimmt gern hier gelebt.

Ich umarmte den ehemaligen Soldaten und sagte zu ihm: »Ich glaube, Sie hätten Freunde werden können.«

Wir blieben eine ganze Weile so. Und der Wind flüsterte den Sternen zu.

*Restaurant 1° de Maio, Lissabon*
*Dienstag, 27. Juli 2006*

Gita Cerveira kann sich an Trommeln erinnern. Ja, da wurde getrommelt. Und auch Feuer war da. Ah! Und ein köstliches Zicklein am Spieß. Er selbst hatte es ausgesucht. Ob er sich an noch etwas erinnern könne? »Da war so ein Typ, ein seltsamer Muadiê, der Soba aus dem Dorf, der die ganze Zeit selbst in der prallsten Mittagssonne einen dicken langen schwarzen Mantel trug. Später fiel uns auf, dass er einen riesigen Bumbi hatte. Ein riesiges Ding, das ihm bis zu den Knien herunterhing. Tut mir leid, Kumpel, am deutlichsten erinnere ich mich tatsächlich an den Mann mit dem Mantel.« Gita lacht. Er hat ein ansteckendes Lachen. In der Filmszene Portugals und in den portugiesischsprachigen Ländern Afrikas kennen ihn alle. Er hat in den Vereinigten Staaten gelebt, in Frankreich und in Südafrika und ist nach dem Ende des Bürgerkrieges nach Angola zurückgekehrt. Für etliche der Dokumentationen und Spielfilme, die in den letzten zwanzig Jahren in Mosambik gedreht wurden, hat er den Ton gemacht. Bei einer dieser Arbeiten lernte er auch Karen kennen, und seitdem sind sie Freunde. Die Drehtage für »Dancing on the Edge« waren für ihn nicht schlimmer als andere unter ähnlichen Bedingungen.

Ich erzähle ihm Karens Geschichte. Er schaut mich erstaunt an. Von ihrer Krankheit wusste er, aber die Geschichte von dem Wasserrohrbruch in Kapstadt war ihm neu und auch die Häufung dramatischer Zufälle, nachdem sie die Initiationsriten in diesem abgelegenen Ort in Zambézia gefilmt hatten.

Gita ist auf der Durchreise in Lissabon. Ich auch. Er rief mich an und wir verabredeten uns in der Brasileira do Chiado. Ich war schon vor der vereinbarten Zeit dort, setzte mich an den einzigen freien Tisch auf der Straße neben die Statue von Fernando Pessoa, bestellte einen Orangensaft, und in genau diesem Moment sah ich Jordi, der gerade von einer sechsmonatigen Reise durch Südamerika zurückgekommen war. Wir umarmten uns heftig. Ich freute mich sehr, ihn wiederzusehen. Gita kam und war elegant wie immer. Er ist siebenundvierzig Jahre alt, sieht aber jünger aus. Jordi kannte ihn aus Luanda. Ich lud Jordi ein, mit uns zu Mittag zu essen. Einer von uns schlug das 1° de Maio vor, und hier sitzen wir nun.

»Eins habe ich nicht verstanden …«, sagte der gute Jordi, »was ist ein Bumbi?«

Jordi kann fließend angolanisches Portugiesisch. Darauf ist er sehr stolz. Aber Bumbi, das Wort kennt er nicht, hat es noch nie gehört.

Gita muss lachen. Sein Lachen erschüttert die Luft. »Erklär du es ihm …«

»Eine Skrotalhernie, Hodenbruch. Ein Teil der Eingeweide wandert in den Hodensack. Wenn der Betroffene nichts dagegen tut, wächst der Hodensack …«

»Ya! Im Fall des Mannes mit dem Mantel ist er gewaltig gewachsen.«

»Ich esse, caramba! Erspart mir die Details …«

Bumbi ist eine Krankheit, die wie Elefantitis nur Arme trifft. Ich weiß noch, wie ich als kleiner Junge meine Großmutter zum Markt begleitete. Einer der Verkäufer dort hatte Elefantitis. Ich starrte auf seinen Fuß, ein riesiges Ding, und beneidete ihn. Ich war fest davon überzeugt, dass der Mann im Begriff war, sich in einen Elefanten zu verwandeln. Das schien mir ein schönes Ziel zu sein. Menschen machten mir Angst. Wenn man mich fragte: »Was willst du werden, wenn du groß bist?«, antwortete ich, ohne zu zögern: »Elefant!«

Als ich größer wurde, wurde ich bescheidener.

*Sérgio Guerras Wohnung in Salvador, Brasilien*
*Montag, 31. Juli 2006*

# Von seltsamen Zufällen, in denen das Leben über die Literatur siegt

Sérgio erzählte mir heute Nachmittag, als wir uns nach dem Mittagessen am Schwimmbecken sonnten, von einer merkwürdigen Begebenheit. Vor einigen Jahren wurde einer seiner besten Freunde krank und starb, wie es ihm ein Kartenleger bösartigerweise vorausgesagt hatte. Er war (wie ich) einer, der Eidechsen liebte. Er hielt mehrere bei sich zu Hause und sprach auch mit ihnen. Er war immer fröhlich und gut gelaunt und unterschrieb Postkarten, die er an seine Freunde verschickte, mit »Ich«. Einige Tage nach der Beerdigung des Freundes ging Sérgio an einen kleinen Strand, an dem sie oft gemeinsam gewesen waren und den man nur zu Fuß über ein kleines Privatgrundstück erreichen konnte. Es hatte ein Tor, das immer verschlossen war und das sie öffnen mussten, um auf das Gelände zu gelangen. An jenem Tag war das Tor zerstört. Er war traurig und mit hängendem Kopf weitergegangen, hatte dabei an seinen Freund gedacht und daran, wie sehr er ihn vermisste. Plötzlich huschte eine Eidechse die Mauer entlang, er schaute auf und da entdeckte er einen Satz, den jemand erst kürzlich an die Mauer gemalt hatte: »Bin immer da!«

Unterschrift: »Ich«.

## Über die Zivilisation

Wir haben die südafrikanische Grenze überquert. Nun sitzen wir in einem kleinen Restaurant am Rande der Straße. Wir wollen direkt nach Kapstadt weiterfahren. Brand dagegen will erst noch in eine kleine Stadt im Landesinneren und die zwei Touristen absetzen.

Kaum hatten wir Platz genommen, lehnte sich unser junger Führer zurück und verkündete, dass er von nun an kein Portugiesisch mehr sprechen wolle. Wir sollten jetzt Englisch sprechen. Und fügte mit breitem Grinsen hinzu: »Willkommen im zivilisiertesten Land Afrikas.«

Bartolomeu erwiderte sarkastisch und auf Portugiesisch: »Hochzivilisiert. Und nicht zu vergessen, das Land, das die Apartheid erfunden hat …«

Brand wurde rot und reagierte wütend: »Die Apartheid ist vorbei!«

»Da hast du recht«, sagte ich. »Die Apartheid ist vorbei, aber das heißt nicht, dass es sie nie gegeben hat. Und ich darf dich darauf hinweisen, dass in diesem zivilisiertesten Land Afrikas, wie du es nennst, keine einzige Frau sicher ist. Weißt du, wie viele Frauen pro Tag hier vergewaltigt werden?«[3]

»Früher hat es das nicht gegeben!«

»Früher?« Bartolomeu brüllte: »Du meinst, damals, als es noch Apartheid gab?«

»Früher war Südafrika ein sicheres Land.«

»Früher«, erwiderte Mandume auffällig ruhig, »starben jede Woche Menschen bei Auseinandersetzungen mit der Polizei. Es gab so

---

3 Nach Angaben des südafrikanischen Instituts für Rassenangelegenheiten werden täglich 147 Frauen in Südafrika vergewaltigt.

gut wie keine ausländischen Investitionen. Südafrikanische Produkte wurden in aller Welt boykottiert. Die Wirtschaft stagnierte. Und vor allem, weißt du das noch, war der Rassismus offizielle Ideologie.«

»Ich verteidige die Apartheid doch gar nicht!«

»Natürlich nicht!«, sagte Mandume ironisch. »Du verteidigst nur die Zeit der Apartheid.«

»Ich habe in Australien studiert.« Nun sprach Brand wieder Portugiesisch. Er zitterte wütend, und in seinen Augen standen Tränen. »Meine Mutter lebt in Melbourne. Wenn ich gewollt hätte, hätte ich dort bleiben können. Ich bin zurückgekommen, weil ich Afrika liebe. Ich bin im Busch aufgewachsen, in Angola. Du, Mandume, du lebst in Europa, du bist Portugiese. Du hast keine Ahnung von dem, was hier los ist. Rein gar keine. Und du, Bartolomeu, du lebst in Luanda, das eine Art schwarzes Lissabon ist. Du sprichst keine einzige afrikanische Sprache. Aber ich, ich kenne Angola von Grund auf. Ich bin schwärzer als ihr beide zusammen.«

Die Diskussion drohte zu eskalieren. Die zwei Touristen, die Brand begleitete, Vater und Sohn, schauten ihn fragend an, dann Mandume und Bartolomeu, und versuchten zu verstehen, was den Streit ausgelöst hatte. Das Wort Apartheid schwebte in der Luft wie ein düsterer Vogel. Ich fragte, ob ich vielleicht auch etwas dazu sagen dürfe. Brand hätte vielleicht einfach das falsche Wort gewählt – »Zivilisation«. Südafrika sei sicher eines der entwickeltsten Länder des Kontinents. Entwicklung sei allerdings nie ein Synonym für Zivilisation gewesen. Leider nicht einmal für Zivilisiertheit. Auch Nazi-Deutschland sei seinerzeit ein hoch entwickeltes Land gewesen, doch ich sei mir nicht sicher, ob es wirklich zivilisiert war. Und, fügte ich hinzu, unter den Opfern des alten Regimes seien nicht nur Schwarze, Mischlinge und Inder, sondern auch Weiße, alle Weißen, vor allem die Buren, die für die kommenden Jahrzehnte mit der Schmach einer verlorenen Zeit leben müssten. Brand schaute mich überrascht an. Und stimmte mir dann vehement zu: »Genau, genau! Ich bin es leid, immer auf die Apartheid angesprochen zu werden. Ich habe nicht das Geringste mit der Apartheid zu tun. Oder muss ich mich dafür entschuldigen, dass ich weiß bin?«

Die Diskussion endete hier. Bartolomeu verabschiedete sich ohne Händedruck von Brand. Diese Geste, besser gesagt, das Fehlen einer Geste, hinterließ einen tiefen Eindruck bei mir. Ich hatte gedacht, zwischen ihnen sei in den letzten Tagen sogar eine Art Freundschaft entstanden. Als wir später im Auto saßen, sprach ich ihn darauf an. Er zuckte nur genervt mit den Schultern und sagte gar nichts. Mandume brummelte leise: »Ich glaube schon, dass es nicht schlecht wäre, wenn sich die Weißen bei der übrigen Bevölkerung Südafrikas entschuldigen würden.«

# Long Street: Wo der Regenbogen beginnt

Brand hatte uns auf das Hotel aufmerksam gemacht, in dem wir jetzt wohnen. »Sehr gut!«, sagte er. »Es ist anders. Ihr werdet sehen, man kann es mit nichts vergleichen. Wie im Film.«

Der Ausdruck »wie im Film« und die Tatsache, dass er es nicht besser erklären konnte, waren entscheidend. Oder besser gesagt: die Neugier siegte. Das Hotel heißt Daddy Long Legs, der Name einer Spinnenart, und liegt in der Long Street.

Einer meiner Reiseführer, »Time Out«, schwärmt mit jugendlicher Begeisterung für die Long Street: »Long Street is the main artery of Cape Town's cosmopolitan culture.« Eine Seite weiter nennt er sie das »spirituelle Herz der Stadt«. Sobald die Nacht anbricht – besser wäre wahrscheinlich »sobald die Nacht aufbricht« zu sagen –, verstehen wir den Enthusiasmus des Time-Out-Redakteurs. Über die gesamte Länge der Long Street wechseln sich Restaurants mit Bars und Diskotheken ab, und fast alle sind voll. Wir aßen im Mama Africa zu Abend, einem Restaurant mit regionaler Küche, während ein Marimba- und Trommelorchester mit wachsender Begeisterung einen jungen Sänger begleitete, der Opernarien mit der gleichen Naivität zum Besten gab wie alte Bob-Marley-Songs. Danach zogen wir durch die Bars. In der ersten, wo es noch etwas ruhiger war, saßen nur weiße Paare mittleren Alters. In der zweiten drängte sich eine lautstarke Menge Jugendlicher aller Hautfarben: Blonde, Rothaarige, Mulatten, Schwarze, Chinesen, Inder und was weiß ich noch alles. Es kam mir vor wie eine Versammlung von Benetton-Models.

»Caramba!«, seufzte Mandume beeindruckt. »In dieser Straße stolpert man auf weniger als fünfzig Metern direkt vom zwanzigsten Jahrhundert ins zweiundzwanzigste.«

Aber zurück zum Hotel. Das Besondere an ihm sind die thematischen Zimmer. Eines ist zum Beispiel eine Hommage an eine in Südafrika sehr populäre Band namens Freshlyground. Die Gruppe wurde 2002 gegründet und besteht aus Musikern der verschiedensten Regionen Südafrikas, Weißen und Schwarzen sowie Mosambikanern und Zimbabwern. Gern hätte ich in diesem Zimmer übernachtet, doch Mandume wollte ein anderes, ein einem Krankenzimmer nachempfundenes – verstehe einer die Männer! Im Bad hängt ein Glaskasten mit chirurgischen Instrumenten und neben dem Bett auf Bügeln eine Arzt- und eine Krankenschwesternkleidung (Kittel, Stethoskop, etc.). Bartolomeus Zimmer dagegen ist eine Art Keller. Zum Fürchten.

Natürlich weigerte ich mich, die Schwesternkluft anzuziehen. Mandume nahm es mir nicht einmal übel.

»Du hast recht«, sagte er. »Das hier steht dir bestimmt besser.« Er hielt mir ein Geschenk hin. Etwas Weiches, hübsch verpackt in dunkelblaues Seidenpapier. Ich löste das Klebeband, das das Papier zusammenhielt. Es war ein Pyjama aus Seide, wunderschön, schwarz mit goldenen Nadelstreifen, von La Perla. Ich zog ihn an und betrachtete mich im Spiegel (das Zimmer hängt voller Spiegel); er stand mir gut.

»Jetzt zieh ihn aus!«

Ich zog den Pyjama aus. Dann zog ich seinen aus. Mandume küsste mich. Ein langer Kuss, wie früher.

Es war gut.

Zum ersten Mal war ich 1994 in Kapstadt, um die Feier zur Amtseinführung von Nelson Mandela zu filmen. Stellen Sie sich einen zwanzigjährigen Berufsanfänger vor, der einen solchen Moment miterlebt. Ich erinnere mich an eine wunderschöne Frau mit brauner Haut, elegant und groß, mit einem Haarschopf im Black-Power-Stil – damals ein Anachronismus. Sie hieß Martha und war Fernsehjournalistin. Als sie hereinkam, verstummten alle Männer. Ich nicht, natürlich, ich bin Angolaner. Martha erzählte mir einen Witz, der mir von Zeit zu Zeit einfällt. Es gibt Witze, die mehr über eine bestimmte historische Epoche aussagen als ein dicker Aufsatz mit vielen Jahreszahlen. Dieser ist (glaube ich) so ein Witz. Frage: Was haben die verschiedenen Bevölkerungsgruppen zum Kampf gegen die Apartheid beigetragen? Antwort: Die Weißen planten den Kampf, die Inder finanzierten ihn, die Schwarzen führten ihn mit der Waffe in der Hand, und die Mulatten feierten den Sieg.

Man muss dazu sagen, dass die offizielle Feier tatsächlich in Kapstadt stattfand, wo die Bevölkerung mehrheitlich aus Mischlingen besteht, wie übrigens überall in der Provinz, und dass hier auch – welch eine Überraschung! – die Nationale Partei ihren ersten Wahlsieg im neuen Südafrika erringen konnte. Mandume lachte nicht, sondern fragte mich ernsthaft: »Glaubst du wirklich, dass Denken ein Privileg der Weißen ist?«

Ich wurde sauer.

»Ich glaube, dass du keinen Sinn für Humor hast. Wenn ich dir einen Witz über ein fliegendes Schwein erzähle, sagst du vermutlich, dass Schweine nicht fliegen können …«

Pouca Sorte schien keine Probleme mit dem Witz zu haben. Ihn interessierte etwas anderes. »Und die Journalistin? Haben Sie noch Kontakt zu ihr?«

Ich glaube tatsächlich, dass die kreolischen Gesellschaften einen natürlichen Hang zum Feiern haben. Die Mischung bringt Freude hervor, so wie ein Glühwürmchen Licht produziert. Der Karneval zum Beispiel – wo in der Welt wird der Karneval am ausgelassensten gefeiert?

Erraten?

Genau: in Brasilien, auf den Antillen und in New Orleans. In Goa feierte man in der Hauptstadt Panjim, im Stadtviertel Fontainhas, wo vor allem Inder mit portugiesischen Vorfahren lebten. Dann gingen die Mischlinge, die von der übrigen indischen Bevölkerung »Descendentes«, also Abkömmlinge, genannt wurden, fort, und der Karneval war tot.

Und in Afrika?

Antwort: Luanda, Benguela, auf den Kapverden, in Kapstadt und Quelimane!

Der Karneval von Kapstadt, bekannt als »Coon Carnival«, wird in den ersten Januartagen gefeiert. Im Haus von Serafim Kussel im Stadtteil Observatory sahen wir einen Dokumentarfilm über den Coon Carnival. Die verschiedenen Gruppen tragen bunte Sonnenschirme und ziehen singend, tanzend und als kollektive Verkehrsbehinderung durch die Straßen. Mir fiel der Karneval von Olinda ein, mit den Frevo-Orchestern, Sonnenschirmchen und den akrobatischen Tanzschritten. Ohne die Kalvinisten und Moslems wäre Kapstadt eine brasilianische Stadt.

Observatory, für Freunde nur Obs, war zur Zeit der Apartheid ein Stadtviertel für Mischlinge. Heute wird es in allen Reiseführern als Boheme-Vorstadt bezeichnet, die junge Studenten bei Nacht in einen riesigen Festsaal verwandeln. An dem Nachmittag, als wir nach Obs fuhren, um Serafim Kussel zu besuchen, stand eine strahlende Sommersonne am Himmel. Den Kontakt zu Kussel hatte Martha, die Journalistin mit der Black-Power-Frisur, hergestellt. Sie schien gar nicht überrascht, als ich sie in Johannesburg anrief.

»Sieh an, wer da aus der Vergangenheit auftaucht! Mein Angolaner!« Sie erzählte mir, dass Serafim in den Fünfziger- und Sechzigerjahren Inhaber einer Jazzbar gewesen sei und alle Leute aus dem Musik-Milieu von Kapstadt gekannt habe. Vielleicht erinnere er sich ja an Faustino Manso, und außerdem könne er uns sicher mit Seretha du Toit in Kontakt bringen.

Serafim Kussel erwartete uns in einem Schaukelstuhl sitzend (ziemlich sitzend sogar). In seinem Garten scharrte zwischen Mangobäumen eine Schar Küken herum. Der Alte gefiel mir. Groß, graue Haare, nachlässig rasiert. Er legte das Buch, das auf seinem Schoß lag, beiseite, stand auf und begrüßte jeden Einzelnen von uns mit festem Händedruck und einem »Bom Dia!«. Dann führte er uns ins Haus, in sein Wohnzimmer, ein großer, luftiger Raum, etwas unordentlich wie ein Jugendzimmer. Drei Sofas drängten sich an den Wänden, einem niedrigen Tisch fehlte ein Bein, und in einer Ecke stand ein sehr ehrwürdiges Klavier, das mich an einen Diener im Frack erinnerte. Serafim holte Saft und Bier. Dann setzte er sich Laurentina gegenüber und erzählte uns die kuriose Geschichte seines Lebens: In den Sechzigerjahren, zu Beginn der Apartheid, hatte seine Frau, eine Farbige wie er, beschlossen, sich als Weiße registrieren zu lassen, und ihn mit vier Kindern im Arm verlassen.

Ein Satz fiel mir auf, den er mehrmals wiederholte: »Nachdem meine Frau weiß geworden war.« Das sagte er ohne jede Ironie, im selben neutralen Ton wie er auch »nachdem meine Frau fett geworden war« hätte sagen können. Er stellte schlicht eine Tatsache fest. Die Frau war also weiß geworden, was für viele hellhäutige Mischlinge eine Option war, hatte jede Verbindung zur Welt der Nicht-Auserwählten abgebrochen und war verschwunden.

»Als wäre sie gestorben«, sagte Serafim Kussel und schwieg einen Moment. Dann schüttelte er den Kopf. »Nein. Eher, als hätte sie nie existiert. Wer stirbt, verschwindet nur selten komplett. Er hinterlässt einen Namen auf einem Stein. Fotografien. Sie hinterließ gar nichts. Ging einfach fort ...«

Mit den Händen zeichnete er einen hastigen Kreis, wie ein Illusionist, der einen weißen Hasen verschwinden lässt (oder einen schwarzen, das ist egal, und ich will nicht, dass mich Mandume als Rassisten beschimpft), und wiederholte: »Ging fort ...«

Bis dahin hatte Serafim ohne größere Sorgen als Betreiber einer Jazzbar überlebt (nein, er war nicht der Besitzer), Klavier und Karten gespielt. Danach hatte er sich Geld von seiner Mutter geborgt und noch ein wenig von zwei oder drei Freunden und hatte eine kleine Windelfabrik aufgebaut. Bis heute, selbst im Alter von fünfundsechzig Jahren, macht er »aus Scheiße Geld«, wie er sagt. Vor Monaten sei er seiner ersten Frau wiederbegegnet. Sie ist wieder Mischling und macht viel Wind um ihr angebliches Leid unter dem Apartheid-Regime. Hegt politische Ambitionen. Serafim lachte. »In anderen Ländern wechselt man den Frack. Hier in Südafrika sind wir radikaler. Wir wechseln die Hautfarbe.«

Laurentina fragte ihn, ob er einmal einen Musiker namens Faustino Manso kennengelernt habe.

Serafim wurde sauer, beziehungsweise, er tat so, als würde er sauer. »Langsam, Mädchen! Zu Faustino kommen wir schon noch.«

Serafim Kussel hat seine eigene Zeiteinteilung und duldet keine Unterbrechungen. Noch eine gute halbe Stunde lang mussten wir uns anhören, was er über die Ursprünge von Kapstadt zu erzählen hatte, und darüber, wie nahe sich die kreolischen Kulturen der Welt sind.

»Ich kenne Luanda nicht, aber ich bin sicher, dass ich mich dort wohlfühlen würde. Vergangenen Monat habe ich hier mit kubanischen Musikern gespielt. Sie hatten noch nie unsere Rhythmen gehört, den ›Goema‹, kennt Ihr ›Goema‹? Ihr auch nicht? Ah, das haben wir gleich.« Er erhob sich und legte eine CD ein. Auf dem Cover konnte ich lesen: »The Goema Captains of Cape Town – Healing Destination«. Der Sound gefiel mir, süß, schwingend, er erinnerte an feinsten Afro-Latin-Jazz. »Wo war ich stehen geblieben? Ah, ja, bei den kubanischen Musikern. Nach einigen Minuten spielten die Kubaner mit uns, als hätten sie nie etwas anderes gemacht. Das war richtig gut!«

Er schwieg, und wir hörten die CD an. Schließlich stand er auf und ging hinaus, ohne zu sagen wohin. Dann kam er mit einem alten Fotoalbum zurück. Er legte es auf den kleinen hinkenden Tisch und begann, langsam darin zu blättern. Auf einer Seite hielt er inne. Er rief Laurentina. »Erkennen Sie diesen Mann wieder?«

In der rechten Ecke, fast vom Piano verdeckt, war Faustino Manso zu sehen, wie er Bass spielte. Außer dem Pianisten ein weiterer Typ mit einer Trompete auf dem Schoß. Das Gesicht des Pianisten kam mir bekannt vor. »Und der hier?«

»Ach, der! Das ist genau der, für den Sie ihn halten: Dollar Brand! ... Damals nannte er sich noch Dollar Brand ... Als er hier war, spielte er Kolonialistenzeug, später ging er nach New York und wurde Afrikaner ... Das Foto habe ich an seinem Abschiedsfest aufgenommen, lassen Sie mich nachdenken, es war im Januar 1962 ... Am Tag darauf nahm er ein Flugzeug nach Paris. Der Rest ist Geschichte ...«

Ich hätte ihn gern länger über Dollar Brand alias Abdullah Ibrahim erzählen hören. Dessen Klavierspiel begleitet mich seit vielen Jahren. Im Januar 1976, als ich geboren wurde, veröffentlichte Abdullah Ibrahim »The Children of Africa«, und darauf ist ein Stück, das bis heute mein Lieblingslied von ihm ist: »Ishmael«. Ich habe oft zu Abdullah Ibrahims »Ishmael« geknutscht. Leider unterbrach ihn Laurentina.

»Entschuldigen Sie, und Faustino Manso?«

»Ihr Vater, stimmt's? Die schöne Martha sagte mir, dass Faustino Ihr Vater sei. Es wundert mich nicht, dass er überall auf dem Kontinent Kinder hat. Dieser Mann liebte die Frauen. Ich auch, na klar, aber seine Leidenschaft war anders. Er liebte die Frauen so sehr, dass keine umhinkam, ihn auch zu lieben. Außerdem war er ein sehr eleganter Typ mit einer seidenen Stimme, ein perfekter Kavalier.«

»Haben Sie ihn einmal spielen gehört?«

»Ob ich ihn spielen gehört habe? Na, aber klar! Oft. Wer, glauben Sie, hat dieses Foto gemacht?«

»War er ein guter Musiker?«

»Ja, ein sehr guter Musiker, wirklich gut, ein exzellenter Musiker, aber am Bass fühlte er sich wohler als am Piano. Wenn Faustino seinen Bass umarmte, geschah etwas Seltsames, er veränderte sich. Es war, als spielte das Instrument ihn, und nicht umgekehrt.«

»Wie das?«

»Was weiß ich, meine Liebe! Voodoo! Eine Art von Besessenheit … Wie heißt dieser Voodoo in Brasilien, das wissen Sie sicher?«

»Candomblé.«

»Ja genau, Candomblé!«

»Sie machen sich über mich lustig.«

»Nein. Glauben Sie nicht, dass ein Geist sich durch den Körper eines lebenden Menschen äußern kann?«

»Nein, glaube ich nicht!«

»Hat Ihnen noch niemand die Geschichte von Faustinos Kontrabass erzählt?«

[Verzweifelt] »Nein, nein, keine Ahnung …«

»Ah, gut! Dann, meine Liebe, wissen Sie nur sehr wenig über Ihren Vater.«

# Eine ungewöhnliche Visitenkarte

Kürzlich, als ich meine Kleidung aufräumte, fand ich in einer Hemdtasche eine Visitenkarte: »Magno Moreira Monte – Unternehmer, Dichter, Privatdetektiv – Rua Frederick Engels, Nr. 13, Luanda – Tel.: +244 222 394 957«. Verwundert und amüsiert studierte ich die Karte. Wo hatte ich sie bloß her? Schließlich erinnerte ich mich an das kleine schmierige Männlein in dem chinesischen Restaurant in Luanda, an dem Abend, an dem ich mich mit Laurentina gestritten hatte. Ich sah, wie er seine Brieftasche öffnete, eine Karte herausnahm und sie mir in die Hemdtasche steckte.

»Falls Sie sie einmal brauchen. Wie ich schon sagte, ich habe Ihr Gespräch mitgehört. Nehmen Sie nicht allzu ernst, was das Mädchen sagt. Sie ist eine Nutte. Die Stadt ist voll davon. Sie wissen ja, der Krieg ...«

Ich zeigte Laurentina die Karte und erzählte ihr die Episode. Sie war nicht besonders beeindruckt, meinte aber, ich sollte die Karte behalten.

»Dichter und Privatdetektiv? Eine etwas seltsame Kombination, finde ich. Vielleicht können wir sie irgendwann einmal brauchen.«

Ich steckte die Karte in meine Brieftasche.

Und doch (keine Ahnung warum) widerstrebt es mir, sie zu behalten.

*Hotel Daddy Long Legs, Cape Town*
*Dienstag, 15. November 2005*

Heute Nachmittag waren wir im District Six Museum.

Der District Six, inzwischen eine windige und heruntergekommene Gegend, ein Abbruchgrundstück neben dem anderen, war in den Fünfzigerjahren berühmt für sein kulturelles Leben. Es gab dort unzählige Jazzbars, in denen weiße, schwarze, gemischtfarbige und chinesische Musiker (davon allerdings nur wenige) Seite an Seite auftraten. 1966 wurde die Gegend zu einem Wohnviertel für Weiße erklärt. Neun Jahre später wurden alle Häuser abgerissen und die meisten Bewohner gezwungen, sich in Vorstädten weit draußen eine Wohnung zu suchen.

»Sie haben den District Six zerstört, weil sie die kulturelle Mischung hassten«, erzählte uns Vincent Kolbe, einer der Gründer des Museums. Das District Six Museum bewahrt die Erinnerung an diese Zeit auf, einschließlich der Straßenschilder, die einer der für den Abriss zuständigen Beamten noch retten konnte. Es gibt auch einen riesigen, von Hand gemalten Stadtplan mit den Namen aller Straßen und der Familien, die dort gelebt hatten.

Im Jahr 1867 gegründet, beherbergte der District Six zunächst ein Konglomerat aus ehemaligen Sklaven, europäischen und asiatischen Einwanderern, kleinen Händlern und Handwerkern. In seinen goldenen Zeiten tummelten sich auf den Straßen und Plätzen – erinnert sich Noor Ebrahim in einem kurzen Memoirenbuch, »Noor's Story. My Life in District Six« – Maler, Musiker, Geschäftsleute, katholische Priester und muslimische Geistliche, Kleinkriminelle und Sportler.

Noor erzählt, dass es ihm 1975, kurz vor Beginn der Abrissarbeiten, gelungen sei, eine Villa in Athlone zu kaufen. Dorthin nahm er, außer seiner Frau und den Kindern natürlich, seine Brieftauben mit, die einige Preise gewonnen hatten, und baute aus dem Holz seines alten Taubenschlags einen neuen. Nach drei Monaten ließ er seine Tauben fliegen. Keine einzige kam zurück. Nach einer durchwachten Nacht war Noor voller Befürchtungen dorthin gefahren, wo einmal der District Six gestanden hatte. Auf einem Trümmergrundstück hörte er schließlich lautes Flattern. Fast fünfzig Tauben warteten seelenruhig auf ihn, genau dort, wo einmal ihr Taubenschlag gestanden hatte. Ein ähnlicher Spuk liegt bis heute über der Narbe, dem verwaisten Boden, auf dem eigentlich Häuser stehen müssten.

# Serafim Kussel über Faustino Manso

Walker!

So hieß der Bass von Faustino Manso: Walker.

Martha sagte mir, dass Faustino gestorben ist. Sie hat mir erzählt, Sie seien auf der Beerdigung gewesen. Es tut mir sehr leid …

… Wissen Sie, was aus dem Instrument geworden ist?

Nein, natürlich wissen Sie es nicht. Wenn Sie nach Luanda zurückkommen, fragen Sie nach dem Bass. Walker, der Kontrabass, hat einmal einem Seemann gehört, einem Typen aus New Orleans, wenn ich mich recht erinnere, der von einem Schiff der amerikanischen Flotte im Hafen von Luanda abgehauen ist, zu Beginn des Zweiten Weltkrieges. Ich habe wohl an die hundert Mal gehört, wie Faustino diese Geschichte erzählt hat, meist schon in leicht angeheitertem Zustand, wenn wir nach Konzerten noch in irgendeiner Bar herumlungerten und feierten. Und doch kann ich mich nicht an den Namen des Matrosen erinnern …

… Arquimedes … Aquiles oder Arquimedes … oder so ähnlich, ich meine, es war ein griechischer Name …

Nehmen wir an, es war Arquimedes. New Orleans. Ja, sicher, er war aus New Orleans. Er war Jazzmusiker, bevor er eingezogen wurde, und später bei der Marine spielte er weiter Bass, mit einem Saxofonisten und einem Schlagzeuger, zur Unterhaltung der Truppe. Arquimedes lebte illegal in Luanda. Er spielte auf Hochzeiten. Gelegenheitsjobs. Mal hier, mal dort. Gerade genug, um nicht zu verhungern. Sein größter Schatz war Walker.

Kennen Sie den Unterschied zwischen einer Violine und einem

Kontrabass? Nein? Der Bass brennt länger. Ha, ha! Ein alter Musikerwitz. Es gibt eine Menge Witze über den Kontrabass. Da fällt mir noch einer ein: Ein Schiffbrüchiger landet auf einer Insel im Pazifik, auf der ein kleiner Eingeborenenstamm lebt. Eines Nachts hört er Trommeln. Viele Trommeln. Wegen des Lärms kann er nicht schlafen. Verzweifelt fragt er, wann der Lärm denn wieder aufhöre. »Das wollen wir nicht hoffen«, antwortet ihm ein alter Mann. »Wenn die Trommeln aufhören, geschieht etwas Schreckliches.« Er fragt immer wieder und die Eingeborenen geben ihm immer wieder dieselbe Antwort. In seiner Verzweiflung nimmt der Schiffbrüchige schließlich ein Messer und hält es einem der Trommler an den Hals und zwingt ihn zu sagen, was denn passiere, wenn die Trommeln aufhörten. »Etwas ganz Schreckliches!«, keucht der junge Mann. »Wenn die Trommeln aufhören, beginnt das Kontrabass-Solo.« Ha, ha! Und kennen Sie den Unterschied zwischen einem Kontrabass und einem Sarg? Bei einem Sarg liegt der Tote drin ... Ich könnte den ganzen Tag Witze über den Kontrabass erzählen ... Also gut, weiter; was ich sagen wollte, ist: Arquimedes hat so manches Mal daran gedacht, sein Instrument zu verbrennen. Aber er tat es nicht ... Das erzählte Faustino ... Er tat es nicht, weil Walker nicht irgendein Kontrabass war. Walker soll Walter Sylvester Page gehört haben, einem Jazzpionier, dem Frontmann der Oklahoma City Blue Devils, und Faustino war überzeugt, dass dessen Geist manchmal auf denjenigen überging, der das Instrument spielte.

Keine Ahnung, vielleicht war es wirklich so.

# Die Aktivistin

Meine Lehrerin in der vierten Klasse war eine hagere, bleiche und sehr autoritäre Frau. Das hat mich geprägt. Hat meinem Denken eine Art Schema gegeben oder besser, ich muss es zugeben, ein Vorurteil: Hagere, bleiche Frau ist gleich autoritär. Ich bin nicht in der Lage, mir eine dicke strenge Frau vorzustellen, schon gar nicht mit dunklem Teint. Seretha du Toit ist schlank und hat fast durchsichtige Haut, sehr blondes, glattes Haar, das ihr wie Honig über die schlanken, aber muskulösen Schultern fließt. Als ich sie sah, erinnerte sie mich an meine Lehrerin in der vierten Klasse. Serafim hatte sie angerufen, ihr erklärt, wer wir sind, und sie hatte sich bereit erklärt, uns bei sich zu empfangen, in ihrem Haus, einer diskret gelegenen Villa am Fuße des Table Mountain. In ihrem mit afrikanischem Kunsthandwerk dekorierten Wohnzimmer fiel einem sofort eine über dem Kanapee hängende Fotografie ins Auge, auf der Seretha mit Nelson Mandela zu sehen war. Am merkwürdigsten fand ich die zwei Windhunde, die völlig reglos wie Porzellanfiguren neben einer Glastür saßen – ihre Glasaugen in die Ferne gerichtet.

»Sind Sie die Tochter von Faustino?« Seretha musterte mich neugierig, bevor sie mir die Hand gab. »Sie sehen ihm gar nicht ähnlich.«

Wir saßen noch nicht, da kam eine Frau mit gelblicher Haut und hervorspringenden Wangenknochen in einer himmelblauen Uniform herein und brachte Tee. Sie bediente uns schweigend, ohne jemanden anzusehen, und verschwand wieder. Seretha saß kerzengerade auf einem kleinen Hocker und wollte wissen, was wir von Südafrika hielten. Interessiert hörte sie zu, als Bartolomeu von seinen Erlebnissen während der ersten gemischtrassigen Wahlen erzählte. Dann wandte sie sich an mich und sagte, plötzlich das Thema wechselnd, sie bedauere sehr, niemals ein Kind von Faustino bekommen zu haben.

»Ich schaue Sie an und überlege mir, wie wohl meine Tochter ausgesehen hätte, Faustinos Tochter, wenn ich von ihm schwanger geworden wäre. Sie wäre heute natürlich ein ganzes Stück älter als Sie ...«

Ich schwieg einen Augenblick lang. Mir fiel nur eine einzige Frage ein: »Was wäre denn passiert, wenn Sie schwanger geworden wären?«

Sie blickte mich ernst an.

»Ich habe es versucht, wissen Sie? Ich wollte unbedingt ein Kind von Faustino. Damals war es, wie Sie sich denken können, ein subversiver Akt, ein gemischtrassiges Kind zur Welt zu bringen. Eine direkte Konfrontation mit der Macht. Man konnte deswegen ins Gefängnis kommen. Ich wäre wohl ins Exil gegangen, wahrscheinlich mit Faustino, als er das Land verließ. Aber es sollte nicht sein. Ich habe keine Kinder. Ein alter Schmerz. Schließlich habe ich mich mehr dem Tanz und der Politik gewidmet.«

Bartolomeu nutzte die Gelegenheit. »Ich glaube, die Vermischung der Hautfarben ist per se revolutionär. Die biologische Vermischung bedeutet unweigerlich einen Bruch mit dem System, das Entstehen von etwas Neuem auf der Grundlage von zwei unterschiedlichen Realitäten.«

Seretha lächelte beeindruckt. »Sie haben Mut! Nimmt man Sie ernst in Angola?«

Bartolomeu wurde nicht zornig, was ich für einen kurzen Moment befürchtet hatte, sondern lachte mit bezaubernder Schlichtheit. »Nein, Seretha. Leider nimmt mich kein Mensch wirklich ernst.«

»Das denke ich mir. Und doch haben Sie recht. Sex ist revolutionär und Vermischung hat selbstredend etwas mit Sex zu tun. Die Apartheid ist gescheitert, es war ein von Anfang an gescheitertes Projekt, weil es kein Gesetz gibt, das sich der Kraft des Verlangens in den Weg stellen kann.«

Während die beiden die Rolle von Sex in der Revolution und von Rassenvermischung im Kontext der Weltrettung diskutierten, stand ich auf und schaute durch die Glastür, vor der die beiden Windhunde saßen. Von der Straße aus fällt das Haus kaum auf. Einfache, elegante Linien und ein kleiner Garten. Rosen und Anthurienbeete. Eine strahlend weiße Orchidee in einer schattigen Laube. Der Garten dahinter wirkt dagegen wie Luxus. Ein Teppich aus sanftem Rasen bis zu einem kleinen smaragdfarbenen Schwimmbecken. Dahinter eine Reihe Palmen. Strelitzien erheben sich mit ihren altgoldfarbenen Blüten wie arrogante Kronenkraniche über die Welt. Und ganz hinten schimmert zwischen dem Grün und dem Himmel der tiefe Abgrund des Meeres. Ich setzte mich wieder.

»Und mein Vater …«, fragte ich in eine unvorhergesehene Gesprächspause hinein. »Interessierte sich mein Vater für Politik?«

Seretha machte eine abwehrende Geste. »Faustino? Faustino war nie ein Aktivist, das lag ihm nicht. Alle hielten ihn für einen großartigen Menschen, gutmütig und zärtlich. Das Glück anderer war ihm sehr wichtig. Das war sein Engagement für die Menschheit. Was könnte ich Ihnen sonst noch erzählen? Er war … etwas Besonderes, vor allem für die damalige Zeit … Er war ein Mann, der Frauen mochte …«

Serafim hatte das Gleiche erzählt, ich glaube, er benutzte sogar dieselben Worte, aber aus Serethas Mund schien der Satz eine ganz andere Bedeutung zu bekommen. Ich sah, wie sie aufstand, um ein paar alte Fotografien herauszusuchen, und sie kam mir plötzlich viel älter vor, sogar ein wenig gebeugt. Mandume lehnte sich zu mir herüber und flüsterte mir ins Ohr: »Caramba, du hast sie weichgekriegt, die eiserne Lady!«

Als sie gute zehn Minuten später zurückkam, war Seretha du Toit wieder meine alte Grundschullehrerin. Sie hielt mir ein halbes Dutzend Fotografien hin. Und auch einen großen vergilbten Umschlag. Sie öffnete ihn und zeigte mir ein Bündel Briefe, das durch ein hellblaues Band zusammengehalten wurde.

»Das sind einige der Briefe, die Faustino mir geschrieben hat, nachdem er fortgegangen war. Wir haben uns nicht mehr oft gesehen seitdem, aber wir haben uns geschrieben. Erst jede Woche, dann einmal im Monat und in den letzten Jahren noch wenigstens zu Weihnachten. Die Briefe selbst werde ich Ihnen natürlich nicht zeigen. Vielleicht irgendwann einmal, wenn ich weiß, dass Sie es verdienen ...«

Bartolomeu mischte sich mit seinem Lächeln Nummer drei ein, das er immer benutzt, um, das sind seine Worte, Drachen für sich zu gewinnen.

»Sie verdient alles, das können Sie mir glauben. Laurentina ist ein Engel.«

»Das werden wir sehen. Es sind jedenfalls intime Briefe ...«

Ohne zu wissen, was ich sagen sollte (dünne, bleiche Frauen machen mich immer nervös), beugte ich mich über die Fotografien. Vor allem eines gefiel mir sehr. Es war schwarz-weiß und zeigte Seretha, Arm in Arm mit meinem Vater. Dahinter, ein wenig unscharf, zwei Pärchen, die Rock'n'Roll tanzen. Das Bild strahlt gelassene Naivität aus und zugleich eine starke Liebe. Seretha bemerkte mein Interesse. Sie nahm mir die Fotografie aus der Hand.

»Eine einfache Fotografie wie diese, können Sie sich das vorstellen, konnte einen damals vor Gericht bringen.«

In den Sechzigerjahren gab es überall in Südafrika etliche gemischtrassige Paare. Um den Fängen der Apartheid zu entgehen, wurde die schwarze oder gemischtrassige Ehefrau eines weißen Mannes üblicherweise zur Hausangestellten erklärt, sodass sie weiter unter einem Dach leben konnten. Ein weißer Mann oder eine weiße Frau konnten auch die Veränderung ihrer Rassenbezeichnung beantragen und dann als Mischlinge firmieren. Es gab Fälle, in denen es Mischlingen gelang, sich für Weiß erklären zu lassen, und von Schwarzen, die sich als Mischlinge registrieren konnten. Doch das war selten.

Das Gespräch deprimierte mich. Als wir gegangen waren und versprochen hatten, eines Tages mit mehr Muße wiederzukommen, bat ich Pouca Sorte, uns in ein nettes Restaurant zu fahren. Pouca Sorte kennt die Stadt gut. Er war schon oft hier. Wie oft und warum, weiß ich nicht. Er spricht nicht, jedenfalls nicht gern, über seine Vergangenheit. Natürlich stachelt das meine Neugier nur noch mehr an. Er fuhr uns zum Essen ins Mount Nelson Hotel, ein Gebäude, das, um mit verschiedenen Reiseführern zu sprechen, »ein Flair der Kolonialzeit«[4] ausstrahlt, mit einer ausladenden Veranda, die in einen (schon wieder) traumhaften Garten hinausreichte. Gurkensandwiches und Räucherlachs, Trockenobst-Scones mit Sahne, Dutzende opulenter, fataler Torten. Ich vergaß mich und bereue es noch immer. Doch vorher begann, kaum dass wir Platz genommen hatten, der Pianist »Luanda ao Crepúsculo« zu spielen. Mir kamen die Tränen, ungläubig und bewegt, bis ich begriff, dass Pouca Sorte, der hier scheinbar überall Freunde hat, dem Pianisten eine SMS geschickt hatte, in der er unser Kommen angekündigt und sich dieses Lied gewünscht hatte.

Unser rätselhafter Fahrer. Je weniger ich ihn verstehe, desto mehr gefällt er mir!

4 Der Ausdruck gefällt mir und ärgert mich. Niemand würde über ein modernes Gebäude sagen, es habe post-koloniales Flair, weil es lächerlich klingt. Man geht davon aus, dass es Flair nur in der Kolonialzeit gegeben hat.

# Eine Vergewaltigung oder jedenfalls fast

Ich spürte, wie meine Füße in dunkler Feuchtigkeit versanken. Etwas zog mich nach unten. Ein düsterer Geruch nach verrottenden Blättern und feuchtem Moos stieg in heißen Wolken auf und betäubte mir die Sinne. Ich war am Versinken, das Herz raste, als drei harte Schläge mich herausrissen – aus was auch immer. Ich sprang aus dem Bett, schlang mir ein Handtuch um die Hüften und ging, noch schlaftrunken, zur Tür. Laurentina kam herein, ihre Augen glänzten, und dann fasste sie mich mit langen nervösen Fingern am Nacken und küsste mich auf den Mund. Sie schmeckte nach Alkohol. Bevor ich etwas sagen konnte, riss sie sich ihr T-Shirt vom Leib und presste ihre kleinen, feuchten, bebenden Brüste, ihr rasendes Herz gegen meins. Ich muss irgendetwas gesagt haben. Wahrscheinlich: »Es ist schon spät …«

Irgendetwas, an dem ich mich festhalten konnte, während eine großartige Kraft mich nach unten zog, ein Fluss, der durch den trüben Morgen flutete, mit all seinen Fischen, dem toten Gewirr der Sträucher, durch den Schlamm watenden schläfrigen Krokodilen. Palmen schüttelten Reiher aus ihren hohen, zerzausten Frisuren, ein Eisvogel mit seiner metallblauen Brust durchquerte wie ein Blitz das schwere Staunen des Wassers. Am Ufer gegenüber erstickte der pflanzliche Schlaf der Bäume das Licht. Der Tod schien mir auf einmal ganz leicht, so leicht. Ich gab mich der Strömung hin und ließ mich treiben.

# Von der Liebe und vom Tod

Liebe und Tod, Amor und Mors. So ähnliche Worte, ist Ihnen das schon einmal aufgefallen? Mir geht das seit Jahren nicht aus dem Kopf. Eine phonetische Kuriosität, aber für angehende Kabbalisten oder ähnliche Spezialisten, was auf mich allerdings nicht zutrifft, nur die Spitze eines metaphysischen Eisbergs. Es gibt keine Liebe, keine große Liebe, der nicht der kalte Schatten des Todes ständig im Nacken sitzt. Pedro und Inês, Romeo und Julia, Orpheus und Euridike.

Bei mir war es auch so. Ich hatte einmal eine große Liebe und habe sie verloren. Wäre es keine große Liebe gewesen, hätte ich sie auch nicht verloren. Ich muss immer daran denken. Ich lege mich hin, um zu schlafen, und sehe sie. Ich schlafe ein und sehe sie. Wache auf und sehe sie, schlafend an meiner Seite. Meinen Fehler, meine Sünde. Den Skandal, der die Zukunft zerstört hat, die meine Mutter für mich erträumte. Heute gelingt es mir nicht mehr, jemanden zu lieben, mich wahrhaftig, leidenschaftlich hinzugeben, egal wem, denn so sehr ich mich bemühe, die Augen schließe, mich in Vergessen übe, ich kann nicht umhin, jeden Körper, den ich mit ins Bett nehme, am Körper meiner verlorenen Liebe zu messen, und an allen entdecke ich angewidert unerträgliche Fehler. Die Festigkeit ihrer Haut, die richtige Farbe der Augen, das spöttische Lächeln, mit dem sie mich zurückwies, ihre Art, den Kopf zu neigen, um mich anzusehen, die langen Beine, die düstere Stimme zwischen den Laken.

»Wo hast du eigentlich geschlafen?«

Laurentina ist neugierig. Die einzige Person in dieser Gruppe, die sich wirklich für mich interessiert. Ich antwortete mit einem Rätsel. »Ich schlafe nicht, ich träume und treibe mich herum. Meine Nächte sind schlafloser als eure Tage.«

Was ich ihr nicht verriet: dass ich durch die Bars ziehe mit der Unruhe eines Raubtiers auf der Suche nach Körpern, in denen ich mich vergessen kann, wohl wissend, dass ich in keinem von ihnen je meine Liebe vergessen kann. Ich esse (ein vegetarisches Gericht) im Lola's zu Abend. Parke dann vor dem Angels oder der Bronx Bar und warte. Auch dem Club 55 habe ich schon meine Aufmerksamkeit gewidmet. Und dann ist da noch eine ganze Reihe von finsteren Lokalen, die ich aus Gründen des Stils weder nennen noch beschreiben möchte, aus denen jeder Mann, der allein hineingeht, unweigerlich in Begleitung wieder herauskommt. Ich trinke nicht. Habe noch nie getrunken. Meine Abneigung gegen Alkohol hat mich, glaube ich, vor dem Absturz bewahrt; oder besser – gestatten Sie mir, dass ich mich eines Wortes bediene, das meine Lehrer im Seminar immer sehr geschätzt haben – vor der Niedertracht. Dies vor allem, weil ich, um genau zu sein, mich selbst im Absturz befinde. Wobei das Problem nicht der Absturz ist, wie die Hauptfigur eines Films, den ich einmal in Luanda während einer französischen Filmreihe sah, sagt, als sie aus dem 12. Stock eines Hochhauses fällt: »Das Problem ist nicht der Sturz, das Problem ist der Aufprall.« Der Aufprall wäre in diesem Fall die Niedertracht.

Erstaunt?! Ja natürlich, auch ich liebe das Kino.

# Niemand verliebt sich in einen Bekannten

Langsam öffne ich meine rechte Hand, dann die linke. Rieche an ihnen. Der einzige Beweis, dass sie hier war, ist das beiläufige Brennen eines süßlichen Parfüms auf meiner Haut, in den Laken und Kissen. Der Widerhall eines Satzes: »Deine Hände geschaffen für die Kelche meiner Brüste.« Die verschwommene Erinnerung an glühende Lippen und einen leichten Körper, der auf meinem ruht.

Als ich erwachte, war das Bett zu groß.

Die Frauen sagen, ich hätte schöne Hände. Ich mag sie, meine Hände, und das, was sie mir geben. Ich denke an Laurentina. Vielleicht war es doch nur ein Traum. Ein Duft – etwas nicht Greifbares – ist kein Beweis. Noch weniger die Erinnerung an eine Stimme, die mir ins Ohr flüstert: »Deine Hände geschaffen für die Kelche meiner Brüste.« Eine zerbrechliche Silhouette im winzigen hellen Schein des Fensters. Nun fällt mir ein weiterer Satz ein: »Mein Name ist Verzweiflung«, doch der trägt auch ein anderes Parfüm. »Komm! Komm!« Ich weiß nicht, ob das zum selben Traum gehört. Ich erinnere mich, dass da eine Kraft war, die mich nach unten zog, ein Fluss oder etwas wie ein Fluss, ein blindes Rauschen. Da war eine Frau mit wallenden Haaren, die mich mit einer Vogelstimme rief. Die Meerjungfrau, die Sirene, die Mandume gesehen hat, war gekommen. Ich sehe sie mit seinen Augen, doch sie ist nicht tot; steht triumphierend auf, die Sonne leuchtet auf ihren Zähnen. Ich versuche, Punkte auf dem Papier zu einem Bild zu verbinden. Fische, die zwischen den Blättern der Bäume schweben. Ein Krokodil lacht mich aus, und erst da wird mir bewusst, wie breit das Grinsen der Krokodile ist. Vor dem Einschlafen hatte ich das Kraut geraucht, das ich von Brand bekommen hatte. Er ist in Ordnung, der Carcamano, trotz seiner rassistischen, rezessiven Gene. Vielleicht war es das Liamba. Sehr gut, caramba, wegen der Wüstensonne, sagt man. Dann sehe ich wieder den Eisvogel, ein metallisches Glänzen, das mich ruft, auf die andere Seite des Lebens. Ich öffne die Augen, und es ist, als würde ich sie schließen. Laurentina zuckt lange und klammert sich an mich.

Ich bin ein Typ, der sich schnell verliebt. Und genauso leicht, das muss man sagen, langweile ich mich wieder. Flatterhaft, schimpft meine Mutter. Kann sein. Was eine Frau für mich attraktiv macht, ist das, was ich nicht über sie weiß. Manche Frauen setzen die Stille ein, als trügen sie eine Burka. Ein Mann muss sich die ganze Zeit vorstellen, was wohl hinter diesem undurchdringlichen, dunklen Schweigen ohne Gucklöcher steckt, durch das kaum eine Einstellung zu erkennen ist. Sich etwas vorstellen, heißt lieben. Und dann gibt es Frauen, die reden, aber mit einer derart verführerischen, leicht heiseren und doch strahlenden Stimme, dass es einem vorkommt, als redeten sie gar nicht, denn wir Männer nehmen nichts anderes mehr wahr als diese Stimme und nichts mehr von dem, was sie sagen. »Wie kannst du dich in jemanden verlieben, den du nicht kennst?«, schimpft meine Mutter. Genau das ist es, sage ich ihr, niemand verliebt sich in einen Bekannten. Ich glaube sogar, dass die Leidenschaft in dem Moment endet, in dem man sich gegenseitig kennt. Ich glaube, es war Nelson Rodrigues, der sagte, dass, könnten wir gegenseitig in unser Innerstes sehen, sich niemand mehr auch nur grüßen würde. Natürlich gibt es Frauen, die uns durch die Brillanz ihrer Gedanken verführen. Doch selbst dann kommt der Moment, in dem wir die letzte Seite umblättern. Einen Klassiker noch einmal zu lesen, kann eine angenehme Übung sein, selbstverständlich, einen jungen Autor zu entdecken, weckt allerdings völlig andere Gefühle. Denkende Frauen sind die gefährlichsten (ich hoffe, mein Tagebuch fällt nie einer Frau in die Hände).

Wir frühstücken in einem netten, hellen Café in der Long Street, direkt neben unserem Hotel. Heute Morgen, als ich nach einer hastigen Dusche herunterkam, saß dort nur ein einziger Gast: Lili, eine portugiesische Historikerin, die an einem Projekt zur Restaurierung alter Bücher in den öffentlichen Bibliotheken Südafrikas arbeitete. Sie begrüßte mich mit einem strahlenden Lächeln. Ich sagte, ihr Lächeln würde der Sonne Konkurrenz machen. Und lächelte zurück, um das zu bekräftigen. Dann setzte ich mich an ihren Tisch. Lili hat ein ovales Gesicht voller Sommersprossen und unbändiges rotes Haar. Sie hat ein Piercing in der Unterlippe. Wenn sie sich vorbeugt, kann ich unter dem weiten T-Shirt ihre Brustwarzen erkennen. Auch auf der Brust hat sie Punkte, aber das sind keine Sommersprossen. Als wären die Sommersprossen kleine goldene Blumen, die sich nur unter strahlender Sonne öffnen. Und ich überlege, ob sie auch anderswo rote Haare hat.

Verstehen Sie jetzt? Die Fantasie hält uns gefangen.

Als ich gerade mit dem Frühstück fertig war, kam Mandume herein. Er blieb einen Moment in der Tür stehen und schaute irgendwie seltsam zu mir und Lili herüber. Was ich damit meine? Ein schiefer Blick, düster und abwägend, wie eine kleine Bulldogge eine große Bulldogge anschaut. Er erkannte, dass er keine andere Wahl hatte, als sich neben mich zu setzen. Also ließ er sich seufzend nieder.

»Habt ihr Laurentina gesehen?«

Ich schüttelte den Kopf. Ich erklärte ihm, ich sei gerade erst aufgestanden und hätte die ganze Nacht geschlafen wie ein Stein. Lili sagte, sie hätte abends mit ihr zusammengesessen.

»Wir haben über euch geredet! Frauentratsch. Eine lange Unterhaltung.«

Mandume seufzte wieder. Er tat mir leid. Ich sagte: »Ich habe von deiner Sirene geträumt.«

»Geh mir nicht auf die Nerven.«

»Wirklich. Ich habe geträumt, ich würde ertrinken. Da erschien sie und zog mich ans Ufer. Aber es war das falsche Ufer …«

»Falsch?! Wie falsch?«

»Keine Ahnung! Ich weiß nur, dass es das falsche Ufer war. Das heißt, im Traum wusste ich, dass es das falsche Ufer war.«

»Und was war danach?«

»Ich kann mich nicht mehr erinnern. Ich versuche schon die ganze Zeit, mich zu erinnern, aber es gelingt mir nicht.«

»Weißt du, was dein Problem ist? Du rauchst zu viel. Dein Kopf ist voll Shit. Das macht die Neuronen kaputt …«

»Dagga! Hier in Südafrika heißt es Dagga. Aber wenn du nach Gras fragst, wissen die Leute auch, was du meinst. Oder Boom, Zol, Dope, Weed, Ganja. Es gibt auch Leute, die nennen es Swazi Gold oder einfach Poison, Gift. Siehst du, wenn die Leute einer einzigen Sache so viele verschiedene Namen geben, dann lieben sie sie. In Afrika lieben die Leute Liamba.«

Lili mischte sich ein. »Nicht nur in Afrika. Ich auch. Hast du was dabei?«

»Natürlich. Und gutes. Absolut rein. Möchtest du?«

Lili lachte herzlich. »Ich gehe jetzt erst einmal arbeiten. Warum kommst du nicht später auf mein Zimmer. Wir feiern ein bisschen, du und ich …«

Mandume wurde sauer. Der Typ hat so viel Sinn für Humor wie ein alentejanischer Hirtenhund mit Krätze. Er hat keinerlei Freude am Leben. Meiner Meinung nach hat er zu lange in Portugal gelebt. Ich bin auch gern in Lissabon, gehe in die Buchläden, ins Kino, schaue mir Fotoausstellungen an und finde das alles sehr schön für die Seele. Aber ich bleibe nie länger als zwei Wochen. Drei allerhöchstens. Die portugiesische Melancholie verdirbt einem die Laune, verdunkelt sie, wie die Kälte im Oktober die Blätter der Bäume gelb werden lässt und sie tötet.

# Wo zum ersten Mal von Elisa Mucavele die Rede ist

Neun Frauen mit schwarzen Burkas treten auf die Bühne in einer Art blindem Tanz. Eine zehnte Frau, nackt, oder fast nackt, ihr kräftiger, perfekt geschnittener Körper glüht unter bronzenem Licht, weicht langsam vor ihnen zurück. Ich erkannte die Musik: »Nkosi Sikelel' iAfrika«, Südafrikas Nationalhymne in einer ergreifenden Interpretation des Kinderchors von Alexandra. Allerdings fürchtete ich, dass ich die Intention der Choreographie nicht begriffen habe. Seretha du Toit weigerte sich, mich aufzuklären. Als ich sie in einem Café kaum eine Stunde nach der Aufführung zu dieser speziellen Stelle in der Choreografie befragte, hatte sie nur leicht verstimmt mit den Schultern gezuckt und irgendetwas vom Jahrtausende alten Leiden der afrikanischen Frauen gemurmelt. Ich hakte nach. »Und die Burkas?«

Sie ignorierte meine Frage. Seretha ist es lieber, sie stellt die Fragen.

»Sind Sie sicher, dass Faustino Ihr Vater ist?«

Ich wunderte mich über die Frage. Und erst recht über ihre Stimme.

»Sie scheinen sicher zu sein, dass er es nicht ist. Gibt es etwas, das ich wissen sollte?«

Sie lächelte. Ein sanftes Lächeln, beruhigend. Dann legte sie ihre rechte Hand auf meine linke Schulter, eine mütterliche Geste. »Meine Liebe, die Welt ist voll von Stolpersteinen.«

Sie trug ein weinrotes Kleid aus Seide, vielleicht ein wenig zu eng und zu weit ausgeschnitten für ihr Alter. Doch es stand ihr gut. »Eleganz altert nicht«, sagte mein Vater immer. Welcher denn?! Gute Frage. Ich habe, beziehungsweise hatte verschiedene Väter und das

Gefühl, dass mir keiner von beiden geblieben ist. In diesem Fall meinte ich natürlich den, der mich aufgezogen hat.

»Von Südafrika fahrt ihr nach Mosambik weiter, stimmt's?«

»Ja, nach Maputo.«

»Lourenço Marques! In Wahrheit wollt ihr nach Lourenço Marques, Maputo kam erst etwas später. Faustino reiste nach Lourenço Marques, 1962, mit der Eisenbahn. Aber wisst ihr, wen ihr dort suchen müsst?«

»Nein. Na ja, wir haben ein paar Ideen. Einer meiner Brüder sagte, dass Papa … also Faustino … dass er im Hotel Polana Klavier gespielt hätte …«

»Das stimmt. Er war der erste Schwarze, oder besser gesagt, der erste Nicht-Weiße, der im Polana Pianist war. Ich bezweifle, dass ihr irgendjemanden von damals antreffen werdet, jemanden, der sich dort im Hotel noch an ihn erinnert. Ich will euch eine bessere Spur geben: Elisa Mucavele. Wisst ihr, wer das ist?«

Ich wusste es nicht. Doch Bartolomeu wusste es.

»Elisa Mucavele, die Gesundheitsministerin?«

»Genau. 1962 war sie noch Krankenschwester. Faustino hat sieben oder acht Jahre mit ihr zusammengelebt. Sie haben mehrere Kinder zusammen.«

»Die Krankenschwester? Babaera, mein Bruder, hat mir auch erzählt, dass Papa mit einer Krankenschwester zusammengelebt hat, in Lourenço Marques. Aber er wusste nicht, wie sie heißt. Also ist sie eine bekannte Persönlichkeit …«

»Bekannt?!« Bartolomeu lachte über meine Unwissenheit. »Elisa Mucavele ist eine ganz außergewöhnliche Person, und wie jede außergewöhnliche Person hat sie jede Menge Feinde. Jemand, der keine Feinde hat, verdient es nicht, Freunde zu haben.«

»Ein schöner Satz, aber völlig idiotisch.« Seretha wägt ihre Worte nicht ab. »Diese Frau verdient nicht einmal Feinde.«

Bartolomeu schaute sie empört an. »Sagen Sie das nicht. Elisa schreibt; sie hat zwei oder drei Romane veröffentlicht, sehr interessante Romane über die Situation der mosambikanischen Frau. Ich habe sie in Barcelona kennengelernt bei einem Treffen von Schriftstellern aus dem Süden und fand sie faszinierend. Außerdem konnte ihr nie etwas nachgewiesen werden.«

»Beweise? Der beste Beweis ist Elisas Lebensstil!«

»Wovon redet ihr?«

»Elisa Mucavele ist eine der reichsten Personen Mosambiks. Was glaubt ihr wohl, wie sie reich geworden ist?«

»Wie denn?«

»Das ist reine Spekulation. Sie kann auch geerbt haben …«

»Das glauben Sie doch selbst nicht.«

»Ihr früherer Mann war sehr reich.«

»Genau. Und wie ist er reich geworden?«

»Das ist wahr!«, erhob Bartolomeu nun erregt seine Stimme. »Und wie sind denn die großen Vermögen in den Vereinigten Staaten von Amerika entstanden oder in Brasilien? Die Weißen haben die Indianer getötet, haben sie beraubt und gehäutet, und nun sind ihre Enkel respektable Personen. In Australien stammen alle Weißen von Räubern und Prostituierten ab. Wenn es in diesen Ländern funktioniert hat, wieso dann nicht bei uns?«

»Jetzt sag bloß noch, dass jede Kritik an der Korruption in Afrika im Grunde Rassismus ist.«

»Für viele Europäer ist nur ein armer Schwarzer ein guter Schwarzer. Sie akzeptieren nicht, dass auch ein Schwarzer reich sein kann. Erst haben sie uns bekämpft, weil wir uns auf die Seite des Sozialismus geschlagen haben, nun greifen sie uns an, weil wir gute Kapitalisten sind.«

»Sie machen mir Angst …«

»Entschuldigung, ich habe mich hinreißen lassen. Ich wollte damit nicht behaupten, dass Sie so denken. Ich kenne Ihre Biografie.«

»Nein, Sie kennen gar nichts. Sie haben keine Ahnung, wovon Sie reden. Sie sind ein junger Mann, der von seiner eigenen Impertinenz völlig besoffen ist. Angenommen, ich dürfte jemanden nicht kritisieren, nur weil dieser Jemand schwarz ist, wäre das Paternalismus und der ist die elegante Form des Rassismus für Feiglinge.«

Knockout und Gong.

Bartolomeu verließ das Café gekrümmt wie ein S.

Ich bin ziemlich gereizt in letzter Zeit. Ich glaube langsam, dass wir unsere Reise nicht zu Ende bringen. Gestern Nacht habe ich wieder mit Mandume gestritten. Ich ließ ihn im Zimmer sitzen – im Fernsehen lief »Magnolia« – und ging hinunter in die Hotelbar. Da saß eine junge Frau allein auf einem der Sofas. Ich fand sie irgendwie deplatziert dort, ein wenig wie die Windhunde bei Seretha du Toit. Sie hatte sogar genau die gleiche entrückte, aristokratische Haltung. Und schaute mich lange an. Ihre Augen, ein Abgrund. Das Beeindruckendste allerdings waren ihre Haare. Sie fielen rot den Rücken hinab. Sie stellte sich vor: Lili, Portugiesin. Sie lud mich ein, etwas mit ihr zu trinken. Ich bestellte Caipirinha. Lili lebt in London, ist Spezialistin für die Restaurierung alter Bücher und ist im Rahmen irgendeines Projekts in Südafrika, das von irgendeiner europäischen Institution finanziert wird. Und sie hat sich in einen deutschstämmigen Namibier verliebt, einen von diesen Typen, die Touristen zu Elefanten, im Sand untergegangenen Schiffen, echten Himbas und Postkarten-Buschmännern führen. Sie zeigte mir ein Foto von ihm. Hübsch. Mit dieser Art unheiliger und sehr blonder Ausstrahlung à la Robert Redford. Sie war mit ihm in Ethosha gewesen und hatte auf der Rückfahrt zufällig herausgefunden, dass der Mann verheiratet und Vater von drei Söhnen ist.

»Ein Arschloch!«

Ich bestellte noch eine Caipirinha. Lili ihren zweiten Whisky. Ich trinke fast nie Alkohol. Keine Ahnung, ab wann wir begannen, uns über intime Details auszutauschen. Ich erinnere mich nur noch, wie schlecht mir nach der dritten Caipirinha wurde. Heute Morgen wachte ich mit entsetzlichen Kopfschmerzen auf und dem unbestimmten Gefühl, etwas Falsches getan zu haben.

*Trans-Karoo-Express,*
*irgendwo zwischen Kapstadt und Johannesburg, Südafrika*
*Donnerstag, 17. November 2005*

Ich mag Orte, an denen nichts geschieht. Natürlich nur im Vorübergehen, Schritt für Schritt bei einem gemächlichen Spaziergang oder auf Rädern schnell dahingleitend. Ich mag die statische Stille, das reglose Licht in den verschiedenen Farbtönen von rostigem Metall – eine alte Fotografie voller Tränen.

Heute früh erwachte ich ziemlich verwirrt auf der schmalen Pritsche eines Eisenbahnabteils, und als ich aus dem Fenster schaute, sah ich ein solches Licht. Gelbes Gras, träges zerzaustes Gestrüpp. Berge stiegen, elegant wie Giraffen, vom Himmel herab. Jordi schlief auf der unteren Pritsche. Vorsichtig kletterte ich hinunter, um ihn nicht zu wecken, öffnete die Tür und ging in den Korridor. Im Speisewagen tranken zwei Männer Kaffee. Ein versprengter Satz erreichte mein Ohr.

»It's not the right life, but it's my life.«

Ich begann mir vorzustellen, was für ein falsches Leben dieser Mann wohl haben mochte, und beneidete ihn. Ich bestellte einen Kaffee und Spiegeleier mit Speck. Plötzlich hielt der Zug mitten in der Landschaft an, und eine vollkommene Stille machte sich breit.

»In Cradock«, fuhr der Mann fort, »einem abgelegenen Nest, wo ich als Kind gelebt habe, hörte ich ständig, vom rauen Wind aus der Karoo herübergeweht, Melodien aus einer anderen Welt. Lange dachte ich, nur ich könne sie hören. Eine Art Geistergesang. Doch eines Tages sagte meine Großmutter: ›Was der Wind da pfeift, ist die Totenglocke des Soba Ntsikana. Sie wurde im Land der Xhosa in den Fels geschlagen.‹ Viele Jahre später machte ich mich auf die Suche nach dieser Glocke. Doch ich fand keine. Nichts, was an eine

Glocke erinnerte. Was ich fand, war ein großer glatter Felsen voll Aloe. Da kam eine uralte Frau mit einem Stein und schlug auf den Felsen und da hörte ich wieder, rein und kräftig, die große Glocke des Ntsikana. Es gibt eine Legende. Du wirst sie nicht kennen: Eines Nachmittags, als Ntsikana seine Rinder hütete, kam Gott der Herr aus den Wolken herab und sprach zu ihm. Seltsame Dinge begaben sich in diesen Tagen, die Wolken tanzten brennend am Himmel, und man sah fliegende Schlangen, doch Ntsikana blieb ganz ruhig in seinem Kral. Eines Abends stand er auf und begann zu singen. Man sagt, sein Gesang hätte alles um ihn herum befriedet.«

Der Mann schwieg. Und wieder legte sich Stille über die Landschaft. Der Wind zauste die sperrigen Köpfe der Dornbüsche und ließ das trockene Gras Wellen schlagen. Eine Plastiktüte erhob sich ins Blaue wie ein apathischer Vogel, vom Licht angehaucht. Parallel zu den Gleisen verlief ein schmaler Trampelpfad, der dann nach rechts abbog und zu einem Holzhaus führte. Das Holzhaus war mir erst gar nicht aufgefallen, da es dieselbe Farbe hatte wie die Erde. Ein strahlendes Rot. Große offene Fenster. Ein Lichtblitz fiel auf den jungen schwarzen Mann, groß und kantig, der in dem Haus auf einem Sofa saß. Ich winkte ihm zu, und der junge Mann erwiderte den Gruß. Mir ging durch den Kopf, was mir immer an solchen Orten durch Kopf geht: In diesem Haus könnte man gut leben. Dann stellte ich mir vor, wie es wäre, in dem Haus zu leben, einen Tag lang, einen ganzen Monat, die Züge vorüberfahren zu sehen, sie zu zählen, den Passagieren zuzuwinken, die gemütlich im Speisewagen sitzen, und dann trat ich entsetzt vor die Tür. Ja, ich mag Orte, an denen nichts geschieht, doch ich mag sie im Vorbeifahren. Der Kellner brachte mir die Spiegeleier mit Speck. Eine Tasse Kaffee. Und hinter mir hörte ich wieder die heisere Stimme des Mannes.

»Heute ist die Gegend rund um das Grab des alten Ntsikana öde und verwahrlost. Ein Auto- und Maschinenfriedhof. Schweine durchwühlen den Boden und Ziegen nagen an alten Telefonbüchern. Doch immer wenn jemand den Stein schlägt und die Glocke erwacht, hört man wieder das Singen von Ntsikana, und das berührt die Wolken und manchmal regnet es. Sagt man jedenfalls. Ich weiß nicht. Ich habe das Singen gehört. Es schwingt noch immer in meinem Herzen.«

Es war kalt. Also kletterte ich fröstelnd zurück in mein Bett. Vor Kurzem fand ich unter Jordis Büchern eine Anthologie südafrikanischer Lyrik: »The New Century of South African Poetry«. Beim Durchblättern stieß ich auf ein paar Verse von Frederick Guy Butler, in denen Ntsikanas Glocke erwähnt wurde. Kurz darauf fiel mir beim Hören von Abdullah Ibrahim zum ersten Mal auf, dass das erste Stück seiner Compilation »A Celebration« den Titel »Ntsikana's Bell« trägt. Auf der Hülle heißt es, es sei ein traditionelles Thema. Jordi wunderte sich nicht über solche Zufälle.

»Ich habe einen Freund, der ist noch nie aus der Kleinstadt herausgekommen, in der er geboren wurde, und kennt die ganze Welt nur aus Gedichten. Er kann stundenlang von Alexandria erzählen, über die Griechen in Alexandria, und so eindringlich, dass die Leute ganz ergriffen sind und ihn fragen, wie lange er denn in Ägypten gelebt hat oder ob es nur Urlaub war. Doch er hat nur Kavafis gelesen.«

Kann sein, dass er recht hat. Was bleibt denn, wenn eine Reise vorbei ist? In mir sicher weniger als der einfachste Vers. Unzusammenhängende Bilder, die vage Erinnerung an einen Duft oder eine Farbe. Und außerdem, sagt Jordi, ist Lyrik billig und verhältnismäßig ungefährlich. Kein Mensch fängt sich Malaria ein, wenn er Ruy Duarte de Carvalho liest. Es sollte Reiseführer geben, die nichts weiter sind als Lyrik-Anthologien.

# Das rote Haus

Die Nacht verbrachten wir auf der Straße. Gegen fünf Uhr morgens brach Malembelembe erschöpft zusammen, irgendwo mitten in der Karoo. Laurentina schlief, den Kopf auf meinen Schoß gebettet, eingewickelt in eine Decke. Bartolomeu fuhr vorne neben Pouca Sorte und hatte die Aufgabe, ihn am Einschlafen zu hindern. Plötzlich zuckte Malembelembe, hustete, und dichter Qualm stieg vom Motor auf. Wir stiegen aus. Die Füße im roten Staub. Der Himmel war ruhig, riesig, und ein vielversprechendes Blau begann über unseren Köpfen zu singen.

»Und nun?« Die unvermeidliche Frage.

Laurentina lächelte, noch schlaftrunken. »So viel Nichts habe ich noch nie gesehen.«

Bartolomeu zeigte nach vorne. Hundert Meter weiter in einer Kurve stand ein kleines Holzhaus in ausgeblichenem Rot mit offenen Fenstern. Es schien wie aus dem Boden gewachsen zu sein gleich einer archaischen Blume. Das einzige Gebäude inmitten der unermesslichen Landschaft.

Pouca Sorte beugte sich deprimiert über den Motor. »Die Zylinderkopfdichtung ist hin …«

Ich verstehe nichts von Autos. Ich kann nicht einmal fahren. Aber ich habe einen Führerschein. Eine meiner Ex-Freundinnen, eine acht Jahre ältere Ärztin, meldete mich damals bei der Fahrschule an. Die Theorie bestand ich ohne Probleme, aber ich war sicher, dass ich die Fahrprüfung nicht bestehen würde. Natürlich war es meine volle Absicht durchzufallen. Also machte ich zwei, drei offensichtliche Fehler, jedoch derart selbstverständlich, dass der Prüfer kapitulierte.

»Ich könnte Sie jetzt durchfallen lassen. Aber es ist offensichtlich, dass Sie schon ewig fahren. Sie haben so viele Angewohnheiten eines routinierten Fahrers. Wenn ich Sie jetzt durchfallen lasse, fahren Sie weiterhin ohne Führerschein. Also gebe ich ihn Ihnen lieber.«

Danach fuhr ich eine Woche lang Auto. Eines Nachmittags ging an einer Steigung der Motor aus. Sofort begann hinter mir die Huperei. Ich saß da, völlig aufgelöst, und versuchte, die Lage in den Griff zu bekommen, während die Schwachköpfe hinter mir fluchten und hupten. Da zog ich die Handbremse, stieg aus, schloss den Wagen ab und ging zum allgemeinen Erstaunen einfach weg. Dann rief ich meine Freundin an, erzählte ihr, was passiert war, und sie holte ihr Auto. Unsere Beziehung war mit diesem Tag beendet.

Wir gingen zu viert zum Haus. Die Tür stand halb offen. Wir riefen, aber niemand antwortete. Bartolomeu schob die Tür auf und trat hinein, ich hinterher. Ein sauberes Wohnzimmer, fast unmöbliert: zwei Ledersofas mit einer Plastikhülle darüber und ein rustikaler Tisch aus geschnitztem Holz, den ein erotischer Fries kleiner afrikanischer Figuren zierte. Eine Tür führte zu einer engen Toilette, eine andere in die Küche. In einem Schuppen hinter dem Haus lagen in Blechregalen ein paar Werkzeuge.

Pouca Sorte stieß einen Pfiff aus. »Alles, was ich brauche. Endlich hat Gott der Herr meine Gebete erhört ...« Er nahm sich die Werkzeuge, die er benötigte, und steckte sie in eine Tüte.

»Das dürfen wir nicht tun«, protestierte ich. »Das ist nicht richtig. Und wenn der Besitzer auftaucht?«

Bartolomeu lachte. »Dann müssen wir ihn wohl umbringen.«

Diese Art von Humor liegt mir nicht. Ich setzte mich ins Wohnzimmer. Der Himmel drang in blauen Wellen durch das offene Fenster. Auf dem Tisch lag ein Heft. Ich schlug es auf und las.

»Ich stieg den größten Hügel hinauf, schloss die Augen, horchte der Stille nach und fühlte mich für einen kurzen Moment frei, von Toben und Geräusch, vom Bodensatz des Tages. Wenige Meter vor mir sah ich ein Habicht-Paar: Es brüllte der Welt seine drängende Liebe entgegen. Eine Eidechse schaute mich an mit ihren tiefblauen Augen – ich war mir sicher, dass sie glücklich war.«

Ein lautes metallisches Kreischen riss mich aus der Lektüre. Mir war nicht aufgefallen, dass die Straße parallel zu den Schienen verlief. Der Zug fuhr vorbei, sehr langsam, immer weiter, immer weiter, in einem langen Klagen aus Seide und Rauch. Ein braun gebrannter Mann mit dunklem Teint stand an einem Fenster des Speisewagens und winkte mir zu. Ich hob die Hand und erwiderte seinen Gruß.

Pouca Sorte kam mit dem Werkzeug zurück. »Fertig. Wir können weiterfahren.«

»Wer hier wohl lebt?«

»Ich habe nicht die geringste Ahnung.«

»Ein seltsames Haus. Es hat kein Schlafzimmer. Nicht einmal ein Bett …«

»Vielleicht schläft er nicht. Oder er muss nicht schlafen …«

»Jeder Mensch muss schlafen.«

»Nicht jeder. Ich schlafe fast nie.«

»Das glaube ich dir. Deswegen schläfst du ja auch am Steuer ein.«

Pouca Sorte schaute mich beleidigt an. »Dieser Unfall auf der Canjala-Straße ist nur passiert, weil die Herrschaften mich erschreckt haben. Ich schlafe wenig. Manchmal schlafe ich wochenlang nicht. Vor Jahren hatte ich einmal ein sehr schlimmes Problem, und seitdem schließe ich kaum mehr die Augen. Selbst wenn ich sie schließe, sehe ich immer noch alles. Ich sehe mit geschlossenen Augen sogar besser.«

Ich gab auf. Manchmal glaube ich, der Kerl ist verrückt. Erst verblüffte er uns alle mit seiner gewählten Sprache, die weit über dem Niveau seines Berufsstandes liegt. Aber natürlich, wenn George Bush, der sich ausdrückt wie ein Hafenarbeiter, Präsident der Vereinigten Staaten werden kann, warum soll dann einer mit der Eloquenz eines Bischofs, ebensolchen sanften Gesten und einer Stimme wie Tamarinden nicht Sammeltaxifahrer in Angola sein? Nicht die Inkohärenz seiner Funktion beunruhigt mich, sondern das Gefühl, dass wir uns nicht in derselben Welt bewegen.

Ich wüsste zu gerne, wer in diesem Haus wohnt. Bevor ich das Haus verließ, riss ich ein Blatt aus meinem Notizblock und schrieb auf Englisch: »Die Tür war offen und wir sind hineingegangen. Wir haben Ihr Werkzeug benutzt, um einen Motorschaden an unserem Auto zu beheben. Ich habe Ihr Fenster benutzt, um in den Himmel zu sehen. Vielen Dank – Mariano Maciel.«

Ich legte das Blatt auf den Tisch und ging.

# DRITTER SATZ

## *Menuett*

*Chez Rangel, Maputo*
*Freitag, 18. November 2005*

## FRAGMENTE EINES INTERVIEWS MIT RICARDO RANGEL

In den Vierzigerjahren kam ich mit Jazz in Kontakt. Ich war noch ein Kind und mochte Musik. Einmal blieb in unserer Stadt Lourenço Marques eine Flotte hängen. Das Meer, dieses ganze Meer hier, war voll von amerikanischen Schiffen, die wegen der deutschen Unterseeboote nicht auslaufen konnten. Es waren unglaublich viele Seeleute in der Stadt. Also verkaufte ich den Amis Suruma, ich war ja ein helles Köpfchen. Die Stadtreinigung lag damals in den Händen von Männern aus Gaza, ich weiß nicht genau, aus welcher Gegend, aber aus dem Landesinneren, und die Stadt war immer blitzsauber. Diese Typen lebten in einem Lager, dort wo heute die Escola 3 de Fevereiro steht, und bauten Suruma an. Dort ging ich also hin, kaufte Päckchen zu fünf Escudos und verkaufte sie dann an die Amerikaner weiter. Und die Amis: »Bring more!« Sie erzählten den anderen weiter: »Wir werden viel Geld verdienen in den Vereinigten Staaten«, denn sie wollten das Suruma nicht selbst rauchen, sondern später weiterverkaufen. Ich wollte kein Geld, sondern Schallplatten. Mit achtundsiebzig Umdrehungen. Vor zwanzig Jahren sind wegen dieser Platten hier Leute aufgetaucht, die gehört hatten, dass ich im Besitz von bestimmten Aufnahmen sei, Platten, die ich bis heute aufgehoben habe. Sie wollten sie mir abkaufen. Zwanzig Pfund boten sie mir für jede Platte. Aber ich habe sie nicht verkauft. Sie hatten gehört, dass ich einige Aufnahmen von V-Discs besitze – wissen Sie, was das ist? Als die Vereinigten Staaten in den Krieg eintraten, rekrutierten sie eine Reihe von Musikern, um die Truppe bei Laune zu halten. Das Marinedepartment engagierte die unglaublichsten Musiker, die zusammen spielen sollten. Es waren wirklich gute Musiker. Als der Krieg zu Ende war, klopften die großen Plattenfirmen bei der Marine an, um die Bänder zu bekommen. Aber die lehnte ab und zerstörte die Aufnahmen. Also sind diese Platten heute eine Rarität. Ich habe einige davon.«

»In Südafrika hatte es schon Jazz gegeben. Ab und zu kamen Leute herüber. Weiße. Und während des Krieges, also in den Vierzigerjahren, 45, da kamen die ersten jüdischen Musiker, auf der Flucht vor Hitler. Tschechoslowaken, Österreicher, Deutsche. Sie landeten hier und blieben, zwei kamen im philharmonischen Orchester von Radio Moçambique unter. Das waren klassische Musiker. Und dann gab es die Typen, die in den Cabarets und den Kasinos der Rua Araújo Jazz spielten. Tanzmusik. Big Bands mit Orchester. Es gab zwei Kasinos, die ab und zu Bands engagierten und in denen getanzt wurde. In der Rua Araújo gab es große Cabarets. Wenn in den Kasinos Feierabend war, zogen sie Jackett und Fliege aus und tingelten durch die Bars. Nach und nach fanden die Leute Gefallen am Jazz.«

»In den Fünfzigerjahren, Ende der Fünfziger, schickte man von offizieller amerikanischer Seite Jazzmusiker nach Afrika. Einmal war Herbie Mann da, mit einer neunzehnköpfigen Big Band. Während der drei Tage, die sie hier waren, habe ich sie begleitet. Herbie Mann sah die Fotos in der Zeitung und suchte mich auf. Drei von meinen Fotos nahm er dann mit, um sie in der damals wichtigsten Jazz-Zeitschrift, dem ›Jazz Beat‹, zu veröffentlichen. Noch heute gibt es Musiker, die zu mir kommen.«

# Der Pianist ohne Hände

Ricardo Rangel sei zweiundachtzig Jahre alt, schwört Georgina. Es ist nicht leicht, das zu glauben. Er sieht eher aus wie ein Jugendlicher, der zu exzessiv gelebt hat. Natürlich kannte ich ihn schon vorher – seine Arbeit und seinen Ruf: Ricardo Rangel. Man braucht den Namen nur zu erwähnen, und schon hat jemand das Etikett bereit: »Vater der mosambikanischen Fotografie«.

Das ist eine ungeheure Verantwortung, diese verdammte Bezeichnung, denn Mosambik hat eine Menge hervorragender Fotografen. Sérgio Santimano mag ich sehr, ein halb schwarzer, halb indischer Typ mit einem unglaublich lyrischen Blick. Ich mag auch Kok Nam, den Mosambikaner mit chinesischen Vorfahren, der damals Rui Knopfli zum Flughafen brachte, am Tag, als der Dichter sein Land verließ; was nur deshalb von Bedeutung ist, weil uns Knopfli ein poetisches Zeugnis von diesem Ereignis hinterlassen hat: »Es ist der verhängnisvolle Monat März und ich stehe / auf der obersten Stufe und betrachte das Nichts / Kok Nam, der Fotograf, senkt die Nikon / und blickt mir verschwommen in die Augen. / Kommst du nicht mehr zurück? Ich sage nur nein. // Ich werde nicht mehr zurückkommen und doch für immer bleiben, / in kleinen nicht lesbaren Zeichen irgendwo / bewahrt vor indiskreten Blicken in die Zukunft, / aufgehoben nur in der Verschlossenheit der privaten / Erinnerung. Ich will mich an nichts mehr erinnern, // will nur noch vergessen, vergessen / dass es unmöglich ist zu vergessen. Niemals / vergisst man, alles erinnert man im Verborgenen [...]« Natürlich kann ich das Gedicht nicht auswendig, ich habe es aus dem Internet.

Aber lassen wir den verschwommenen Blick von Kok Nam beiseite und widmen uns wieder dem (fast immer ironischen und leidenschaftlichen) von Ricardo Rangel. Manch einer verpasst ihm ein weiteres Etikett: »Der Mann des mosambikanischen Jazz«. Die Bar, in der wir gestern waren, trägt seinen Namen: Chez Rangel. Sie öffnet bei Einbruch der Nacht in einem der schönsten kolonialen Gebäude von Maputo, der Zentralstation der mosambikanischen Eisenbahngesellschaft. Orte wie dieser strafen die wildesten Träume Lügen. Man betritt es durch eine leuchtende Nacht (Lampen an den Wänden) und stößt dann auf eine kleine Bühne und ein paar Tische und Stühle, die auf dem Zementboden des Bahnsteigs stehen. Gleich nebenan glänzt unwirklich das Eisen der Schienen wie eine leicht übertriebene Filmkulisse.

Rangel saß ein paar Tische weiter und trank etwas. Er lachte eine übermäßig blonde Frau mit langen Beinen an. In den Pausen, in denen der Kontrabass das dumpfe Stimmengewirr ein wenig herunterspielte, flatterten einige losgelöste Sätze an unseren Tisch herüber, die meine Neugier weckten: »Es gibt eine Gruppe, die beste mosambikanische Band, die einzige Ausländerin ist eine Belgierin …«, »Unsere besten Musiker spielen in Südafrika …«, »Eine Frau aus Dänemark hat uns noch eine gebracht …« Ich überlegte, ob ich aufstehen und ihn begrüßen sollte. Aber mir fehlte der Mut.

Georgina habe ich im Haus des Schriftstellers Mia Couto kennengelernt. Vor vier oder fünf Monaten. Ich war gerade zum zweiten Mal in Maputo und drehte einen Dokumentarfilm über AIDS-Waisen im südlichen Afrika. Am dritten Abend fand ich mich, ohne genau zu wissen warum, auf einer rauschenden Geburtstagsfeier wieder, in einem riesigen Garten, umgeben von Palmen, und tanzte Kuduro. Ich hatte viel getrunken. Soweit ich mich erinnere, hatte ich schon im Hotel angefangen zu trinken, mit den angolanischen Journalisten, die dabei waren, und wahrscheinlich habe ich danach einfach weitergetrunken, als wir auf Entdeckungstour durch die Stadt von Bar zu Bar zogen, aber daran erinnere ich mich nur noch bruchstückhaft. Dann befand ich mich auf diesem Fest, jemand rempelte mich an (ich bin sicher, dass jemand mich angerempelt hat), ich verlor das Gleichgewicht und fiel ins Schwimmbecken. Sofort war ich wieder nüchtern. Es wäre weniger peinlich gewesen, wenn ich nicht nüchtern geworden wäre. Verlegen kletterte ich aus dem Wasser, immer schön lächelnd, damit bloß niemand dachte, ich ließe mir von so etwas die Laune verderben. Mia und seine Frau, die schöne Patrícia, die mich nicht kannten, waren ausgesprochen nett zu mir. Sie ließen mich warm duschen, gaben mir Tee und liehen mir eine Jeans und ein weißes T-Shirt, das mir ein bisschen zu weit war. Obwohl ich nun nüchtern war, kann ich mich nicht mehr an das erinnern, was vor meinem Sturz ins Becken geschehen war. Hunderte Menschen auf dem Fest, und niemand konnte sich entsinnen, mich auch nur kommen gesehen zu haben. Niemand kannte mich, und mir ging es ebenso. Ich war der große Unbekannte der Nacht, die Hauptattraktion. Georgina war es, die sich schließlich erbot, mich ins Hotel zurückzubringen.

»Ich bin ein wenig verrückt!«, rief sie beim Fahren. Und lächelte mich an. »Um ehrlich zu sein, bin ich ziemlich verrückt. Total, total durchgeknallt. Sexuell gesehen. Ich bin der Meinung, dass alles erlaubt ist im Bett, wirklich alles, solange es aus Liebe geschieht.«

Ich wusste nicht, was ich sagen sollte. Da saß ich, frisch aus dem Wasser gezogen, raste mit Vollgas durch eine schlafende Stadt, und am Steuer saß eine sehr junge, sehr attraktive Frau, die mir aus heiterem Himmel brüllend gestand, dass sie im Bett total irre sei. Ich war verunsichert. Vielleicht begriff ich, der geheimnisvolle Unbekannte, bloß nicht, was sie von mir wollte? Und was zum Teufel verstand Georgina unter »alles ist erlaubt«? Und doch fragte ich sie, als wir beim Hotel waren, ob sie noch mit hochkommen wolle. Sie schaute mich erstaunt an.

»Mit hochkommen?«

»Bis zu den Sternen …«

Sie lachte. »Ins Bett gehe ich nur mit meinem Freund.«

Georgina ist neunzehn und studiert Jura. In den Semesterferien singt sie. Sie hat auch schon eine Platte aufgenommen, in Kapstadt, mit einigen der bekanntesten Lieder des Kontinents: »Pata«, »Malaika«, »Stimela« und »Diarabi«. Sehr schön, irgendwo zwischen Jazz und Afro-Pop. Damals allerdings hatte ich noch keine Ahnung von ihrem Talent. Das Einzige, was ich damals außer ihrem sehr gefälligen Marrabenta-Namen wusste, war:

1. dass sie im Haus des berühmtesten mosambikanischen Schriftstellers zu Besuch war.
2. dass sie eine vorurteilslose Liebhaberin war oder es zumindest behauptete.
3. dass sie einen Freund hatte und ihm treu war.

Letzteres stachelte mich an. Es ist bestimmt pathologisch, das gebe ich zu, aber Frauen, die mich ignorieren oder verschmähen, sind genau die, von denen ich mich unweigerlich angezogen fühle. Ich sagte ihr, wenn sie nicht mit auf mein Zimmer käme oder noch weiter hinauf bis zu den Sternen, würden mich für den Rest meines Lebens Selbstzweifel plagen. Neugier erregt die Frauen. Aber es war sinnlos. Keiner meiner Tricks funktionierte. Ich ging allein hinauf (und auch nicht weiter als in den zweiten Stock), fiel in mein Bett und schlief elf Stunden durch. So lange, wie ein Flug von Lissabon nach São Paulo dauert.

Am Abend darauf ging ich mit ihr aus und lernte einige der besten Bars kennen, in denen Livemusik gespielt wurde, und dann noch einmal zum Mittagessen ins Restaurant O Coqueiro am Markt, doch das Einzige, was ich erreichen konnte, war ein barmherziges Versprechen, an mich zu denken und mir zu schreiben, wenn ich wieder in Luanda sei. Und sie hat mir tatsächlich geschrieben. Zur Zeit ist sie eine der wenigen Personen, mit denen ich mich per Messenger austausche. Und so erfuhr ich, dass ihre Mutter, Fátima Saide, in den Sechziger-, Siebzigerjahren eine leidlich berühmte Sängerin und Marrabenta-Komponistin war. Nach der Unabhängigkeit war sie nach Südafrika gegangen und hatte sich in Johannesburg niedergelassen, wo sie jahrelang als Nagelpflegerin in einem Schönheitssalon arbeitete. Georgina ist in Johannesburg geboren. Ihr Vater, ein südafrikanischer Klavierstimmer, hält sich nie lange in einer Stadt auf, daher hat sie nur unregelmäßig Kontakt zu ihm. Ihre Mutter ist vor zwei Jahren gestorben, am sogenannten Jahrhundertvirus. Als sie von ihrer Infektion erfahren hatte, war sie mit ihrer erst ein paar Monate alten Tochter nach Mosambik zurückgegangen. Selbst als sie schon krank war, hatte Fátima noch ein paar der Musiker zusammengetrommelt, mit denen sie vor der Unabhängigkeit aufgetreten war, und hatte wieder zu singen begonnen. Diesmal jedoch ohne großen Erfolg.

Das alles erzählte ich Laurentina. Ich dachte, die Geschichte würde ihr gefallen. Schließlich kennt Georgina jede Menge Leute aus Mosambiks Musikszene, auch die eine oder andere historische Gestalt, von denen manche sicher mit Faustino Manso die wilden Jahre der Kolonialzeit erlebt haben. Doch Laurentina weigerte sich, meine Freundin kennenzulernen. Sie fuhr aus der Haut, dem Nervenzusammenbruch nahe.

»Wenn du mit dieser Frau schlafen willst, brauchst du doch keine Ausrede. Und ich muss davon auch gar nichts erfahren. Geh, verschwinde!«

Ich schaute sie entgeistert an. »Ich habe nicht mit ihr geschlafen!«

In dem Moment, als ich das sagte, begriff ich, wie absurd die Situation war. Entweder würde ich sie ernst nehmen und ebenfalls wütend werden, oder ich würde mir einen Spaß daraus machen. Ich versuchte es mit Spaß. »Streiten wir uns jetzt wie ein Liebespaar? Das ist ja noch schlimmer und vor allem gefährlicher, als miteinander ins Bett zu gehen. Über kurz oder lang wirst du mich noch heiraten wollen.«

Laurentina stand auf (wir frühstückten gerade im Hotel) und ging fort, ohne ihren Kaffee auszutrinken. Das war gestern. Abends bin ich dann mit Georgina ins Chez Rangel gegangen, wo ich einen Pianisten kennenlernte, der keine Hände hatte und mir versicherte, einer der besten Freunde von Faustino Manso gewesen zu sein. Da war

Ricardo Rangel schon gegangen. Die üppige Blonde mit den langen Beinen tanzte allein mit einem Glas in der linken Hand. Ein kleiner dürrer junger Mann, dessen Beine in einer ausgewaschenen, engen Jeans steckten, bat Georgina zu singen. Es war der Bassist. Georgina war einverstanden und sang ein Lied von Lura: »Nha Vida«. Dabei schaute sie nur mich an. Und sang mit derselben tief empfundenen Verzweiflung wie die kapverdische Sängerin und bewegte auch ihre Hüften und Arme so sinnlich wie diese. In ihren abgrundtiefen Augen sah ich, dass sie es wirklich mit flammendem Herzen tat, »halte meine Hand / nimm mich mit dir mit / leg meinen Kopf in deinen Schoß«, als sei die Unmöglichkeit, dass zwischen uns irgendetwas geschehen würde, eine noch stärkere Verbindung als die stärkste Liebe. Nachdem der letzte Ton verklungen war, verflog auch der Zauber. Applaus für sie und jede Menge neugieriger Blicke in meine Richtung.

Der Pianist ohne Hände saß an einem Tisch in der Nähe. Er schaute nicht nur, sondern hob beide Stümpfe hoch, grinste verschwörerisch, und obwohl er keine Hände hatte, gelang es ihm fast, beide Daumen nach oben zu strecken. Ich lächelte zurück. Ein Kellner brachte ihm ein Whiskyglas mit Strohhalm. Als er mir kurz darauf mein Bier auf den Tisch stellte (dunkles Laurentina), fragte ich ihn, wer der Mann sei.

»Der da? Der Pianist natürlich!«

Ich versuche, mich nie über das zu wundern, was dieser Kontinent mir bietet. Im Lauf der Jahre habe ich einige Übung darin bekommen, seit ich die merkwürdigsten Begebenheiten in den abgelegensten Gebieten Angolas und seiner Nachbarländer gefilmt habe. Doch das hier machte mich sprachlos. Georgina war inzwischen zurückgekommen, nachdem sie noch zwei, drei Lieder gesungen hatte. Sie kannte den Pianisten auch nicht. Da stand er auf und kam auf uns zu. Zog mit den Füßen einen Stuhl heran und setzte sich.

»Marechal Carmona! So heiße ich. Mein Vater wollte sich bei den Portugiesen beliebt machen ...« Und zu Georgina: »Glückwunsch,

Sie singen gut. Ich hoffe, Sie sind mir nicht böse, wenn ich sage, dass Ihre Mutter in Ihrem Alter noch besser war. Die große Fátima! Fátima Saide, die Königin des Marrabenta! Als sie aus Südafrika zurückkam, war sie nicht mehr dieselbe. Ich habe meine Hände verloren, aber nie aufgehört, Pianist zu sein. Sie hatte ihre Stimme behalten, aber eine Sängerin war sie nicht mehr.«

Ich konnte nicht widerstehen und fragte ihn schnell, ob er einen angolanischen Musiker namens Faustino Manso gekannt habe.

Diesmal war er verblüfft. Er lehnte sich in seinem Stuhl zurück, schloss die Augen und seufzte. »Faustino Manso? Wie lange habe ich nichts mehr von Faustino Manso gehört? Kennen Sie ihn? ...«

Ich erklärte ihm, dass Faustino mein Großvater sei. Erzählte ihm auch, dass er vor wenigen Wochen in Luanda gestorben sei, nachdem er einige Jahre gegen den Lungenkrebs angekämpft habe. Er hat sein Leben lang geraucht. Ich erzählte ihm von der Beerdigung. Der Pianist streckte seine Armstümpfe aus und hielt sie mir direkt vor die Augen.

»Sehen Sie diese Hände?«

Ich sah sie nicht.

»Das sind die Hände von Faustino Manso!«, sagte er und verstummte, eine peinliche Situation. Dann lehnte er sich wieder zurück und wechselte das Thema: »Wissen Sie, welches Lied sich die meisten Leute in Hotels vom Pianisten wünschen? ›Casablanca‹! ›Play it again, Sam.‹ Ich habe den Film sieben Mal gesehen. Aber Ilsa sagt das gar nicht. Sie sagt: ›Play it, Sam. Play: As Time Goes By.‹ Rick, die Figur, die Bogart spielt, ist nicht so höflich, als er sich dasselbe Lied wünscht: ›You played it for her, you can play it for me!‹ Können Sie sich vorstellen, wie oft irgendein Schwachkopf zu mir gekommen ist und dieses Sprüchlein gesagt hat, das im Film gar nicht vorkommt? Viele Male. Ein einziges Mal, im Polana, als Faustino schon weg war und ich ihn ersetzt hatte, nur ein einziges Mal kam eine Frau zu mir und sagte es richtig: ›Play it, Sam. Play: As Time Goes By.‹

Am nächsten Morgen fand man sie in der Badewanne mit durchgeschnittenen Pulsadern. ›It's still the same old story, a fight for love and glory, a case of do or die.‹«

Bevor ich weitere Fragen stellen konnte, kam ein dürrer junger Mann, sehr schüchtern und in einem blauen Mantel, der mir vor allem deswegen auffiel, weil er ihm viel zu groß war.

»Lass uns gehen, Vater, wir müssen gehen. Mutter wartet.«

Marechal stand auf und nickte kurz. »Wenn ich jetzt nicht gehe, verliere ich mein goldenes Pantöffelchen.«

Auch ich stand auf und war unsicher, ob ich ihm die Hand geben und einen Stumpf schütteln sollte oder besser nicht. Ich entschloss mich, ihm zwei Mal auf die Schulter zu klopfen, irgendetwas zwischen einer Umarmung, was unangemessen gewesen wäre, und der Unmöglichkeit eines einfachen Händedrucks. »Können wir uns irgendwann einmal treffen? Ich würde mich gern mit Ihnen über meinen Großvater unterhalten.«

Er lächelte. Ein triumphierendes Lächeln. »Gewiss, junger Mann. Kommen Sie morgen hierher, zur selben Zeit. Und natürlich zahlen Sie die Getränke.«

# Ein Gespenst mit Beffchen

Vorhin beim Mittagessen: ein kurzer Schreck.

Wir saßen alle vier in einem zambesischen Restaurant auf der Feira Popular. Laurentina war durcheinander. Mandume betrübt. Bartolomeu erzählte aufgeregt von einer Begegnung, die er gestern mit einem Pianisten ohne Hände gehabt hatte, der früher im Hotel Polana gespielt habe.

Gegrilltes Huhn für alle vier.

Gegrilltes Huhn nach Zambézia-Art. Trotz seiner Einfachheit eines der besten Gerichte, die man in Mosambik bekommen kann. Man würzt das Hühnchen mit Salz, Zitrone, Pfeffer und Jindungo. Dann lässt man die Milch einer Kokosnuss ab, zerreibt das Mark und vermischt es mit zwei Esslöffeln Essig. Dann grillt man das Huhn auf kleiner Flamme und begießt es ständig mit der Mischung aus Kokos und Essig. Dabei empfiehlt es sich, die Soße zu verwenden, die heruntertropft, und diese noch einmal kurz vor dem Servieren über das Fleisch zu gießen. Huhn à la Zambézia also und Bier für alle.

Plötzlich stand eine Gestalt vor uns. Ich bemerkte sie erst, als es zu spät war.

»Padre Albino?!«

Ich sprang auf. Vor mir, mit schwarzem Anzug und Beffchen, meine Vergangenheit. Es hätte schlimmer kommen können. In meinen Albträumen ist es immer viel schlimmer. Die Vergangenheit also diesmal als Nebenrolle in Gestalt von Pater Lírio der Kongregation des Heiligen Geistes, der in Meditation versunken und im Exil bei Lichinga, Provinz Niassa, lebt und Giraffen und Nashörnern – ersteren mehr als letzteren, die doch eher träge und dem Erhabenen kaum zugetane Tiere sind – die Messe liest und dem daher Weltliches eher selten zugetragen wird, schon gar nicht, wenn es aus Angola kommt. Also beschränkte ich mich darauf, ihm so knapp wie möglich auf eine Handvoll Fragen nach dem Wohlergehen des einen oder anderen Prälaten zu antworten, denen wir beide während Pater Lírios kurzem Aufenthalt in Luanda begegnet waren, und ihn dann mit Gottes Segen zu verabschieden. Der Neugier meiner Kunden allerdings entkam ich nicht.

»Pater Albino, aha?«

»Ich hatte schon immer den Verdacht …«

»Soso, kaum zu glauben, ich denke, Sie schulden uns eine Erklärung …«

Natürlich war ich ihnen überhaupt nichts schuldig. Ich hätte sie in der Hölle schmoren lassen können mit ihrer Neugier. Doch wenn ich ihnen einen Teil meiner Wahrheit enthüllte, dachte ich, könnte mich das davor bewahren, ihnen irgendwann die ganze Wahrheit erzählen zu müssen – falls die Vergangenheit doch noch einmal auftauchen sollte. Also erzählte ich ihnen, dass ich tatsächlich früher Priester gewesen sei, Gott jedoch leid geworden sei und die Kirche verlassen habe.

Das interessierte Laurentina. »Sie haben Ihren Glauben verloren?«

Bartolomeu witzelte, allerdings wenig überzeugend. »Die Keuschheit haben Sie verloren, das ist es doch, Pater? Es steckt immer eine Frau hinter den großen Entscheidungen eines Mannes.«

Plötzlich duzten sie mich nicht mehr. Respekt und Staunen schwang nun mit in dem, was sie sagten. Ein Priester hört niemals auf, Priester zu sein. Am Nachmittag kam Laurentina noch einmal zu mir. Sie wirkte unruhig und durcheinander. Vielleicht hatte sie die Hoffnung, ich könnte ihr die Beichte abnehmen.

# Triumph der Aufrichtigkeit

Ich kenne sie aus Barcelona vom Schriftstellertreffen. Eine große Frau, eine imposante, silbern schimmernde Frisur. Sie eröffnete die Sitzung mit einem Lied, das, so erklärte sie, die guten Geister rufen und die bösen fernhalten sollte. Ihre Stimme, stöhnend, dann wieder pfeifend und manchmal ein wenig in Schreien übergehend, versetzte die Spanier in Staunen. Wie versteinert hörten sie zu, ebenso versteinert blieben sie sitzen, nachdem sie verstummt war, und wussten nicht, ob sie klatschen oder in respektvoller Stille verharren sollten. Sie entschieden sich für die Stille. Nach der Veranstaltung fragte ich sie, ob sie Heilerin sei. Da lachte Elisa Mucavele. Ein feines Lachen.

»Meine Güte, Sie Angolaner! Das ist doch nur ein Lied, das mir meine Mutter beigebracht hat. Ein Schlaflied für Kinder. Das hat überhaupt nichts mit Geistern zu tun. Aber die Weißen lieben die Nummer. So einen Auftritt erwarten sie von einer afrikanischen Schriftstellerin. Warum soll ich ihnen diese kleine Freude nicht machen?«

Auf einer anderen Podiumsdikussion vergoss sie dicke Tränen über den Tod einer Giraffe. Viele Leute im Publikum weinten mit ihr.

»Man muss Tränen einsetzen können«, erklärte sie mir später an der Hotelbar beim Bier. »Wenn du es schaffst, dass sie einen Moment der Trauer mit dir teilen, kannst du alles von ihnen verlangen, vor allem, dass sie deine Bücher kaufen. Lass sie lachen mit dir, mit dir leiden, und sie werden dir folgen bis zum letzten Buch.«

Es war ein Treffen von Schriftstellern aus südlichen Ländern (edlen Unbekannten) in Barcelona, das eine nichtstaatliche Entwicklungshilfeorganisation ins Leben gerufen hatte. Die ganzen drei Tage, die auf diese Auftritte folgten, sprach man von nichts anderem mehr als von dieser außergewöhnlichen mosambikanischen Schriftstellerin, die mit ihren Gesängen die Geister besänftigte und so empfindsam war, dass sie sogar über den Tod einer Giraffe weinte.

Ich sah, wie eine alte Dame mit einer durchscheinenden himmelblauen Frisur nach der ersten Veranstaltung zu Elisa ging und sie lange umarmte. »Vielen Dank, dass Sie so authentisch sind«, sagte sie mit Tränen in den Augen. »Wir in Europa haben Gott getötet und nun sind wir Waisen. Wir haben jede Verbindung zum Göttlichen verloren.«

Eine andächtig traurige, zierliche junge Frau, die wir Zypresse nannten, bat sie um Hilfe, den Geist ihrer Mutter zu besänftigen, die ein paar Wochen zuvor bei einem Autounfall ums Leben gekommen war, und eine andere schenkte ihr eine Stoffgiraffe, die in Botswana von einer Hilfsorganisation für AIDS-Waisen hergestellt worden war.

Es war nicht schwer, Elisas Handynummer herauszufinden. Als sie meine Stimme hörte, rief sie erfreut: »Der Angolaner! Ich hab schon gehört, dass du im Land bist …«

Doch als ich ihr sagte, warum ich hier sei, wurde ihre Stimme betrübt. Sie wirkte erstaunt, ja, aber auch etwas ängstlich: »Du bist Faustinos Enkel?! Unglaublich! Also bist du der Neffe meiner Kinder. Das kann ich nicht glauben. Das Leben schreibt Geschichten, die die Literatur sich nicht träumen lässt.«

Sie war bereit, sich am nächsten Tag mit uns zu treffen. Ich schrieb mir ihre Adresse auf: Sommershield – das edle Stadtviertel der gehobenen Bourgeoisie, wo Graça Machel und Nelson Mandela leben. Laurentina freute sich über die Nachricht. Und diesmal wollte sie auch mit mir ins Chez Rangel gehen, abends, um dort den Pianist ohne Hände kennenzulernen.

*Jardim dos Namorados, Maputo*
*14. September 2006*

# Ein dunkelhäutiger Clark Gable

Elegant, weißes, fast glattes, kurzes Haar, dünner, grauer Schnurrbart, einen Accent circonflexe über den schmalen, fein geschnittenen Lippen. In den Sechziger-, Siebzigerjahren war João Domingos, Frontmann und Sänger des Conjunto João Domingos, eine sehr bekannte Persönlichkeit in Mosambik. Das Conjunto João Domingos spielte in Tanzsalons wie Ateneu Grego, dem heutigen Palácio dos Casamentos, im Clube dos Chineses, der jetzt die Kunsthochschule Escola de Artes Visuais beherbergt, in der Casa do Minho, der Casa das Beiras, im Clube dos Comorianos. Kurzum: An Arbeit fehlte es nicht, damals, wenn man Talent hatte und Spaß daran, seinen Lebensunterhalt mit der Unterhaltung anderer zu verdienen.

»Früher wurde viel mehr Livemusik gespielt«, sagt João Domingos mit resignierter Traurigkeit. »Ich verdiente gut damals. Nach der Unabhängigkeit hieß es, wir sollten nur noch revolutionäre Musik spielen, also spielten wir sie, aber im Tanzrhythmus. Sogar Samora gefiel es ...«

Wir unterhalten uns in einem netten Café im Jardim dos Namorados mit einem fantastischen Blick auf den Indischen Ozean. João Domingos war dabei, als die Marrabenta entstand, der einzige mosambikanische Rhythmus, der es zu internationaler Anerkennung gebracht hat.

»Der Name Marrabenta entstand in Mafalala. Dort gab es einen Mann namens Fernando. Er hatte die beste E-Gitarre und spielte am lautesten. Doch hin und wieder riss, wenn er Majika spielte, eine Saite. Er spielte auch Tangos und Rumbas, aber die Leute baten: ›Toca aquela q'arrebenta‹, spiel das, wo's die Saite zerreißt. Daher der

Name, aber der Rhythmus ist das, was wir damals Majika nannten. Im Clube dos Comorianos, wo wir auch öfter auftraten, gab es einen Typen, der konnte steppen wie Fred Astaire. Jaime Paixão hieß er. Er hat den Stepptanz weiterentwickelt zu einer Art gleitendem Stepptanz, und so entstand der Tanz zur Marrabenta.«

Karen macht ihm Komplimente. Wie rüstig er wirke. João Domingos erzählt, dass er als Kind einen schweren Unfall gehabt habe, beim Spielen mit einer Feuerwerksrakete, und danach vierzehn Tage lang blind gewesen sei. Nach seiner Genesung habe er nie wieder Probleme gehabt. Vor ein paar Jahren habe sich sein Sehvermögen wieder ein wenig verschlechtert, sodass er zu einer kubanischen Augenärztin gegangen sei, die seine Augen untersucht und ihm danach gestanden habe, so etwas hätte sie noch nie gesehen.

»Technisch gesehen sind Sie vollkommen blind. Ich kann Ihnen nicht helfen. Ich kann kaum glauben, dass Sie überhaupt etwas sehen. Wenn Sie trotzdem etwas erkennen, dann allenfalls mit der Seele. Und die kann ich nicht behandeln.«

João Domingos hatte gelacht und war zu einem anderen Arzt gegangen, der ihm besser ausgestattet erschien. Der hatte ihn vor einen komplizierten Apparat mit auswechselbaren Linsen gesetzt, der an einen Computer angeschlossen war. Dann hatte er ihn untersucht und untersucht und ihm schließlich die Hand direkt vor die Nase gehalten: »Wie viele Finger?«

Er hatte ihn Buchstaben auf einem Plakat lesen lassen, sich schließlich gesetzt (vielleicht weil er sich so sicherer fühlte), den Kopf geschüttelt und ungläubig gesagt: »Sie sind der erste Blinde, der mir begegnet, der über nachlassende Sehkraft klagt.«

Ungläubig schaue ich ihm in die Augen. Sie sind trüb. Ich überlege, wie die Welt, die er sieht, wohl aussieht. Es ist ja so, dass zwei Leute die Welt niemals gleich wahrnehmen.

Vor uns scheint das Licht aus dem Meer zu steigen.

# Die verlorenen Hände von Faustino Manso

Marechal Carmona hat eine Stimme wie ein Pilot.[5]

»Kann ich einmal Ihre Hand sehen?«

Ich streckte ihm die rechte Hand hin.

Er überflog sie aufmerksam mit den Augen. Dann lächelte er. »Sie haben kein Vaterland, das Quadrat des Vaterlands, eine kleine Zeichnung, die normalerweise zwischen der Lebenslinie und der Glückslinie liegt, diese Zeichnung haben Sie nicht. Faustino hatte auch keine. Ihr Schicksal ist es, unterwegs zu sein.«

Ich verneinte entschieden. Ich habe keine Lust mehr zu reisen. Wenn ich mich im Spiegel sehe, erkenne ich mich schon nicht mehr wieder. Ich habe stumpfes, sprödes Haar, mehr Augenringe als Augen. Natürlich reise ich gern, doch alles, was übertrieben ist, ermüdet auf Dauer. Ich sehne mich zurück nach meiner Wohnung in Lapa. Ich träume von ihr. Von dem friedlichen Licht im Hof, den Orchideen, die der Stille Struktur geben. Trotzdem kann ich mich nicht beklagen. Es war mein Wunsch gewesen, im Hotel Polana abzusteigen, auch wenn es unser Budget übersteigen würde, weil ich das Klavier filmen

---

5 Eines der wichtigsten Arbeitswerkzeuge eines Piloten ist seine Stimme. Wenn das Flugzeug abhebt, wenn alles erzittert und knarrt, gibt es nichts Beruhigenderes zu hören als »Guten Abend meine Damen und Herren, hier spricht Ihr Kapitän«, vorgetragen mit fester, absolut sicherer und zugleich warmer Stimme. Stellen Sie sich einen Piloten vor, der wie Woody Allen spricht. Würden Sie sich da sicher fühlen (und hier richte ich mich insbesondere an die Leserinnen)? Ich bin eine Frau und ich bestehe auf einem Piloten mit der Stimme eines Comandante.

will, auf dem mein Vater gespielt hat. Die Orte, an denen er gespielt hat. Vielleicht sogar ein paar Leute, mit denen er gespielt hat. Man hat mir von einem Portier erzählt, der ihn vielleicht noch gekannt haben könnte, doch der ist krank, liegt mit Malaria zu Hause. Also willigte ich ein, mich mit dem Pianisten ohne Hände zu unterhalten, den Bartolomeu im Chez Rangel kennengelernt hatte.

Marechal Carmona hat seine Hände im Krieg verloren. Er war im Machimbombo unterwegs, auf dem Weg zu seiner Mutter, die sehr krank war und in einem Dorf in der Nähe von Beira wohnte. Auf einmal war die Straße weg, beziehungsweise ging, glaubt man seinen Worten, einfach von festem in flüssigen Zustand über.

»Statt Asphalt war da plötzlich ein Fluss. Wir stiegen aus und schauten in dieses träge dahinfließende Wasser. Der Fluss schien mehr Schatten als Wasser zu führen. Jemand zeigte in die Ferne: ›Da hinten, ein Krokodil!‹ Dann sahen wir etwas weiter entfernt noch eines, und dann noch eins. Mit halb geschlossenen Augen kamen sie immer näher, grün und bedächtig. Doch als sie aus ihrem feuchten Schatten krochen, waren es schon keine Krokodile mehr, sondern beinahe Menschen. Sie hatten Waffen. Macheten. Speere. Der Anführer, ein kleiner Junge von dreizehn Jahren oder noch jünger, hatte ein Gewehr, das größer war als er selbst. Einige von uns mussten sich am Ufer aufstellen und mussten niederknien. Den ersten fünf schnitten sie die Köpfe ab. Ich war der Sechste und hatte Glück.«

Er schaute seine Stümpfe an und dann mich.

»1973 war ich ein Niemand: ein Putzmann. Ich musste den Boden schrubben. Als ich zum ersten Mal ein Klavier sah, im Salon des Hotels, war ich sprachlos. Ich hatte noch nie in meinem Leben etwas so Schönes gesehen. Es war, als hätte ich ein UFO gesehen, das dort gelandet war. Und dann, als ich Ihren Vater zum ersten Mal spielen hörte, ach!, ich erinnere mich, als wäre es gestern gewesen, sehen Sie nur, ich bekomme Gänsehaut, es war, als hätte ich Gottes Stimme gehört. Von diesem Tag an suchte ich ständig einen Grund, um in den Salon zu gehen, wenn Faustino dort spielte. Ich habe ein gutes Gehör. Eines Morgens sprach mich Faustino im Hof an. Ich war über ein Klavier gebeugt, das ich mit einem Stück Kreide auf den Zement gemalt hatte, alle Tasten, und ich versuchte, darauf zu spielen. Ohne besonderen Erfolg, wie man sich vorstellen kann. Er blieb eine ganze Weile hinter mir stehen und hörte mir zu. ›Gott hat dir großes Talent geschenkt‹, sagte er dann. ›Es fehlt jemand, der dir zeigt, was du damit anfangen kannst.‹ Von diesem Tag an gab er mir Klavierunterricht. Fünf Jahre später spielten wir zum ersten Mal zusammen. Und als er fortging, nach Quelimane, ich habe nie wirklich erfahren, warum, nahm ich seine Stelle ein, im Polana. Es waren die glücklichsten Jahre meines Lebens.«

# Malaria

Ich schaue mich im Spiegel an. Fahre mit den Fingern durch mein Haar. Es ist rau und trocken, spröde. Ich habe einen Termin beim Frisör. Ich lege mich aufs Bett und versuche zu lesen. Mir ist elend. Mir ist kalt. Ich decke mich zu. Mandume war ins Zimmer gekommen (er war schwimmen gewesen) und erschrocken, als er mich sah.

»Was ist los mit dir?«

Ich klammerte mich weinend an ihn. »Ich weiß es nicht. Mir ist kalt, sehr kalt. Alles tut weh.«

Ich versuche, mir Notizen zu machen. Das hilft beim Denken. Hält meinen Geist wach. Ich darf jetzt nicht krank werden. Ich kann nicht einmal mehr lesen, was ich geschrieben habe. Unzusammenhängende Bilder fallen mir ein. Ein Kind mit einer Waffe in den Händen. Die Hände hoch in der Luft, als Schutz oder Protest, und dann Blut. Viel Blut. Plötzlich der Gedanke, dass diese Erinnerungen gar nicht meine sind. Sie sind auf mich übergegangen wie eine Krankheit. Das sind die Erinnerungen des alten Marechal. Was für ein Scheißname. Was für ein Scheißtyp – er hat mich mit seinen Albträumen infiziert. Ich schließe die Augen und sehe alles noch deutlicher. Die scharfe Klinge der Macheten. In meinem Kopf höre ich die Frauen aufheulen. Und dann eine Stimme: »Alles klar?«

Ich öffne die Augen und erkenne Mandume. Neben ihm ein Lächeln. Es war das Lächeln, das gesprochen hat. Ein Mann mit einem freundlichen Lächeln. Graue Haare. Brille. Das Lächeln legt mir seine Hand auf die Stirn. Es hat eine eiskalte Hand. Eiskalte Hände. Hände, die lose ins Gras fallen.

»Sie glühen, meine Liebe. Wir wollen mal Blut abnehmen …«

»Blut abnehmen?«

»Vermutlich Malaria. Die Feuertaufe der Tropen …«

»Meinen Vater. Ich will meinen Vater!«

Mein Vater heißt Dário. Dário Reis. Mein Vater heißt Dário Reis. Du solltest bei mir sein, Vater, warum bist du nicht bei mir? Ich sage: »Mein Vater heißt Dário Reis!«

Das Lächeln wundert sich: »Dário Reis?! Ich kannte einmal einen Dário Reis. Ist Ihr Herr Vater Lehrer?«

Er öffnet einen kleinen Koffer und holt eine Spritze heraus. Sticht mir die Nadel in den Arm, nimmt mir Blut ab und lächelt noch immer. Ich sehe Bartolomeu in der Tür stehen. Er sieht traurig aus. Mandume schiebt ihn hinaus, macht die Tür zu. Das Lächeln sagt zu mir: »Ihr Vater war damals ein sehr gut aussehender Mann. Er hat allerhand Schaden hier angerichtet, in den Herzen der Damen.« Und das Lächeln wird zum Grinsen. »Oh ja, großen Schaden!«

Malaria. Das Wort fasziniert mich. Das Böse, das darin enthalten ist.

Mein Leben lang dachte ich, ich sei immun gegen Malaria. Darauf war ich stolz gewesen. Dann, vor drei, vier Jahren, bin ich aufgewacht, und alles tat mir weh, und ich zitterte vor Fieber und Kälte. Nachdem ich ein paar Tabletten genommen hatte, war ich zwei Tage später wieder am Strand, konnte surfen und in die Diskotheken und mit allen möglichen Leuten ins Bett gehen, das Beste, was es im Leben gibt. Doch in Wahrheit haben diese Tabletten mich fast umgebracht: ein Drang, mir die Seele aus dem Leib zu kotzen. An nichts anderes kann ich mich erinnern. Ich versuchte, Mandume zu beruhigen, und versicherte ihm, dass Laurentina bald wieder gesund sein würde. Er brüllte mich voller Angst an.

»Weißt du, wie viele Leute in Afrika jedes Jahr an Malaria sterben?«

Ya, Mano, viele Tausende, vielleicht sogar Millionen. Aber wenn man genau hinsieht, dann vor allem, weil sie nicht rechtzeitig behandelt werden, sie geben den Löffel ab, weil sie geschwächt sind. Sie beißen ins staubige Gras, wie mein Großvater Faustino Manso zu sagen pflegte, weil sie arm sind. Mandume schaute mich mit weit aufgerissenen Augen an, er wollte etwas sagen, aber dann schwieg er. Die Wut nahm ihm die Luft. Es macht mir Spaß, ihn so zu sehen. Er sieht dann aus wie ein Ertrunkener. Es ist eine Art Volkssport von uns Angolanern geworden, die Tugas zu ärgern.

Ich habe mir einige Aufnahmen aus den letzten Tagen angesehen.

Laurentina. Laurentina. Laurentina. Laurentina. Laurentina.

Warum soll ich eigentlich die Welt filmen, wenn ich einfach nur sie filmen kann?

Man sieht, wie die Krankheit fortschreitet. Eine Art Fluch, eine langsame Ohnmacht, die schlaffe Haut. So liebe ich sie noch mehr, wenn sie so schwach ist, wenn sie fantasiert. Die ganze Nacht habe ich an ihrem Bett verbracht. Ihr Fieber gemessen, ihr den Schweiß abgewischt, sie gefilmt: ihre trockenen Lippen, die wirres Zeug reden, trudelnde Vögel im Wüstenwind. Zum Beispiel:

»Ich kann nicht. Es tut mir leid, ich kann nicht …«

»›They walk on stones …‹«

»›Deine Hände geschaffen für die Kelche meiner Brüste …‹«

# Elisas Augen

Erinnern Sie sich an Gloria, das sympathische Nilpferd aus »Madagaskar«, dem Animationsfilm von DreamWorks?

Elisa Mucavele erinnert mich an Gloria.

Alles an ihr ist riesig – die Brüste wie dicke Papayas, die großen runden Hände, ihre heiteren Augen – alles, nur ihre Stimme nicht, dieses süße Piepsen eines Vögelchens. Es gibt Frauen, die Macht haben, und Frauen, die keine Macht haben, und natürlich die sogenannten eisernen Ladies wie Margaret Thatcher zum Beispiel, deren Natur den Metallen, Eisen, Stahl oder Kupfer – was Sie wollen –, näher ist als der der Frauen.

Kann jemand sich vorstellen, mit einer eisernen Lady ins Bett zu gehen?

Elisa hat Macht. Sie übt ihre Macht aus wie eine große Mutter, eine Mamana aus früheren Zeiten, eine Bessangana, mütterlich und streng zugleich. Eher lächelnd als mit Peitsche. Man braucht nur zu sehen, wie sie ihr eigenes Haus führt. Die Angestellten tragen faltenfreie weiße Kittel, makellos, fast strahlend, helle Hauben aus Baumwolle, mit denen sie beinahe wie Krankenschwestern aussehen, doch sie erledigen die Hausarbeit mit einer albernen Freude, die man sich in einem reichen europäischen Haus nicht vorstellen könnte.

Das Haus? Wie kaum anders denkbar: komplizierte, unharmonische Möbel, schwere, lachsfarbene Vorhänge vor allen Fenstern, die der Sonne die Luft nehmen, Kronleuchter mit kristallenen Tränen, reichlich rote Sofas, und an den sehr weißen Wänden billige Reproduktionen berühmter Gemälde in üppigen Rahmen. Und die winzige Stimme sagt sehr aufmerksam: »Nehmen Sie doch bitte Platz. Möchten Sie etwas trinken?«

Bevor wir antworten konnten, entschied Elisa, dass ich einen Whisky trinken solle und Mandume eine Cola. Es tat ihr leid, dass Laurentina nicht kommen konnte. Als Gesundheitsministerin, erklärte sie, fühle sie sich für Laurentinas Erkrankung persönlich verantwortlich. Falls wir es für notwendig hielten, sollten wir sie auf Kosten der mosambikanischen Regierung in eine gute Klinik einliefern lassen. Doch ihr scheine, sie sei im Polana mit einem guten Arzt an ihrer Seite besser aufgehoben.

»Von jetzt an sind Sie meine Gäste. Bleiben Sie, bis es dem Mädchen wieder besser geht. Ist sie tatsächlich Faustinos Tochter? Das ist unglaublich. Natürlich wusste ich, dass Faustino in Mosambik noch andere Kinder gezeugt hat. Eins seiner Mädchen kenne ich sogar, die Tochter der Heilerin …«

»Der Heilerin?«

»Ja, er hat mit einer Heilerin zusammengelebt, in Quelimane.« Sie lachte in sich hinein. »Faustino Manso hatte wirklich keinen Funken Verstand. Aber er wusste, wie man eine Frau glücklich macht, das muss ich zugeben …«

Dann verharrte sie nachdenklich in strahlendem Schweigen. Als ob der geringe Verstand meines Großvaters – die Erinnerung daran – sie sehr glücklich machte. Noch in der Stille des Nachmittags konnte man die aus einer lang vergangenen Zeit kommenden Lustseufzer hören. Ich zumindest. Schreie und Lachen, zwei Herzen in galoppierendem Gleichklang. Das Drängen des Fleisches und dann: Halleluja. Ich glaube, auch Mandume hörte es, denn er unterbrach sie verstört.

»Diese andere Frau, diese Heilerin, weiß man, ob sie noch in Quelimane lebt?«

Elisa Mucavele schaute ein wenig gelangweilt zu ihm hinüber, wie jemand, der gerade unverhofft aus einem schönen Traum gerissen worden ist. Und sagte, sie wisse es nicht, wir sollten doch besser Juliana fragen, die Tochter der Heilerin und eine relativ bekannte

Theaterschauspielerin. Sie wolle uns ihre Telefonnummer geben. Und dann sprach sie wieder mich an.

»Du bist deinem Großvater ähnlich, nicht wahr?«

»Wie bitte?

»Ich hätte gleich darauf kommen sollen, als ich dich damals in Barcelona traf. All diese Mädchen, die um dich herumschwirrten. Ich weiß noch, wie jemand dich fragte, wie du es schaffst, immer so jung auszusehen. Und du: ›Das ist einfach. Ich liebe viele Frauen.‹«

Ich erinnere mich nicht an die Episode. Nicht einmal betrunken würde ich so etwas sagen, glaube ich, nicht weil es mir schwachsinnig vorkommen würde, sondern arrogant. Aber so bin ich nicht. Doch ich hatte nicht den Mut, ihr zu widersprechen. Um Elisa Mucavele zu widersprechen, muss man viel Mut haben. Mandume lachte. Ein spöttisches, aggressives Lachen, und es machte mich wütend. Ich wechselte das Thema. »Wie habt ihr euch kennengelernt, du und mein Großvater?«

»Im Krankenhaus. Ich war Krankenschwester. Eines Tages kam dieser gut aussehende Mulatte und hatte Fieber. Malaria. Wie das Mädchen, eure Freundin. Malaria ist seit jeher ein Problem in unseren Ländern. Ich kannte ihn bereits, den Faustino, seine Musik wurde damals im Radio gespielt. Ich maß bei ihm Fieber und war erschrocken. Und der Kerl hatte noch Kraft, mich in Versuchung zu führen. ›Das ist kein Fieber‹, sagte er, ›das ist Feuer! Seit ich Sie gesehen habe, geht es mir so.‹ Damals wog ich achtundvierzig Kilo. Ich war eine schöne Frau. Und ich glaubte ihm. Zwei oder drei Tage später waren wir ein Paar …«

»Und wie lange haben Sie zusammengelebt?«

»Acht Jahre! Wir bekamen vier Kinder. Aber Faustino blieb ein Schlitzohr. Eines Tages kam ich früher von der Arbeit zurück und erwischte ihn in unserem Bett mit der Hausangestellten, einem fünfzehnjährigen Mädchen. Das war der Tropfen, der das Fass zum Überlaufen brachte; ich verprügelte ihn und warf ihn aus dem Haus. Daraufhin ging er nach Quelimane.«

Wieder schwieg sie. Elisa Mucavele hat mehr Ausstrahlung, wenn sie schweigt, als manch andere Leute, die niemals die Klappe halten. Ihre riesigen, tiefschwarzen Augen reden weiter, selbst wenn sie schweigt. In diesem Fall sagten die Augen Elisas:

… Sind schon Schweine, die Männer …

# Fremde Gedanken

Ich bin wiederauferstanden. Ich bin …

Oder bin ich nicht?!

Fünf Kilo leichter. Den Kopf voller Gedanken, die ich nicht als meine erkenne. Ich fühle mich, als hätte ich aus Versehen eine fremde Brieftasche mit nach Hause genommen. Die Brieftasche sieht aus wie meine oder fast so, aber wenn ich sie öffne, findet sich darin eine Reihe von Dingen, die mir nicht gehören: Das ist nicht mein Lippenstift, nein, ein roter Lippenstift und noch dazu so kräftig[6]. Die Fotos von den Kindern – was sind das für Kinder? – oder schlimmer noch, das Foto von dem Mann, den ich nie zuvor gesehen habe, der mich umarmt, jemanden umarmt, der mir ähnlich sieht, und seine rechte Hand auf meine linke Brust gelegt hat.

Ein paar der fremden Gedanken aus meinem Kopf:

1. Ich sehe mich (die andere, die mit dem grellen Lippenstift), wie ich mit Bartolomeu Sex habe. Ich küsse ihn wild, seine Bartstoppeln kratzen an meinem Gesicht. Ich dränge ihn ins Bett und reiße ihm das Handtuch vom Leib. Er seufzt: »Es ist schon spät …«
   Er hat Angst. Seine Angst stachelt mich an.
   »Spät, Liebling? Ich hoffe doch, nicht zu spät …«
   Bartolomeu hat Schultern wie ein Schwimmer, eine starke Brust, große, gut geformte Brustwarzen. Die Brustwarzen sind das Weib-

6 Nicht, dass ich keinen Lippenstift mag. Im Gegenteil. Wie sagt Aline: »Wir Frauen mögen Lippenstift, weil man damit mit einem Minimum an Einsatz maximale Ergebnisse erzielen kann.« Ein guter Lippenstift sieht immer gut aus in einem sauberen Gesicht, und es gibt keine Zweifel, wann man ihn anwenden soll.

lichste am Mann, aber auch das Überflüssigste (sie dienen nur dazu, daran zu erinnern, dass sie der missglückte Prototyp einer Frau sind[7]). Ich küsse seine Brustwarzen. Beiße sie. Bartolomeu versucht, sich zu entwinden, eine aschfahle Stimme: »Das wird nicht gut gehen.« Jetzt ja, jetzt hat er Angst. Nicht der Alkohol macht mich betrunken, sondern die Macht und das Begehren. Ich lege seine Hände auf meine Brüste und sage: »Siehst du? ›Deine Hände geschaffen für die Kelche meiner Brüste‹.«[8]

2. Ein heftiger Streit zwischen meinen Eltern. Doroteia brüllt, während sie bügelt. Plötzlich hebt sie das Bügeleisen und hält es dem entsetzten Dário vors Gesicht.
   »Ich brenne dir die Augen aus, hörst du, du Schuft! Du schaust noch ein Mal einer anderen Frau hinterher, und ich brenne dir die Augen aus!«

---

7 Einmal las ich in der Zeitschrift »Pública«, Nr. 547 vom 12. November 2006, ein interessantes Interview mit dem Sexualforscher John Bancroft. Ich zitiere einen Ausschnitt daraus: »Der Embryo ist in seiner Entwicklung zunächst weiblich. Der männliche Anteil wird erst hinzugefügt. In diesem Prozess werden einige weibliche Merkmale unterdrückt, andere jedoch nicht, da es dazu keine Notwendigkeit gibt. Die Klitoris hat beispielsweise denselben Ursprung wie der Penis, dieselben Nervenenden. Sie entwickelt sich nur nicht genauso, weil es nicht notwendig ist. Doch sie ist vorhanden und funktionsfähig. Parallel dazu gibt es auf männlicher Seite die Brustwarzen. Sie sind nicht notwendig, aber es gab auch keinen Grund, sie zu eliminieren. Sie sind vorhanden, und manche Männer kommen zum Orgasmus, wenn die Brustwarzen stimuliert werden.«

8 Ein Vers der angolanischen Dichterin Ana Paula Tavares. Hier das komplette Gedicht: »Ich sollte den König sehen / Doch gekommen ist der Sklave / Um meinen Körper mit Unkraut zu befruchten / Ich sollte mich neben dem König auf den Stuhl setzen / Doch auf dem Boden blieb die Spur meines Körpers // Ich kämmte mich für den König / Doch dem Sklaven gab ich meine Haarzöpfe // Der Sklave war frisch / Sein Körper vollkommen / Die Hände geschaffen für die Kelche meiner Brüste // Ich sollte den König sehen / Doch ich neigte den Kopf / Zart und sanft / Vor dem Sklaven«

Das ist vielleicht wirklich eine eigene Erinnerung. Ich weiß nicht. Möglich, dass sie lange vergessen war, in einer dunklen Ecke meines Gehirns. Sie haben sich oft gestritten. Doroteia war krank. Sie litt unter Eifersucht und Migräne und verwechselte beides. Es genügte schon, dass mein Vater auf der Straße etwas Nettes über irgendeine Frau sagte, und sie drehte durch. Kam dann leidend nach Hause, ertrug kein Licht mehr und wünschte sich, buchstäblich den Kopf verloren zu haben, ihn nicht mehr auf den Schultern tragen zu müssen, bellend, pulsierend wie ein wildes Tier. Dann schloss sie alle Fenster und legte sich, bis es Nacht wurde, ins Bett.

3. Zwei Mädchen in einem Garten. Ein Wasserschlauch. Die Mädchen gießen die Blumen, den Rasen. Eine von ihnen (die aussieht wie ich, als ich Kind war) richtet den Wasserstrahl auf die andere. Das zweite Mädchen rennt fort. Sie öffnet die Pforte und läuft auf den Bürgersteig. Die erste verfolgt sie mit dem Wasserschlauch. Das zweite Mädchen versucht, die Straße zu überqueren. Sie ist mitten auf der Straße, als ein Auto kommt. In diesem Bruchstück einer Erinnerung – die nicht meine sein kann, von der ich nicht will, dass sie meine ist – hat der letzte Teil keine Bilder mehr, nur noch Geräusche: quietschende Reifen auf dem Asphalt und dann das Geräusch von Metall, das auf den kleinen Körper prallt. Glas klirrt. Stille.

Heute Morgen kam mich Elisa Mucavele besuchen. Nach dem Streit zwischen Bartolomeu und Seretha du Toit in Kapstadt hatte ich mich darauf vorbereitet, sie nicht zu mögen, aber es wollte mir nicht gelingen.

Stellen Sie sich einen freundlichen Wirbelsturm vor. Es geht nicht? Das verstehe ich. Es gibt Widersprüche, die man sich nur schwer vorstellen kann. Elisa Mucavele ist so einer. Eine sehr große Frau mit einer sehr kleinen Stimme, wundervolles Haar aus unendlich vielen silbernen Zöpfen. Ihr gesamter Anblick verursacht ein Gefühl von

Unbändigkeit und Sanftmut. Sie setzte sich vor mich hin mit der Autorität einer Kaiserin oder eines Kaisers wie, sagen wir, Gungunhana kurz vor seinem Sturz und hielt meine kleine rechte Hand zwischen ihren großen Händen. Richtete ihre Augen auf meine: »Wie geht es denn, Mädchen?«

Als ich zu mir kam, hielt sie mich im Arm, und ich war wieder in Tränen aufgelöst und schüttete ihr mein gespaltenes Herz aus, teilte ihr meine geheimsten Ängste mit und erzählte ihr, was ich empfunden hatte, nachdem ich den Brief meiner Mutter gelesen hatte. Elisa strich mir übers Gesicht und zwirbelte meine Haare.

»Männer, mein Kind, sind außerhalb des Bettes ähnlich nützlich wie ein Wasserflugzeug auf einer Autobahn. Sie sind einem nur im Weg.«

Wie es scheint, war Faustino ziemlich im Weg. Elisa hat (nachdem alles zu Ende war) eine Liste all der Frauen zusammengestellt, die mein Vater verführt haben soll, während er mit ihr zusammengelebt hat. Sie fasste kurz zusammen, welche davon sie am interessantesten fand.

1. Die kleine Matilde, Krankenschwester, Elisas beste Freundin. Verheiratet, keine Kinder. Matildes Ehemann fand eines Tages einen Zettel von Faustino Manso in ihrer Handtasche: »Mein Schmuckstück, du machst mich so glücklich!« Und verprügelte sie von da an jeden Samstag nach Strich und Faden. Elisa glaubt, Bernardino habe samstags seine Frau aus purer Langeweile verprügelt. Er trank zwei oder drei Bier und las dabei die Zeitung, dann stand er auf, zerrte sie ins Schlafzimmer, riss ihr die Kleider vom Leib, zog sich selbst den Gürtel aus und peitschte sie aus. Er war ein einsamer und ruhiger Mann, ein wenig übergewichtig, und arbeitete als Buchhalter in einem großen Bauunternehmen. Einziges Kind eines chinesischen Vaters und einer Mutter, die aus Goa stammte. Waise. Keine Freunde. Die Unabhängigkeit war nicht seine Sache. Niemand hat ihn je mit gereckter Faust gesehen. Er starb 1978. Herzinfarkt. Kummer. Beides. Matilde suchte Zuflucht in der Religion. Und wurde Nonne.

2. Valentina Valentina, genau so. Selbst im Namen redundant und Keramikerin. In den Sechzigerjahren und in ihrem engen Milieu so etwas wie eine Zirkusattraktion. Ein halbes Dutzend Intellektuelle oder anders gesagt, fast alle, die sich auf diesem Gebiet tummelten, bescheinigten ihr Talent, lobten die Originalität und Kraft ihrer kleinen Kreaturen. Die Bürger erschraken vor der unbändigen Sexualität dieser Frauen aus Ton, die mit zwei oder drei Männern gleichzeitig kopulierten, mit Schlangen und Eseln, oder sich fröhlich gegenseitig liebten. Die Damen tuschelten über die Narben und Tätowierungen im Gesicht und am Körper der Künstlerin. Valentina Valentina war Mitte zwanzig und brauchte nicht mehr Nahrung, um ihre zerbrechliche Gestalt und die leuchtende Flamme ihrer Fantasie am Leben zu erhalten, als etwas Luft und Sonne, klares Wasser und einen Teller Matapa mit weißem Reis. Sie war aus einer kleinen Stadt im Norden, wenige Kilometer von Quelimane entfernt. Ein portugiesischer Architekt hatte sie mitgebracht, ein sehr bekannter und angesehener Typ, der auf einem Markt zufällig über ihre Keramikfiguren gestolpert war. Der Architekt hatte Valentina Valentinas Werke in die Galerien von Paris und New York gebracht und Kunstkritiker und Journalisten für sie interessieren können. Leider starb er 1973, in den Straßen von Lourenço Marques, von einem Taxi überfahren, noch bevor er die erste große Ausstellung der Künstlerin erleben konnte. Heute ist Valentina Valentina eine der wenigen im Ausland bekannten mosambikanischen Persönlichkeiten.
3. Camilla Sandland, Ehefrau eines betagten englischen leitenden Angestellten bei der Eisenbahngesellschaft, blickte die Menschen und vor allem die Männer aus einem grünen und einem blauen Auge an. Faustino gefielen beide. Dem Ehemann gefiel die allgemeine Bewunderung für seine Frau. Er sammelte anonyme Briefe, und es waren nicht wenige, in denen man ihn darauf aufmerksam machte, dass seine Frau dem einen oder anderen Bewunderer ihrer-

seits Aufmerksamkeit schenkte. Es machte ihm Freude, sie vorzulesen, wenn er seine engsten Freunde zum Abendessen um sich scharte. Allerdings lachte nur er dabei. Camilla Sandlands grünes Auge sprühte dann Funken und das blaue funkelte noch mehr.

4. Ana Sebastiana, berufsmäßige Witwe. Brachte in zehn Jahren drei Männer unter die Erde, wobei sie ein beträchtliches Erbe anhäufte, das es ihr gestattete, in den quirligen Sechzigerjahren in Lourenço Marques ein angenehmes Leben zu führen. Sie heiratete noch einmal, nachdem Faustino Manso bereits nach Quelimane gegangen war, und zwar einen Offizier der portugiesischen Marine. Dieser Ehemann erschoss sie. Nach seiner Festnahme, schon vor Gericht, plädierte er auf Notwehr. Und der Richter gab ihm recht.
5. Sylviane Dzilnava, eine französische Journalistin. Sehr klein und gut gebaut. Wenn sich jemand über ihre Statur lustig machte, erwiderte sie prompt: »Klein? Schon, aber auch tief.«[9] Sie verbrachte 1968 ein paar Wochen in Mosambik, um für eine Reihe von Reportagen über Portugals afrikanische Kolonien Informationen zu sammeln. Sie war eine der ersten ausländischen Journalistinnen, die Valentina Valentina interviewten. Sieben Jahre später kehrte sie nach Lourenço Marques zurück, um die Unabhängigkeit des Landes mitzuerleben. Blieb dann noch eine Woche und noch eine. Eine kurze Affäre mit dem Innenminister erlaubte es ihr, bitte verzeihen Sie mir das Wortspiel, tiefere Kenntnis zu erlangen über das Funktionieren des mosambikanischen Staatsapparats. Danach verliebte sie sich in einen berühmten örtlichen Dichter und schrieb eine preisgekrönte Reportage über die junge mosambikanische Literatur. Ein paar Monate lang hatte sie eine Affäre mit einem Filmemacher. Daraufhin drehte sie einen ebenfalls prämierten Dokumentarfilm über Kindersoldaten. Eines Tages stellte sie beim Aufwachen fest, dass sie auf Portugiesisch geträumt hatte,

---

9 Mein Gott, ist das billig. Aber Elisa musste sehr lachen, als sie es mir erzählte.

beantragte einen mosambikanischen Pass und verbrannte den französischen. Da war sie schon überall als die Geliebte der Revolution bekannt. Heute leitet sie eine auf das südliche Afrika spezialisierte Nachrichtenagentur. Ich traf sie eines Abends in einem quietschgelben Kleid beim Abendessen hier im Polana. Sie war in Begleitung eines Mannes Mitte dreißig in elegantem Anzug und mit Krawatte. Bartolomeu begrüßte ihn herzlich. »Er war einmal ein guter Journalist«, erzählte er mir später. »Heute ist er ein schlechter Politiker.« Und sie? »Das ist Sylviane Dzilnava. Man sagt, das beste Interview, das sie je geführt habe, sei im Bett entstanden.«

6. Alma Nogueira, Pilotin. Aus Moçâmedes und in den Sechzigerjahren berühmt, weil sie Afrika von Kairo bis zum Kap in einer kleinen zweimotorigen Maschine durchquert hatte. Sie war mehrmals in Mosambik. 1974 verunglückte sie auf einem Flug von Benguela nach Moçâmedes. Es gelang ihr, das Flugzeug zu landen, doch dabei brach sie sich ein Bein. Zwei Wochen später fand man sie tot im Cockpit ihrer Maschine. Sie muss entsetzlich gelitten haben. Elisa zeigte mir einen Ausschnitt aus dem »Diário de Luanda« mit der Meldung über den Unfall. Laut diesem Artikel hatte Alma eine Schallplatte mit dem Autogramm von Faustino Manso dabei. Die Widmung lautete: »Für meine Alma, irgendwo im Himmel von Afrika.«
7. Bela Paixão, als selbstständige Unternehmerin auf dem Gebiet der nächtlichen Unterhaltung tätig. Elisa unterstrich den Euphemismus mit einem winzigen Kichern. Und fügte hinzu: »Der Name ist echt, so unglaublich es klingt.« Ich antwortete nicht. Ich kenne merkwürdigere Namen.

»Nun kommt das Beste – nach der Unabhängigkeit fuhr Bela nach Brasilien. Vor fünf Jahren kehrte sie sehr verändert zurück. Als Pastorin einer evangelikalen Kirche namens Zuflucht des Allmächtigen. Und reich. Ziemlich reich, sagt man. Jedenfalls verdient sie im Namen von Jesus mehr als damals als Agentin von Maria Magdalena.«

# Die Tochter der Heilerin

Wir hatten uns im Café Surf verabredet. Ich wusste nicht, woran ich sie erkennen sollte. Doch letztendlich war es einfach: Ich erkannte sie, weil ich mich selbst erkannte. Juliana sieht aus wie ich nach einer schlecht geschlafenen Nacht. Eine Frau von vierunddreißig Jahren, lebendige, leicht mandelförmige Augen und etwas breitere, tiefere Augenringe als ich. Volle Lippen, lange schwarze Haare, braun gebrannte Haut. Die Stimme so sanft wie ein Sonntagmorgen.

»Schwester?! Darf ich dich so nennen?«

Bartolomeu konnte seine Verblüffung nicht verbergen. »Chê! Der Alte konnte Töchter machen!«

Juliana hat in Lissabon studiert, am Konservatorium, ist aber noch vor Abschluss des Studiums nach Mosambik zurückgekehrt. Nun arbeitet sie bei einer freien Theatergruppe und war bereits als Nebendarstellerin in drei Spielfilmen zu sehen. Demnächst fährt sie nach Johannesburg, wo man sie für eine neue Fernsehserie engagiert hat. Ich hörte ihr zu, wie sie mit geradezu ansteckender Begeisterung von ihrer Rolle erzählte: eine mosambikanische Journalistin, die es sich zur Aufgabe gemacht hat, das Geheimnis um den Flugzeugabsturz zu lüften, bei dem Samora Machel starb. Danach erzählte ich ihr von unserem Projekt.

Sie lächelte. »Ich kann mich an Papa nicht erinnern … Na ja, ich erinnere mich vage an einen gut aussehenden Mann, der mich auf den Schoß nahm und mit mir tanzte. Mama meint, es sei besser so … das Vergessen …«

»Deine Mutter, sie … Elisa Mucavele erzählte mir, deine Mutter …«

»… Dass meine Mutter Heilerin ist?«

»Genau.«

»Wir sind Nachfahren von Prazeiros, hat sie dir das auch erzählt? Mama ist eine der letzten Herrinnen von Zambézia. Wir waren einmal reich. Mein Großvater erzählte immer von den guten alten Zeiten und sagte: ›Damals, als wir noch weiß waren.‹ Ha, ha, ha![10] Als ich geboren wurde, waren Haus und Name der einzige Reichtum, der uns noch geblieben war. Mama hatte immer ein Händchen dafür, mit den Geistern in Kontakt zu treten. Schon mit sechs, sieben Jahren setzte sie sich auf die Treppe und redete mit sich selbst. Die Leute fanden das niedlich. Aber natürlich redete sie nicht mit sich selbst. Später begann sie, Ereignisse vorauszusagen, nun ja, man könnte es auch voraussehen nennen, aber sie sind ja nichts anderes als Erinnerungen an zukünftige Ereignisse.«

»Erinnerungen?«

»Die Zeit ist kein Fluss. Die Zeit ist eine Kugel. Es gibt weder Quelle noch Mündung. Weder Anfang noch Ende. Alles wiederholt sich. So wie du dich an Dinge erinnerst, die gestern passiert sind, kannst du dich auch an Dinge erinnern, die morgen geschehen.«

»Bei mir trifft das nicht zu. Ich bin blind für die Zukunft.«

»Aber natürlich. Nur wenige Menschen haben die Gabe, in die Zukunft zu sehen. Wir sind dazu erzogen worden, uns die Zeit als Linie vorzustellen. Sie entspringt hier, an diesem Punkt und endet dort drüben, und dazwischen passiert dieses oder jenes. Leute wie Mama trainieren ihren Geist, um sich an Dinge zu erinnern, die sich in der Zeit an jenem Ort abspielen, den wir Zukunft nennen. Zukunft, Vergangenheit oder Gegenwart sind nur eine Frage der Perspektive. Sicher ist, dass Mama schon als Kind gewisse Fähigkeiten zeigte, vor denen meine Großeltern Angst hatten. Der alte Paulino bestrafte sie jedes Mal grausam, wenn sie etwas für den nächsten Tag

---

10 Schlechte Lautmalerei. So lacht Juliana nicht. Genau genommen lacht niemand so. Julianas Lachen ist ein kleines, stilles Aufblitzen. Wie ein Feuerwerk, dem man mit zugehaltenen Ohren zuschaut.

voraussagte, und tat alles, um sie zu widerlegen. Viel später, als die Alten schon tot waren, lernte Mama eine Heilerin kennen, die sie darin unterstützte, ihr natürliches Talent auszubauen. Heute ist sie eine gefragte Person. Die Leute kommen aus Maputo und sogar aus Südafrika, um sie zu befragen.«

Sie nennt sich Ana, die Heilerin. Dona Ana de Lacerda. Ich würde sie gern einmal kennenlernen. Vielleicht kann sie mir etwas über mein gespaltenes Herz sagen. Oder über meinen Vater. Dinge, die mir bisher noch niemand sagen konnte. Ich wüsste gerne, warum er die Ilha de Moçambique verließ und plötzlich wieder nach Luanda ging.

Und warum er mich zurückließ.

# Herrin des Landes

Palmenhaine über Palmenhaine.

Kilometer um Kilometer um Kilometer. Stundenlang. Ich schließe die Augen. Und öffne die Augen. Ausgestreckt auf dem Rücksitz, den Kopf in Laurentinas Schoß, sehe ich nichts als die langen Blätter vor dem Blau des Himmels. Ich höre das Klavier von Faustino Manso, wie es Note für Note einen leuchtenden Pfad öffnet, seine Stimme, die strahlend singt, mal inbrünstig und mal wie ein Hauch.

So viel Himmel in deinem Mund.
In ihm trinke ich den Tag.
So viel Meer in deinem Haar
In den Himmel ragende Palme.

So viel Sonne in deinem Begehren
Und in ihm mein Untergang.
So viel Licht in deinen Augen,
Du meine Herrin des Landes.

Langsam kann ich den alten Dário verstehen. Durch die Fenster dringt ein kräftiger, feuchter Duft. Ich atme tief ein und spüre, wie mein Herz schneller schlägt.

Der berühmte Duft Afrikas?

Ich weiß es nicht. Er trägt eine wilde Freude in unser Auto hinein. Und in mir steigt der Wunsch auf, Laurentina zu umarmen. Ich suche nach ihrer Hand. Drücke sie fest mit meiner. Sie sieht mich an und lächelt dabei. Und trällert mit Faustino.

»So viel Sonne in deinem Begehren …«

Ich richte mich auf und umarme sie. Küsse sie auf den Mund. Sie hat weiche, warme Lippen, ihre Zunge berührt meine Zunge. Bartolomeu döst auf dem Vordersitz. Aus dem Augenwinkel sehe ich im Rückspiegel auch die geschlossenen Augen von Pouca Sorte.

Schläft er?

Soll er doch schlafen, ist besser so.

Laurentina trägt einen kurzen Jeansrock, eine weiße, gestickte Bluse, die ich ihr in Salvador gekauft habe. Ich streichle ihre Beine. Je höher ich auf ihrem Oberschenkel komme, desto wärmer wird ihre Haut. Innen ist sie weicher, sanft, wie heißes Wachs. Ich flüstere ihr ins Ohr. »You touch me; I hear the sound of mandolins. You kiss me; with your kiss my life begins ...«

In der Nacht, in der wir uns zum ersten Mal liebten in ihrer Wohnung in Lapa, sang Nina Simone »Wild is the Wind«. Laurentina seufzt. Und umarmt mich.

Wie ein Traum gleitet Malembelembe durch den duftenden Schatten der Palmenhaine.

*Pousada Vila Nagardás, Quelimane*
*12. September 2006*

# Eine Sirene am Fluss der Guten Vorzeichen

Vor zwei Tagen bin ich nach Mosambik zurückgekehrt, um Quelimane kennenzulernen, die einzige Stadt unserer Reise (der Reise zu Faustino Manso), die wir im vergangenen Jahr nicht besuchen konnten. Karen, gerade aus London eingetroffen, ist auch dabei. Es gefällt mir. Es erinnert mich an Corumbá im Pantanal, im brasilianischen Bundesstaat Mato Grosso do Sul; oder an Dondo in Angola: alte, verschlafene Städte an einem großen Fluss. Ähnlich melancholische Trauer, die Starre am Ende der Welt, oder besser, vom Ende der Zeit.

Quelimane liegt buchstäblich am Ufer des Flusses. Wasser, das gemächlich durch Röhricht und verrostete Überreste von alten Schiffen fließt. Der Fluss trägt den schönsten Namen dieser Welt: Rio dos Bons Sinais – Fluss der Guten Vorzeichen.

Am späten Vormittag interviewten wir Herrn Palha, einen vierundachtzig Jahre alten Beamten, hier geboren und aufgewachsen. Wir wollten mehr über das Leben in dieser Stadt während der Kolonialzeit erfahren. »Früher?«, fragte er und erzählte begeistert vom Leben in Quelimane in den Vierzigerjahren. Als ich versuchte, ihn auf die Siebzigerjahre zu bringen, die Zeit unmittelbar vor der Unabhängigkeit, wurde er zornig: »Das war doch gestern. Sollte ich nicht von früher erzählen?«

Irgendwann begann eine Art Wettbewerb, wer das exotischste Essen kennt.

»Boas …«, fragte der Alte. »Haben Sie schon einmal eine Boa gegessen?«

»Ja, in einem Hotel in Kinshasa habe ich einmal Boa probiert.«

»Und Elefantenrüssel?«

»Nein, das noch nicht.«

»Ah, Elefantenrüssel schmeckt wie Salami.«

»Gürteltier habe ich einmal gegessen, in Pernambuco …«

»Gut, und ich rote Heuschrecken. Und Sie?«

»Nein, Heuschrecken habe ich noch nie gegessen.«

»Und Sirenen? Einmal habe ich eine Sirene gefangen, auf einer Insel in der Nähe von hier, ein kleines Tier, so klein«, und seine Hände deuteten einen halben Meter an. »Sie hatte einen Schwanz wie ein Fisch, das Gesicht eines Menschen und einen hässlichen Bart. Haben Sie schon einmal Sirene gegessen?«

»Nein, nein!«

»Sollten Sie aber. Das Fleisch ist gut. Es hat mir sehr gut geschmeckt. Zebra dagegen fand ich bitter.« Er schaute angewidert. »Zebra taugt nichts.«

Karen fragte erstaunt nach: »Das war wahrscheinlich ein junger Dugongo. Diese Sirene, meine ich. Dugongos sind Säugetiere mit einem Fischschwanz und einer Schnauze, die an ein Gesicht erinnert. Sie werden oft für Meerjungfrauen gehalten.«

»Nein, nein!«, widersprach ihr der Alte, unwirsch wegen der Unterbrechung. »Ich weiß sehr wohl, was eine Sirene ist. Das war eine!«

Und redete dann weiter über Zebrafleisch.

# Wir müssen reden!

Eine niedrige, weiß gestrichene Mauer. Auf der einen Seite, unserer, verläuft die Straße. Auf der anderen tobt still die Natur: eine zerzauste Vegetation, halb unter Schlamm vergraben[11]. Dahinter die undurchdringliche Masse des Wassers, von nächtlichem Blau, weiter weg das herbe Grün kleiner Inseln, und schließlich als Kulisse des Ganzen die unermessliche Ruhe des Himmels.

Die Stadt endet an der Mauer.

---

Eine Grenze.

Die Natur fügt sich und überquert diese Mauer nicht, doch sie gestattet auch nicht, dass die Zivilisation – nennen wir sie einmal so – auch nur einen Fuß auf die andere Seite setzt. Rostige Schiffe lehnen wie tote Träume an der soliden Mole aus Stahlbeton.

---

11 Ich male mir aus, was sich unter dem Strauchwerk verbirgt, die verschlungenen Wurzeln, übereinanderliegende Schichten von Wurzeln und das Gewicht der Jahrhunderte an Schlamm und Schlick: uralte Monster, blind und mit kupfernen Schuppen, langen schnurrbartgleichen Fühlern, angepasst an das Leben in der Tiefe. Scheußliche, bärtige Sirenen, die Skelette der flüchtigen Sklaven. Die Rüstungen der Edelleute aus Goa, darin deren Überreste. Ihre Windhunde mit goldenen Ketten um den Hals. Schätze in Truhen. Schiffe und Barken. Dário, mein Vater, glaubte oder behauptete zu glauben, es gebe unter dem Wasser des Flusses eine Welt wie die unsere, in der jedoch alles umgekehrt sei wie in einem Spiegel.

Wir sitzen an einem der kleinen Plastiktische eines Café-Restaurants, das sicher schon bessere Tage gesehen hat. Vor uns der Fluss. Bartolomeu zeigt auf eine Reklame, die jemand auf die Mauer gepinselt hat: »Wir müssen reden! Günstigste Tarife, nur bei Mcel.«

»Wir müssen reden! Eine gute Idee. Jetzt, wo wir endlich mal alleine sind, lass uns reden. Ein ernstes Gespräch, ich und du ...«

Ich schaue ihn misstrauisch an. Mandume ist mit Pouca Sorte irgendein Ersatzteil für Malembelembe suchen gegangen. Wir haben zwei Zimmer in einer familiären Pension namens Vila Nagardás gemietet. Dona Ana Lacerda ist nicht in Quelimane. Wir hatten sie angerufen – eine Heilerin mit Handy! – und sie hatte erklärt, sie sei in den Norden gereist, um Kräuter und Wurzeln zu kaufen. Sie käme morgen zurück.

Ich versuche zu lächeln. »Du willst reden, worüber?«

»Über uns!«

»Über uns? Über uns ist der Himmel.«

»Über uns beide, es ist so verwirrend, wie ein Knoten ...«

»Ich bin weder Matrosin noch Pfadfinderin. Von Knoten habe ich keine Ahnung, aber vielleicht fragst du mal Alçada Baptista. Auf einer Buchmesse soll mal ein Typ begeistert auf ihn zugekommen sein und ihm sein Buch ›Os Nós e os Laços‹, ›Die Knoten und die Seile‹, hingehalten haben. ›Dieses Buch suche ich seit Jahren‹, soll er gesagt haben. Ein alter Seemann ...«

»Ja, das ist lustig, aber damit kommst du bei mir nicht durch. Sag mal, in Kapstadt bist du in mein Zimmer gekommen, und wir hatten Sex, oder habe ich das geträumt?«

»Natürlich hast du das geträumt! War es denn ein schöner Traum?«

»Ja. So schön, dass dein Geruch den ganzen Tag auf meiner Haut geblieben ist. Noch heute spüre ich deinen Duft, kannst du das glauben? Ich könnte dich unter Dutzenden Frauen erkennen, nur am Duft ...«

»Mein Gott! Ich bin noch nie so gedemütigt worden. Aber danke für die Aufrichtigkeit. In Zukunft werde ich öfter duschen und sollte wohl auch lieber ein anderes Deodorant ausprobieren.«[12]

»Du wirst rot!«

»Ich, rot? Ich habe dunkle Haut. Ich werde nicht rot.«

»Ja, du hast dunkle Haut. Das ist mir auch aufgefallen, als wir uns geliebt haben. Sehr dunkel und sogar für mich ungewohnt. Trotzdem bist du rot geworden. Ist es dir peinlich?«

»Ja, ist es. Du weißt doch alles, dann erklär mir mal, warum dieser Fluss hier Bons Sinais – Gute Vorzeichen – heißt.«

»Wenn ein Mann und eine Frau sich an sein Ufer setzen und über Liebe sprechen, und die Frau versucht, das Thema zu wechseln, ist das ein gutes Zeichen. Es bedeutet, dass der Mann sich Hoffnungen machen darf.«

»Aha! Ich hatte gehofft, du könntest besser lügen. Bist du nicht Schriftsteller?«

»Es gibt eine andere Legende. Eines Nachmittags, die Sonne ging bereits unter, traf ein Mann eine Frau, ungefähr hier, wo wir jetzt sind, und die Frau schaute starr in den Fluss. Sie war so schön, dass er sich augenblicklich in sie verliebte. Doch an jenem Tag hatte er nicht den Mut, sie anzusprechen. Am nächsten Abend traf er die Frau an derselben Stelle wieder. Da ging er zu ihr hin und offenbarte sich. Die Frau schaute ihn schweigend an. Durch ihr Schweigen verliebte sich der Mann nur noch mehr in sie. Fortan kam er jeden Tag zur selben Stunde wieder und brachte der Frau Geschenke: Blumen, Spiegel, Capulanas, Perlenketten. Sie nahm die Geschenke, sagte aber immer noch nichts. Bis sie sich an einem wunderschönen Abend, der Himmel war klar und das Wasser des Flusses glatt und glänzend, an den Mann wandte und sagte: ›Ein gutes Vorzeichen, kommst du mit?‹

---

12 Das mit dem Geruch auf der Haut hat mich immer gestört. Trotzdem ist es sehr beliebt, Körperausdünstungen zu besingen. Aber auch darüber zu spotten, wie Fernando Pessoa in seinen Liebeserklärungen feststellte.

Und dann sprang sie über die Mauer, bahnte sich ihren Weg durch die Büsche, zog sich nackt aus und ging ins Wasser. Der Mann riss sich hastig die Kleider vom Leib und folgte ihr. Da verwandelte sich die Frau in eine Sirene und verschlang den Mann.«

Ich lachte. Er bringt mich immer zum Lachen. Ich denke, es ist sein wichtigstes Instrument der Verführung. »Und, hat es geschmeckt, das Männerfleisch?«

»Die Sirene, so sagt man, fand es ein wenig bitter.«

»Schon besser. Die Geschichte gefällt mir. Im Grunde eine neue Version der Gottesanbeterin. Du hast Angst, von mir verschlungen zu werden. Ist es so?«

»Ich glaube schon. Ich habe mich in dich verliebt, verstehst du? Ich weiß nicht, wie es passiert ist, ausgerechnet mir, wo ich doch sonst immer sehr darauf achte, Sex und Liebe nicht durcheinanderzubringen. Ich habe mich mit Haut und Haaren in dich verliebt.«

»Schwachsinn! Du bist ein Jäger. Jäger jagen, sie verlieben sich nicht in ihre Beute.«

»Sicher, da hast du recht. Ich schwöre dir, das ist mir noch nie zuvor passiert. Ich bin selbst erschrocken. Einerseits will ich für immer bei dir bleiben, in deinen Armen alt werden. Siehst du, schon rede ich Unsinn, krankhaft. Und auf der anderen Seite will ich so schnell wie möglich verduften, verschwinden, in mein früheres Leben zurück. Nie mehr Unsinn reden. Und außerdem bin ich eifersüchtig auf deinen Freund, ich, der ich dieses kleinbürgerliche Gefühl gar nicht kannte, dieses kleine, bürgerliche Gefühl, wie du willst. Ich kann den Muadiê nicht mehr ertragen.«

»Reiß dich zusammen. Unsere Reise ist fast zu Ende.«

»Und dann? Was passiert dann?«

»Danach fährst du nach Luanda zurück, in dein kleines Leben …«

»Ich weiß nicht einmal, ob ich ein Leben habe, und sei es auch klein.«

»Noch mehr Unsinn?«

»Im Ernst. Glaubst du, das fällt mir leicht?«

»Was willst du? Dass ich dir antworte? Wenn Mandume Verdacht schöpft, welchen auch immer, bringe ich dich um. Es ist nichts zwischen uns gewesen, verstehst du? Auch dieses Gespräch hier hat nie stattgefunden.«

»Bitte, Laurentina ...«

Ich stand auf und ließ ihn sitzen, mit einer anderen Laurentina – der blonden; der Flasche, nach der ich benannt bin. »Das Kind soll Laurentina heißen«, hatte Alimas Mutter gesagt, als sie mich in Doroteias Arme legte. »So hätte meine Tochter es genannt. Der Vater des Kindes wollte, dass sie so heißt. Sie waren sich sicher, dass es ein Mädchen wird.« Hat mir Dário erzählt. Vermutlich – glaube ich zumindest – trank Faustino Manso gerade ein Laurentina-Bier in irgendeiner Bar auf der Insel, als Alima ihm sagte, dass sie schwanger sei. Mein Vater hat alle seine Kinder nach dem benannt, was er gerade trank, als er die Nachricht von ihrer Existenz erhielt.

# Das Haus

Von der Straße her ähnelt das Haus einem großen erschöpften Tier. Eine massive Steintreppe führt zum Haupteingang hinauf. Der ganze Stolz des alten Hauses ruht auf dieser Treppe; alles, was an ihm intakt geblieben ist und bleibt, hartnäckig in seinem Widerstand gegen die Zeit und schlechte Tage, wie eine armselig gekleidete Frau, die unter sengender Sonne einen seidenen Schirm hält. Im großen Salon schauen Dona Ana Lacerdas Großmütter auf uns herab, feierlich, aus schweren vergoldeten Bilderrahmen. Ebenfalls noch vom früheren Prunk übrig geblieben sind ein halbes Dutzend massiver Holzstühle in indisch-portugiesischem Stil und ein endlos langer Tisch, der die gesamte Mitte des riesigen Raumes einnimmt.

»Dieses Haus«, sagte ich, »hat eine Seele. So als würde es leben.«

Dona Ana Lacerda schaute mir direkt ins Gesicht, als sähe sie mich zum ersten Mal.

»Eine Seele? Mehrere Seelen. Hast du sie bemerkt? Ich glaube, du kannst sie spüren. Du bist ein sensibles Mädchen. Gib mir deine Hand. Lege sie hier auf die Wand. Spürst du?«

Heiß! Ich zog die Hand zurück, staunend, stumm, ohne zu wissen, was ich davon halten sollte. Die Frau beobachtete mich mit leuchtenden Augen.

»Verstehst du? Dieses alte Haus hat Fieberschübe. Manchmal, in ganz bestimmten Regennächten, spüre ich, wie es zittert. Das erschreckt mich manchmal. Und natürlich die Stimmen …«

»Stimmen?« Mandume schaute sie entgeistert an. »Was für Stimmen?«

»Hat Juliana euch nichts erzählt? All diese Leute …«, und dabei zeigte sie auf die Bilder an der Wand, »all diese Leute unterhalten sich nachts. Unterhalten trifft es nicht wirklich. Habt ihr schon einmal mit Mondsüchtigen in einem Zimmer übernachtet? Der eine sagt etwas, ein anderer antwortet, aber meistens scheint es keinerlei Verbindung zu geben zwischen dem, was der eine fragt und was die anderen antworten …«

Mandume wiegte den Kopf. »Unsinn! An so etwas glaube ich nicht!«

Bartolomeu blitzte ihn an. »Ich bin sicher, es gibt so manches, woran du nicht glauben willst, Bruder, aber dein Unglaube ändert nichts daran, dass es existiert, überall ein bisschen und hier vor allem, unter Afrikas Himmel. Die Realität hat mehr Fantasie als du.«

Dona Ana de Lacerda lächelte. Ein spöttisches Lächeln. Ihre Brille, rund, silbern und mit dunklen Gläsern, ließ sie wie eine rebellische Intellektuelle aussehen. Ihre Haare und die Kleidung verstärkten diesen Eindruck: Black-Power-Frisur, orangefarbenes Hemd, indische Patchwork-Weste, ein weiter Wickelrock bis zu den Füßen mit einem schönen Orchideenmuster und eine bis auf die Brust hinabfallende bunte Perlenkette. Wie ein aus der Zeit gefallener Hippie.

»Mein Junge, dieses Haus ist voller Stimmen …«

Sie erzählte uns, dass ihre Mutter, Dona Conceição, schon als Kind Stöhnen und Klagen aus der Wand neben ihrem Bett gehört habe. Für ihren Vater, Pascoal de Menezes e Lacerda, einen verbitterten Witwer, war die Tochter alles, was ihm von der Familie geblieben war. Er konnte ihr nichts abschlagen. Um das Kind zu besänftigen und ihm zu beweisen, dass es keine Geister gab, ließ er die Wand niederreißen. Und entdeckte dahinter eine winzige Kammer, eine Art Schrank mit eisernen Handschellen, die in die Wand eingelassen waren und an denen das Skelett einer Frau hing. Daneben lagen die zerfallenen Knochen eines Säuglings. Da erinnerte sich Pascoal de Menezes e Lacerda an eine Geschichte, die ihm schon als Kind Angst gemacht hatte: Sein Großvater hatte von einer jungen, schönen Sklavin erzählt, die auf Befehl ihrer Herrin lebendig eingemauert worden war, weil man sie in wildem Liebesspiel mit ihrem Ehemann (also dem der Herrin) erwischt hatte.

»Geschichten!«, brummte Mandume. »Dieser Großvater von Ihnen hat wahrscheinlich Poe gelesen.«

»Ganz sicher«, pflichtete Dona Ana de Lacerda ihm freundlich bei. »Möchten Sie die Skelette sehen?«

Es waren keine vollständigen Skelette mehr, sondern ein halbes Dutzend trauriger Knochen in einer Metallschachtel von Delespaul-Havez, auf der acht gezeichnete Kinder Schokolade essen. Die Schachtel wurde im »Schrein der Sklavin« aufbewahrt, unter der Eisenfessel. Ich fand es gruselig. Mandume sagte den Nachmittag über nichts mehr.

# Beredte Muscheln

Lange, feine Finger. Sorgfältig kirschrot lackierte Fingernägel. Eine erloschene Zigarette zwischen Mittel- und Ringfinger. Dona Ana de Lacerda hat keinerlei Ähnlichkeit mit der Vorstellung, die ich von ihr hatte. Sie bot uns Tee und Cashewkuchen an. Als wir uns unterhielten, legte sie eine CD des Conjunto João Domingos auf, »Live in Macau«.

»So was hörten wir damals. Ich habe oft zur Musik des Conjunto João Domingos getanzt ...«

»Sehnen Sie sich nach dieser Zeit zurück?«

»Ob ich mich sehne? Ich finde es schade, dass ich nicht mehr so einen Busen habe wie du. Ich habe Sehnsucht nach der Zeit, in der die Männer mir hinterherschauten und seufzten. Wenn mich ein Mann damals auf der Straße ansprach, dann mit Sicherheit, um mir ein Kompliment zu machen. Heute höchstens noch, um nach der Uhrzeit zu fragen.«

»Das stimmt doch nicht! Sie haben sich sehr gut gehalten ...«

Dona Ana de Lacerda wischte mein Mitgefühl mit einer beiläufigen Geste weg.

»Von den Titten einmal abgesehen, sehne ich mich nach gar nichts zurück. Die Gegenwart ist die Gegenwart! Wir müssen sie aufbrechen und genießen. Ich schaue nie zurück. Ich schaue in die Zukunft. Ich gewinne die Gegenwart, indem ich in die Zukunft schaue. Aber du bist nicht an dieses Ende der Welt gekommen, um mich über Vergangenheit, Gegenwart und Zukunft philosophieren zu hören. Du willst, dass ich dir von Faustino erzähle, so ist es doch? Ach, Faustino Manso! Er ist gestorben, nicht wahr? Er war nicht der, der er zu sein schien.«

»Wie das?«

»Das ist etwas, was du selbst herausfinden wirst. Er hat sich gewiss ein paar Feinde gemacht wie wir alle. In seinem Fall vor allem unter den unzufriedenen Ehemännern. Aber eins kann ich dir versichern, du wirst keine einzige Frau finden, die es bereut hätte oder wütend darüber wäre, mit ihm geschlafen zu haben. Faustino war wie ein freundlicher Spiegel. Eine Frau, die ihn anschaute, kam sich immer schön vor.«

Sie lachte. Wenn sie lacht, ähnelt sie Juliana (ja, ich weiß, es ist umgekehrt). Sie nahm sich noch einmal Tee und reichte mir ein Stück Kuchen. Und in diesem Moment fühlte ich mich zum ersten Mal als Mosambikanerin, in vollkommener Harmonie mit diesem alten Haus und dieser alten Stadt, in der sich im Verlauf der Jahrhunderte Araber, Portugiesen und Inder im Guten wie im Schlechten zusammengetan haben, von den verschiedenen afrikanischen Völkern einmal ganz abgesehen, die Vasco da Gama empfingen, als er 1498 hier landete. Dona Ana de Lacerda bemerkte, wie bewegt ich war.

»Das Haus heißt dich willkommen.« Sie nahm die Brille ab, und ich sah ihre hellwachen sphinxartigen Augen. »Es ist dein Haus.«

Dann stand sie auf und zog mich an der rechten Hand hinter sich her.

»Es tut mir leid, ihr jungen Leute«, sagte sie zu Bartolomeu und Mandume. »Laurentina und ich müssen uns unterhalten. Lange. Dort hinten steht ein Schachbrett. Es hat meinem Großvater gehört. Warum spielt ihr nicht ein bisschen? Es ist ein Duell für Kavaliere, und am Ende ist keiner beleidigt.«

Das Zimmer, in das sie mich führte, leuchtete in einem intensiven seidigen Zwielicht. Das einzige Fenster war von einem langen roten Vorhang verdeckt. Ein zweiter Vorhang, noch röter als der andere, verdeckte die Wand gegenüber fast vollständig. Am Kopfende des Bettes wurde das Licht der Vorhänge von einem alten Spiegel mit einem kupferfarbenen, sehr aufwändigen Rahmen reflektiert. In einer Ecke, auf einer Art Altar, betete eine wunderschöne Heilige Jungfrau, sehr bleich, die Augen an die Zimmerdecke gerichtet, und vor ihren zierlichen nackten Füßen schlief ein Drache wie ein verletzter Hund. Rote Kerzen, schwarze Kerzen, von denen das Wachs heruntertropfte und wundersame Figuren bildete. Brennende Räucherstäbchen, ein Duft nach Zedernholz in der stehenden Luft. Ich setzte mich auf die Bettkante. Dona Ana de Lacerda holte einen kleinen Beutel aus der Schublade ihres Nachtschränkchens, zog einen Hocker und einen Stuhl zum Bett und setzte sich vor mich hin. Dann legte sie ein gesticktes Tuch auf den Hocker und schüttete den Beutel darauf aus. Muscheln. Viele verschiedene Muscheln, schwarz und vom häufigen Gebrauch abgegriffen.

»Entspanne dich«, sagte sie. »Du musst keine Angst vor dem haben, was jetzt passiert. Nicht ich lese die Muscheln, sondern mein Großvater, der alte Pascoal.«

Sie nahm ihre Brille ab und legte sie auf den Hocker. Dann schwieg sie für ein paar Minuten und strich über die Muscheln. Plötzlich verdrehte sie die Augen, ihr Körper erbebte, und ich konnte deutlich das Knacken der Knochen in ihrem schlanken Körper hören. Sie streckte sich, und ihr Gesichtsausdruck änderte sich, sie schob das Kinn nach vorn, die Augenbrauen bogen sich. Sie räusperte und dann sprach sie mit einer Männerstimme, betont, heiser, mit starkem lokalen Akzent. »Guten Abend, hallo, einen wunderschönen guten Abend …«

Dann nahm sie die Muscheln mit beiden Händen und ließ sie auf das Tuch fallen. Beugte sich über sie. »Was sehe ich da!«

Sie schüttelte unzufrieden den Kopf und schaute mich sehr ernst an. Murmelte ein paar Worte in einer runden, strahlenden Sprache. Dann warf sie die Muscheln wieder und wieder.

Langsam wurde ich unruhig. »Was ist los?«

»Geduld, Mädchen!«, murmelte sie und zwirbelte mit der rechten Hand einen imaginären Schnurrbart. »Nur Geduld, ich sehe wohl, dass du dich an einem Scheideweg befindest. Ah ja! An einem Scheideweg. Eine schöne Frau, eine rätselhafte Frau, ach ja, wie doch die Männer rätselhafte Frauen lieben ...« Dann warf sie die Muscheln noch einmal. Folgte ihren Umrissen mit dem Zeigefinger. Sie wirkte nun äußerst konzentriert. Ihr Gesicht glänzte vor Schweiß. »Deine Mutter, deine Adoptivmutter, ist kürzlich verschieden, nicht wahr?«

Ich bestätigte es, erschrocken. »Sie ist im Januar gestorben.«

»Sie starb im Streit mit deinem Vater. Die zwei haben viel gestritten, nicht wahr? Und das macht dir mehr aus, als du glaubst. Männer machen dir Angst. Du lässt dich nie vollständig auf sie ein. Je mehr sie sich anstrengen, je verliebter sie sich geben, desto mehr versuchst du, dich wieder von ihnen zu distanzieren. Und natürlich, je kälter du wirst, je distanzierter du dich gibst, umso verliebter werden die Männer. Nein, du musst mir nicht antworten ... Ganz egal, jedenfalls musst du etwas tun, um den Geist deiner Mutter zu besänftigen ... Ah, unsere große Reise wird so schnell nicht enden, aber danach wirst du eine andere Frau sein. Auf einer Insel, der Ilha de Moçambique, denke ich, wirst du deine wirkliche Mutter finden, sie erwartet dich ... Du hast eine Mutter verloren, wirst aber eine neue finden, nur wenige Menschen haben dieses Glück ... Ich sehe Gefahr ... Tod, ja, kein Zweifel, den Tod ... ein Fremder«, seufzte sie und zwirbelte wieder den unsichtbaren Schnurrbart. »Mach dir keine Sorgen, er betrifft dich nicht direkt ... Was dein Herz angeht, wirst du dich entscheiden müssen, aber das weißt du selbst und ich kann dir nicht helfen ... Das Leben besteht aus Entscheidungen, eine Tür öffnet sich, eine andere verschließt sich ... Ich weiß, das ist ein Klischee, und du hältst nichts von Klischees ... Nennen wir es also freien Willen, ha, ha! Wir können selbst den Weg wählen, den wir gehen wollen, und das ist es, was dieses Spiel, das Spiel des Lebens, so interessant macht. Du hast allerdings noch einen dritten Weg: Du kannst beide behalten. Du lachst? Dona Ana de Lacerda, meine Enkelin, hatte zwei Männer zur gleichen Zeit. Erst lernte sie Faustino kennen, ja, ja, den Angolaner, doch dann verliebte sie sich in einen Portugiesen. Sie waren sehr unterschiedlich, die beiden, hatten

Vorzüge, auch schlechte Seiten, aber sie war nicht in der Lage, eine Entscheidung zu treffen. Natürlich ist auch das eine Entscheidung. Also erzählte sie es beiden. Faustino sagte, er könne es verstehen, auch er habe schon zwei Frauen gleichzeitig geliebt, sogar mehr als zwei. ›Auf diesem Gebiet bin ich Weltmeister‹, hatte er behauptet. Das war eine Lüge, natürlich. Sein ganzes Leben hat er nur eine einzige Frau geliebt, die erste: Dona Anacleta. Meine Enkelin hielt er übrigens, glaube ich, für eine Kurzfassung von ihr. Bei der Liebe stöhnte er ›Ach Ana! Ana!‹, und sie konnte auch den Rest des Namens hören. Doch die Frauen mochten ihn trotzdem. Den Lump, ha, ha! Ja, ja, sie mochten ihn. Sie sagten: Auch wenn du uns nicht liebst, liebst du uns mehr und besser als die meisten anderen Männer. Aber zum Thema zurück: Faustino fand sich mit der Situation ab, der Portugiese war nicht so glücklich. Aber er liebte meine Enkelin wirklich. Eine Zeit lang ging es gut mit Dona Ana und ihren zwei Ehemännern, ohne dass der Rest der Stadt es bemerkte. Sie vermietete Zimmer, das tut sie immer noch, davon lebte sie, also hatte sie immer die unterschiedlichsten Gäste im Haus. Doch der Portugiese hielt es nicht aus. Eines Tages ging er fort. Er hinterließ einen Abschiedsbrief. Noch heute weint Dona Ana, wenn sie ihn liest. Es gibt nichts Traurigeres und auch nichts Schöneres als einen Abschiedsbrief.«

Die Sonne war untergegangen. Es war dunkel geworden, ohne dass wir es bemerkt hatten. Dona Ana de Lacerda ließ die Muscheln fallen. Schüttelte ihren Körper lange, und ihr Gesicht bekam seinen normalen Ausdruck wieder. Dann stand sie auf und schaltete das Licht ein. Ihre Hände zitterten von der Anstrengung. Mit einem Tuch wischte sie sich den Schweiß von der Stirn. Als wir ins Wohnzimmer zurückkehrten, erklärte Mandume gerade Schachmatt. Triumphierend drehte er sich zu mir.

»Zack! Ich habe einen Angolaner getötet!«

Nein, mit diesen beiden würde der dritte Weg nicht funktionieren.

# Aphrodisiakum, Afrodisiakum

Der Inhaber des Restaurants, in dem wir zu Abend essen, ist ein alter Mann mit lebhaften Augen, sehr dünn und hoch aufgerichtet, immer mit einem eleganten Filzhut auf dem Kopf. Er sagt, er könne sich an Faustino Manso erinnern.

»Er war ein ganz ruhiger Typ, diskret, aber man durfte ihm kein schönes Mädchen zeigen. Kaum schaute man einmal weg, vernaschte er einem die Frau, die Töchter und sogar die Mutter, wenn das Alter passte. Es gibt Leute, die ertragen nicht einmal mehr seine Musik. Ich kenne einen, der ist allergisch. Ich brauche zum Beispiel nur ›Luanda ao Crepúsculo‹ auflegen, und der Typ verschluckt sich, hustet und bekommt keine Luft mehr. Wissen Sie, was Faustinos Spitzname war, hier unter uns, in Quelimane?« Und er zwinkert mir zu, als er mir noch ein Bier hinstellt. »Aphrodisiakum. Ich meine, Afro-disiakum …«

# Bier, Lupinenkerne und Geschichten

Faustino, Afrodisiakum!

Korrekt wäre natürlich Afro-latino-disiakum.

Laurentina gefiel dieser Spitzname gar nicht. Großvater hätte wahrscheinlich darüber gelacht. Er lachte gern über sich selbst. Immer wenn ich bei ihm zu Hause vorbeischaute, nahm er mich mit auf die Veranda, bot mir einen Stuhl an, ein Bier und Lupinenkerne, manchmal auch ein Tellerchen mit Krabben, und dann setzte er sich zu mir und erzählte aus seinem Leben. Ich hörte ihm gern zu. Manchmal erzählte er von Quelimane. Vom Jagen, von Angelpartien. Und auch, wie ihn einmal ein Schuss ins Bein getroffen hatte; er zeigte mir die Narbe. Ein Jagdunfall.

»Ein Jagdunfall, Großvater, oder ein gehörnter Ehemann?«

»Nein, lieber Enkel!«, lachte er herzlich und klopfte mir verschwörerisch auf die Schulter. »Ein Ehemann, der noch nicht betrogen worden war!«

Ein dicker Angestellter der mosambikanischen Eisenbahn, verheiratet mit einer garstigen Frau, die für ihren schlechten Atem berühmt war – einem derart perversen Gestank, so Faustino, dass sogar die Bäume ihre Blätter abwarfen. Der Dicke hatte ihn angeschossen, damit seine Freunde glauben sollten, der Angolaner habe auch ihn gehörnt. Dass seine Frau vermutlich die einzig Tugendhafte im ganzen Umkreis war, machte ihm zu schaffen.

Manchmal hatte ich den Eindruck, Faustino machte sich über mich lustig und dachte sich diese Geschichten nur aus, um mich zu beeindrucken und sich später im Biker mit seinen alten Freunden über meine Gutgläubigkeit zu amüsieren. Dass er bei der Jagd von einem Schuss getroffen worden war, glaubte ich ihm, die Narben waren ja da, kurz unter dem Knie, als Beweis; aber was den Rest angeht, bin ich mir nicht sicher.

*Ilha de Moçambique*
*Samstag, 19. November 2005*

Heute Nachmittag sind wir auf der Ilha de Moçambique angekommen. Ursprünglich hatten wir geplant, den ganzen Weg über Land zurückzulegen, doch leider sind wir spät dran, und unser Budget ist längst überschritten. Also entschlossen wir uns, Quelimane, die sechste Stadt auf Faustino Mansos Weg, auszulassen, und sind direkt von Maputo nach Nampula geflogen. In Nampula, auch so einer verlassenen Stadt in kolonialem Gewand – breite, aber leere Straßen, unter unüberwindlicher Müdigkeit gebückte Häuser –, mieteten wir ein Taxi. Der Fahrer hieß Bem, eine Verkleinerungsform von Benigno, wie er sagte, Benigno Meigos, was für mich wie ein wunderbares Vorzeichen klang.

Bis 1898 war die Ilha die Hauptstadt Mosambiks. Bevölkert von Arabern, Portugiesen, Indern und verschiedenen afrikanischen Völkern der Küste, hat die Stadt im Verlauf der Jahrhunderte ein reiches Geflecht an Erinnerungen gesammelt. Nur wenige Orte von so geringen geographischen Ausmaßen sind je in der Lage gewesen, so viele Dichter zu begeistern.

Nelson Saúte und António Sopa haben Dutzende von Gedichten zusammengetragen, die von Muhipiti, so hieß die Insel ursprünglich, inspiriert wurden, und sie in einem Buch veröffentlicht, das 1992 bei Edições 70 in Lissabon erschienen ist: »A Ilha de Moçambique Pela Voz dos Poetas« (»Die Ilha de Moçambique in den Stimmen der Dichter«). Die folgenden Auszüge, mit Ausnahme der Verse von Jall Sinth Hussein, stammen aus diesem Buch:

Tomás António Gonzaga: »Nach Mosambik hin wurde ich verbannt / Den Kopf unbedeckt unter sengender Sonne; den Spott harter Strafe ertrug ich / Vor den Afrikanern, frommen, freundlichen

Menschen. / Dank, Alcino, mein Freund, / Dank unserem Stern! / Bettelte ich nicht, hier bettelt niemand; / Die Afrikaner mitleidigen Herzens, / Noch bevor die Hand des Elenden sich ausstreckt, / Eilen ihm eifrig zu Hilfe. / Dank, Alcino, mein Freund, / Dank unserem Stern!«

Rui Knopfli: »[…] langsam gehe ich deine bedächtigen straßen wieder / wege stets offen zum meer, / weiße und gelbe, veredelt / von zeit und salz, eine langsamkeit / brahmanisch (oder muslimisch) liegt in der luft, / im blut, so sanft wie die sonne / auf die dinge fällt und sie langsam behelligt / mit dem licht der ewigkeit.«

Jall Sinth Hussein: »Die leeren Straßen voll Wind / wie ein Gott schauen die riesigen Wände der Festung auf alles / der Sand lang und glatt und das schüchterne Meer / die wie Ruinen verlorene Sprache / in der Hand das Seepferdchen und Träume / Zeit ohne Ankunft und ohne ein Fortgehen // So soll es später einmal sein, mein Leben.«

Glória de Sant'Anna: »[…] Eine ganze Insel / mit silberner Schnalle / – die Festung / kräftig gebaut / aus bleichen Steinen, / die sich hergeschleppt haben. // Und Palmenhaine und Häuser / am Fuß anderer Viertel / herabgestiegen in der Erde / die sich gestaltet und aufbricht // für schwarze Menschen / so groß und stark.«

Alberto de Lacerda: »Insel, wo die Hunde nicht bellen und wo Kinder spielen / in der Mitte der Straße wie Pilger / Einer Welt, die offener ist und aus Kristall.«

Luís Carlos Patraquim: »[…] Wo wir unnütz sind / pure Objekte der Natur. Eine Palme / aus Glasperlen und Sonne. Singend […]«

Die Ilha de Moçambique ist mit dem Festland durch eine sehr lange Brücke verbunden, die so schmal ist, dass zwei Autos nicht aneinander vorbeikommen. Man muss ein Signal abwarten, um hinaufzufahren. Von Weitem sieht sie aus wie ein Tau. Sollte es einmal reißen, was, so fürchte ich, jeden Moment geschehen kann, wird sie sich von der Küste entfernen und orientierungslos in Richtung einer toten Zeit treiben. Die heruntergekommenen Häuser, die Bäume, die Statue von Vasco da Gama vor dem alten Gouverneurspalast, alles wird demokratisch von einem Schleier aus Staub und Vergessen bedeckt. Wir gingen durch die gewundenen Gassen spazieren. Jordi fotografierte einen Alten auf dem christlichen Friedhof, neben einer Urne. Ein gutes Porträt: der Mann mit dicker Sonnenbrille, Kappe auf dem Kopf, ein blaues, offenes Hemd, das die blanke Brust erkennen lässt, und ein ungeahntes schauspielerisches Talent. Er fotografierte einen Jungen im Bazar, der auf dem Tresen stand, hinter ihm die bunten Regale: Seifen, Konservendosen, Wasserflaschen, Kekspackungen, Chipstüten. Im Fernsehen lief eine von den Vereinten Nationen geförderte Sendung. Außerdem fotografierte er einen Schneider in seiner Werkstatt. Reisigwände, ein Kalender mit einem orange gestrichenen Holzhaus, das in einer kahlen Landschaft steht. Ich erkannte das kleine Haus (oder meinte es zu erkennen). Plötzlich bekam ich das Gefühl, diesen Moment schon einmal erlebt zu haben. Der Mann lächelte (lächelt für immer auf der Fotografie) hinter einer alten Singer-Nähmaschine hervor.

Dann kehrten wir ins Hotel Omuhipiti zurück, wo wir wohnten, zogen uns um und gingen dann an den kleinen Strand hinunter, der hinter dem Hotel zwischen der Festung São Sebastião und einem alten, verfallenen Lagerhaus eingezwängt ist. Der Strand wird Nacarama genannt, das Macua-Wort für Löwe, weil man in den Ruinen der Lagerhäuser oben auf dem First noch eine kleine Löwenstatue erkennt. Das sei der einzige Strand, sagte uns Ben, an dem man einigermaßen sicher baden gehen könne. Die anderen dienten schon immer als riesige öffentliche Bedürfnisanstalt. Mir fielen die Verse von Jorge de Sena ein (ich hätte sie auch vorhin schon zitieren können), in denen er an Camões erinnert, der hier, wo Mosambik seinen Anfang nahm, ebenfalls vorbeigekommen ist:

»Alles ist hier vorbeigezogen – Almeidas und Gonzagas, / Bocages und Albuquerques, der erste war Gama. / In diesen Zeiten entstand der Zauber / dieses kleinen städtischen Weilers / aus Weißen, Schwarzen, Indern und Christen, / Muslimen, Brahmanen und Atheisten. / Europa und Afrika, Brasilien und Indien, / alles begegnet sich in dieser Hitze / so weiß wie der Kalk im Hof der Festung und so stürmisch / wie die Eleganz der einfachen Kreuzrippen / der kleinen Kapelle der Bastion. / Hier liegen in verlorenen Quadern / die Namen all der Leute, die, / wie heute die Schwarzen, den Klippen sich näherten, / die Hosen herunterließen und dem Meer / die übelriechende Notdurft ihres Lebens übergaben. / Nicht aus Bronze, kein Lorbeer um den Kopf / keine Verse schreibend sehe ich dich hier. / Sondern in der Ecke kauernd wie ein Seemann / und den die Felsen leckenden Nymphen übergebend / was Hunger und Glorie der Epopöe / in dir verdaut haben […]«

Jordi hielten Senas Verse nicht ab. Er stieg ins Wasser und ließ sich nach einigen energischen Schwimmzügen auf dem Rücken treiben. Und sagte: »Ich würde so gern die Farbe dieses Meeres fotografieren.«

»Man kann aber nicht alles fotografieren, mein Lieber. Auch Fotografie ist keine Wahrheit, nur eine Annäherung.«

»Nein. Sie ist eine andere Wahrheit. Zeigt verschiedene Wahrheiten.«

Wahrscheinlich hat er recht.

# Die Terrasse unter dem Frangipanibaum

Laurentina ist in letzter Zeit sehr gereizt und müde. Ihr ist schlecht geworden, und gestern Abend ist sie in Ohnmacht gefallen, als wir in unsere Pension zurückkehrten. Ich machte ihr Tee, massierte sie mit Mandel- und Kamilleöl (nach einem eigenen Rezept), ließ sie heiß baden, und endlich schaffte ich es, dass sie einschlief. Als sie aufwachte, war sie wieder gut gelaunt. Heute früh umrundeten wir die Insel in einem alten Fischerboot. Vom Meer aus erschien sie noch kleiner und verfallener. Zu Mittag aßen wir im Restaurant O Paladar von Dona Kiu-Kiu, der Tochter eines Chinesen und einer schwarzen Dame, die ihrerseits mit einem Araber verheiratet ist, mit dem sie fünf Kinder hat. Eine ihrer Töchter ist mit einem Inder verheiratet, die anderen mit Mischlingen, Beispiel für eine Melange der Hautfarben, die Bartolomeu, wie erwartet, begeisterte. Ich wollte Dona Kiu-Kiu fragen, ob sie auf der Insel eine Frau mit Namen Alima kenne, doch Laurentina hinderte mich daran.

»Tu's nicht«, bat sie. »Ich bin darauf noch nicht vorbereitet.«

Bartolomeu zuckte mit den Schultern. Skeptisch oder beiläufig oder beides. »Es gibt wahrscheinlich viele Frauen, die so heißen, es ist ein häufiger Name hier, und am Ende ist keine von ihnen diejenige, die du suchst.«

»Ich suche meine Mutter!«

»Nein, Lau«, sagte ich. »Deine Mutter ist gestorben. Die Frau, die du suchst, weiß nicht einmal, dass es dich gibt.«

»Du hast recht! Was soll ich machen?«

»Es ist deine Entscheidung. Wir tun das, was du für richtig hältst.«

»Nein! Wir gehen den Weg zu Ende.« Bartolomeu wurde laut. Er bereute seine Skepsis von eben schon wieder. »Das hier ist keine Spielerei. Wir sind ans Ende der Welt gereist, um einen Film über das Leben von Faustino Manso zu drehen. Jetzt musst du auch diese Dame suchen und, falls wir sie finden, auch interviewen.«

»Nein, das müssen wir nicht!« Ich spürte, wie die Wut wieder in mir aufstieg. »Wir filmen die Insel. Dann machen wir noch ein oder zwei Interviews. Alima brauchen wir dafür nicht.«

Laurentina schaute mich an, schaute Bartolomeu an, und zum ersten Mal sah ich, dass sie nicht in der Lage war, eine Entscheidung zu treffen. Ich bezahlte und wir gingen hinaus.

Am Nachmittag traf ich Bartolomeu neben dem Schwimmbad unter einer strahlenden, mit Bougainvillea bewachsenen Pergola. Er unterhielt sich gerade mit dem Besitzer der Pension, einem auffällig rothaarigen Italiener namens Mauro. Im rötlichen Licht, das durch die Blüten der Bougainvillea fiel, schien sein wirrer Haarschopf zu glühen.

»Das hier ist unser Portugiese«, sagte Bartolomeu und zeigte auf mich. »Ein tropischer Portugiese.«

Mauro streckte mir seine Hand hin.

»Hallo! Ich bin Mau«, lächelte er und zeigte ein paar unglaublich strahlende Zähne. »Aber ich bin nicht wirklich mau. Die Leute hierzulande gehen nur gern sparsam mit Worten um.«

Mauro oder Mau dagegen schien keinerlei Wert auf Sparsamkeit zu legen, schon gar nicht, was Worte anging. Überhaupt hat er einen Hang zum Literarischen. Die Pension heißt natürlich »A Varanda do Frangipani« wie der Roman von Mia Couto. Ich wollte wissen, ob das Absicht sei. Da lächelte er noch breiter.

»Wir haben eine Veranda und einen Frangipanibaum, schon bemerkt?«

Schon, aber wer weiß, man hätte die Pension ja auch Bougainvilleapavillon nennen können. Auf jeden Fall hat er gute Arbeit geleistet.

Die Pension strahlt den Zauber einer alten Villa aus: hohe Decken, Dielenfußböden, Korbstühle, die in angenehm schattigen Ecken schlummern, und an den Wänden Körbe, Matten und lokales Kunsthandwerk; gleichzeitig bietet sie jeden Komfort der modernen Zeit, einschließlich des schönen Schwimmbeckens im Innenhof, und kabelloses Internet in allen Zimmern.

Mau hat ein kurioses Hobby: Er baut mechanische Insekten. Oder genauer, er baut winzige Mechanismen aus alten Uhren in Schalen von Wespen und allerlei Käfern ein. Sie stehen überall in der Pension herum, in Monstruarien, wie er sie nennt, mit gläsernen Deckeln. Manche Skarabäen flattern, bewegen die Zangen, in anderen blinken winzige blaue, rote oder gelbe Lichter. Zwei oder drei pfeifen, wenn man sie am Kopf berührt. Sie sehen aus wie Kreaturen aus Science-Fiction-Filmen wie »Blade Runner« oder in den Comics von Enki Bilal. Ich bekomme davon eine Gänsehaut. Mau zu sehen, wie er in seiner Werkstatt Käfer ausnimmt, gruselt mich noch mehr. Es liegt darin Präzision und Grausamkeit, die Geduld eines passionierten, erfahrenen Folterers.

»Was haben Sie gemacht, bevor Sie auf die Ilha kamen?«

Er schaute mich misstrauisch an. »Nichts habe ich gemacht. Darin war ich sehr gut.«

Ich hakte nach: »In Italien, meine ich. Was waren Sie da?«

»Ich bin vor vielen Jahren aus Italien weggegangen. In einem anderen Leben. Heute bin ich Mosambikaner.«

»Waren Sie nie wieder in Italien?«

»Ich sagte Ihnen doch, das war in einem anderen Leben. Niemand kehrt in seinen früheren Körper zurück.« Er zeigte auf einen der Käfer. »Ich bin wie diese Viecher hier, verstehen Sie? Von dem Leben, das ich als Italiener geführt habe, ist nur noch die Schale übrig. Was mich heute noch bewegt, ist nicht mein Herz, kein einziger lebender Muskel. Wenn ich morgens aufstehe, dann nur noch aus Trägheit. Aber wer weiß? Vielleicht bin ich ja auch halb Tier, halb Maschine.

Wenn man mich obduziert, wird man womöglich herausfinden, dass bereits alle meine Organe gegen mechanische Bauteile ausgetauscht wurden.«

Die Vorstellung schien ihm Spaß zu machen, und er erklärte noch eine gute Viertelstunde lang, welche Art von Maschinerie er sich einbauen würde, wenn er könnte. Auf einer Pinnwand aus Kork hing, auf Stecknadeln aufgespießt, ein knappes Dutzend Käfer, Grillen und Gottesanbeterinnen. Daneben Bleistiftzeichnungen von Käfern und Skizzen davon, wie sie einmal funktionieren würden, wenn er ihnen die mechanischen Teile eingepflanzt haben würde. Auch ein paar Fotos: Mau auf einem Kamel; Mau in Badehosen, eine hübsche Frau im Arm; Mau beim Angeln auf einem Boot, mit einem anderen Mann. Das letzte Bild erregte meine Aufmerksamkeit. »Den Typen da kenne ich!«

»Den kennen Sie? Das halte ich für unwahrscheinlich …«

»Doch, ich kenne ihn. Aus Luanda …«

»Aus Luanda? Das kann sein, er ist Angolaner.«

»Ich bin mir sicher. Monte, er heißt Monte. Magno Moreira Monte. Unternehmer, Dichter, Privatdetektiv …«

»Privatdetektiv? Monte?« Mauro lachte amüsiert. »Das Leben schlägt viele Kapriolen. Ich habe ein paar Jahre in Angola gelebt, Ende der Siebzigerjahre, nachdem ich Italien verlassen hatte und bevor ich mich in Mosambik niederließ. Damals habe ich Monte kennengelernt. Er beschäftigte sich mit Schmetterlingen und Käfern. Er hatte eine fantastische Sammlung. Wegen ihm habe ich angefangen, mich für Käfer zu interessieren. Bis heute tauschen wir untereinander.«

»Und was machte Monte damals?«

»Wie ich schon sagte, er sammelte Insekten.«

»Das ist mir klar, aber Sie waren überrascht, als ich erzählte, dass er heute Privatdetektiv ist. Magno Moreira Monte. Unternehmer, Dichter, Privatdetektiv. So steht es auf der Visitenkarte, die er mir gegeben hat. Ich habe es nicht vergessen.«

»Wie Sie wissen, hat sich die Welt sehr verändert. Und um zu überleben, waren die Leute gezwungen, sich mit ihr zu verändern. Monte war in den Siebzigerjahren schon Detektiv, obwohl man das, glaube ich, damals nicht so nannte. Er stand auch nicht in privaten Diensten, das nicht. Wir waren Kommunisten.«

Bartolomeu, der noch immer die mechanischen Käfer bestaunt hatte, kam nun auch, um einen Blick auf die Fotografie zu werfen. »Ach den! Den kenne ich gut. Ein Mordsbulle …«

Mau schüttelte seinen roten Haarschopf und brachte den ganzen Nachmittag durcheinander. »Verdammt! Ihr kennt euch wohl alle? Angola ist ein kleines Land.«

»Nein, nein!«, erwiderte Bartolomeu beleidigt. »Angola ist groß. Nur die Welt ist klein.«

# Alines Traum

Aline, meine beste Freundin, träumt sehr gut. Gut zu träumen ist eine seltene Gabe und wird zumindest in den europäischen Ländern nur wenig gewürdigt. In Mosambik dagegen werden Leute, die träumen können, geschätzt. Alines Träume sind verzwickt, haben plötzliche Wendungen und bisweilen sehr realistische Details, die mich mehr beunruhigen als die Handlung selbst. Aline träumt nicht nur von einem Engel, was trivial wäre, sondern sie ist in der Lage, mit diesem Engel den Großen Fermat'schen Satz zu diskutieren und später präzise die Form seiner Flügel zu beschreiben. Der mathematische Engel zum Beispiel hatte durchsichtige Flügel wie eine Libelle.

Heute fand ich in meinen E-Mails eine Nachricht von Aline, in der sie mir ihren letzten Traum erzählte. Ich zitiere: »Da ist ein Junge, der stehend eine Art Flöte spielt, krumm und spitz wie ein Säbel, auf deren Ende ein Fisch sitzt und singt. Ein zweiter Junge, der mit dem Gesicht nach unten auf dem Boden liegt, spielt Harmonika; ein dritter, der vor den anderen hockt, hält einen Vogel in der Hand. Außerdem gibt es da einen Käfig, in dem die Dämmerung pulsiert – oder ein Herz. In der Ferne stehen Häuser. Du sitzt auf einem Stuhl und beobachtest alles. Von hinten kommt ein Mann mit flammender Mähne. Wie eine Fackel. Er sagt, auf den Käfig deutend: ›Das ist mein Herz!‹, und dann knallt es und der Mann fällt um. Er hatte ein Geheimnis, das habe ich an der Dunkelheit in seiner Seele erkannt, als er fiel. Als du aufschaust, siehst du, dass der Käfig leer ist. Ein Käfer fliegt weg und hält die Sonne zwischen seinen Mundwerkzeugen.«

Seltsam, dass ich, als ich die E-Mail gelesen hatte, die Augen hob und an der Wand eine Serigrafie von Chichorro[13] entdeckte: ein Junge, der im Stehen eine Art Flöte spielt, und so weiter. Erschrocken drehte ich mich um, in der Erwartung, dass gleich der Fackelmann käme – aber nichts geschah.

---

13 Roberto Chichorro, einer der bekanntesten mosambikanischen Maler, lebt seit vielen Jahren in Lissabon. Manche nennen ihn den Chagall Afrikas. Wie Marc Chagall liebt Chichorro Musik und Bräute, Blau und schwebende Menschen. Einmal hörte ich auf einer Ausstellung eine Frau zu einer anderen sagen: »Dieser Mann muss sehr glücklich sein. Er malt nur fröhliche Menschen.« Ich sehe die Frauen, die er malt, alle haben große, träumerische Augen mit tropischer Langmut, und denke, ich wäre gern eine von ihnen.

# Ein Schuss im Morgengrauen

Heute früh wurde ich Zeuge eines Verbrechens.

Ich übernachte im Auto. Nicht nur, um Geld zu sparen, sondern vor allem, weil es mir widerstrebt, etwas, und sei es auch noch so wenig, für das zweifelhafte Vergnügen zu zahlen, mich in einem öffentlichen Bett auszustrecken und so zu tun, als schliefe ich. Noch mehr stört mich die Aussicht, womöglich tatsächlich einzuschlafen und Träume zu Ende zu träumen, die jemand anderer dort liegen gelassen hat. Die Matratzen der Hotelbetten, vor allem die in billigen Hotels, sind meist eine Ansammlung schneller, schlecht geträumter Träume, und es ist nicht ausgeschlossen, dass man sich dort den einen oder anderen versprengten Albtraum einfängt. Kennen Sie etwas, das promisker wäre, als einen Traum aus zweiter Hand zu Ende zu träumen?

Obwohl ich promisk bin, hasse ich Promiskuität.

Das ist nichts Außergewöhnliches, wenn man es genau betrachtet. Es gibt auch nur wenige Raucher, die Zigaretten lieben, sie verteidigen und bereit wären, für sie mit derselben Begeisterung zu sterben, wie, sagen wir einmal, ein Selbstmordattentäter sein Leben dem heiligen Namen von Allah und seinem Propheten opfert.

Also ziehe ich es vor, meine Nächte in meiner Malembe zu verbringen. Ich lege mich auf die Rückbank und schaue in die Sterne. Manchmal parke ich hinter dem Hotel, manchmal am Strand, manchmal auch in einer ruhigeren Ecke. Überall habe ich merkwürdige oder zumindest moralisch nur mäßig erbauliche Dinge zu sehen bekommen. Der Teufel – mahnten meine Lehrer im Seminar gern – liebt das Dunkel. Vor zwei Nächten parkte ein Auto direkt vor mir. Eine noch sehr junge Frau in einem schwarzen Trikotkleid saß am Steuer. Neben ihr ein großer, distinguierter Herr mit grauen Haaren in lupenreinem

Leinenanzug. Sie sahen mich nicht. Die Frau zog sich das Kleid über den Kopf und war dann komplett nackt. Sie öffnete die Tür des Autos, stieg aus und legte sich in den Sand. Der Mann stieg ebenfalls aus, zog sich aber nicht aus. Legte sich nur schweigend daneben. So blieben sie regungslos liegen und betrachteten den Mond, der in jener Nacht sehr rund und strahlend war. Dann stieg die Frau wieder ins Auto, zog sich an und fuhr fort. Schließlich stand auch der Mann auf. Ging langsam in Richtung Meer, bis ich ihn nicht mehr sehen konnte, verschluckt von der Dunkelheit und dem sanften Rauschen der Wellen.

In einer anderen Nacht sah ich, wie eine Alte mit einem Fisch spazieren ging. Sie trug den Fisch in einem kleinen runden Aquarium. Sie stellte es direkt an der Wasserlinie ab und tauschte mit einem Becher das Wasser aus. Der Fisch war blau und leuchtete im Dunkeln aus dem Inneren heraus. Die Alte redete mit ihm.

»Nur du und ich, Senhor Bonifácio«, hörte ich sie sagen, als sie nur wenige Zentimeter von mir entfernt vorbeiging, ohne mich zu sehen. »Niemand auf der Welt kann uns hören.«

Viele Leute kommen, um ihre körperlichen Bedürfnisse zu befriedigen. Hocken sich mit großer Selbstverständlichkeit ans Wasser. Manchmal kommen sechs, sieben, manchmal sogar mehrere gleichzeitig – und plaudern. Ein Kongress der Scheißenden.

Folgendes erlebte ich vor Kurzem, vor nicht einmal fünf Stunden: Ein Typ in orangefarbenem Trainingsanzug und mit schlecht gekämmtem Haar in derselben Farbe wie der Sand unserer Musseques in Luanda kam aus dem Hotel und ging zum Strand. Dort blieb er eine Weile stehen, unter der schütteren Krone einer Akazie. Am Horizont ging die Sonne auf wie eine Rose. Man hörte das Brummen eines Motors und kurz darauf kam ein roter Motorroller aus der Dämmerung. Er hielt direkt vor dem Orangenen. Der Rollerfahrer trug einen ebenfalls roten Helm, der sein Gesicht zum Teil verdeckte. Sie unterhielten sich einige Minuten lang ganz ruhig wie alte Freunde. Der auf dem Roller nahm eine Zigarette heraus, steckte sie an und bot sie dem Orangenen an. Der nahm zwei kräftige Züge, warf dann die Zigarette weg und trat sie aus. Nun tat er etwas Seltsames: Er richtete sich auf, reckte die rechte Faust in die Luft und begann zu singen. Der Rollerfahrer zog eine Pistole aus dem Hosenbund, zielte auf die Brust des Orangenen und drückte ab. Dann steckte er die Pistole wieder ein, startete den Motor und fuhr weg. Der Orangene fiel nicht gleich um. Wie in Zeitlupe drehte er sich um sich selbst, den rechten Arm auf der Brust, den linken ausgestreckt, als tanzte er Walzer mit einer unbekannten Dame. Er klammerte sich an einen Baum und glitt schließlich zu Boden. Dort blieb er ausgestreckt liegen, die Finger in den Sand gekrallt. Der plötzliche Schuss in der fließenden Stille des aufgehenden Morgens zog viele Leute an. Zuerst kam aus der Pension eine junge Frau, gut aussehend und mit nichts bekleidet als einem einfachen, durchsichtigen Schlafanzug. Neben dem Körper des Weißen fiel sie auf die Knie, warf ihren Kopf in den Nacken, als wollte sie schreien, aber man hörte nichts. Dann kam Bartolomeu. Er zog die Frau mit einer sanften, aber bestimmten Bewegung fort und fühlte den Puls des Verletzten, wie im Film. Als täte er dies jeden Tag.

»Hilfe!«, brüllte er. »Rufen Sie einen Krankenwagen!«

Immer mehr Leute kamen hinzu: Laurentina, Mandume, andere Gäste. Erst jetzt ging auch ich hin. Bartolomeu bat mich, ihm zu helfen, den Mann in meinen Bus zu legen. Wir streckten ihn hinten aus, auf ein Strandtuch in den Farben der angolanischen Fahne.

»Und nun?«

»Wir müssen ihn in ein Krankenhaus bringen, Mann. Weiß jemand, wo das Krankenhaus ist?«

Die Frau im durchsichtigen Schlafanzug nickte heftig, sagte aber noch immer kein Wort. Vielleicht hatte der Schock ihr die Stimme genommen. Sie setzte sich neben mich, sehr steif, und versuchte verzweifelt, mit ihrer linken Hand die scharfen Umrisse ihrer Brüste zu bedecken; mit der anderen zeigte sie mir den Weg.

# Die Rückkehr des Lächelns und zwei oder drei außergewöhnliche Enthüllungen

Mauro schwebt zwischen Leben und Tod. Heute Nachmittag haben sie ihn mit einem Militärhubschrauber nach Johannesburg gebracht. Wie es scheint, hat er gute Freunde beim Militär. Pouca Sorte sagte mir, er hätte den Schützen gesehen – einen Mann auf einem roten Motorroller. Doch er weigert sich, vor der Polizei als Zeuge auszusagen. Als ich ihn darauf ansprach, wurde er sehr ernst und nahm alles zurück, nein, er habe sich geirrt, er habe gar nichts gesehen. Es schien mir aussichtslos, darauf zu bestehen. Jeder hat seine Geheimnisse. Mauro hat vermutlich viele. Seine Freundin (ich nehme an, es ist seine Freundin), ein Mädchen von etwas mehr als zwanzig Jahren, scheint nicht in der Lage, zur Aufklärung beizutragen. Außerdem ist sie stumm!

Bartolomeu scherzte: »Ein Mann, der sich eine stumme Frau sucht, ist sehr klug.«

Mandumes Bemerkung schien mir geistreicher.

»Nein, eher jemand, der viel zu verbergen hat.«

Mir fiel wieder ein, wie erschrocken Mauro reagiert hatte, als wir ihn baten, uns vor der Kamera über die Ilha zu erzählen und über seine Erfahrungen, seit er die Pension hier gekauft und sich niedergelassen hatte.

»Ich, nein! Keine Filme, keine Fotos. Ich bin zu hässlich …«

Er ist nicht hässlich, im Gegenteil. Er joggt, fährt Fahrrad, schwimmt, taucht und macht Muskeltraining. Mit einem Wort, er hat einen für sein Alter makellosen Körper. Sein Gesicht erinnert an das von Sean Connery, jedenfalls wenn man sich den alten Schauspieler, was nicht ganz einfach ist, mit roten, struppigen Haaren vorstellt. Bartolomeu meint, Mauro färbe sich die Haare. Mandume glaubt das nicht. Ich dagegen denke, die Farbe ist echt, gerade weil sie so falsch aussieht. Wenn ich mich verkleiden wollte, vor allem, um nicht aufzufallen, würde ich mir die Haare nicht in dieser unmöglichen Farbe färben.

Im Krankenhaus traf ich einen alten Freund. Ich erkannte ihn nicht gleich. Er mich schon.

»Wie geht es? Ich freue mich, dich gesund und munter zusehen …«

Er lächelte, und da endlich erkannte ich ihn: Das Lächeln des Arztes, der mich in Maputo behandelt hat. Ich umarmte ihn und dankte ihm. Ich war ja aus Maputo verschwunden, ohne mich zu bedanken. Ich wusste ja nicht einmal, wie er hieß. Er stellte sich mit vollendeter Höflichkeit vor, eine kleine Verbeugung andeutend.

»Amândio Pinto de Sousa, Prinzessin, zu Diensten …«

Das Alter lastet schon ein bisschen auf ihm. Er geht etwas schleppend. Sein glattes, weißes Haar sticht sehr von seiner braun gebrannten Haut ab. Amândio Pinto de Sousa entstammt einer Familie aus Goa, katholisch, wie die meiner Mutter. Er fragte, ob ich als Touristin oder beruflich auf der Insel sei. Ich erklärte ihm, dass ich an einem Dokumentarfilm über das Leben des angolanischen Musikers Faustino Manso arbeite. Ob ihm der Name etwas sage?

Amândio Pinto de Sousa war überrascht. »Faustino? Aber natürlich. Faustino war einer meiner besten Freunde!«

Also erzählte ich ihm meine ganze Geschichte. Der alte Arzt hörte schweigend zu. In seinem Arbeitszimmer steht eine Fotografie, die ihn mit Faustino zeigt, in einer Bar. Armândio Pinto de Sousa hatte damals eine schwarz glänzende Mähne bis zu den Schultern, was mich ein wenig überraschte. Natürlich trugen die jungen Leute in den Siebzigerjahren die Haare lang, aber Amândio muss damals schon über vierzig gewesen sein.

»Wir waren Taugenichtse«, sagte er plötzlich in melancholischem Ton. »Reine Naturgeschöpfe ...« Er nahm meine Hand. »Ich kenne deine Mutter, Dona Alima, ich kann dich zu ihr bringen. Aber vorher möchte ich dir ein Geheimnis anvertrauen«, seufzte er. »Ich weiß nicht, wie ich anfangen soll ... Als du krank warst, Fieber hattest, Fieberträume, sagtest du, dein Vater hieße Dário. Dário Reis. Ich habe Dário Reis auch gekannt. Und nun erzählst du mir, dein Vater sei gar nicht Dário, sondern Faustino ... Nun gut, was ich dir erzählen werde, wird dich vielleicht noch mehr durcheinanderbringen. Als Alima schwanger war, angeblich von Faustino, bekam Faustino ein Problem, ein sehr unangenehmes, und kam damit zu mir. Bei der Gelegenheit machte ich einige Untersuchungen und fand heraus, dass er unfruchtbar war.«

»Dass er wegen dieser Sache unfruchtbar geworden war?«

»Nein, nein, Prinzessin! Er war immer schon unfruchtbar.«

»Unmöglich! Er hat achtzehn Kinder hinterlassen! Mit einigen habe ich gesprochen ...«

»Das weiß ich. Achtzehn Kinder, und keines davon ist von ihm, biologisch gesehen. Faustino war erschüttert, als ich es ihm sagte. Am Boden zerstört, wie du dir vorstellen kannst. Sein ganzes Leben war in Frage gestellt.«

»Und mein Vater? Wer ist denn dann mein Vater?«

»Ich weiß nicht, Prinzessin. Ich weiß es nicht! Das musst du Dona Alima selbst fragen.«

Wir saßen allein in seinem Büro. Amândio Pinto de Sousa machte Tee. Ich trank ihn ganz langsam. Mir war schwindelig und ich war nicht in der Lage, einen klaren Gedanken zu fassen. Plötzlich klopfte Mandume an die Tür. Er hatte mich gesucht. Der Arzt stand auf und murmelte etwas, dann setzte er sich wieder vor mich hin.

»Das ist der Grund, warum Faustino nach Luanda zurückgegangen ist. Deswegen und aus noch einem Grund, den ich dir nicht verraten darf. Er kehrte zu seiner ersten Frau, Dona Anacleta, zurück, in einem

Zustand totaler Anspannung. Versuch, die Dinge positiv zu sehen. Dein Vater ist, wie du mir selbst gesagt hast, Dário Reis und wird es immer bleiben. Er hat dich aufgezogen, und das, wie du selbst erzählt hast, mit aller Liebe dieser Welt. Ich war mit beiden gut befreundet. Sie waren sich sehr ähnlich.«

»Ähnlich? Wie?«

»Sei nicht gekränkt. Damit will ich sagen, dass beide den Frauen nicht abgeneigt waren. Und die Frauen erwiderten diese Zuneigung meistens. Wie auch immer, lass mich dir versichern, dass es ein guter Tausch war. Stell dir vor, Faustino wäre bei Alima geblieben. Es wäre nicht gut gegangen, konnte nicht gut gehen. Du hättest es nicht leicht gehabt.«

»Und die Ehe meiner Eltern, glauben Sie, die war großartig?«

»Ich weiß nicht. Sag du es mir. Jedenfalls bin ich sicher, dass die erste Möglichkeit für alle Beteiligten die schmerzlichere gewesen wäre. Warum hast du diese Reise gemacht? Wolltest du herausfinden, was aus dir geworden wäre, wie dein Plan A ausgesehen hätte?«

»Nein, natürlich nicht! Ich wollte meinen biologischen Vater kennenlernen. Ich dachte, es würde mir helfen, mich selbst besser kennenzulernen.«

»Verstehe … Nein, meine Liebe, ich verstehe gar nichts. Das, was du bist, hat viel mit dem zu tun, wer dich aufgezogen hat, und nur sehr wenig mit deinen Genen. Aber das ist deine Sache. Kommen wir nun zu Alima. Wärst du vor einem Jahr gekommen, hätte ich dich nicht einmal zu ihr geführt. Ich hätte gesagt: Alima? Kenne ich nicht. Alima war damals noch verheiratet. Wäre plötzlich eine Tochter aufgetaucht, von einem anderen Mann, hätte sie das in eine sehr schwierige Lage gebracht. Inzwischen ist der Mann verstorben. Alima ist Witwe, hat keine Kinder und lebt allein. Ich meine, sie hat keine anderen Kinder außer dir. Wir müssen ihr das alles in Ruhe erklären …«

»Ich fürchte mich schon lange davor, schlafe kaum noch. Um ehrlich zu sein, weiß ich nicht einmal, ob es sich lohnt. Ich meine … die alte Dame zu belästigen. Vielleicht wäre es besser, alles bliebe, wie es ist. Nach allem, was Sie mir über Faustino erzählt haben, weiß ich sowieso nicht mehr, was ich denken soll.«

Amândio Pinto de Sousa schüttelte den Kopf. »Das verstehe ich. Du musst erst einmal ausruhen. Das waren jetzt viele Gefühle …«

»Und Mauro?«

»Wir können hier nicht viel für ihn tun. Wir würden ihn verlieren. Aber wenn es uns gelingt, ihn nach Johannesburg zu verfrachten, und er lebend dort ankommt, überlebt er vielleicht. Ich hatte hier schon Leute mit schlechteren Aussichten, und ein paar haben überlebt. Mau ist kräftig. Unglaublich stark.«

»Und was war das? Ein Überfall?«

»Dort und um diese Uhrzeit? Was hatte Mau überhaupt um diese Zeit auf der Straße zu suchen?«

»Er ging joggen.«

»Um kurz nach vier Uhr morgens?«

»Keine Ahnung. Mir kommt es auch seltsam vor.«

»Weißt du, was ich glaube? Dieser Schuss kam von weit her, aus einer anderen Zeit, das ist es, was ich glaube.«

»Wie das?«

Amândio Pinto de Sousa senkte die Stimme. »Unmittelbar nach der Unabhängigkeit war Mosambik so eine Art gelobtes Land für die sozialistische Revolution. In den ersten Jahren kamen Revolutionäre aus allen Himmelsrichtungen. Leute, die in ihren Heimatländern verfolgt worden waren: Südafrikaner vom ANC und aus der Kommunistischen Partei, Basken mit Verbindung zur ETA, peruanische und argentinische Guerilleros, Italiener von den Roten Brigaden …«

»Sie glauben, Mauro war bei den Roten Brigaden?«

»Ich weiß es nicht. Ich bin nicht einmal sicher, ob er wirklich Italiener ist.«

»Warum sagen Sie das?«

»Aus keinem konkreten Grund, aber es gibt einiges, das ich gesehen habe, Dinge, die man mir erzählt hat, und vor allem aus der Lebenserfahrung eines alten Mannes heraus. Oder vielleicht einfach nur, weil ich Spionageromane liebe. Nimm mich nicht allzu ernst, Prinzessin. Ich bin ein Freigeist. Ich habe keinen Vertrag mit der Wahrheit.«

Zurück in der Pension wunderte sich Mandume, dass ich so still war.

»Was hast du? Du machst ein Gesicht wie ein Trauerzug.«

Nach außen war ich wahrscheinlich tatsächlich nur düsteres Schweigen; innerlich jedoch fühlte ich mich wie die Hauptstraße einer Großstadt zur besten Verkehrszeit. Ideen, die vorbeirasten, sich anrempelten. Erinnerungen, die taumelnd durcheinanderwirbelten. Hupen und Brüllen. Blinkende Ampeln. Kein Gesicht wirklich zu erkennen. Keine Möglichkeit, Kontakt aufzunehmen, irgendetwas wiederzuerkennen. Ich konnte nicht schlafen. Oder vielleicht bin ich manchmal eingeschlafen, dann aber immer im gleichen engen Raum, völlig aufgewühlt. Als ich erwachte, sehr früh am Morgen, schaute Mandume mich an und erschrak.

»Es ist doch nicht wegen des Italieners, dass es dir so geht, da bin ich sicher. Sag mir, was ist los?«

Also erzählte ich ihm: »Faustino ist nicht mein Vater!«

»Das weiß ich, Liebling. Ich habe es dir von Anfang an gesagt …«

»Du verstehst nicht. Er ist wirklich nicht mein Vater. Faustino war unfruchtbar!« Ich erzählte ihm von meinem Gespräch mit dem Arzt.

Mandume zuckte verächtlich mit den Schultern. »Der große afrikanische Macho! Und jetzt stellt sich heraus, dass ihm ganz Afrika Hörner aufgesetzt hat!«

»Das steht dir nicht zu!«

»Jetzt das schon wieder! Der Typ hat mit dir nichts zu tun, Laurentina! Du musst ihn nicht in Schutz nehmen.«

Er hat recht, das weiß ich. Faustino Manso ist nicht mein Vater, er hat mit mir nichts zu tun, und niemand aus der Familie hat mich gebeten, ihn zu verteidigen. Er hat auch nie nach mir gesucht. Nicht einmal auf mich gewartet, um zu sterben. Und trotzdem bin ich ihm nähergekommen in den letzten Tagen. Ich kenne seine Stimme und die Orte, an denen er gewesen ist. Ich habe mit den Frauen gesprochen, mit denen er Freud und Leid geteilt hat, und habe begonnen, ihn mit ihren Augen zu sehen. Auch ich habe ihn lieben gelernt. Es ist, als hätte man ihn mir aus dem Herzen gerissen. »Ich fühle mich bestohlen!«

Mandume zuckte zurück. Er war im Pyjama (er schläft nie ohne Pyjama) und seine Verblüffung, klar wie das Licht des frühen Morgens, füllte den Raum.

»Wie bitte?«

Ich zog mich an und ging hinaus. Mandume kam hinterher.

Auf dem Asphalt klebte Blut. Im Hintergrund das Meer – dem alles egal war. Malembelembe parkte unter dem dichten Blätterdach eines Feigenbaumes. Im Auto konnte ich flüchtige Schatten erkennen. Stimmen. Dann stieg ein kaum sechzehnjähriger Junge aus der Fahrertür, mit nacktem Oberkörper, schaute uns herausfordernd an, knöpfte sich die kurze Hose zu und ging pfeifend davon. Ich erkannte (überrascht) die Melodie »Xigombela« von Faustino Manso[14].

Mandume schüttelte entsetzt den Kopf. »Hast du das gesehen? Dieser Typ, Pouca Sorte, ist ein steter Quell von Überraschungen.«

Ein Quell, ja, und ein Fass ohne Boden.

---

14 Den Text kann ich auswendig: »Auf der anderen Seite des Spiegels lebe ich / Wo er links zeigt, drehe ich mich nach rechts / Wollt ihr mich blau, so bin ich rot./ Der Mund sagt Ja, das Herz ist dagegen.// Mein Herz ist gegen / Peitsche und Drill / Beschimpfung und Streit / Tanze, tanze, Xingombela«
Xingombela ist ein Tanz aus dem Süden Mosambiks, der traditionell bei Sonnenuntergang getanzt wird. Es ist ein Reigen, in den einzelne Paare hinein und wieder heraus tanzen. Die einen stehen für die Liebe, die anderen versuchen, den Mut darzustellen. Xigombela dürfte eines der letzten Stücke gewesen sein, das Faustino Manso in Mosambik komponiert hat.

# Meine Mutter, Dona Alima

Ich denke: Das also ist meine Mutter. Ich weiß nicht, was ich sagen soll. Alima scheint noch unsicherer zu sein als ich. Wir vermeiden es, einander anzusehen. Sie zieht sich in sich selbst zurück wie ein Igel. Sie ist eine schlanke Frau, grau, vielleicht halb so groß wie ich. Leute wie sie hören in einem bestimmten Alter einfach auf zu existieren, schweigen, verneinen, so lange, bis sie in der Öffentlichkeit regelrecht unsichtbar sind.

Amândio Pinto de Sousa hat mit ihr gesprochen, bevor er mich zu ihr brachte. Er erzählte mir, dass die Nachricht Alima nicht sehr überrascht hätte. Sie hatte wissen wollen, ob ich glücklich sei – ob ich mit meiner Adoptivfamilie glücklich sei. Irgendwann war sie schwach geworden, hatte sich mit dem Taschentuch eine Träne weggetupft und war einverstanden gewesen, sich mit mir zu treffen. Ihr Haus ist klein, steht in einer Reihe mit anderen kleinen Häuschen, eine Tür, ein Fenster, eine Tür und ein Fenster, alle gleich. Zwei Ledersofas, schon ziemlich abgenutzt, in der Ecke ein Fernseher auf einem kleinen Holztisch und auf dem Fernseher ein gesticktes Deckchen und eine Bronzestatue von Ganesh[15] auf einer Art Thron, mit einer kleinen Maus zu seinen Füßen. An der Wand hängt ein Kalender mit dem Bild der Heiligen Jungfrau. Amândio begleitete mich. Er zwängte sich auf das andere Sofa. Trank wortlos seinen Kaffee, probierte von den Schokoladenkeksen, die Dona Alima vermutlich im

15 Mir war Ganesh, Sohn von Parvati und Shiva, der in Folge eines familiären Missverständnisses seinen Kopf verlor und stattdessen einen Elefantenkopf aufgesetzt bekam, schon immer sympathisch. Ganesh ist der Beschützer des Heims, und man wendet sich an ihn, wenn Probleme zu überwinden sind.

Bazar gekauft hatte (vor Tagen kaufte ich dort die gleichen). Dann stand er auf.

»Ich lasse Sie jetzt allein. Sie werden sich sicher viel zu erzählen haben …«

Alima machte Anstalten, ebenfalls aufzustehen, doch der Arzt hielt sie mit einer Handbewegung zurück. »Bemühen Sie sich nicht, meine Dame, ich kenne den Weg.«

Dann öffnete er die Tür, zwinkerte mir zu und ging. Zurück blieben wir beide. Saßen uns gegenüber.

Nun bin ich dran. »Hören Sie: Ich kann mir vorstellen, wie schwer das für Sie ist, Sie dachten ja, ich sei bei der Geburt gestorben …«

Alima schüttelt den Kopf. »Nein, Tochter! Ich wusste, dass du lebst. Frag mich nicht, warum. Mein Herz wusste es. Es gab keinen einzigen Tag, an dem ich nicht an dich gedacht habe. Als du ein Kind warst, überlegte ich mir, wie groß du wohl sein mochtest, versuchte im Gesicht anderer Kinder zu erraten, wie du wohl aussiehst. Ich habe sogar Spielzeug gekauft, das ich dann versteckte.«

Ein Weinen erfasst ihren zerbrechlichen Körper. Ich stehe auf, gehe zwei Schritte auf sie zu und knie mich vor sie. Versenke meinen Kopf in ihrem Schoß. Ich spüre, wie Alimas Hände leicht wie Schmetterlinge über mein Haar streichen. Der Schoß meiner Mutter riecht nach Räucherstäbchen und Meer. Wir weinen beide. Plötzlich erfüllt mich eine Erschöpfung, das Bedürfnis zu vergessen, eine Sehnsucht danach, dass weder Zeit noch Universum existieren, und erst recht nicht der Schatten eines Gottes über allem.

. . . . . . . .

. . . . . . . . . . . . . .

. . .

Alima war Doroteia, alle Mütter, und ich die Töchter aller Mütter der Welt.

# VIERTER SATZ

*presto e finale*

*Luanda, Angola*
*Samstag, 11. März 2006*

Gestern war ich auf einem Fest in der Wohnung von Orlando Sérgio. Er hatte mich zwei Stunden zuvor angerufen, um mich einzuladen. Monatelang hatte ich nichts von ihm gehört. Er gab mir den Namen der Straße und die Hausnummer. Die Wohnung sei im siebeneinhalbten Stock. Als ich mich über den halben Stock wunderte: »Ya! Du steigst die Treppen hinauf bis in den siebten, der Aufzug ist kaputt. Meine Wohnung liegt zwischen dem siebten und dem achten Stock.«

Es war ein altes Gebäude mit finsterem Antlitz, tiefen schwarzen Augenringen, das nur aus reinem Trotz noch zu stehen schien. »Würde, mein Lieber, Würde ist das Wort!«, sagt Orlando. »Es erinnert sich noch an die besseren Zeiten.« Im Eingang konnte man Angst bekommen. Zerbrochene, schmutzige Treppenstufen. Einige Treppenaufgänge ganz dunkel. Im Halbdunkel keuchende Kerzen. Kerzenwachs, das über den Fußboden lief. Nackte Kinder spielten auf den Treppenabsätzen Cowboy. Ein Rapper saß auf der Treppe und schleuderte Reime gegen die Wand, als wären es Steine.

»Der beste Freund des Menschen ist nicht der Hund,
es ist das Glas, die Flasche Schnaps, und
ich sauf mich voll, bis ich krepiere am Abgrund.«

Ein Mädchen in einem blauen Rüschenkleid und kleinen abstehenden Zöpfen rannte an mir vorbei. Rief jemanden (den ich nicht sehen konnte) im Inneren des Hauses: »Papaaaaa! Die Musik tut weh!«

Und es stimmte. Orlando erwartete mich oben an der Treppe, er trug gelbe Bermuda-Shorts und hatte eine Bierflasche in der linken Hand. Er war erst vor ein paar Tagen von einem längeren Aufenthalt in Rio de Janeiro zurückgekommen. Ich fand, dass er jünger aussah. Wunderte mich allerdings über seine dicke, eckige, schwarz geränderte Brille, die aussah wie eine altmodische Verkleidung. Manche Schauspieler müssen immer spielen, aus einem Drang heraus, legen sich von einem Moment auf den anderen ein neues Gesicht, eine neue Persönlichkeit zu. Vermutlich eine Art Berufskrankheit oder umgekehrt ein Zeichen außergewöhnlicher Professionalität. Orlando Sérgio war der erste schwarze Schauspieler, der in Portugal den Otello gespielt hat. Wir sind seit mehr als zwanzig Jahren befreundet. Wir umarmten uns fest: »Müde?«

Er zeigte mir seine Wohnung. Ein gemütliches Wohnzimmer, Küche, Bad und drei Zimmer. In seinem stand als einziges Möbel ein schmales Eisenbett. In den anderen lagen Matratzen direkt auf dem Zementboden, und Drähte, an denen man Wäsche aufhängen konnte, waren zwischen den Wänden aufgespannt. Die Zimmer hatte er an zwei Künstlerpaare vermietet. Eine der jungen Frauen trug einen dicken Bauch vor sich her und bewegte sich durch die Wohnung, als schwebte sie, von innen her leuchtend, mit diesem ausgeglichenen, leicht entrückten Strahlen der Schwangeren. Außerdem gab es noch einen riesigen Balkon, der sich in die kühle Nacht hinauslehnte. Ein dürrer, langer Typ lag auf dem Boden ausgestreckt im Weg herum.

»Ist er tot?«

Orlando zuckte die Schultern. »Kann sein. Er lag hier schon heute Morgen. Kennst du ihn nicht?«

Immerhin kannte ich seinen Namen: ein angolanischer Stylist, der lange Zeit in New York gelebt hat. Das schwangere Mädchen gab mir ein Bier. Ich fragte nach Saft. Daraufhin brachte sie mir eine Caipirinha und Fischsuppe. Sie stellte mir einen jungen Mann mit lebhaften grünen Augen und hellbraunen Haaren vor. Er war erst morgens aus Lissabon angekommen. Ich fragte ihn, was ihn nach Luanda führte.

»Ich will Angolaner sein«, erklärte er. »Das wollte ich schon immer. Ich glaube, das passt zu mir.«

Ich beglückwünschte ihn für seinen Mut. Und fügte hinzu, dass mir dies ein schrecklich ehrgeiziges Ziel zu sein schien, wobei ich das Wort »schrecklich« betonte. Nach Angola zu gehen, um Angolaner zu sein, ist nicht dasselbe wie nach Los Angeles zu gehen mit dem Ziel, ein berühmter Schauspieler zu werden. Eher wird man ein berühmter Schauspieler. Doch der Junge ließ sich nicht entmutigen. Hörte nicht einmal auf zu lächeln. Er sei in Porto geboren, erzählte er, doch seine Eltern, beide aus Benguela, redeten immerzu von Angola. Er wisse mehr über das Land als die meisten Angolaner. Dann stand er auf und ging Kuduro tanzen. Ich muss zugeben, er tanzte sehr gut. Ein großes, schlankes Mädchen mit glänzender Haut, sehr schwarz und mit dem rätselhaften Gesichtsausdruck einer Quioca-Maske, setzte sich neben mich. Sie trug ein enges weißes T-Shirt und ebenso enge Jeans. Sie stellte sich nicht vor und sagte auch sonst nichts. Ich stand auf. In der Küche bauten zwei Jugendliche Liamba-Joints. In einer anderen Gruppe dozierte brüllend ein berühmter Maler und Kunsthändler. Sein graues Haar ließ die sturzbachartige Rede, mit der er sein Publikum erdrückte, fast glaubwürdig erscheinen. Es ging um den Beitrag traditioneller afrikanischer Kunst zur Erneuerung der europäischen Malerei, den Kubismus, die Globalisierung, den engstirnigen kulturellen Nationalismus vieler unserer Intellektueller, die schon glücklich seien, wenn man ihnen erzählte, dass Pablo Picasso sich von traditioneller afrikanischer Kunst habe inspirieren lassen oder Bahia in Luanda beginne, sich aber im Gegenzug aufregten, wenn sich angolanische Karnevalsgruppen an brasilianischen Vorbildern orientierten. Ich bin es leid, mir diese Art von Diskussion anzuhören. Traditionen, sagen sie, die Tradition soll man achten? Welche Tradition denn? Die Portugiesen brachten den Karneval nach Angola und ihre Sprache, Jesus Christus, Stockfisch, Palmöl, Mais, die Gitarre, das Akkordeon, Fußball und Rollschuhhockey. Außerdem brachten die Portugiesen uns Syphilis, Tuberkulose, Strandflöhe und den Teufel noch dazu. Sie haben in ihren Autodafés Hexen verbrannt und damit eine Tradition begründet, die sich bis heute gehalten hat. Sie haben den Sklavenhandel eingeführt und mit ihm eine Reihe von anderen ehrenwerten Traditionen. Tradition. Schon das Wort lässt mich schaudern. Ich setzte mich wieder hin. Holte mir noch einen Teller mit Feijoada. Die große Frau neben mir saß noch immer so da, wie ich sie vor einer Stunde verlassen hatte.

»Bist du eine Freundin von Orlando?«

Sie schaute mich erstaunt an. »Nein, nein! Ich bin Tänzerin.«

Richtig. Da musste es einen Zusammenhang geben. Stunden später traf ich Orlando auf dem Balkon. Er saß in einem Plastikstuhl, die Augen in die Dunkelheit gerichtet. Ich fragte ihn, wer die Tänzerin sei. Mein Freund lächelte. Ein entrücktes Lächeln.

»Niemand«, sagte er. »Sie hat mal hier gewohnt …«

»Hier gewohnt?«

»Genau. Hier gewohnt. Mit einem Minenräumer. Die Tänzerin und der Minenräumer. Kannst du dir eine seltsamere Liebesbeziehung vorstellen?«

»Was ist passiert?«

»Wie hättest du es denn gern? Eines Tages ging der Minenräumer zur Arbeit und kam nicht mehr zurück. Eine der Minen ist explodiert, als er sie entschärfen wollte. Am nächsten Tag wurde sie aufgegriffen, als sie nackt auf dem Minenfeld tanzte.«

»Nackt?«

»Ya, nackt. Nackig, mein Freund. Wie Gott sie schuf …«

»Und was macht sie hier?«

»Sie setzt sich hin und atmet. Und sonst nichts. Ab und zu klopft sie an die Tür und ich lasse sie herein. Sie ist eine Art Gespenst, aber nicht so aufdringlich wie Gespenster.«

Heute Morgen habe ich sie wiedergesehen, am Strand, mit den Füßen im Wasser. Ihre Hände zeichneten Blumen. Ich hatte den Eindruck, nur ich könne sie sehen.

# Die Tänzerin

Ihren Namen habe ich nie erfahren.

»Ein Name hat keine Bedeutung«, sagt Monte, der Bulle, immer. »Was zählt, ist der Spitzname.«

Ein seltsamer Typ, dieser Monte: ein durchdringender, forschender Blick wie bei den Typen am Flughafen, die einen nach dem Pass fragen. Er bewegt sich lautlos, ohne den Boden zu berühren, doch zugleich sicher, unglaublich sicher, wie ein Todesengel in der Dämmerung. Seine Stimme ist übertrieben sanft, angsteinflößend, rede du nur, Kleiner, sprich, was du willst, wir wissen schon alles. Mir fällt sein Spitzname ein: O Morto, der Tote.

Was zählt, ist der Spitzname.

Zurück zur Tänzerin. Ich sah sie meistens auf der Ilha, vor dem Café del Mar, wie sie alleine tanzte. Sie tanzte alleine und nicht wie jemand, der zwischen vielen Leuten allein auf einem Fest tanzt, sondern mit der Intimität dessen, der allein in einem verfallenen, leeren Saal tanzt, viele Stunden nach dem Fest. Die Füße in die funkelnde Gischt getaucht, die langen Arme erhoben, die Augen fest geschlossen. Das weiße Spitzenkleid zeichnete, eng anliegend, die Linien ihres Körpers nach. Die Leute hielten sich fern von ihr, wie vor einem Abgrund. Mich dagegen zog sie an. Ich versuchte ein paar Mal, sie anzusprechen.

»Kommen Sie oft hierher?«

Sie antwortete nie. Ihr Blick ging durch mich hindurch, als gäbe es mich gar nicht, als gäbe es überhaupt niemanden um sie herum, kein Zeichen von menschlicher Aktivität. Das Gefühl, ein vorbeihuschender Geist zu sein, ist nicht angenehm, das können Sie mir glauben. Eines Nachmittags versuchte ich, ihren Arm zu berühren. Vielleicht war sie nur eine Erscheinung? Sie zuckte zusammen.

»Was wünschen Sie?«

Ich wusste nicht, was ich antworten sollte. Also log ich. »Ich glaube, wir kennen uns …«

Sie wich erstaunt zurück. »Ich kenne niemanden mehr …«

Ich lud sie ein, sich zu mir zu setzen, und bestellte ihr einen Maracujasaft. Und einen für mich. Maracuja beruhigt, sagt man. Ich wollte wissen, wer sie war. Ich brannte vor Neugier. Die Tänzerin trank ihren Saft langsam aus. Dann löste sie wie in einer Choreografie erst den rechten Träger ihres Kleides, dann den anderen, stand auf, das Kleid fiel leise bis zu ihren Füßen hinab. Ihr Körper war makellos. Runde Brüste mit kleinen braunen Warzen, ein flacher Bauch, der Bauchnabel wie ein Ausrufezeichen über dem dunklen Dickicht ihres Geschlechts. Stille trat ein, eine bedrohliche Stille, wie in dem Moment, in dem einen Boxer die Faust des Gegners zwischen die Augen trifft und das Blut zusammenströmt, ein Licht, das alles überstrahlt, und mir wurde klar, dass jetzt die ganze Stadt auf uns schaute. Ich wusste, ich hätte aufstehen und sie mit einem Handtuch verhüllen sollen. Doch ich tat es nicht. Ich blieb still auf meinem Platz sitzen, und sie überquerte den schmalen Sandstreifen und ging ins Meer. Tauchte hinein und verschwand, und die ganze Stadt atmete auf, ôôôôh, ja, genau so, mit offenem Mund und einem Hütchen auf dem Kopf, und dann fingen alle gleichzeitig wieder zureden an. Erst da nahm ich ein Handtuch und ging sie am Meeresrand abholen.

Ich brachte sie nach Hause. Sie wohnte am Largo do Quinaxixe, im sechsten Stock des sogenannten Cuca-Gebäudes, einem der Wahrzeichen der Stadt aus den letzten Jahren der Kolonialzeit. Heute ist es eine traurige Ruine, die auf ihren Zusammenbruch wartet – danach wird es wohl durch ein noch höheres Gebäude ersetzt werden –, doch nachts zeigt es noch stolz jenen riesigen Neonschriftzug der Biermarke Cuca, der es einmal berühmt gemacht hat. In der Wohnung der Tänzerin war das Beste (und purer Luxus) das Licht. Ein Schwede würde alles darum geben, solch ein Licht in seiner Wohnung in Stockholm zu haben. Und dieses hier kam umsonst durch die geöffneten Fenster, träge, und verteilte sich über die großen leeren Zimmer. Alle Räume waren penibel sauber, was im Kontrast zu den Flecken in verschiedensten Sepiatönen an Decken und Wänden stand, die Folge unermüdlicher Arbeit permanenter Wasserrohrbrüche, und eine gewisse Beklemmung verursachte, zumindest bei mir. Die Tänzerin ging in die Küche, um Kaffee zu machen. Sie brachte zwei Tassen und stellte sie auf den Boden vor das Bett, ein lärmendes Eisengestell, einziges Möbelstück in der Wohnung. Ich setzte mich auf den Boden und trank den Kaffee sehr vorsichtig in kleinen Schlucken. Sie trank ihren aus. Als ich fertig war, nahm sie mir die Tasse aus der Hand, stellte die Untertasse darauf, drehte die Tasse um und beugte sich über den Kaffeesatz, der an den Rändern und am Boden der Untertasse zurückgeblieben war.

»Sehen Sie dieses kleine Viereck? Sie sind im Begriff, sich mit einer verheirateten Frau einzulassen. Dieser andere Fleck hier, der aussieht wie ein Pferd, bedeutet, dass Sie in Kürze eine wichtige Reise unternehmen werden und dass diese Reise Ihr Leben verändern wird. Ich sehe auch, dass Sie jemanden verlieren werden, den Sie lieben.«

In der Woche darauf starb mein Großvater, und ich lernte Laurentina kennen. Ein paar Tage später brachen wir zu unserer Reise auf.

# Rückkehr ins Chaos

Wir sind zurück in Luanda. Mit dem Flugzeug, über Johannesburg. Pouca Sorte muss allein zurückfahren, den ganzen Weg, mit Malembelembe. Es ist ein bisschen schade, denn der Wagen und die Geduld, die Freundlichkeit und Geschicklichkeit seines Fahrers fehlen uns sehr in dieser furchtbaren Stadt.

Nach allem, was auf der Ilha de Moçambique geschehen ist, war die Rückkehr nach Maputo und die darauffolgende Reise so etwas wie das Ende einer Party: Müdigkeit, schmutziges Geschirr überall, das Gefühl, dass etwas zerbrochen und für immer verloren ist. Lau spricht nur wenig. Bartolomeu begreift nicht, was los ist, versteht aber, dass etwas los ist. Er ist gereizt. Wir, Lau und ich, beschlossen nach langer Diskussion, ihm Faustino Mansos Geheimnis zu verschweigen. Lau meinte (und ich verstehe sie), so eine Enthüllung würde viele Leute treffen – auch Bartolomeu selbst – und fürchtete die Reaktion der Familie. Sie weigerte sich auch, Alima für den Film zu interviewen. Ich weiß nicht, über was sie geredet haben; ich weiß nicht einmal, ob Alima den Namen des Mannes preisgegeben hat, der sie geschwängert hat. Laurentinas Weigerung, Alima zu interviewen, irritierte Bartolomeu wie erwartet noch mehr. Ohne sie, meinte er, sei der Film nicht komplett. Laurentina ignorierte ihn einfach. Gestern war sie den ganzen Tag bei Dona Anacleta. Heute ist sie mit ihr mittagessen gegangen und ist noch nicht zurück. Ich sehe in ihr, der Alten, eine Art Hüterin aller Geheimnisse. Sie hat den Schlüssel zu allen Schränken. Wir müssten nur wissen, ob sie auch bereit ist, uns die Leichen darin zu zeigen. Metaphorische Leichen natürlich, obwohl mich nichts mehr überraschen würde. Hat Dona Ana de Lacerda uns nicht auch echte Knochen gezeigt?

# Eine Epiphanie, oder besser: ihr Gegenteil

Ich gehe auf der Ilha de Luanda spazieren, um auf andere Gedanken zu kommen. Ich habe Alfonsina wieder getroffen. Genauer Pintada, das Huhn, und das führte mich zu dem Mädchen. Pintada saß halb eingegraben im Sand, völlig trunken von der Sonne, am Strand. Als ich näher kam, sprang sie auf, hüpfte mit spitzem Gackern davon, wobei sie trotz allem stets eine gewisse Würde bewahrte (soweit das für ein Huhn möglich ist). Ich folgte ihr und fand Alfonsina. Sie schlief in einem verfallenen Strandpavillon. Ich wollte sie wecken, aber Pintada hinderte mich mit zwei kräftigen Schnabelhieben daran. Der erste zerriss mein Hosenbein, der zweite verletzte mich an der Hand. Der Aufruhr weckte das Mädchen.

Sie setzte sich auf, strich ihr Kleid glatt und lächelte. »Du bist zurückgekommen? Ach, lieber Vater, Luanda ist cool!«

»Nein, ich mag Luanda nicht.«

»Dann bist du wegen mir zurückgekommen?«

»Nein.« Ich lachte. »Auch nicht. Ich bin zurückgekommen, weil ich meine Arbeit hier fertig machen muss.«

»Einen Film?«

»Ja, einen Film. Über einen Mann, der sieben Frauen hatte.«

»Gleichzeitig?«

»Nein, nicht zur gleichen Zeit.«

»Oh, mein Vater hat drei Frauen.«

»So? Du hast mir erzählt, deine Eltern seien im Krieg gestorben …«

»Sie sind nicht gestorben. Sie sind dort geblieben, im Krieg, in Cuíto. Ich habe keinen Kontakt zu ihnen.«

»Und dein Vater lebt mit drei Frauen im selben Haus?«

»Ja. Er ist schon alt. Noch älter als du.«

»Hast du Sehnsucht nach ihnen?«

»Nein. Mein Vater hat mich geschlagen. Ich bin abgehauen … Das da an deiner Hand, woher kommt das Blut?«

»Das war das Huhn, es hat mich gekratzt. Ein wildes Tier, du solltest es zähmen.«

Alfonsina lachte. Sie pfiff, um Pintada zu rufen. »Ich habe doch gesagt: Sie ist wie ein Hund. Sie beschützt mich.«

Ich setzte mich neben sie. »Beim Abendessen, damals, hast du mir erzählt, du hättest einen Film gemacht …«

Sie schaute mich erschrocken an. »Nein, nein! Ich habe keinen Film gemacht.«

»Du hast mir erzählt, du hättest einen Film mit einem Italiener gemacht …«

»Das war gelogen!«

»Hast du den Typen je wiedergesehen, den weißen, der dich belästigt hat?«

»Nein, ich habe niemanden gesehen. Ich sehe nie jemanden. Es geht mir gut hier allein.« Sie stand auf, klopfte sich den Staub vom Kleid, und ich dachte, sie hat mehr Staub am Leib als Kleider. »Adeus! Ich gehe ins Krankenhaus.«

»Bist du krank?«

»Ist Hunger eine Krankheit?«

»Willst du was essen?«

Alfonsina lächelte, das Lächeln einer Frau, leicht ironisch. Erst da sah ich, dass sie dünner geworden war. Ihre Augen sahen größer aus, glänzten, reflektierten wie zwei Spiegel das strahlende Licht des Morgens.

»Nein. Es ist nicht nur Hunger, Papa. Ich bin wirklich krank. Fieber.«

Ich berührte ihre Stirn. Sie glühte.

»Wenn ich so krank bin, will kein Mann mit mir schlafen.«

Ich wusste nicht, was ich sagen sollte. In diesem Moment, an diesem Ort geschah mir das Gegenteil einer Epiphanie: Meinem Geist offenbarte sich wie eine sich unter strahlender Mittagssonne ausbreitende Dunkelheit, dass es keinen Gott gibt. Ich seufzte. »Wenn du willst, komme ich mit dir ins Krankenhaus …«

»Hast du ein Auto?«

»Nein.«

»Dann gib mir hundert Quanzas für das Sammeltaxi.«

Ich steckte die Hand in die Tasche und nahm alles heraus, was ich hatte. Zweihundert Dollar. Das Mädchen schaute mich mit offenem Mund an. »Was ist das?«

»Nimm es. Kauf dir davon Medikamente, oder was immer du brauchst.«

»Was willst du?«

»Ich will nur, dass du gesund wirst.«

Alfonsina nahm mir das Geld aus der Hand, zog ihren rechten Schuh aus und verstaute die Banknoten darin. Dann zog sie ihn wieder an. Sie umarmte mich und lehnte ihren Kopf an meine Brust. Ich spürte ihre Hitze, die zerbrechlichen Knochen, die so leicht waren, als wären sie voll heißer Luft. Es war mir peinlich, ich hatte Angst, dass jemand uns sah und denken könnte, ich würde das Mädchen missbrauchen. Ich schubste sie weg. Vielleicht ein wenig heftig.

Alfonsina bekam einen Schreck. »Was ist? Hast du Angst vor Läusen?« Sie verstaute das Huhn in einer Tasche. »Ich kann sie hier nicht allein lassen. Sonst tötet sie einer und isst sie auf. Ist schon einmal einer deiner Freunde getötet und aufgegessen worden?«

Ich begleitete sie noch bis zum Candongueiro.

»Wusstest du, dass es in der Stadt jetzt sogar Costangueiros gibt?«

»Costangueiros?«

»Ya! Candongueiros ohne Auto. Costa, wie Rücken. Sie tragen Leute auf dem Rücken über überschwemmte Straßen.«

# Ein neuer Onkel

Verstört ging ich ins Hotel zurück. Mein Kopf brummte, ich schloss die Vorhänge und legte mich aufs Bett. Ich war schon halb eingeschlafen, als das Telefon klingelte. Ich hob ab.

»Hallo?! Kann ich bitte mit Mariano Maciel sprechen …«

Die Stimme klang wie die meines Vaters.

»Ja, der bin ich …«

»Mariano? Hier spricht dein Onkel, Mann, wie geht es dir? Es war eine Schweinearbeit, dich zu finden.«

»Onkel?«

»Nelito, der ältere Bruder deines Vaters.«

»Mein Vater hat mir nie gesagt, dass er einen älteren Bruder hat.«

»Nein? Das wundert mich gar nicht. Als Mariano und Martinho umgebracht wurden, damals, 1977 standen sie auf der einen Seite, bei deinem Vater, und ich auf der anderen. Ich konnte nichts tun, um sie zu retten. Ich konnte nicht. Dein Vater hat es mir nie verziehen. Hat jede Verbindung zu mir abgebrochen. Ich habe einmal versucht, euch zu besuchen, in Lissabon, aber er hat es nicht zugelassen.«

»…«

»Hallo? Hör zu … Leg nicht auf … Ich würde dich gerne kennenlernen, dich deinen Cousins vorstellen. Was geschehen ist, ist geschehen. Ihr, die Jungen, ihr dürft nicht darunter leiden. Das ist nicht gerecht.«

»Ich muss erst mit meinem Vater reden.«

»Ja, sprich mit ihm. Sag ihm schöne Grüße. Ich gebe dir meine Handynummer, hast du was zum Schreiben? Ruf mich an, wann immer du willst.«

Ich legte auf. Versuchte, mich auf das Brummen der Klimaanlage zu konzentrieren. Laurentina hatte gedacht, sie hätte eine Mutter und einen Vater, und dann sagte man ihr, nein, es seien eine andere Mutter und ein anderer Vater. Dann hieß es: Tut uns leid, auch der andere Mann ist in Wahrheit nicht dein Vater. Such ihn doch. Und ich erfahre jetzt, dass mein Vater einen älteren Bruder vor mir versteckt hat. Ich habe einen Onkel und Cousins (wie viele?) und nichts davon gewusst. Ich setzte mich aufs Bett und rief in Lissabon an.

»Vater?«

»Mandume? Ist alles in Ordnung?«

»Nelito, sagt dir der Name etwas?«

»Nein!«

»Nein?«

»Ich hatte mal einen Bruder, der so hieß. Er ist tot.«

»Er ist nicht tot, ganz bestimmt nicht! Warum hast du mir nie von ihm erzählt?«

»Nelito hat nach dir gesucht? Ich glaube es nicht …«

»Dass mein Onkel nach mir sucht, kommt mir nicht seltsam vor, es steht ihm gut zu Gesicht. Seltsam finde ich, dass du seine Existenz vor mir verborgen hast.«

»Komm diesem Mann nicht zu nahe!«

»Warum nicht?«

»Weil ich es nicht will!«

Ich legte auf. Zählte die Sekunden. Bei achtundzwanzig klingelte es. Ich zog den Stecker heraus und streckte mich wieder auf dem Bett aus. Versuchte, die Geräusche auseinanderzuhalten, die auf mein Ohr trafen: die Klimaanlage, die Autos, die gefährlich schnell vor dem Hotel vorbeifuhren, das entfernte Rauschen der Wellen, ein langes Lachen. Immer wenn ich hier in Luanda auf die Geräusche achte, fällt mir in kürzester Zeit ein Lachen auf. Ich will nicht sagen, dass es etwas bedeutet. Ich stelle es nur fest.

# Ein Kenotaph

Das Haus: ein Kenotaph[16]. Besucher werden im Wohnzimmer von einem in Öl gemalten Porträt von Faustino Manso empfangen, der seinen Kontrabass im Arm hält. Wer es gemalt hat, war mir klar, bevor ich die schüchterne Signatur in der unteren rechten Ecke entdeckte: Fatita de Matos. Walker, der Kontrabass, füllt den Raum mit solider Präsenz. Auf dem Klavier stehen Dutzende gerahmte Fotografien: Faustino Manso Ende der Fünfzigerjahre mit Raul Indipwo. Faustino Manso, vermutlich Ende der Sechziger-, Anfang der Siebzigerjahre[17], in einem Straßencafé in Lissabon, mit Rui Mingas, den er sehr bewunderte. Faustino Manso mit Nelson Mandela. Dieses Foto machte mich neugierig. Zwischen Mandela und Faustino, mit dem Rücken zum Fotografen und offensichtlich in ein angeregtes Gespräch mit dem historischen südafrikanischen Kämpfer vertieft, sieht man eine blonde Frau. Ihr Gesicht ist nicht zu erkennen. Ihre Eleganz allerdings verrät sie sofort.

---

16 Grabstein oder Ehrenmal für einen oder mehrere Tote, ohne deren sterbliche Überreste aufzunehmen; Ehrengrab. Etym.: fr. *cénotaphe* (1501), spätlat. *cenotaphīium, -īi* Katafalk, von altgr. *kenotaphion, -ou* leeres Grab.
Das habe ich aus dem »Dicionário Houaiss«. Für Benutzer der portugiesischen Sprache ist der »Houaiss« meiner Meinung nach wie die Handtasche einer Frau: unentbehrlich, lebensrettend und beinhaltet unendlich viele winzige, absolut unnütze, aber wunderbare Dinge. Kenotaph beispielsweise war für mich eine Liebe auf den ersten Blick. Vor einigen Tagen stießen wir in Johannesburg auf einen extrem pedantischen Grenzpolizisten, einen seelenlosen Typen. »Der sieht aus wie ein Kenotaph«, sagte ich. Bartolomeu pflichtete mir prustend bei: »Keine Ahnung, was ein Kenotaph ist, aber er sieht wirklich so aus.«

17 Der Kellner auf dem Foto hat lange Haare, lange Koteletten und Schlaghosen. Ich finde, die Männer waren nie lächerlicher als in den Siebzigern.

»Ja«, erriet Dona Anacleta meine Gedanken. »Das ist Seretha du Toit. Dieses Foto wurde in Pretoria aufgenommen, bei der Amtseinführung des südafrikanischen Präsidenten Mandela.«

Dann zeigte sie mir drei Alben mit Familienfotos. Sie mit Faustino am Nachmittag ihrer Hochzeit direkt vor der Nazaré-Kirche. Der Bräutigam ist sehr schlank und dunkel, wie ein im Sonnenuntergang an eine Wand geworfener Schatten. Die Braut als Tag an seiner Seite, strahlend, in einem wunderschönen hellen Seidenkleid. Auf einem anderen Foto umarmt Faustino einen etwas jüngeren Burschen mit länglichem Gesicht, offenen Augen und herrlichen, schön geformten Lippen.

»Er hieß Ernesto, war Faustinos Bruder und etwa zwei Jahre jünger. Der Arme starb 1975, von einem Querschläger getroffen. Er war zu Hause, als eine Schießerei begann, und ging in den Garten, um Irene, seine jüngste Tochter, hereinzuholen, die damals sechs oder sieben Jahre alt war. Die Kugel traf ihn direkt ins Herz. Auf seiner Beerdigung sagte jemand, ich glaube, es war der Pfarrer, es sei kein Wunder, dass die Kugel ihn ins Herz getroffen habe, weil sein Herz so groß gewesen sei. Und er hatte tatsächlich ein sehr großes Herz. Wenn ich ihn so sehe, kommt er mir vor wie ein Engel.«

»War er Faustinos einziger Bruder?«

»Nun ja, der einzige Bruder vom selben Vater und von derselben Mutter. Der alte Guido, sein Vater, hatte noch viele andere Kinder außerhalb der Ehe ... Schau nicht so, meine Liebe. In unserem Land klettern selbst die Lahmen noch über den Zaun.«

Eine schlanke, zurückhaltende Frau kam herein, um zu sagen, dass der Tisch gedeckt sei. Wir aßen im Garten, im großzügigen Schatten eines riesigen Mangobaums. Die Frau setzte sich zu uns.

»Das ist Irene, meine Nichte«, stellte Dona Anacleta sie vor.

»Erinnerst du dich, was ich dir erzählt habe? Papa starb in ihren Armen. Irene hat nie geheiratet, sie lebt allein. Sie ist erst vor ein paar Tagen zu mir gezogen, um mir Gesellschaft zu leisten.«

Den Rest des Nachmittags dürfte Irene kaum mehr als ein halbes

Dutzend Worte von sich gegeben haben. Hin und wieder nickte sie zustimmend mit dem Kopf, wenn Dona Anacleta sich an sie wandte. Manchmal vergaß ich sogar, dass sie überhaupt da war. Ihre Tante auch, glaube ich. Es war, als redete sie nur mit mir.

»Ich dachte, du hättest immer in Mosambik gelebt«, sagte sie. Wir hatten Suppe und einen gut gewürzten Calulu mit Trockenfleisch gegessen und waren bereits beim Dessert angelangt: Bananenkuchen, Mango-Mousse, Maniokpudding. Ich nahm den Bananenkuchen, Dona Anacleta Maniokpudding. Ihre Stimme klang nun etwas freundlicher. »Ich dachte eigentlich, du seist Mosambikanerin. Aber irgendwer sagte mir, du seist in Lissabon aufgewachsen, bei einem portugiesischen Ehepaar. Ich hörte auch, dass du auf der Ilha de Moçambique gewesen bist, mit meinem Enkel Bartolomeu, und dass du deine Mutter gefunden hast. Deine biologische Mutter ...«

»Ja, das stimmt.«

»Hat sie sich gefreut, dich zu sehen?«

»Ich glaube schon. Es war etwas seltsam. Schwierig für mich wie für sie, aber ich glaube, es war gut, dass ich sie aufgesucht habe. Wir haben viel geredet.«

»Ich verstehe. Gibt es etwas, das du mir sagen willst?«

»In der Tat. Ich habe einen Arzt kennengelernt, dort auf der Ilha, und er hat mir von meinem Vater erzählt ... Also von Ihrem Mann ... Er sagte, sie seien gut befreundet gewesen.«

Dona Anacleta seufzte. »Irene, bitte geh meine Medikamente kaufen.«

Irene stand auf, verabschiedete sich von mir mit einem Kuss auf die Wange und ging. Eine dicke Hausangestellte mit einer glatten, straffen Haut[18] kam, um den Tisch abzuräumen. Dona Anacleta bat sie, den Tee zu bringen. Und dann kam sie mit ihrem Gesicht ganz nahe.

---

18 Sie schien einem Bild des kolumbianischen Malers Fernando Botero entsprungen: fröhlich und dick!

»Dieser Arzt, hat er auch einen Namen?«

»Amândio Pinto de Sousa.«

»Ja, Faustino sprach von ihm. Und was hat dieser Doktor Amândio erzählt?«

»Hören Sie, ich weiß nicht einmal, ob ich glauben soll, was er mir erzählt hat. Er sagte …«

»Ich weiß, was er dir erzählt hat.«

»Gut, aber er sagte auch, dass er es mit der Wahrheit nie so genau nimmt.«

»Und er hat völlig recht. Die Wahrheit ist eine alte nervtötende Dame, dumm und unbequem. Außerdem taub. Nicht so taub wie Türen, denn es gibt welche, nicht wenige, die genau zuhören können, sondern so taub wie Gott, dem alle ihr Leid klagen, obwohl er nie zuhört. Du suchst die Wahrheit?«

»Ich glaube schon.«

»Und was nützt es dir, die Wahrheit zu kennen?«

»Das ist keine Frage von Nutzen. Was nützt mir zum Beispiel die Schönheit der Sterne? Sie erfreut mein Herz. Ich glaube, die Wahrheit hat etwas mit Schönheit zu tun.«

»Da kann ich dir nicht zustimmen, meine Liebe. Es gibt sehr hässliche Wahrheiten. Manche Wahrheiten tun nur weh.«

»Ja, es gibt Wahrheiten, die wehtun. Aber vielleicht ist der Schmerz nötig …«[19]

»Das glaubst du doch selbst nicht!«

---

19 Kaum hatte ich das gesagt, fielen mir die Verse des südafrikanischen Dichters Breyten Breytenbach ein: »Für Schmerz ist kein Bedarf, Herr / Wir kämen auch gut ohne ihn zurecht / Blumen haben keine Zähne / […] Lass uns nur immer die süße Abendluft schmecken / In warmer See baden, mit der Sonne schlafen gehen dürfen / Friedlich auf dem Fahrrad durch strahlende Sonntage radeln // Und allmählich werden wir verrotten, wie alte Schiffe oder Bäume / doch halte Schmerz fern von mir, Herr / Sollen andere leiden […]«

»Sie haben recht, Schmerz ist nicht nötig. Man kann sehr gut ohne ihn auskommen.«

»Das kann man!« Sie lachte. »Blumen haben auch keine Zähne.«

»Sie haben Breyten Breytenbach gelesen?«

»Du kannst dir nicht vorstellen, was ich alles gelesen habe. Glaubst du, nur weil es in Luanda seit der Unabhängigkeit keine einzige gute Buchhandlung gibt, seien wir alle dumm geworden?«

»Nein, natürlich nicht …«

»Nein? Solltest du aber, mein Kind, das sind wir nämlich wirklich. Ich habe zum Glück gute Freunde in Lissabon, Rio de Janeiro und Paris, die mir Bücher schicken. Aber zurück zur Wahrheit und ihren Fallstricken. Die Wahrheit ist ein Hilfsmittel für Leute, die keine Fantasie haben. Die Lüge kann außerdem von allgemeinem Nutzen sein. Mit einem Lügenköder fängt man echte Karpfen …«

»Shakespeare?«

»Richtig, der alte Wilhelm. Sag mal, magst du Liebesgeschichten?«

»Sehr sogar. Ich mag gute Geschichten.«

»Ich will dir eine Liebesgeschichte erzählen, ich werde sie dir erzählen, nur heute nicht. Heute bin ich müde, und meine Geschichte ist vielleicht ein bisschen lang. Ein andermal.«

»Und was hat diese Geschichte mit der Wahrheit zu tun?«

»Alles, meine Liebe. Es ist das wahre Leben von Faustino Manso. Der Beweis dafür, dass es perfide Wahrheiten gibt und freundliche Lügen. Das Leben ist weder grau noch rosarot. Es hängt alles ab von den Gläsern, durch die wir schauen.«

# Verspätung

Seit drei Tagen ist meine Periode überfällig. Normalerweise kommt sie pünktlich, und ich werde langsam nervös. Ich werde wohl demnächst mal in einer Apotheke vorbeischauen und einen Schwangerschaftstest machen. Auf Anraten meiner Gynäkologin habe ich die Pille abgesetzt. Vor sechs Monaten. Normalerweise bin ich auch sehr vorsichtig. Und selbst wenn ich es nicht wäre, könnte ich mich auf Mandume verlassen. Mit ihm fühle ich mich sicher. Leider ist diese Sache in Kapstadt passiert. Wenn ich daran denke, weiß ich immer noch nicht, wieso ich damals an Bartolomeus Tür klopfen konnte. Meine Erinnerung an diese Stunden ist immer noch verschwommen. Fragmente.

Einmal, vor vielen Jahren, war ich mit meinem Vater in Lissabon unterwegs. Da rammte uns ein Taxi. Es war ein Sonntagmorgen im Januar, und es war so gut wie kein Verkehr auf der Straße. Das Taxi kam plötzlich aus dem Nebel, wie aus einer anderen Welt parallel zu der unseren, und knallte direkt in die Fahrertür. Mit diesem Unfall verbinde ich einen anderen, kleineren, bei dem mein Vater mich ohne Vorwarnung losließ, als er mich im Wohnzimmer an den Händen herumschleuderte. Ich knallte an die Wand. Aber ich war ihm nicht böse. In dem einen wie in dem anderen Fall erinnere ich mich lediglich daran, dass die Welt sich plötzlich sehr schnell um mich drehte. Und an den Geschmack von warmem Blut in meinem Mund. Ich wurde mit dem Krankenwagen in das Hospital de Santa Maria gebracht, mit einer riesigen Beule am Kopf. Ich erinnere mich nur an ein einziges Bild zwischen dem Unfall und dem Moment, als ich in der Notaufnahme wieder zu Bewusstsein kam, eine Schwester im

Krankenwagen[20], die mich anschaut und sagt: »Es ist nichts, Kind, es ist nichts.« Und so sehr ich mich auch anstrenge, ich kann mich genauso wenig erinnern, wie ich aus Bartolomeus Zimmer hinausgekommen bin. Doch, jetzt erinnere ich mich, ich glaube, Lili im Flur getroffen zu haben, und ich glaube, sie hat mich auf mein Zimmer gebracht. Mandume hat wahrscheinlich schon geschlafen und ist nicht aufgewacht. Seltsam, ich denke an Lili, und sofort kommt mir Mauros Gesicht in den Sinn. Innerhalb so kurzer Zeit traten ein Rothaariger und eine Rothaarige in mein Leben und auch wieder hinaus – einer von beiden sogar durch Schüsse. Rot ist, das weiß man, die Farbe der Gefahr.

20 Natürlich hat diese Szene auch einen Soundtrack: das Heulen der Sirene. Doch das Bild, das mir von dem Unfall in Erinnerung geblieben ist, wie die Welt sich um mich dreht, ist still und schwarz-weiß wie ein alter Dokumentarfilm.

# Was das Leben von Träumen unterscheidet

Ich will Ihnen erzählen, was ich noch während der Nacht in Quelimane gesehen habe. Ich bin gestern angekommen. Zwei Tage muss ich bleiben, um die Rückreise vorzubereiten. Es macht mir nichts aus, allein zurückzufahren, ich und meine treue Malembe. Die Straße entlang lasse ich meine Gedanken leerlaufen. Reisen ist Vergessen. Und ich habe viel zu vergessen. Was auf der Ilha passiert ist zum Beispiel, nach dem Morgen, an dem ich Zeuge eines Mordversuchs wurde (oder eines Mordes, das kommt darauf an, ob der Besitzer der Pension weiter im Koma bleibt, im Krankenhaus in Johannesburg). Ein junger Mann kam auf mich zu und fragte, ob ich vielleicht Interesse an alten Münzen hätte, dann bot er mir Missangas an und schließlich Heiligenbildchen. Wir plauderten und ich merkte schnell, dass vor allem er selbst mich interessierte. Denn ich interessiere mich nicht im Geringsten für alte Münzen und noch weniger für Missangas. Was die Heiligen angeht, sagte ich ihm, sei ich nur auf die ohne Flügel scharf.

»Und das hier?«, fragte er und ließ seine Hosen herunter. »Interessiert dich so was?« Oh, diese Dreistigkeit der Jugend! Abdul verbrachte die Nacht mit mir im Auto. Als er ging, lief er Laurentina und Mandume direkt in die Arme. Das war Pech. Noch am selben Nachmittag kam der Portugiese zu mir.

»Ich habe keine Ahnung, wer du bist, ob Priester oder Taxifahrer, ob beides oder keins von beiden. Und es geht mich auch nichts an, wie du dich sexuell orientierst. Ich möchte dich nur bitten, ein wenig diskreter damit umzugehen.«

Ich schwieg. Denn ich bin diskret.

Ich erinnere mich, schließe die Augen. Mein Herz rast, das Blut steigt mir ins Gesicht. Was ich sagen wollte: In dieser Nacht in Quelimane sah ich etwas wirklich Seltsames. Ich dachte über einen Satz nach. Ich kann nachts stundenlang über einen Satz nachdenken. »So weird are my dreams when you're away from me.« Diesen Satz hat mir, seinen Mund an meinem Ohr, ein Mann gesagt, den ich vor langer Zeit in Kapstadt kennengelernt habe. Ich glaube, heute würde ich ihn auf der Straße nicht mehr erkennen. Den Satz allerdings habe ich nicht vergessen, und auch nicht seinen Duft, die harten Bartstoppeln, die mich im Nacken kratzten.

»Seltsam sind meine Träume, wenn du weit weg bist von mir.«

Ich öffnete die Augen und sah die Hyänen. Dort auf dem Platz, wo es gerade hell wurde, zwischen dem Staunen des Flusses und der strahlend weißen Stille der kleinen Kirche. Fünf Hyänen. Hechelnd. Ein feines Heulen, wie Frauen, die erschöpft einen Toten beklagen. Aus der Entfernung, im Zwielicht, konnte ich kaum ihre Umrisse erkennen, flüchtige Flecken, kräftige Hälse wie von Pferden, die viel zu kurzen Hinterbeine und dieses ewige Sich-im-Kreis-drehen und Wimmern. Als sie sich dem Auto näherten, sah ich, dass ihre Schnauzen in einer Art Maulkorb aus Sisal steckten und dass sie dicke Eisenketten um den Hals hatten. Drei Zwerge, winzige, aber muskulöse Gestalten, hielten die Ketten. Die Nacht hob ihre schwarzen Flügel und löste sich nach und nach in der schweren, feuchten Luft auf. Ich ließ sie vorüberziehen, bis sie dreißig, vierzig Meter entfernt waren, öffnete dann lautlos die Autotür und stieg aus. Schlich ihnen hinterher. Obwohl ich Angst hatte, wollte ich unbedingt wissen, wo dieser merkwürdige Zug sich hinbewegte. Die Stadt schlief noch. Ein verspäteter Trinker an einer Ecke hob den Kopf, als er das Wimmern der Hyänen hörte. Auch er rieb sich ungläubig die Augen. Vielleicht schwor er sich in diesem Moment, mit dem Trinken aufzuhören. Es ging weiter, aus dem Zentrum heraus, und immer schneller. Wer weiß, ob sie fürchteten, das Tageslicht könnte sie verraten. Wir kamen an alten Wohnhäusern vorbei mit ausladenden Eisenbalkonen, Zinkdächern, eleganten Villen im Stil der Fünfzigerjahre, dann an einer Reihe kleinerer Häuser, weiß mit grün oder blau gestrichenen Türen, kleinen Gärten mit riesigen Palmen. Ein Hund nahm panisch vor den Hyänen Reißaus. Dann plötzlich breitete sich eine Ebene aus, und ich sah das riesige gestreifte Zelt: weiß, gelb, orange. Das Bild katapultierte mich in meine Kindheit zurück und ich sah wieder, mit den kreisrunden Augen eines neunjährigen Jungen, die Holztribünen voller Menschen. Sah wieder die Frauen in ihren kurzen Röcken, Nylonstrümpfen, die Popcorn verkauften und mich anlächelten. Ich fand sie wunderschön; so stellte ich mir Engel vor. Ich sah wieder die Zauberkünstler, die Illusionisten, die Schlangenmenschen, die Fakire, die Messerwerfer, die Raubtierdompteure, die Spanisch sprechenden Clowns. Damals glaubte ich, Spanisch sei eine von Clowns erfundene Sprache. Bis heute kann ich niemanden, der mit mir Spanisch spricht, richtig ernst nehmen. Eine Tragödie auf Spanisch kann ich mir nicht vorstellen.

»Zirkus Boswall« stand auf einem Schild am Haupteingang. Rund um das Zelt standen vier oder fünf Wohnwagen, zwei Lastwagen und drei Käfige auf Rädern. Die Zwerge öffneten die Tür zu einem der Käfige und ließen die Hyänen hinein. Im mittleren Käfig schlief ein alter, abgemagerter Löwe. Im letzten steckte ein Gorilla. Die Zwerge stiegen lachend in einen der Wohnwagen und warfen sich Sätze zu in einer Sprache, die mir vollkommen fremd war. Ich setzte mich vor den Gorillakäfig. Das Tier war schon wach. Es stocherte sich mit einem Dorn in den Zähnen herum und schaute mich an. Trübe, gelbe Augen. Mit erhobenem Kopf schaute es mich an wie ein Kriegsgefangener, der sich bemühte, seine Würde zu bewahren; ich meine sogar, dass er verächtlich schaute.

»Rust never sleeps …«

Erschrocken drehte ich mich um. Es war einer der Zwerge. Ich hatte ihn nicht kommen hören. Seine Stimme glänzte im Morgenlicht, seine

Zähne auch. Rust, erklärte mir der kleine Mann ungebeten, heiße der Gorilla. Und in der Tat hatte das Fell des armen Tiers einen rostigen Ton, was den Eindruck des Verlassenseins, des Zurückgelassenseins, wie die Karosserie eines im Graben einer Nebenstraße herumliegenden Autos, noch verstärkte.

»Woher seid ihr?«

Der Zwerg zuckte mit seinen breiten Schultern. »Von überallher. Ein Zirkusvolk kennt keine Nation. Ich bin Nigerianer und«, er deutete auf die Hyänen, »die hier auch. Ich bin mit meinen Brüdern hier. Warum sehen Sie sich nicht heute Abend unseren Auftritt an?«

Ich willigte ein. Das Leben ist nicht weniger konfus als Träume, nur hartnäckiger.

# Feindliche Brüder

Sonntag in Luanda.

Frühmorgens kam Nelito ins Hotel, um mich seiner Familie vorzustellen. Mein Vater sieht ihm sehr ähnlich, kein Zweifel, doch nicht so, wie man sich vorstellt, dass ein jüngerer Bruder dem älteren ähnelt, sondern eher wie ein Schatten dem Körper, der ihn wirft. Er umarmte mich herzlich.

»Nach so langer Zeit, mein lieber Neffe ...«

So lange Zeit? Es war das erste Mal, dass wir uns sahen! Seine Frau Ondina war mitgekommen. Auch sie begrüßte mich, als würde sie mich schon immer kennen, wenn auch weniger herzlich, ihre Augen waren überschattet (schöne Augen übrigens: tief und schwarz). Sie gingen mit mir in einen Yachtclub einige Kilometer außerhalb der Stadt, wo ich viele Freizeitboote sehen konnte, darunter ein paar von beachtlichen Ausmaßen. Mein ältester Cousin Manolo erwartete uns schon auf einer eleganten, schwanenweißen Yacht, um uns nach Mussulo zu bringen. Nelito hat vier Kinder: zwei Mädchen, Mimi, fünfzehn Jahre alt, und Mulata, sechzehn, und zwei Jungs, Miguel, neunundzwanzig, und Manolo, einunddreißig. Manolo ist kaufmännischer Leiter einer neuen Bank. Er ist reich, glaube ich, denn er hat sich auf Mussulo ein riesiges Strandhaus bauen lassen, aus Holz und Bambus, das, in seinen Worten, »sehr harmonisch mit der Umgebung in Dialog tritt«. Das tut es wirklich, und zwar nicht zu knapp. Es bekommt nicht genug vom Dialog mit den Palmen, Dutzenden von ihnen, die sich von der Tür bis hinunter zum Meer erstrecken. Außerdem besitzt mein reicher Cousin ein geräumiges Apartment in Luanda und noch eins in Rio de Janeiro.

Miguel, Mimi und Mulata erwarteten uns schon. Mulata ist gar keine, sie heißt nur so, weil sie mit etwas hellerer Haut zur Welt kam als ihre Geschwister. Sie ist hübsch, von einer gelassenen Schönheit, ohne jene Aufdringlichkeit, die mir bei anderen Jugendlichen in Luanda oft auf die Nerven geht. Zu Mittag gab es Hühnchen vom Grill, von Miguel und Manolo zubereitet, vielleicht ein wenig zu stark gewürzt für meinen Geschmack, trotzdem sehr gut.

Ich war es, der schließlich das Gespräch auf das Zerwürfnis lenkte. »Es gibt da ein paar Dinge, die mein Vater mir nie erzählt hat. Es sind ja schon so viele Jahre vergangen, und ich glaube, ich habe ein Recht darauf, sie zu erfahren. Was genau ist damals mit meinen Onkeln passiert?«

Nelito seufzte. Er öffnete eine Flasche Cuca und goss sich ein Glas ein. Dann nahm er einen großen Schluck. »Mariano ist gleich in den ersten Tagen ums Leben gekommen. Da war Martinho noch jung, höchstens achtzehn Jahre alt. Er studierte in Kuba. Sie beorderten ihn zurück und sperrten ihn etliche Wochen ins Gefängnis von São Paulo. Dort konnte ich ihn nur zwei Mal besuchen, dann schickten sie ihn in ein Lager irgendwo im Süden. Ich habe versucht, ihn herauszuholen, habe alles versucht, aber du stellst dir nicht vor, kannst es dir gar nicht vorstellen, wie unser Leben damals war. Wir lebten in ständiger Angst. Schliefen erschöpft und voller Furcht ein, und morgens wachten wir noch erschöpfter auf, weil wir die ganze Nacht gezittert und mit den Zähnen geklappert hatten. Noch heute wache ich manchmal von Albträumen auf. Angst macht müde. Sie macht einen fertig. Ich stand auf der richtigen Seite, aber drei meiner Brüder standen auf der falschen, und das wurde gegen mich verwendet. Die Genossen schauten mich misstrauisch von der Seite an, verstehst du, und ich wusste, dass viele von ihnen auch an meiner Überzeugung zweifelten. Hinter dem Rücken konnte ich schon das schlimme Wort hören, ›Fraktionist! Fraktionist!‹, vielleicht bildete ich es mir nur ein, aber das ist egal. Ich schlief bekleidet, nur für den Fall, dass sie mich mitten in der Nacht holen kämen. Ich wollte nicht unbedingt in Unterhosen verhaftet werden …«

Mulata unterbrach ihn: »Ich denke, ein aufrechter Mensch bleibt ein aufrechter Mensch, auch in Unterhosen. Wahre Würde steht über der Nacktheit.«

Alle lachten. Ich fand das einen sehr weisen Einwurf. Als ich wieder im Hotel war, hatte ich einen anderen Eindruck von den Angolanern bekommen. Ich rief meinen Vater an und erzählte ihm, was geschehen war. Ich hörte, wie sich am anderen Ende die Stille zusammenbraute wie Wolken, die sich kurz vor dem Gewitter verdichten, und bereitete mich auf das Schlimmste vor. Doch seine Stimme offenbarte nicht die geringste Spur von Wut, sondern nur Schmerz.

»Was soll ich jetzt sagen? Es war wahrscheinlich richtig. Zumindest bist du daran gewachsen. Ich habe kein Recht, dir meine Wut aufzubürden. Ich habe drei Brüder verloren, ich will nicht auch noch meinen Sohn verlieren.«

»Du hast zwei Brüder verloren, Papa! Nelito lebt.«

Wieder Stille. Im Hintergrund die Stimme meiner Mutter, ein schroffes Murmeln. Die Hupe eines Autos (wahrscheinlich steckten sie irgendwo im Stau). Dann endlich ein langer Seufzer: »Wann kommst du zurück?«

Es war Nacht geworden und von Laurentina keine Spur. Sie hatte gesagt, dass sie den Tag bei Dona Anacleta verbringen wollte. Die Alte hatte ihr anscheinend versprochen, die wahre Geschichte von Faustino Manso zu erzählen. Ich bin selbst sehr gespannt. Lange blieb ich vor dem Fernseher sitzen und zappte von Sender zu Sender, bis mir bewusst wurde, dass ich überhaupt nichts mitbekam. Also beschloss ich hinauszugehen. Ich ging Alfonsina suchen. Ich fand sie in dem verlassenen Pavillon mit dem schlafenden Huhn zwischen ihren Beinen. Sie hatte sich neue Kleider gekauft, ein weißes Kleid mit einem riesigen Regenbogen auf der rechten Schulter, der sich bis zum Saum hinunterzog, blaue Turnschuhe mit gelben Blümchen. Sie begrüßte mich mit einem breiten Lächeln: »Findest du mich schön?«

Ich sagte Ja und wollte wissen, was bei den Untersuchungen herausgekommen sei.

Sie zuckte mit den Schultern. »Ich hab AIDS gekriegt.«

»Wie bitte?«

»Ya! Sie haben mir 'n Haufen Medikamente zu schlucken gegeben. Jetzt geht es mir besser.«

»Das kann doch nicht sein, Alfonsina!«

»Es geht mir gut, Cota, mach dir keine Sorgen. Das Fieber ist weg, es geht mir gut.«

Ich fragte sie, warum sie immer alleine herumzog, warum ich sie niemals mit anderen Kindern sah. Straßenkinder schließen sich doch normalerweise zu Banden zusammen. Sie antwortete, dass diese Kinder sie schlügen, sie beschuldigten, eine Hexe zu sein und sie dann verprügelten. Eine Hexe?! Sie reagierte nicht auf meine Verblüffung. Ja, Hexe, wiederholte sie. Einmal hätten sie versucht, sie anzuzünden, als sie schlief. Hatten sie mit Petroleum überschüttet und ein Streichholz hinterhergeworfen. Sie war aufgewacht und hatte sich über den Sand gerollt. Sie zeigte mir die Narben an ihrem Bauch. Ich fühlte mich machtlos, war wütend. Das war der berühmte Tropfen, der das Fass zum Überlaufen bringt. Heiser bahnte sich meine Stimme ihren Weg: »Pack deine Sachen zusammen und komm mit.«

Ich handelte, ohne nachzudenken. Jetzt, wo ich darauf zurückblicke, erschrecke ich ein bisschen darüber. Das Mädchen folgte mir schweigend. Im Hotel mietete ich ein zweites kleines Zimmer auf meinen Namen. Der Mann an der Rezeption schaute mich misstrauisch an und schüttelte den Kopf, als wir hinaufgingen. Wir waren schon auf der Mitte der Treppe, als er uns hinterherrief: »Nein, das geht nicht!«

Ich erschrak. »Wie, was?«

»Das Huhn! Das Huhn darf nicht mit hinauf. Tiere sind auf den Zimmern nicht erlaubt.«

Ich kehrte um, steckte die Hand in die Hosentasche und zog einen

Zehn-Dollar-Schein heraus. Ich legte die Banknote auf den Tresen. »Und jetzt, geht es jetzt?«

Der Mann schüttelte wieder den Kopf. »Ich habe nichts gesehen.«

Wir gingen hinauf. Ich öffnete die Tür zum Zimmer und ließ Alfonsina hineingehen.

»Soll ich hierbleiben?«

»Sollst du.«

»Willst du Sex mit mir haben?«

»Nein, verdammt!«

»Weil ich krank bin oder weil du mich nicht magst?«

»Weder das eine noch das andere. Ich will nicht mit dir schlafen, weil du ein Kind bist. Ich will nur, dass es dir gut geht. Du kannst doch nicht weiter auf der Straße schlafen.«

»Ich habe immer auf der Straße geschlafen.«

»Wir suchen deine Eltern. Deine Familie …«

»Meine Eltern sind verschwunden. Verschwunden, als der Krieg wiedergekommen ist, nach den Wahlen. Ich habe sie nie mehr gesehen …«

»1992?«

»Ja …«

»Lüg doch nicht, Alfonsina. 1992 warst du noch nicht einmal geboren.«

Sie schwieg. Setzte sich auf das Bett und verbarg ihr Gesicht zwischen den Händen. »Du weißt gar nichts über mich.«

Ich zog einen Stuhl heran und setzte mich vor sie hin. »Willst du es mir erzählen?«

# Schwanger

Es ist amtlich: Ich bin schwanger. Ich habe einen Test gemacht. Und noch einen. Ich sollte mit Mandume reden, ihm alles erzählen, aber mir fehlt der Mut. Das Beste wäre, erst mit Bartolomeu zu sprechen, aber wenn ich nur daran denke, kommt die Wut in mir hoch. Ich hasse ihn. Ich hasse mich selbst. Natürlich hasse ich ihn nicht und mich selbst auch nicht, und kaum lese ich, was ich da geschrieben habe, wird mir klar, wie lächerlich das ist. Ich werde schnell lächerlich, was wollt ihr? Meine ganze Kindheit und Jugend verbrachte ich in einer Art mexikanischer Telenovela mit portugiesischen Untertiteln. Bei mir zu Hause kultivierte man die Übertreibung. Mein Vater liebte Fado und Stierkampf, Gitarren, Stiere, Schals, Schwert-und-Degen-Dramen. Meine Mutter Doroteia mochte indische Filme. Bei der Hausarbeit hörte sie Roberto Carlos und Julio Iglesias. Ich bin ein Resultat dieser unausgeglichenen Jahre.

Ich rief Aline an. Sie hörte mir ungläubig zu (ich konnte sie sehen, in ihrem kleinen Apartment am Chiado, wie sie eine Haarsträhne um die linke Hand wickelte, was sie immer tut, wenn sie nervös ist). Sie brüllte mich an: »Solche Katastrophen passieren dir nicht! Doch nicht dir!«

»Ich muss dich leider enttäuschen, es ist mir passiert ...«

»Und jetzt, was willst du machen?«

»Ich habe dich angerufen in der Hoffnung, dass du mir sagst, was ich jetzt tun soll.«

»Ich? Na klar, Liebes, lass uns in Ruhe nachdenken. Wann kommst du zurück?«

»Ich weiß nicht. Hier passieren so viele Dinge. Dona Anacleta, Faustinos Witwe, hat mir eine wunderbare Geschichte erzählt. Ich hätte gern, dass sie sie auch vor der Kamera erzählt. Wenn sie das nicht tut, ist der Film nicht echt, jedenfalls nicht für mich. Falsch wie ein falscher Edelstein. Was ich sagen will, ist: Er glänzt dann zwar immer noch und blendet alle Leute mit seinem Glanz, trotzdem wäre ich nicht glücklich, weil ich ja die wirkliche Geschichte kenne. Auf der anderen Seite verstehe ich, dass Dona Anacleta nicht reden will. Es wäre für viele Leute ein Schock …«

»Ich verstehe nicht. Machst du dir Sorgen wegen der Schwangerschaft oder wegen des Films?«

»Wegen allem, Aline. Wegen allem zur gleichen Zeit. Was soll ich sagen? Ich schaue mein Leben an und sehe ein riesiges Chaos. Du weißt, wie ich das Chaos hasse. Was soll ich denn machen, mein Gott?«

»Du redest nicht mit Gott, sondern mit mir, deiner besten Freundin. Wie auch immer, ich kann dir auch keine Antwort geben. Du hast noch ein paar Tage zum Nachdenken. Du willst doch nicht jetzt schon Mutter werden, oder?«

»Ich weiß es nicht. So merkwürdig es dir erscheinen mag, ein Teil von mir will es, und zwar sehr. Lass mich erklären: Wenn ich anfange, darüber nachzudenken, dass sich da jemand in mir drin entwickelt, und wenn ich danach an ein Kind denke, an ein Baby, dann spüre ich eine große Zärtlichkeit, Begeisterung, keine Ahnung, ja, ich will unbedingt Mutter sein …«

»Das klingt nicht nach dir …«

»Du hast recht, wahrscheinlich drehe ich gerade durch.«

»Willst du es Mandume erzählen?«

»Was bleibt mir anderes übrig?«

»Das hat er einfach nicht verdient. Ich hätte ihn mir schnappen sollen.«

»Und warum tust du es nicht?«

»Weil der arme Teufel in dich verliebt ist! Er hat nur Augen für dich. Nimm Vernunft an, Laurentina, jemandem wie Mandume begegnet man nur ein Mal im Leben. So einen findest du nie wieder. Dieser Bartolomeu, jedenfalls nach allem, was du erzählst, ist der böse Wolf in Person. Halte dich fern von ihm.«

»Ich glaube, dafür ist es jetzt etwas zu spät.«

»Spät, meine Liebe? Also weißt du, es brennt!«

Sagte sie und legte auf. Plötzlich wurde mir klar, was ich Mandume sagen könnte: »Hör mal, ich bin schwanger von dir!«, oder einfach nur, ohne lügen zu müssen: »Hör mal, ich bin schwanger!«, und wahrscheinlich würde er die Nachricht mit großer Freude aufnehmen. Er will unbedingt ein Kind von mir. Mir wurde klar, dass ich mich, wenn ich das täte, genauso verhalten würde wie alle Frauen meines Vaters, ich meine von Faustino Manso. Ich in der Rolle dieser Frauen, Mandume in der des Faustino. Bartolomeu in der Rolle der vielen gesichtslosen Väter, mit denen diese Frauen geschlafen haben.

Ein Schwindel.

Alima, meine Mutter, hat mir den Namen meines Vaters nicht verraten. Ich habe sie auch nicht danach gefragt. Ich nehme an, sie weiß nicht einmal, dass Faustino unfruchtbar war. Und weiß wahrscheinlich bis heute nicht, warum er sie damals sitzen ließ.

# Es spricht Alfonsina, die das Meer liebt

Ich wurde in Bailundo geboren, du kennst es nicht, Bailundo ist ein Geheimnis auf der Landkarte Angolas. Der Himmel: unendliche Helligkeit! Das Blau so blau wie sonst nirgendwo auf der Welt. Das Blau des Himmels in Bailundo – sagte Padre Cotovia uns immer – ist dasselbe wie zu Anbeginn der Welt. Manchmal träume ich vom Himmel in Bailundo, glänzend und feucht, und dann verwandele ich mich in einen Vogel und fliege. Ich wache auf und singe wie ein Vogel. Wie Pintada bin ich dann. Hin und wieder gelingt es mir, mich mit ihr in der Waldvogelsprache zu unterhalten. Es gibt viel Grün dort, Hölzer jeder Art, von denen ich nicht einmal die Namen kenne, die aber ganz süß klingen, weil Umbundu die Sprache ist, in der die Engel sprechen, wenn sie sich lieben – das hat auch Padre Cotovia erzählt, also stimmt es wahrscheinlich.

Luanda ist, verglichen mit Bailundo, eine Art Trockenfisch neben einem lebendigen Fisch. In Bailundo ist das Leben voll Glanz, es trägt Karnevalskleidung, Pailletten, Missangas um den Hals, Glöckchen an den Knöcheln und es tanzt, immer und immer, bei Tag und bei Nacht. Aber ich hatte kein Glück. Mama trat auf eine Mine, nicht so eine, die explodiert und einen zum Krüppel macht, einem den Fuß abreißt, das Bein abreißt, nein, Väterchen, nicht so eine, eine verhexte Mine, hast du davon schon einmal gehört? Nein, nie? Das ist eine Spezialität von uns, eine traditionelle Waffe. Mama ist auf so eine Mine getreten, als sie schwanger war, und die Mine traf mich in der behaglichen Stille ihres Bauches. Ich bin keine Hexe, ich hoffe, du verstehst das, ich bin verhext, aber das erfuhren wir erst später, als ich nicht größer wurde. Du glaubst mir nicht? Gibt es in Portugal keine Hexerei? Die gibt es doch überall. Jesus Christus zum Beispiel ging über das Wasser. Heilte die Blinden. Er nahm ein Glas Wasser und befahl: Du sollst Wein werden, Wasser! Und das Wasser fügte sich, veränderte seine Farbe und den Geruch und wurde zu einem guten Wein. Jesus Christus nahm eine winzige Makrele und sagte: Du wirst eine Menge Makrelen sein. Und diese winzige Makrele verwandelte sich in viele Makrelen, jede Schuppe eine neue Makrele, und mit denen stillte er den Hunger eines ganzen Dorfes. Wenn aber ich über das Meer ginge, was würden die Leute sagen? Die Kleine da – chê! – das ist eine Hexe! Sie würden mich mit Steinen bewerfen und mich verbrennen wollen. Ich wurde elf Jahre alt und wuchs nicht mehr. Blieb ein Kind. So wie ich jetzt bin. Es kam Regen und dann der Herbstnebel und dann wieder Regen, und ich blieb immer gleich, und da begannen ein paar Leute, irgendwelche Leute, zu reden, das sei Hexerei, die Kleine wird uns Unglück und Krankheiten bringen und Krieg, hier nach Bailundo, aber meine Mutter nahm mich in Schutz, mein Vater nahm mich in Schutz, schwang seine Machete hoch in die Luft, und weil er ein starker Mann wie Rambo war, und sehr angesehen, weil er Lehrer an der Priesterschule war, hatten die anderen Angst vor ihm und ließen mich in Frieden.

1992, als der Krieg wieder anfing, kamen sie meinen Vater holen. Sie nahmen ihn mit in den Busch, um aus ihm einen Guerillero zu machen, und ich sah ihn nie wieder. In einer anderen Nacht, eine Zeit später, kam der Krieg in unser Dorf. Schüsse, Chaos. Eine Granate schlug in die Wand unseres Hauses ein. Wir flüchteten schreiend, meine Mutter, ich und meine Cousins und Cousinen, jemand oder etwas schlug mir auf den Kopf, und als ich wieder aufwachte, war ich allein. Ich lief herum. Schließlich fand mich eine Nonne und nahm mich mit anderen Kindern in einem Bus mit nach Huambo. Niemand kannte mich dort, die Leute behandelten mich nicht, als sei ich eine Zwergin, etwas Schlechtes, eine Missgeburt, sondern wie ein versprengtes Kind unter vielen. Sie hatten Mitleid mit mir. Ich blieb vier Jahre lang, bis schließlich einige Verdacht schöpften, weil ich nicht größer wurde, und wieder begannen sie, mich zu jagen. Ich floh nach Lubango und dann nach Namibe, und dort sah ich zum ersten Mal das Meer. So viel Wasser, der Schaum wie ein gesticktes Tischtuch, ein Brautkleid – ich, eine Braut? Ich will nur noch am Meer leben.

Wenn man mich nach meinem Alter fragte, sagte ich immer, ich sei elf, und versteckte all die anderen Jahre meines Lebens. Versuchte, mich selbst zu vergessen. Strengte mein Gehirn an, um mich selbst zu vergessen. Nach einiger Zeit gelang es mir. An Bailundo erinnerte ich mich nur noch wie an einen Traum. Der Lubiri-Berg im Nebel. Und wenn man mich fragte, sagte ich: Bailundo? Kenne ich nicht, ich war noch nie dort. Eine Familie nahm mich auf. Eine Alte und ihre halb weiße Tochter. Die Alte behandelte mich gut, sie war meine Freundin, wir lachten zusammen. Sie gab mir Sauermilch, kämmte mein Haar mit Mupeque-Öl. Die Tochter aber mochte mich nicht, war eifersüchtig, ihre kleine Seele, das weiß ich jetzt, war zu dunkel. Ich half mit, die Bar sauber zu halten, kochte, bediente, und nachts rollte ich mir eine Matte hinter dem Tresen aus und schlief dort. Eines Morgens war die Alte tot, ihr Herz war plötzlich stehen geblieben. Die Mulattin begann, sich mit mir anzulegen. Sie zwang mich, doppelt so viel zu arbeiten. Schlug mich. Ich haute ab. Lernte einen Lastwagenfahrer kennen, Hauptmann Basílio, so hieß er, und der nahm mich mit nach Lobito. Dort blieb ich drei Jahre, arbeitete in einem Restaurant, fegte, putzte den Boden, hatte sogar ein Zimmer für mich allein. Aber auch diesmal währte das Glück nur kurz. Eines Nachts packte mich der Chef, riss mir mit den Zähnen die Kleider herunter, schlug mich und vergewaltigte mich. Das geschah ein Mal und dann wieder. Und wieder. Ich wartete, bis Hauptmann Basílio wieder vorbeikam und bat ihn um Hilfe. Hauptmann Basílio packte meinen Chef und verpasste ihm mit einem Knüppel eine Tracht Prügel. Dann griff er mich, setzte mich auf den Beifahrersitz und nahm mich mit nach Luanda. Nie zuvor hatte ich so viele Autos gesehen. Die Geräusche all dieser herumlaufenden Leute machten mir Angst. Die Straßen, ein knurrender wütender Fluss voller Zähne nach der Regenzeit. Ich Hinterwäldlerin hielt mir die Ohren zu, schloss die Augen und versuchte, an den Himmel in Lubango zu denken und an die große Stille am frühen Morgen.

Hauptmann Basílio, du musst ihn einmal kennenlernen, ist behindert. Er verlor sein rechtes Bein durch eine Mine, als er bei der Armee war. Und trotzdem, mit nur einem Bein fährt er Lastwagen, bereist das ganze Land, kennt in jeder Stadt Leute, hat in allen Bars unseres schönen Angola Freunde. Ein Cousin von ihm, oder der Freund eines Cousins, egal, arbeitet auf dem Roque Santeiro, dem größten offenen Markt von Afrika, auf den wir so stolz sind, und gab mir Arbeit. Ich verkaufte dort Früchte. Zwei oder drei Jahre lang. Dann begann alles von vorne, die Leute schauten mich scheel an – wächst die Kleine denn überhaupt nicht? Sie müsste doch schon längst eine junge Frau sein. Wo bleiben denn ihre Brüste? Ich verließ den Roque und lebe seitdem auf der Ilha. Dort begann ich, meinen Körper zu verkaufen. Es ekelt mich an, manchmal, die schmutzigen Männer, die stinken, aber wenigstens kommandiert mich hier niemand herum. Ich bin fast frei. Und kann immer das Meer hören. Das Meer wäscht mich rein. Ich nehme auch Sonnenbäder. Das habe ich von Pintada gelernt. Du gräbst ein Loch, machst ein Nest, und da kuschelst du dich hinein. Die Sonne wärmt dich, und dann fängst du an zu vergessen, das ist besser, als Klebstoff zu schnüffeln. Besser sogar, als Liamba zu rauchen. Pintada habe ich vom Roque Santeiro. Da gab es eine kleine Hündin mit weißem, langem Fell, die hieß Maria Rita. Sie hatte ein gutes Herz, war ganz zahm. Eines Tages brachte mir jemand das Ei eines Perlhuhns, und aus Spaß gab ich es ihr zum Ausbrüten. Die Hündin blieb tagelang auf dem Ei liegen. Als Pintada zur Welt kam, war Maria Rita überglücklich. Sie kümmerte sich um das Küken, als wäre es ihr eigenes Kind. Deshalb denkt Pintada, sie sei ein Hund.

Mein Alter? Naja, Väterchen, so ungefähr dreißig.

Glaubst du mir?

# Der Mann mit dem roten Motorroller

Nach einer Fahrt ohne große Zwischenfälle kam ich schließlich an die südafrikanische Grenze. Ein Gewirr von Leuten. Die einen wollten durch, die anderen kamen von drüben, voll beladen mit allerlei Zeug. Ein Weißer mit einer Satellitenschüssel auf dem Rücken fragte, ob ich ihm helfen könne, das schwere Ding nach Maputo zu bringen. Zwei Schwarze versuchten, mir einen Herd zu verkaufen. Eine Alte in der traditionellen Tracht der Ndebele – blau, gelb, ocker gestreifter Umhang, den Hals komplett in Metallhalsbändern und darüber weitere dicke Missanga-Ketten – zeigte mir einen Affen, der, so behauptete sie, sehr schön »Nkosi Sikelel' iAfrika« pfeifen könne, aber nur dann, wenn es regnete. Ich fragte sie, wozu ich wohl einen Affen bräuchte, der an Regentagen »Nkosi Sikelel' iAfrika« pfeifen könne.

Die Alte lachte. »Er taugt mehr als mein Mann, der kann nicht mal pfeifen.«

Ich wartete gute eineinhalb Stunden in der Schlange. Dann kam eine Frau Mitte dreißig, hübsch, sehr hübsch und gepflegt. Sie schaute in meinen Pass und lächelte.

»Guten Tag, Herr Albino! Angolaner? Darf ich fragen, was Sie nach Mosambik geführt hat?«

»Tourismus. Ich kam bis Quelimane.«

»Allein?«

»Nein, ich habe portugiesische Touristen gefahren. Sie sind geblieben; nur ich fahre nach Luanda zurück. Möchten Sie mitkommen?«

Sie lachte hell auf. »Fragen Sie mich das nicht noch einmal, sonst komme ich tatsächlich mit.«

Der Unterschied zwischen den Grenzpolizisten in Südafrika, Mosambik und Angola ist, dass die Südafrikaner effizient, aber unsympathisch sind, in Mosambik sind sie in der Regel inkompetent, aber sympathisch, und in Angola unsympathisch und inkompetent. Drüben hielt ich vor einem Supermarkt und kaufte Getränke, Kekse und belegte Brote für die Weiterfahrt. Und trank ein Red Bull. Zwei Stunden später trank ich das zweite. Der Effekt ließ nicht lange auf sich warten: eine Art Nervosität, ein Drang, mich zu bewegen, mich zu verlieren, mich in Luft aufzulösen. Wenn ich zwei Red Bull getrunken habe, kann ich vierundzwanzig Stunden lang durchfahren, ohne anzuhalten. Ich fuhr eine ganze Weile. Es wurde schon dunkel, als ich aus dem Nichts das kleine rote Haus auftauchen sah, in dem wir bei der Hinfahrt das Werkzeug gefunden hatten, um Malembelembe zu reparieren. Ich dachte, es sei nett, dem Besitzer für seine unfreiwillige Hilfe zu danken. Ich hielt an und stieg aus. Die Tür war offen, wie damals, doch diesmal brannte Licht. Ich sah einen bleichen Mann mit grauen, glatten, zurückgekämmten Haaren auf einem der Ledersofas sitzen. Er hatte ein Buch im Schoß liegen und schaute mich starr an. Er sagte nichts und machte auch keinerlei Anstalten aufzustehen. Ich begrüßte ihn.

»Guten Abend!«

»Guten Abend!«

»Entschuldigen Sie, ich hoffe, ich störe nicht …«

»Brauchen Sie etwas?«

Er hatte einen merkwürdigen Akzent. Ich kannte den Akzent aus irgendeinem Film, konnte ihn aber nicht genau zuordnen. Das südafrikanische Englisch hat verschiedene Dialekte, manchmal klingt es wie eine andere Sprache. »Nein, nein! Ich brauche nichts! Ich bin nur auf der Durchreise, habe Licht gesehen, und weil es kein anderes Haus in der Gegend gibt …«

Ich bereute schon, dass ich angehalten hatte. In diesem Land ist es für einen Schwarzen immer noch gefährlich, an einem abgelegenen

Ort anzuhalten, nur um einen Weißen zu begrüßen. Man weiß nie, was für eine Art Weißen man vor sich hat. Der Mann stand auf, legte das Buch auf den Tisch und streckte mir seine Hand hin.

»Kommen Sie herein. Möchten Sie ein Bier?«

Ich sagte Ja. Ein Bier würde mir gut tun. Der Mann bat mich, auf dem anderen Sofa Platz zu nehmen, und ging in die Küche, die Getränke holen. Ich schaute durchs Fenster, das zum Schuppen hinausging, und sah, dass an einem Pfosten ein roter Motorroller lehnte. Guter Gott! Das war der Mann, der auf den Besitzer der Pension geschossen hatte. Mein Herz polterte los. Mit einem Tuch wischte ich mir den Schweiß von der Stirn. Der Mann kam mit einem Tablett zurück – drei oder vier Bierflaschen, ein Teller mit Krabben, eine Zitrone und Jindungo-Schoten. Er stellte das Tablett zwischen uns auf dem kleinen Holztisch ab.

»Castle Lager oder Black Label?«

»Castle, vielen Dank.«

»Sie sind kein Südafrikaner, da bin ich mir sicher. Mosambikaner?«

»Nein, nein. Ich bin Angolaner.« Ich wollte so schnell wie möglich weg, doch ich wusste nicht wie. Mir kam in den Sinn, dass der Mann damals womöglich Malembelembe und vielleicht sogar mich gesehen hatte, wie ich darin schlief, an dem Morgen, als ich gesehen hatte, wie er auf den Italiener schoss. Es wäre ein Leichtes für ihn, mich jetzt zu töten. Niemand würde den Schuss hören. Er könnte mich irgendwo verscharren zwischen den Dornbüschen und das Auto in Brand stecken.

»Angolaner?« Der Mann öffnete eine Flasche Castle Lager und hielt sie mir hin, dann öffnete er eine Black Label und nahm einen großen Schluck aus der Flasche. Eine tiefe Falte zeigte sich auf seiner Stirn. »Heiliger Gott! Sie sind sehr weit weg von zu Hause …«

»Kennen Sie Angola?«

»Ob ich Angola kenne?« Er schaute mich verwundert an. »Ach so! Sie glauben, ich sei Soldat gewesen? In unserem Land gibt es viele

Männer, weiße Männer, die in Angola im Krieg waren. Aber nein, ich bin nicht einmal Südafrikaner. Auch ich bin weit weg von zu Hause.«

Er seufzte. In der unschuldigen Stille klang das Seufzen tief und etwas heiser, wie Luft, die entweicht. Eine Sternschnuppe zischte durch die Nacht. Hätten wir sie beobachtet, hätten wir sie vielleicht sogar leise aufprallen hören – puff! – in das weiche Gras in der Ferne.

»Das ist eine perfekte Nacht zum Sterben.«

»Wie bitte?«

»Ach nichts. Diese Nacht gefällt mir. Ich würde gern in einer solchen Nacht sterben. Und Sie, wie würden Sie gerne sterben?«

»Ich würde am liebsten überhaupt nicht sterben, zumindest noch nicht so bald. Keine Nacht kann so schön sein wie das Leben.«

»Nein? Sie müssen ein sehr glücklicher Mann sein oder ein großer Lügner, oder beides.«

»Ja, das war ich einmal, ich war manchmal glücklich. Das ist jetzt selten geworden. Nur wenn ich mich vergesse. Von einem bestimmten Alter an sind wir nur glücklich, wenn wir uns bemühen zu vergessen. Das hindert uns aber nicht daran, das Leben zu lieben und es schön zu finden.«

»Man kann das Leben nicht vom Tod trennen. Wenn Sie das Leben wirklich lieben, müssen Sie auch den Tod lieben. Das Leben zu lieben ohne den Tod, ist, wie eine Frau nur zur Hälfte zu lieben. Nur oberhalb der Gürtellinie oder unterhalb, egal.« Mit trauriger Miene begann er die Krabben zu schälen. Er zerteilte die Zitrone und eine der beiden Jindungo-Schoten und würzte damit die Krabben. Das Tellerchen mit den bereits gewürzten Krabben hielt er mir hin.

»Können Sie sich eine solche Perversion vorstellen, dass jemand sich nur in die Hälfte einer Frau verliebt?«

Ich dachte an die Sirenen. Es gibt Leute, die verlieben sich in Meerjungfrauen. Aber ich sagte nichts. Die Krabben waren sehr gut, das Bier auch, und die Nacht wäre es in der Tat wert gewesen, für sie zu sterben. Mir fiel ein Lied von Faustino Manso ein, das Laurentina uns auf der Fahrt eine Weile lang gezwungen hatte zu hören. Ich kenne es auswendig.

Das Leben ist nicht traurig.
Traurig ist es zu sterben, bevor man
eine große Liebe erlebt hat.
Der Tod ist nur dort
wo deine Wärme nicht ist.

. . . . . . . .
. . . . . . . . . . . . . .
. . .

Also sagte ich zu ihm: »Der Tod ist genauso traurig wie das Leben, aber er dauert länger.«

# Funje am Samstag

Ich nehme an, die meisten Leute erleben das Gefühl, nach langer Abwesenheit wieder zu Hause zu sein, sobald die Türen des Flugzeugs sich öffnen. Bei anderen dauert es länger. Sie müssen sich erst einmal in ihren Lieblingssessel setzen und eine gute Zigarre rauchen. Mit ihrer Frau schlafen. Lange ausschlafen. Mit dem Hund im Park spazieren gehen. Einen Kaffee trinken im Café an der Ecke. Und so weiter. Für mich ist es der Funje am Samstag. Der lange Holztisch im Hof – mit meinem Bruder, meinen beiden Schwestern und ihren Freunden, Tanten und Onkels, Cousins und Cousinen, und Cuca, meine Mutter, sitzt der Versammlung vor, in einem weißen Kleid, Silberketten und Ohrringen aus Perlmutt, wie eine Königin in ihrem Sommerpalast. Es werden Witze erzählt und alte Geschichten. Manchmal hat einer eine Gitarre dabei und man erinnert sich an die alten Lieder aus Kampfzeiten oder aus noch früheren Zeiten, die Lieder von Opa Faustino, die er für die Großmutter schrieb und die sie mit gefalteten Händen und geschlossenen Augen singt, mit einer Stimme, die nach reifen Kakifrüchten klingt. Wenn ich an einem Montag nach Luanda komme, verbringe ich fünf Tage in dem unbestimmten Gefühl, dass etwas fehlt. Streife durch die Stadt mit dem Gefühl, dass sie sich jäh um mich schließt, die scharfen Betonkanten wachsen mir entgegen, das wilde, babyblaue Metall der Candongueiros, die Plätze, auf denen sich die Kriegsversehrten mit ihren Krückstöcken prügeln, oder mit Kopfnüssen, je nachdem, ob sie Arme haben oder nicht. Köpfe haben sie meistens noch. Etwas fehlt mir trotz allem, und dieses Fehlen macht mich nervös, das Herz beklommen wie bei einem Fallschirmspringer, der nach dem Sprung plötzlich, während der

Boden immer näher kommt, merkt, dass er keinen Fallschirm hat. Ich fühle mich erst wirklich zu Hause, wenn ich mich am Samstag an den großen Tisch gesetzt habe, im Hof des Hauses meiner Mutter.

Vergangenen Samstag war es so. Ich setzte mich, trank, aß und redete und trank, aß, redete weiter. Ich lachte, bis mir die Tränen kamen, zwischen einem Glas und dem nächsten, über das, was mir ein Cousin, der Kampfpilot ist, von der nationalen Luftfahrtgesellschaft erzählte, wo erst nachdem man sechs oder sieben neue Flugzeuge gekauft hatte, aufgefallen war, dass sie vergessen hatten, auch Personal dafür auszubilden. Endlich lehnte ich mich zurück und sah mich imstande, zufrieden zu verkünden: »Leute, ich bin wieder zu Hause!«

In diesem Moment kam Merengue. Sie winkte mir ein herrisches »Komm!« von der andern Seite des Tisches herüber. Ich stand auf und ging zu ihr. Sie zog mich am Arm ins Haus hinein, schob mich durch den Flur, drängend, in mein altes Zimmer. Dort presste sie mich gegen die Wand und erstickte meine Widersprüche mit einem langen, feuchten Kuss.

»Schatz, schlechte Nachrichten …«

Ich ahnte schon, was sie mir sagen wollte. »Du bist schwanger?!«

»Ziemlich schwanger, mindestens seit zwei Monaten …«

»Und warum hast du mir das nicht vorher gesagt?«

»Weil du unterwegs warst. Am Anfang war ich ja nicht einmal sicher, manchmal bleibt meine Periode tagelang aus, und dann, als ich sicher war, wollte ich es dir nicht sagen, weil du ja arbeiten warst, im Busch, in Südafrika, in Mosambik, was weiß ich noch wo, mit unserer neuen Tante, und du hättest sauer sein können.«

Ich setzte mich auf das Bett. »Sauer?! Du hast also gedacht, ich würde sauer werden?«

»Siehst du, wie du reagierst? Schatz, du wirst Vater! Du solltest glücklich sein!«

»Ich werde nicht Vater! Außerdem nimmst du die Pille, was ist passiert?«

»Entschuldige, ich dachte, ich würde nie schwanger werden, ich sei unfruchtbar, und setzte die Pille für ein paar Tage ab, nur um zu sehen. Und, naja, jetzt ist es zu spät. Wir können nichts mehr machen …«

»Können wir doch!«

»Nein, das können wir nicht! Wir werden dieses Kind bekommen. Ich will Mutter werden. Das Beste, was wir machen können, ist, das Baby anzunehmen und zu heiraten. Ich werde dich sehr glücklich machen …«

»Heiraten und ein Kind bekommen oder ein Kind bekommen und dann heiraten?! Was werden deine Eltern sagen?«

»Mach dir da keine Sorgen. Ich rede mit ihnen.«

Ich schaute sie ungläubig an. Mein Onkel N'Gola war General. Lange Zeit war er einer der mächtigsten und gefürchtetsten Männer des Landes gewesen. Ich konnte ihm nie in die Augen sehen. Jedes Mal, wenn er mich nur mit einem energischen Händedruck und einem kräftigen Schulterklopfen begrüßt, werde ich nervös.

»Und, lieber Neffe, immer kampfbereit?«

Und ich sage Ja, auf der Suche nach einem Satz, der ihm vielleicht gefallen könnte, einem Witz, einem »fait divers«, und schaue auf seine Füße, ein paar riesige Füße, die so fest auf dem Boden stehen, als seien sie dort festgeschraubt. An General N'Gola, meinem Onkel, ist alles riesig und kompakt – ein triumphierender Kampfpanzer, der überall, wo er hinkommt, sofort das Regiment übernimmt. Die Welt zieht sich um ihn herum zusammen, die Luft wird knapp, und vielleicht werde ich deshalb so nervös, gierig nach einem Hauch Sauerstoff, und verhaspele mich, stottere und bringe am Ende unweigerlich eine idiotische Bemerkung über das Wetter heraus: »Caramba! Ist das eine Hitze!«

Wie auch immer, er hört mich sowieso nicht. Er hört niemandem zu. Klopft mir noch einmal auf die Schulter und befiehlt: »Mach mir mal einen Martini, Kleiner, und geh nicht zu sparsam mit dem Gin um. Du weißt, wie ich meinen Martini mag.«

Und ich gehe hastig, um ihm seinen Martini zu mischen. Gin, etwas Wermut, drei Eiswürfel und eine grüne Olive in einem langstieligen Martiniglas, denn wenn es ein normales Glas ist, wäre er imstande, die Pistole aus der Tasche zu ziehen, aus der Unterhose, den Socken, wo auch immer er sie aufbewahrt, und mich zu erschießen.

Ich streckte mich auf dem Bett aus. Che schaut von der anderen Seite des Zimmers auf mich herab, von einem mit der Zeit verblichenen Plakat: »Hay que endurecerse, pero sin perder la ternura jamás«, »Man muss stark sein, ohne je die Zärtlichkeit zu verlieren«. Mit sechzehn schwor ich, dies zu meinem Lebensmotto zu machen, und es hat bis heute gehalten. Merengue legte sich neben mich. Legte ihren Kopf auf meine Brust. »Papas Püppchen«, wie General N'Gola sie immer noch nennt.

»Dein Vater bringt mich um!«, sagte ich. »Ich komme mir schon halb tot vor. Ich rieche schon wie tot.«

»Unsinn, du stinkst nach Schweiß. Der Alte redet gern laut, macht auf besonders hart, aber wenn es einem gelingt, sein Herz zu öffnen, erkennt man, wie butterweich es ist. Er macht alles, was ich will …«

»Merengue, verdammt! Wir sind Verwandte, fast Geschwister! Wir sind zusammen aufgewachsen. Dein Vater bringt mich um, jawohl, und dann bringt meine Mutter ihn um, und in der Schießerei kommt auch deine Mutter ums Leben. Aus Kummer. Siehst du, so viele Tote. Das ist es nicht wert …«

Es bringt nichts, mit einem Stein zu diskutieren. Merengue ging weg und drohte: »Ich werde mit Papa reden. Tut mir leid, aber ich muss ihm sagen, dass du mich geschwängert hast und jetzt nicht dazu stehen willst.«

Ich war zu Hause, verzweifelt, und wusste nicht, was ich tun sollte, als mich ein Freund anrief, Jordi, ein portugiesischer Fotograf mit katalanischen Wurzeln, der in Luanda an einer Reportage über die neue angolanische Mittelschicht arbeitet. Ich erklärte ihm, dass ich nur noch wenige Stunden zu leben hätte, und Jordi schlug vor, diesen Tiefpunkt in meinem Leben in Elingas Bar zu feiern. Wir gingen hin. Die Tänzerin tanzte allein, mit geschlossenen Augen und erhobenem Kopf, ihr Körper schlängelte sich im Rhythmus der Musik. Die Leute wichen vor ihr zurück, mit ängstlichem Gemurmel, als fürchteten sie, angesteckt zu werden von ihrer, wie sagt man ...?

Jordi kam mir zu Hilfe: »Wollust?«

Wollust, Voluptas, genau. Nach Apuleius ist Voluptas die Tochter von Psyche (Seele) und Amor (Liebe), eine Fee, die sich in eine Sirene verwandelt, sobald nur ein Tropfen Wasser ihre Haut berührt.

Auf dem Rücken hatte sie große bunte Schmetterlingsflügel. Wir beschlossen, die Tänzerin Voluptas zu nennen. Jordi rief sie herbei. Das war nicht ganz einfach, weil sie die Augen nicht aufmachen wollte und nicht zu hören schien, was mein Freund zu ihr sagte. Schließlich erwachte sie aus ihrer Trance, lächelte – als sie mich sah – und war einverstanden, ein Glas mit uns zu trinken. Es war nicht einfach, mit Voluptas zu reden, zumindest nicht, solange wir es auf konventionelle Weise versuchten. Man durfte nicht erwarten, von ihr eine direkte Antwort zu bekommen. Fragte man zum Beispiel: »Gefällt es dir hier?«, antwortete sie vielleicht: »Ein Stein zu sein ist leicht, schwierig dagegen ist es, ein Glas zu sein.« Doch nach einiger Zeit und Übung kam das Gespräch in Gang. Jordi war hingerissen. Leider gelang es weder ihr noch drei Gläsern Whisky, mich Merengue und ihre Drohung vergessen zu lassen. Um vier Uhr war ich wieder zu Hause, allein und noch verzweifelter als zuvor. Kurz vor Mittag bin ich aufgewacht, als das Telefon klingelte. Schlaftrunken erkannte ich am anderen Ende die brüchige Stimme von Cuca.

»Was hast du angestellt, Junge?!«

Ich hörte ihr schweigend zu. Dann legte ich auf und ging kalt duschen. Nun schreibe ich alles auf und versuche, mich zu beruhigen. Draußen regnet es, dichter Regen, und für ein paar Augenblicke entsteht so etwas wie – nein, keine Stille, denn das genießen in Luanda nur Gehörlose, sondern ein freundlicher Lärm. Ich öffne die Fenster und lasse die Kühle herein. Heute Abend muss ich vor dem Familiengericht erscheinen. Ich befürchte das Schlimmste.

*Durban, Südafrika*
*Sonntag, 23. März 2006*

FRAGMENT EINES INTERVIEWS
MIT KAREN BOSWALL

Als mir klar wurde, dass ich eine Reinigung brauchte wegen dem, was mir in Quelimane passiert war, sagte Sidónio, mein Mann, dass er einen sehr mächtigen Heiler in Catembe kenne, und ich ging – ging mit ihm. Erst befragte mich der Heiler, warf kleine Knöchelchen, und schon da sagte er: ›Hören Sie, sie hat schlechte Geister in sich.‹ Also absolvierten wir eine Reihe von Zeremonien an mehreren Tagen im Morgengrauen, was wunderbar war, es war sehr schön, gemeinsam die Brücke zu überqueren für die Rituale. Ich kannte das schon, hatte ja schon mehrfach Exorzismus-Rituale gefilmt. Der Heiler sucht dabei singend nach den Geistern. Mir hat er acht Geister entfernt, mithilfe eines kleinen Geräts, das aussieht wie ein Ochsenschwanz. Ob man das spürt? Ya, das spürt man, ich schwöre es! Ein ganz eigenartiges Gefühl. Einmal war es, ich erinnere mich deutlich, fast wie ein Orgasmus. Vorher musst du ein Bad nehmen im Blut von zwei weißen Hühnern, vermischt mit einem Medikament. Der Heiler macht kleine Schnitte überall auf deinem Körper und impft dich mit Asche, um dich vor den bösen Geistern zu schützen. Die Geister sprangen schreiend aus mir heraus, mit unterschiedlichen Stimmen, schrien in verschiedenen Sprachen, einige davon kannte Sidónio. Heute geht es mir besser. Vielleicht ist es Suggestion, sicher, aber es geht mir besser. Mein Verhältnis zu Sidónio ist auch besser geworden.«

# Der Rächer oder Lob der Euthanasie

Gestern kam ich in Kapstadt an. Mein Kopf war frei. Frei, wie der Himmel in der Wüste frei von Wolken ist, oder andersherum: voll von Licht und einem strahlenden Blau. Ah, süßes Vergessen. Ich war froh wie ein Zugvogel, der den Sand der Sahara hinter sich gelassen hat. Kilometer um Kilometer über den trägen, rostigen Nachmittag gleiten, die Berge im Hintergrund, Akazienbäume wie schläfrige Igel. Die Stromleitungen längs der Straße. Ein Adler verfolgte mich oben am Himmel, eine halbe Stunde lang. Ich parkte das Auto an einer Art Aussichtspunkt am Rand des Table Mountain, stellte die Lehne zurück und schloss die Augen. Ich muss einige Minuten eingeschlafen sein, denn ich träumte von dem Mann im roten Haus. In der Erinnerung weiß ich nun nicht mehr, ob ich Traum mit Teilen der Wirklichkeit vermischt habe oder umgekehrt, ob ich dort in der Karoo über die Schatten oder Reste eines fremden Traums gestolpert bin.

Also zurück an den Punkt, wo ich meine Geschichte unterbrochen habe. Wir tranken und redeten. Ein Bier nach dem anderen. Große, hohle Sätze über das Leben, den Tod, den Sinn des Lebens, was Betrunkene eben so reden – oder Priesterschüler (da gibt es keinen großen Unterschied). Irgendwann stand ich auf. Der Alkohol oder die Erschöpfung oder beides zusammen machten mich mutig. »Gibt es kein Schlafzimmer hier, kein Bett?«

»Nein«, antwortete der Mann mit freundlicher Stimme. »Wozu denn? Man hat mir fünfundzwanzig Jahre meines Lebens gestohlen. Also habe ich beschlossen, den Schlaf abzuschaffen. Ich schlafe nicht mehr. Wenn wir acht Stunden am Tag schlafen, vergeuden wir fast drei Monate im Jahr, unbewusst in einem Bett herumliegend. Ich will die Jahre, die man mir weggenommen hat, wieder einholen und jeden Moment, der mir noch bleibt, nutzen.«

»Ich schlafe auch selten und dann nicht länger als ein paar Minuten. Manchmal, wenn ich unterwegs bin, beschließt mein Bus, alleine zu fahren. Sie, also Malembelembe, mein Bus, kennt fast alle Straßen Angolas auswendig. Aber klar, Sie glauben nicht an so was …«

»Warum nicht?« Der Mann zuckte mit den Schultern. »Sie unterschätzen mich. Ich bin ungeheuer gläubig. Ich habe schon an die unwahrscheinlichsten Dinge geglaubt. Zum Beispiel war ich Kommunist. Manchmal bin ich es immer noch, vor allem, wenn ich zu viel getrunken habe.«

Ich mag keine Kommunisten. Sie haben mein Land ruiniert. Aber das sagte ich ihm nicht. Es erschien mir unhöflich. Ich ging zur Tür und beobachtete das Schauspiel der Sterne, die sich über das Firmament bewegten. Der Mann stand auf und kam zu mir. Ich spürte seinen heißen Atem und einen starken Tabakgeruch.

»Sie waren da, auf der Ilha. In dem Auto. Ich habe Sie gesehen. Ein Gesicht vergesse ich nie.«

In diesem Augenblick war meine Nervosität wie weggeblasen. Ich drehte mich zu ihm um und fragte ihn direkt: »Werden Sie mich töten?«

»Wieso das denn? Ich dachte, das Gegenteil sei der Fall. Sie seien hierhergekommen, um mich zu töten!« Er kam noch einen Schritt näher. Seine Augen waren jetzt nur wenige Zentimeter von meinen entfernt. »Brian McGuinness war der letzte Mensch, den ich getötet habe. Dreißig Jahre lang habe ich ihn gesucht. Eine Sache, die nur uns beide anging. Als ich ihn gefunden hatte, sah ich, dass ich ihn auf jeden Fall töten musste, so viele und so entsetzliche Verbrechen hatte Brian nach seiner Flucht begangen. Er hat sein Volk verraten und dann, in all diesen Jahren, sämtliche Prinzipien und Grundsätze, nach denen er aufgewachsen war, verraten, die Werte unserer Religion. Das hat ihn mürbe gemacht. Ich glaube, er suchte den Tod. In seinen Augen lag, als ich auf ihn zielte, keine Spur von Angst. Wissen Sie, was ich sah? Erleichterung. Was Sie da mitangesehen haben, war keine Hinrichtung. Es war ein Selbstmord mit Unterstützung: Euthanasie. Aber sagen Sie mir endlich, für wen arbeiten Sie?«

»Ich arbeite auf meine eigene Rechnung. Ich transportiere Touristen.«

»Und mein Haus hat Sie angezogen? Sie haben mich aus reinem Zufall gefunden?«

»Zufall … Ja, nennen wir es so. Hätte ich gewusst, dass Sie hier leben, wäre ich nicht einmal an Ihrem Haus vorbeigefahren. Ich mische mich nicht gern in fremde Probleme ein. Ich habe selbst genügend davon.«

»Das verstehe ich. Jedenfalls hat der Hund überlebt, wussten Sie das?«

»Er ist lebend ins Krankenhaus gekommen. Ich selbst habe ihn in meinem Bus dorthin gefahren. Danach haben sie ihn nach Johannesburg transportiert, mehr tot als lebendig …«

»Er wird überleben, sagen die Zeitungen. Mir ist das gleich. Für mich ist es, als wäre er tot. Fertig. Im Übrigen ist alles aus, auch unsere Zeit ist abgelaufen. Das können Sie Ihren Chefs ausrichten.«

»Ich sagte doch schon, ich habe keine Chefs.«

Der Mann trat wieder einen Schritt zurück. Setzte sich auf den Boden, mit dem Rücken zur Wand, und zog eine Zigarettenschachtel aus der Tasche. Er streckte sie mir entgegen. Ich lehnte ab. Er nahm eine Zigarette heraus und zündete sie an.

»Rauchen ist tödlich, steht hier. Wissen Sie, wie man so etwas nennt? Irreführende Werbung. Jemand kauft eine Schachtel Zigaretten, natürlich um sich umzubringen, geht nach Hause, raucht alle Zigaretten, und was passiert? Er bleibt am Leben. Mit Glück stirbt er zwanzig oder dreißig Jahre später. Stellen Sie sich vor, Sie kaufen ein Mittel, um sich die Zähne zu bleichen, und die Werbung verspricht Ihnen genau das, dass dieses Produkt Ihre Zähne weiß macht. Sie wenden es an und nichts passiert. Und erst dann erklärt man Ihnen, dass Sie das Mittel jeden Tag anwenden müssen, zwanzig oder dreißig Jahre lang, bis es die gewünschte Wirkung hat. Wäre das richtig? Nein, verdammt, das wäre nicht richtig. Also sehen Sie, genauso ist das mit dem Tabak.«

Er rauchte schweigend weiter. Dann warf er die Kippe in eine Plastikkiste in etwa zwei Metern Entfernung und wandte sich wieder an mich.

»Auch Wut tötet. Mich hat sie getötet. Ihr Freund Mauro alias Brian hat mich an die Engländer verraten. Ich habe zwanzig Jahre hinter Gittern verbracht. Vier Genossen sind wegen ihm gestorben. Als ich wieder rauskam, hatte sich die Welt verändert. Aber ich mich nicht. Ich war derselbe geblieben, nur ohne Schlaf, und ich war stinksauer. Ich fragte herum, hier und da, und nach kurzer Zeit hatte ich die Akte des Verräters zusammen. Ich verkaufte das Haus meiner Eltern und machte mich auf den Weg. Details will ich Ihnen ersparen, ich will Sie ja nicht langweilen. Ich war lange unterwegs, bis ich hierherkam. Wissen sie, womit er sich beschäftigte und wieder beschäftigen wird, Ihr Freund?«

»Er ist nicht mein Freund. Ich habe noch nie mit ihm gesprochen.«

»Brian McGuiness ist Teil eines Kinderporno-Netzwerkes – eine entsetzliche Sache –, das sich von Luanda bis London erstreckt und an dem sehr mächtige Leute beteiligt sind, weswegen es seit mehr als zehn Jahren absolut unbehelligt operiert.«

Vielleicht hatte er erwartet, dass ich schockiert reagieren würde. Hatte auf meine Wut gehofft, mein Verständnis, womöglich den solidarischen Trost einer Umarmung: »Lass gut sein, Cota, du hast das Richtige getan, der Typ war Abschaum«, doch für mich unterschied er sich nicht sehr vom Rest der Menschheit. Ich zuckte mit den Schultern und sagte: »Schöne Scheiße.«

Ich drehte ihm den Rücken zu, ging zum Auto, stieg ein, steckte den Schlüssel ins Zündschloss, und Malembelembe brummte los.

Ohne mich noch einmal umzusehen, fuhr ich fort. All das fällt mir wieder ein, jetzt, wo ich die Augen weit offen habe und der Morgen sich in hellen Farben entfaltet, von hier bis zum unendlichen Ozean. Hätte der Ire auf mich gezielt mit seiner Pistole, was hätte er wohl in meinen Augen gesehen?

*Luanda, Angola*
*16. Februar 2007*

# Mit Kröten tanzen

Mitten in der Nacht wachte ich auf, vom Lärm der Kröten. Die Wohnung, in der ich wohne, liegt genau gegenüber dem Largo do Quinaxixe, in einem Gebäude, das sich im Übergang zum Kapitalismus befindet, das heißt, die Fassade ist immer noch schmutzig und verbittert, der Putz bröckelt ab, aber viele Wohnungen sind schon von der neuen Bourgeoisie renoviert. Hinter dem Haus behauptet sich hartnäckig ein See. In den Fünfzigerjahren lebte eine mächtige Quianda in dessen Wasser. Die Leute legten ihr Opfergaben auf die Wegkreuzungen, auch Geld, das die armen, gerade aus dem Mutterland eingetroffenen Siedler einsteckten, sobald es Abend wurde. Als das Haus gebaut wurde, beschlossen die Ingenieure, den See trocken zu legen und ihn durch einen weitläufigen Innenhof zu ersetzen. Doch nach der Unabhängigkeit kam das Wasser mit neuer Kraft zurück. Es verschlingt alles. Ich habe sogar schon einen gelben Bus gesehen – so einen Schulbus aus der amerikanischen Mythologie, keine Ahnung, warum sie plötzlich auch in den Straßen von Luanda auftauchen –, ich sah, wie ein solcher Bus in nur wenigen Monaten von dem dunklen Wasser, dem hohen Gras, Röhricht, den unbändigen Seerosen verschlungen wurde. Die armen Bewohner in den oberen Stockwerken, jene, die noch immer nicht verkauft haben, werfen allen möglichen Müll in den See, angefangen bei der »übelriechenden Schlacke des Lebens«, um noch einmal Jorge de Sena zu zitieren, bis hin zu alten Möbeln, Matratzen, leeren Flaschen oder Gasbehältern. Der See nimmt alles. Riesige Ratten schwimmen in ihm herum, Amphibien mit Schwimmhäuten, wie mir der Professor, ein Alter aus dem vierten Stock, pensionierter Mathematiker, spätberufener, dogmatischer Marxist und Generalsekretär einer gewissen kommunistischen Vereinigung »Leuchtende Rettung«, versicherte. Der Professor verbringt fast den gesamten Tag, und ich befürchte, auch die Nacht, auf seiner kleinen Terrasse und beobachtet die exotische Fauna des Sees. Einmal zeigte er mir ein kleines Heft voll von akribischen Zeichnungen in Bleistift und Tinte, manche auch aquarelliert, von Vögeln, Eidechsen, Fledermäusen und Ratten. Auf den zweiten Blick sah ich, dass es, zumindest viele davon, bizarre oder mythologische Tiere waren. Zum Beispiel hatte das, was mir zunächst als Eidechse erschienen war, kleine durchsichtige Flügel am Rücken. Ein Vogel mit rötlichem Bauch und kräftigem Schnabel besaß spitze Zähne. Weiter hinten gab es eine minutiöse Zeichnung einer Sirene, die offensichtlich tot war, und gleich auf der nächsten Seite ein eindrucksvolles Aquarell desselben Tieres, bereits ausgetrocknet, wobei der Schwanz sich mit unbestreitbarer Logik in das übrige muskuläre System der Kreatur einfügte.

Ab und an verschwindet ein Kind in dem See. Man sagt, eine Sirene habe es mitgenommen. Oft taucht es später wieder auf, desorientiert, stumm vor Schreck, irgendwo neben einer Wasserquelle, und seine Haut reflektiert noch das Leuchten der Quianda.

Ich erwachte also, mitten in der Nacht, und in der Luft lag die Unrast der Kröten. Ich stand auf, ging durch die Küche, öffnete die Tür und trat hinaus auf den Balkon, um hinunterzuschauen. Die männlichen Kröten kämpften um die Weibchen. Tausende vermutlich, viele Tausend, in einer frenetischen Orgie. Die Dunkelheit bewegte sich dort unten im selben Maß, wie der Tumult anschwoll. Und ich sah so etwas wie eine umgekehrte Nacht, funkelnde Lichtkristalle, die wieder verloschen, winzige schwarze Explosionen im Wasser. Plötzlich sah ich auch die Silhouette einer Frau, die sich zart in der Mitte des Sees abzeichnete. Sie tanzte. Die Arme erhoben, bewegte sie sich schlängelnd, und ihre Hände glichen flatternden Schmetterlingen. Ihre Füße schwebten über dem undurchdringlichen Mysterium. Ich erkannte sie an ihrer Haltung, an der Sanftheit ihrer Bewegungen und, nein, natürlich nicht am Gesicht, das ich von hier oben gar nicht erkennen konnte: die Tänzerin!

Ich war wie erstarrt, sprachlos, wie lange, weiß ich nicht mehr, und sah dem Schauspiel zu, das nur für mich bestimmt zu sein schien.

# Die wahre Geschichte von Faustino Manso

An dem Abend, an dem sie mir die wahre Geschichte von Faustino Manso erzählte, legte Dona Anacleta ihr schweres Dasein als trauernde Witwe ab. Ich kann mir vorstellen, dass dies einen kleinen Skandal unter ihren Freundinnen hervorrief. Doch für Konventionen hatte Dona Anacleta nichts übrig. Ihr Vater, Joffre Correia da Silva, ein rebellischer, lebenslustiger Zeitgenosse, hat ihr die Missachtung überkommener Werte in die Wiege gelegt. Als öffentlicher Angestellter und fast zwanghafter Leser von Abenteuerromanen hatte er ihr, noch bevor sie neun Jahre alt war, schon das Gesamtwerk von Emílio Salgari als Gutenachtgeschichte vorgelesen. Später gründete er eine Wandergruppe namens »Die Siebenmeilenstiefel«, mit der er fast jedes Wochenende Ausflüge in die Umgebung von Luanda unternahm. In den Ferien bereisten sie das gesamte Land: Benguela, Moçâmedes, Sá da Bandeira, aber auch den Norden, bis nach São Salvador do Congo. Joffre hasste Priester und Militärs gleichermaßen und druckte antireligiöse Pamphlete, die er dann an seine Freunde verteilte. Außerdem war er Mitglied und Hauptaktivist einer sogenannten Esperanto-Gesellschaft, die sich zum Ziel gesetzt hatte, die universelle Sprache der Brüderlichkeit, die in nicht allzu ferner Zukunft überall in der Welt gesprochen werden würde, zu verbreiten. Dona Isolda, seine treue Ehefrau, gab sich alle Mühe, den libertären Umtrieben ihres Mannes entgegenzuwirken oder sie wenigstens einzudämmen, doch ohne großen Erfolg. Immerhin gelang es ihr, ihn dazu zu bringen, Anacleta – das einzige Mädchen und jüngstes von vier Kindern – auf das Colégio de São José de Cluny, eine von Nonnen geführte Schule, zu schicken. Dort mussten die Mädchen jeden Tag in der Kapelle beten, den Kopf mit einem schwarzen Tuch bedeckt. Dieses Kopftuch zu vergessen, galt als grobe Verfehlung, die mit einer Unmenge an Ave Marias und Vaterunsern, die kniend auf dem harten Fußboden zu absolvieren waren, bestraft wurde. Und eben wegen jenes Kopftuchs lernte die junge Anacleta damals auch Faustino Manso kennen und lieben. Eines Morgens hatte sie erschrocken festgestellt, dass sie besagtes Glaubensaccessoire vergessen hatte, und war in ein Textilgeschäft unweit der Schule gegangen, wo sie von einem schlanken jungen Mann mit schmalem Gesicht und großen, träumerischen Augen bedient wurde. Und noch mehr als die Augen hatte sie seine Stimme beeindruckt: eine kräftige, ruhige, warme Stimme, wie der Klang eines Kontrabasses.

»Wie kann ich Ihnen helfen, junge Frau?«

Dann waren ihr seine Finger aufgefallen, lang und fein und an den Gelenken ein wenig dunkler, die sich nervös bewegten, als trommelten sie, von einer eigenständigen Intelligenz gesteuert, ihren eigenen Rhythmus. Sie seufzte: »Sind Sie Musiker?«

»Das ist mein Traum, junge Frau. Wie kommen Sie darauf?«

Seine Finger strichen über ein Stück Stoff. Ihre Augen hingen an seinen. Faustino ging die Kopftücher holen. Er suchte das Beste heraus, aus feiner Seide, sehr weich, dunkel wie die dunkelste Nacht; auf ihrem Haar, so versicherte er, würde es Sterne zum Leuchten bringen – und weigerte sich, Geld dafür zu nehmen. Eine Woche später war Anacleta mit einer Freundin wiedergekommen, um Stoff für einen Rock zu kaufen. Dieses Mal traute sie sich, ihm ihren Namen zu nennen, und erfuhr dafür seinen. Faustino lud sie zu einer Tanzveranstaltung in der Liga Africana ein, am Samstag darauf. Natürlich hatte sie abgelehnt, aber er war hartnäckig geblieben, wenn auch mit schüchternem Blick; diese Mischung aus Dreistigkeit und Zurückhaltung hatte ihr gefallen und sie hatte gesagt, dass sie es sich überlegen wolle, und schon genau gewusst, dass sie dort sein würde, und wenn sie dafür dem Teufel ihre Seele hätte verkaufen müssen. Ihr Vater hatte keine Einwände, nur die Mutter verlangte, dass ihr jüngster Bruder, den alle nur Admiral nannten wegen seiner Vorliebe für weiße Kleidung und weil er so groß war, sie begleitete.

Faustino spielte damals nur Gitarre, allerdings hatte er einen bemerkenswerten Stil. Er konnte eine volkstümliche Rumba spielen, einen Samba, was damals in Mode war, es klang immer, als hätte er das Lied just in jenem Moment selbst erfunden. Anacleta kam es vor, als spielte dieser Bursche da nicht auf den Saiten seiner Gitarre, sondern direkt mit ihrem Herzen.

Sie erzählte mir: »Es war, als käme die Musik in ihrer ursprünglichen Form geradewegs aus meinem eigenen Herzen. Ich weiß nicht, wie ich es erklären soll, Kind, es war, als sei die Musik dort schon immer gewesen, hätte geschlummert, und er hätte sie mit seinem Spiel in meinem Herzen zum Leben erweckt.«

Aufgeregt war sie in dieser Nacht zu Bett gegangen und hatte nicht schlafen können. Dann hatte sie geträumt, sie würde von einer Legion Engel verfolgt oder von Heuschrecken, und beide trugen sehr dunkle Kopftücher, als trügen sie die Nacht selbst um ihre Köpfe gewickelt, mit all ihren Sternen, den ängstlichen Planeten, den uralten, staunenden Sternbildern, mit denen Gott um sich wirft, um sich die Langeweile zu vertreiben. Sie erwachte, in Tränen gebadet, und weinte den ganzen nächsten Tag darüber, welches Leid ihr – da war sie sicher – ihre Entscheidung noch einbringen würde.

»Danach habe ich nie wieder geweint.«

Nicht einmal an jenem Sonntagnachmittag hatte sie geweint, an dem Faustino Manso, nach einem Teller Cachupa zu Mittag und einem Glas Rotwein, seinen Kopf in ihren Schoß gelegt hatte und eingeschlafen war. Das hatte er sich schon seit vielen Jahren zur Gewohnheit gemacht. Einen Mittagsschlaf, ausgestreckt auf einem langen Diwan, den Kopf im Schoß seiner Frau. Anacleta las währenddessen.

Oft las sie ihm auch laut vor, bis ihr Mann eingeschlafen war. An jenem Nachmittag hatte sie zum wiederholten Mal »Pedro Páramo« von Juan Rulfo gelesen: »Jetzt war ich hier, in diesem geräuschlosen Dorf. Ich hörte meine Schritte auf den mit runden Steinen gepflasterten Straßen. Meine hohlen Schritte, deren Hall die von der Abendsonne gefärbten Mauern zurückgaben.« Sie hielt einen Moment inne und las den zweiten Satz noch einmal: »runde Steine«; irgendetwas störte sie daran, als Faustino einen kleinen Seufzer ausstieß und dann für immer in ihren Armen verstummte. Da war ihr klar geworden, dass sie ihn immer geliebt hatte, seit diesem nebligen, grauen, melancholischen Morgen, an dem sie zum ersten Mal seine Finger bewundert hatte. Mit derselben unbändigen Inbrunst hatte sie ihn weiter geliebt, ohne nachzulassen, ohne Zweifel, sogar in jenen zweiundzwanzig Jahren, zwei Monaten und dreizehn Tagen, in denen der Unglückliche ziellos durch das südliche Afrika gestreift war, auf der Flucht vor ihr, und versucht hatte, sie in den Armen unzähliger Frauen zu vergessen. Hatte ihn noch mehr geliebt, als sie erfahren hatte, dass er mit einigen dieser Frauen sogar Kinder gezeugt hatte – für seine unglaubliche Naivität hatte sie ihn geliebt, für seine Güte und Dummheit, weil sie wusste, dass er jedes Mal, wenn er sich diesen Frauen hingab, nur auf der Suche nach ihr gewesen war und nach niemandem sonst.

»Wussten Sie, dass Ihr Mann keine Kinder zeugen konnte?«

Anacleta lächelte. »Das Einzige, was ich sicher weiß, ist, dass ich nicht unfruchtbar war!«

Sie wollte viele Kinder. Und Faustino liebte Kinder. Er sprach von nichts anderem. »Ich will, dass du mir mindestens fünf Kinder schenkst«, hatte er ihr schon an dem Tag gesagt, an dem sie sich zum ersten Mal küssten.

Ach, der erste Kuss. Aus dem Radio im Wohnzimmer hatte Cauby Peixoto leise »O Nono Mandamento« gesungen, den Samba der Saison: »Herr, / Sieh mich hier auf Knien / Mit rot geweinten Augen /

Ich weine, denn ich habe gesündigt. / Herr, / Aus einer kleinen Unachtsamkeit nur / brach ich dein neuntes / Gebot.«[21]

Joffre Correia da Silva mochte den jungen Mann, dessen Vater ein Kollege von ihm war, Guido Lopo Manso, besser bekannt als Louco (der Verrückte) Manso, ein Spitzname, der darauf zurückging, dass er in regelmäßigen Anfällen von Somnambulismus mitten in der Nacht im Schlafanzug aus dem Haus ging, um anschließend an den unmöglichsten Orten wieder aufzuwachen: auf dem Sockel des Denkmals für die Gefallenen des Großen Krieges, in Quinaxixe, irrtümlich als »Maria da Fonte«[22] bekannt, auf dem sich heute die zugegeben etwas grobschlächtige Statue der Königin Ginga befindet; in den obersten Zweigen eines riesigen Mangobaums; vor dem Altar der Carmo-Kirche; im Sand auf der Ilha. Eines Morgens erwachte er sogar im Bett eines Nachbarn, zwischen diesem und der Nachbarin, doch er schaffte es zu verschwinden, bevor die beiden ihn bemerkten.

Dona Isolda brauchte etwas länger, um die Liebschaft ihrer Tochter zu akzeptieren. Sie glaubte nicht, dass ein junger Mann, dessen größtes – um nicht zu sagen einziges – Ziel ein Leben als Musiker

---

21 Zurück im Hotel ging ich ins Internet und fand heraus, dass das nicht stimmen konnte. Cauby Peixoto nahm seine erste Platte erst 1953 auf. »O Nono Mandamento«, ein Samba-Canção von René Bittencourt und Raul Sampaio, wurde erst 1957 geschrieben. Doch als ich Dona Anacleta anrief und sie auf diese Ungereimtheit hinwies, empörte sie sich: »Unsinn!«, sagte sie. »Ich bin mir absolut sicher, dass Cauby gesungen hat, als wir uns zum ersten Mal küssten.«

22 Maria da Fonte, eine einfache Frau aus Fonte Arcada im portugiesischen Minho, war die angebliche Anführerin eines Volksaufstandes im Frühjahr 1846 gewesen, der zum Sturz der Regierung Bernardo da Costa Cabral führte. Der Grund dafür, dass das Denkmal im Volksmund ihren Namen bekam, ist die athletische, entschlossene Frauenfigur in der Mitte, die ein Schwert in die Luft reckt. Kurz nach der Unabhängigkeit wurde »Maria da Fonte« zerstört und durch einen Panzer ersetzt.

war, eine Zukunft hatte. Welche Aussichten hatte ein Musiker im Jahr 1946 schon in einem Land wie Angola? Doch schließlich ließ auch sie sich von Faustinos Eleganz und Sanftmut verführen.

Die Hochzeit von Faustino und Anacleta wurde am 5. Oktober desselben Jahres in der kleinen Kirche von Nazaré gefeiert. Zwei Dutzend Verwandte und die besten Freunde waren eingeladen. Ich habe, wie gesagt, Fotografien gesehen: Faustino spindeldürr, ein langer Schatten in schwarzem Frack; Anacleta strahlend in seinen Armen. Ernesto, Faustinos jüngerer Bruder, ebenso dünn wie er, aber stärker, vielleicht wegen des entschlossenen Blickes und seinem offenen Lächeln in Richtung des Fotografen. Dann fiel mir noch ein eleganter Typ mit Glatze auf, der auf einem Foto Faustino Manso umarmt. Er fiel mir auf, weil er wie aus einem anderen Film wirkte: Hosen aus englischem Cashmere, dazu ein Panamahut und Seidenkrawatte, zweifarbige Schuhe; Pigmentstörungen an den Händen und der hochmütige Blick eines Raubtierdompteurs.

»Und wer ist das?«

»Das? Eine entscheidende Figur in Faustinos Karriere. Er heißt Arquimedes Moran, und er war es, der meinem Mann das Bass-Spielen beibrachte …«

»Der amerikanische Seemann, der Faustino den Kontrabass schenkte?«

»Genau. Ihr müsst unbedingt mit ihm sprechen!«

»Mit ihm sprechen? Lebt er denn noch?«

»Gott sei Dank! Er war sogar auf der Beerdigung. Arquimedes hat nicht die Absicht zu sterben. Er sagt immer, Sterben macht zu viel Arbeit.«

»Und wo lebt er? Ist er nicht in die Vereinigten Staaten zurückgegangen?«

»Arquimedes? Nein! Arquimedes erinnert sich nicht einmal mehr daran, dass er einmal Amerikaner war. Er lebt in Cazenga seit über dreißig Jahren, in einem heruntergekommenen Haus. Das Beste an dem Haus ist der Garten. Dort verbringt er den ganzen Tag und redet mit den Vögeln und den Nachbarn.«

Ich hatte gedacht, der Seemann sei eine nette Erfindung von Serafim Kussel; er und Walker, der magische Kontrabass. Ich konnte meine Verblüffung nicht verbergen. »Und der Kontrabass? In Kapstadt sagte mir jemand, ein alter Musiker, der mit Faustino gespielt hat, dass Walker, der Kontrabass, einen eigenen Willen gehabt hätte …«

»Ach das!« Dona Anacleta lächelte mit gespielter Gleichgültigkeit. »Geschichten, die Arquimedes gerne erzählt. Warum redet ihr nicht mit ihm?«

Ich fragte noch, ob Faustino auch nach seiner Rückkehr nach Luanda, 1975, noch Bass gespielt habe. Ja, sagte Dona Anacleta, aber vor allem zu Hause mit Freunden. Die Revolution habe der Musik nicht gut getan. Später, in den Neunzigern, hatte er eine Jazzband gegründet, »Sociedade das Nações«, mit einem kubanischen Pianisten und einem portugiesischen Schlagzeuger, und war wieder in Bars und auf Hochzeiten aufgetreten. In den letzten Jahren hatte Merengue manchmal in der Band gesungen – mit zunehmendem Erfolg.

»Merengue singt sehr gut. Als hätte sie mehrere Stimmen in ihrer Kehle, und manchmal benutzt sie sie gleichzeitig. Ich glaube, das ist nicht normal.«

Ich antwortete nicht. Ich kann Merengue nicht leiden. Wir schwiegen beide. Dann schien Dona Anacleta einen Entschluss gefasst zu haben.

»Mana Fatita, ihr habt sie getroffen, nehme ich an …«

Ich nickte.

Ihre Hände zitterten. Sie verschränkte sie in ihrem Schoß und senkte die Stimme. »Faustino war, bevor er mich kennenlernte, mit dieser Dame zusammen gewesen. Männergeschichten. Mana Fatita, der Name sagt einiges, muss für die damalige Zeit ziemlich freizügig gewesen sein, auf jeden Fall offener als ich. Tatsache ist, dass Faustino mich geheiratet hat, aber sie wurde schwanger. Unsere Hochzeit war im Oktober, im November kam Pitanga, Mana Fatitas erste Tochter, zur Welt. Und ich erfuhr es natürlich sofort. So etwas erfährt man sofort. Ich war noch sehr jung, zwanzig Jahre alt, und bekam Angst. Ich dachte, ich würde ihn verlieren, wo er doch so gern Kinder haben wollte. Sechs Jahre vergingen, und ich wurde nicht schwanger. Ich magerte ab, verlor allmählich jede Lust am Leben. Ernesto kümmerte sich um mich. Er aß regelmäßig hier bei uns zu Abend, und nachdem der alte Guido gestorben war, wohnte er sogar bei uns. Guido Lopo Manso starb auf eine dumme Weise, der Arme, er fiel von einem Schrank, auf den er im Schlaf geklettert war. Er fiel hinunter, weil man ihn geweckt hatte und er erschrocken war, schlug mit dem Kopf auf die Ecke eines Nachttischs und war sofort tot. Sie hatten keine Mutter. Die war gestorben, als die beiden noch sehr klein waren. Krebs.«

Wieder Schweigen. Ich wusste, es war nicht der Tod von Faustinos Mutter, der sie jetzt beschäftigte. Und mir wurde – widerstrebend – klar, dass ich gerade die Rolle der Journalistin einnahm, die den Müll von Filmschauspielern durchwühlt, um einem Skandal auf die Spur zu kommen. Ich wusste nicht, was ich machen sollte: aufstehen und gehen? Sie bitten aufzuhören? Vielleicht tat es ihr ja gut zu sprechen. Es war schließlich ihre Idee gewesen. Sie hatte mir versprochen, die wahre Geschichte von Faustino Manso zu erzählen. Also schwieg ich auch, rührte mich nicht, tat so, als würde ich in meinen Aufzeichnungen lesen.

Schließlich brach Dona Anacleta das Schweigen. »Du weißt schon, was passiert ist, nicht wahr?«

Es geschah langsam, und die Initiative war von ihr ausgegangen. Darauf legte Dona Anacleta Wert. Es war ihre Entscheidung gewesen. Eines Morgens, nachdem Faustino zur Arbeit gegangen war – damals arbeitete er schon nicht mehr in dem Stoffgeschäft, sondern bei der Post –, war Anacleta in das Zimmer gegangen, in dem Ernesto noch schlief, und als dieser die Augen aufschlug, hatte sie vor ihm gestanden.

# Familiengericht

Als ich zum Haus meiner Mutter kam, stand das Auto von General N'Gola schon vor der Tür. Caveira, der Fahrer, lehnte an einer Mauer und stocherte in seinen Zähnen herum. Sein Gesicht erinnerte tatsächlich an einen Totenschädel – daher der Spitzname Caveira, Totenschädel –, nur seine lebhaften Augen nicht. Drei senkrechte Narben an beiden Schläfen und die spitzen Eckzähne ließen ihn noch gefährlicher aussehen. Als er mich bemerkte, verzog er sein Gesicht zu einem grimassenhaften, grausamen Grinsen und machte mit der rechten Hand ein Zeichen, das aussah, als würde er sich den Hals abschneiden. Doch es war mein Hals, den er symbolisch durchtrennte. Seine Stimme klang trotzdem heiter: »Chê, kleiner Bartolomeu! Der General bringt dich um!«

Ich verstehe mich gut mit Caveira, aber in diesem Moment musste ich mich sehr beherrschen, ihm nicht zwei Schläge auf seinen Schädel zu verpassen. Caramba, dachte ich, was mache ich hier? Dann klingelte ich, und meine Mutter öffnete. Sie führte mich ins Wohnzimmer und befahl mir mit strenger Geste, neben ihr Platz zu nehmen. An der gegenüberliegenden Seite des Tisches saßen mein Onkel, meine Tante und Merengue, die versuchte, betont locker zu wirken. Niemand sagte etwas. Dann kam Johnny, mein jüngster Onkel, dick und jovial, aus der Küche, mit einer Bierflasche in der Hand (Cuca, er trinkt ausschließlich Cuca). In der Tür blieb er stehen, schaute in die Runde und dann platzte ein lautes Lachen aus ihm heraus. »Scheiße! Das riecht nach Gewitter!« Er setzte sich neben mich. »Ich bin der Schiedsrichter. Dann schauen wir also mal. Merengue hat der Familie verkündet, dass sie schwanger ist und dass du der Vater bist. Stimmt das?«

Er stellte die Bierflasche auf dem Tisch ab. Ich kann mich erinnern, dass mir dabei auffiel, wie anders doch Cuca-Flaschen im Gegensatz zu allen anderen Bierflaschen aussehen. Die Brauerei ist in den Vierzigerjahren gegründet worden. Vielleicht ist es noch das Modell von damals. Das Format der Flasche, auch das Markenzeichen, ein Kuckuck mit ausgebreiteten Flügeln auf rotem und gelbem Grund, wirkt ziemlich retro, was mir ja gefällt. Dazu fielen mir Bilder ein von Frauen mit riesigen Frisuren, die von Unmengen Haarspray zusammengehalten werden – »Die Arme, sie ist gestürzt und hat sich zwei Haare gebrochen«, lästerte man damals –, und Frauen mit gigantischen Büstenhaltern, Handschuhen und ausladenden Hüten, die früher als unentbehrliches Accessoire einer jeden Dame galten. Nie verstanden habe ich allerdings, wie es möglich war, auf diese riesigen, modellierten Frisuren noch einen Hut draufzusetzen, egal wie extravagant dieser gewesen sein mochte. Meine Erinnerung, einschließlich meines historischen Gedächtnisses, das komplett im Kino erworben wurde, ist auf das Universum der Frauen fokussiert. Das alles, kann ich mich erinnern, ging mir durch den Kopf, als ich Merengue anschaute, meine Tante und meinen Onkel. Ich murmelte: »Wenn sie das sagt …«

Mein Onkel führte seine Hand zum Hosenbund. Ich stellte mir vor, dass er jetzt seine berühmte Magnum ziehen und sie krachend auf den Tisch knallen würde. Man erzählt sich, er hätte so alle Probleme gelöst, damals im Krieg, an den sogenannten Schauplätzen, wenn er vor hohen Militärchefs erscheinen musste, um bestimmte Operationen zu erklären oder mehr Geld einzufordern. Doch er zog nur ein Taschentuch heraus, um sich den Schweiß abzuwischen. Das machte mir wieder Mut. Ich erhob die Stimme und schaute ihm direkt in die Augen. »Es tut mir leid. Das Kind ist von mir. Ich übernehme die volle Verantwortung. Aber ich werde Merengue nicht heiraten!«

Merengue sprang auf. »Du Arschloch!«

Ihr Vater fasste sie an den Schultern und zwang sie, sich wieder hinzusetzen. »Und du Hanswurst glaubst, ich würde es zulassen, dass du mein Püppchen heiratest?! Was glaubst du eigentlich, wer du bist? Ein Herumtreiber! Ach, was sage ich? Ein Versager, ja genau, denn du treibst dich nicht einmal herum, du schleppst dich höchstens durchs Leben, nicht einmal den Militärdienst hast du geleistet.«

Johnny klatschte in die Hände, um wieder Ordnung in die Runde zu bekommen. »Ruhe! Ruhe! Beruhigen wir uns wieder, oder ich lasse den Saal räumen.«

Meine Tante Dona Mariquita, eine Dame, die stets nah am Wasser gebaut ist, fing an zu weinen. Meine Mutter schimpfte mit Onkel Johnny, Merengue brüllte mich an, N'Gola brüllte alle an, und ich stand auf und ging.

# Rostige Träume und andere

Es war nicht schwer, Arquimedes Moran zu finden. Er hat ein Handy. In Luanda hat jeder ein Handy. Früher, so erzählte mir Bartolomeu, waren Fahrräder und batteriebetriebene Radios die bei den Armen begehrtesten erschwinglichen Konsumgüter. Heute sind es Handys. Dona Anacleta hatte mir Arquimedes' Telefonnummer gegeben. Ich rief ihn an und erklärte ihm, dass wir einen Dokumentarfilm über Faustino Mansos Leben drehen und ihn deshalb gern in seiner Umgebung, seiner Wohnung, interviewen würden. Er wirkte nicht überrascht.

»Ich wohne ganz in der Nähe der Quinta Avenida!«, lachte er. Mit absolut angolanischem Akzent. Selbst sein Lachen. »Die Quinta Avenida in Cazenga natürlich. Fragen Sie beim Imbondobaum nach mir, irgendwer wird Ihnen dann schon das Haus zeigen.«

Bartolomeu sagte, er kenne Cazenga. Er hätte dort schon unzählige Male gefilmt. Und besser noch: Er sei schon beim alten Arquimedes zu Hause gewesen. Auf Wunsch ausländischer Freunde, die Luanda besucht hätten. »Leute, die sich auskennen und anspruchsvoll sind«, erklärte er, ohne genau zu erläutern, worin diese Freunde sich auskannten und anspruchsvoll waren. Kurz darauf sagte er noch einmal: »Sehr anspruchsvolle Leute, liebe Tante. Ich habe noch niemanden gesehen, der vom Haus des alten Arquimedes enttäuscht gewesen wäre.«

Ich hatte immer geglaubt, das Leben in Luanda sei schwierig, bis zu dem Tag, an dem ich zum ersten Mal Cazenga sah. Ich dachte, die kühn zwischen den Hochhäusern hervorlugenden Musseques (graue, staubbedeckte Baracken) seien das Schlimmste, was es hier gibt, und das Schlimmste auf der Welt überhaupt. Doch ich hatte mich getäuscht. Wie fast immer hatte ich die Schlechtigkeit der Menschen unterschätzt. Cazenga erstreckt sich über endlose Kilometer aus Chaos und Albtraum. Der gemietete Jeep, in dem wir, mit Bartolomeu am Steuer, unterwegs waren, kämpfte sich durch eine Kette von Schlaglöchern, die man nur noch ironisch als Straße bezeichnen konnte. Wir mussten träge, verschlammte Rinnsale überwinden, riesige Wasserlöcher mit Seerosen, und wieder Löcher, Gräben, die sich durch den Müll zogen, Millionen zerdrückter Getränkedosen, Plastiktüten, Kronkorken, tote Hunde, dreißig Jahre liegen gebliebene Hinterlassenschaften.

Es war später Nachmittag und über allem lag Staub. Das Licht selbst schien zu schweben, sich in den Staubpartikeln zu brechen, was dem Ganzen eine Tiefe verlieh, die Kraft eines epischen Gemäldes, das an die Fotografien erinnerte, die Sebastião Salgado berühmt gemacht haben.

Geduckte Häuser zu beiden Seiten der Straße. Windschiefe Palmen dahinter. Hier ein Schönheitssalon, wenn man dem, was auf dem Schild stand, glauben durfte (was großen Glauben voraussetzt), dort ein Barbierladen mit einem zerbrochenen Spiegel, an der Tür ein Plakat: »Tritt hässlich ein, komm schön heraus. Wir machen Pferdeschwänze, Frisuren in Bananenform, Zöpfe oder Wellen. Haarverlängerung, Dauerwelle. Wir verwenden ›curly‹.« Etwas dahinter das Büro einer politischen Partei. Dann die »neoklassizistische« Fassade der brasilianischen, evangelikalen Igreja do Reino de Deus. Überall Menschen mit Lasten auf dem Rücken, schwätzend, lachend. Manche tanzten sogar.

»Hier ist es!«, verkündete Bartolomeu und hielt an.

Wir stiegen aus. Ein Alter, der auf einem Backstein saß und ein T-Shirt der MPLA und dazu kurze Hosen trug, schaute staunend dem atemberaubenden Weltuntergang um ihn herum zu. Bartolomeu begrüßte ihn respektvoll und fragte, ob Arquimedes zu Hause sei. Der Greis machte eine resignierte Handbewegung und jammerte, es tue ihm in der Seele weh, zumindest verstand ich es so, dass seine alten Waffenbrüder ihn völlig vergessen hätten. Schließlich deutete er beiläufig auf das Haus hinter sich und seufzte: »Er ist da drin …«

Wir traten ein. Ein Garten voll von seltsamen, verrosteten Apparaturen. In der Mitte ein stattlicher Feigenbaum, der einen dunklen Schatten spendete. Dahinter war der harte, rosafarbene Stamm eines Guavenbaums zu erkennen. Dann gab es noch eine Jujube und zwei oder drei hochgewachsene Papayastauden. Zwischen dem Guaven- und dem Feigenbaum baumelte eine Hängematte. Erst dachte ich, sie sei leer, doch plötzlich sprang ein Alter heraus, mit nichts weiterbekleidet als einer abgewetzten Jeans. Sein Kopf war kahl, seine Haut fleckig wie bei einem Dalmatiner, und sein grauer Bart fiel in Strähnen bis zu seinem Bauchnabel hinunter. Es gibt Leute, die im Alter fett werden, und andere, die schrumpfen. Manche explodieren, andere implodieren. Arquimedes Moran gehört zu jenen, die implodiert sind. Zumindest körperlich, im Vergleich zu dem Foto, das ich bei Dona Anacleta gesehen hatte. Doch innerlich brodelte er vor Energie. Kam mit kleinen, hüpfenden Schritten auf mich zu, ich streckte ihm die Hand hin. Er nahm sie, zog sie mit einer überraschenden Kraft für jemanden, der so zerbrechlich wirkt, zu sich hin und drückte mir einen schmatzenden Kuss auf jede Wange.

»Du also bist das Nesthäkchen, Laurentina? Mein Kumpel wusste schon, wie man Kinder macht. Einmal habe ich hundert Visitenkarten drucken lassen und sie ihm zum Geburtstag geschenkt. Da stand drauf: ›Faustino Manso, freischaffender Produzent‹.«

Er bat uns, an einem Plastiktisch Platz zu nehmen, im Schatten des Feigenbaums. Türen und Fenster an seinem Haus waren nur noch Fragmente. In einem der Zimmer flocht eine Frau einem Mädchen die Zöpfe. In einem anderen lümmelten sich zwei junge Mädchen nackt auf einer sehr schmutzigen Matratze (selbst aus der Entfernung konnte man erahnen, wie schmutzig sie war). Ein etwa zwölf Jahre altes Mädchen kam aus dem Haus mit den Armen voll Bierflaschen und verteilte sie vor uns auf dem Tisch. Mir gab sie eine Cola. Sie war eiskalt.

Mandume deutete fragend auf einen komplizierten, vor Rost starrenden Apparat aus Hebeln, Kolben und Zahnrädern, der vom Blattwerk des Mangobaums halb verdeckt wurde. »Und das da, was ist das?«

Arquimedes Moran zuckte mit den Schultern. »Ein Traum. Ein mechanischer Traum. Ich habe ihn hier stehen gelassen, um mich daran zu erinnern, dass auch Träume von Rost zerfressen werden. Rost schläft niemals.« Er drehte sich eine Zigarette und steckte sie an. Ein süßlicher, starker Duft verbreitete sich in der Luft.

Bartolomeu grinste: »Das ist gut, das Zeug!«

Der kleine Mann schaute ihn beleidigt an. »Was heißt hier gut, junger Mann?! Es ist das beste! Du weißt ganz genau, dass es nirgendwo auf der Welt besseres Liamba gibt, als das, was ich selbst anpflanze.«

Mandume erschrak. »Liamba?!«

»Hast du ihnen nichts erzählt?« Arquimedes Moran sprang auf. Zog mich am Arm: »Kommt! Kommt mit! Ich zeige euch meine Plantage.«

Wir gingen hinter ihm her. Ins Haus hinein, durch einen dunklen Flur, eine zerfallene Küche – zwei Frauen werkelten an einem riesigen Topf, der über einem auf dem Boden brennenden Feuer brodelte –, und schließlich gelangten wir in einen weiteren Garten. Mir verschlug es die Sprache vor Staunen. An einer Seite stand ein lang gestrecktes, hohes Gewächshaus, das vom vielen Grün darin fast zu bersten drohte. Als hätte man den gesamten amazonischen Regenwald hineingestopft. Auf der anderen Seite erstreckte sich der Mauer entlang eine Apparatur, in der man anscheinend die Blätter trocken konnte. Das übrige Gelände war von denselben Sträuchern mit den feingliedrigen Blättern überwuchert, die auch das Gewächshaus ausfüllten.[23]

---

23 »Handförmig zusammengesetzte, feingliedrig gesägte Blätter, endständige Blüten und runde achänische Samen«, sagt mein geliebter »Houaiss«. Pure Poesie!

»Ich habe hier ein paar gute Dutzend der verschiedensten Sorten Cannabis«, brüstete sich Arquimedes Moran. »Einige davon sind noch nicht einmal klassifiziert. Wissen Sie, dass Cannabis seit mehr als viertausend Jahren gezüchtet wird? Achtzig Jahrhunderte vor Christus stellten die Chinesen bereits Papier aus Cannabis sativa her! Genau genommen ist die Entwicklung der Menschheit direkt mit Cannabis verbunden. Den Cannabisanbau zu verbieten, ist ein Verbrechen gegen die Geschichte und die Zivilisation. Sie zu züchten, ist ein Akt des Widerstands gegen die Barbarei.« Er ging zu einem der Sträucher, der von den anderen durch ein kleines Plastiknetz abgetrennt war, und streichelte ihm zärtlich über die Blätter, so, wie man einen kleinen Hund streichelt. »Das hier ist eine von mir selbst im Lauf von mehr als fünfundzwanzig Jahren verbesserte Sorte. Ich habe einen Kunden in Rio de Janeiro, der mir für die Samen schon ein Vermögen geboten hat. Aber ich verkaufe nicht. Die Blätter natürlich, das ist klar, aber nicht die Samen. Ich verkaufe ihm doch nicht das Huhn, das mir goldene Eier legt. Dieser Kunde von mir, mein bester Kunde, war früher eine Art Hippie, stellte selbst Parfüm her und verkaufte es auf der Straße und auf Flohmärkten in Paraty, bis er vor etwa zehn Jahren ein großes Vermögen erbte. Daraufhin stellte er einen portugiesischen Agraringenieur ein – ein prima Kerl, der Antunes –, dessen einzige Aufgabe es ist, durch die Welt zu reisen und Cannabisblätter und Samen auszuwählen und zu kaufen. Ich habe ihn einmal besucht, meinen Kunden, dort in Rio de Janeiro. Er lebt nicht zufällig in einem Stadtteil namens Jardim Botânico. Ein Palast! Hier in Luanda gibt es, glaube ich, kein einziges Haus dieser Art, mit Schwimmbad, Sauna, eigenem Kino, Bibliothek und, das ist das Beste, einem Raucherzimmer. Dort bewahrt er die Cannabisblätter auf, die Antunes ihm zusammensucht. Wissen Sie, wie ich so etwas nenne? ›Savoir vivre‹ auf Französisch, denn nur auf Französisch kann man einen solchen Quatsch sagen, oder auch Obszönitäten, ohne dass es blöde oder ordinär klingt.«

# Arquimedes Moran

Ich bin nicht in Nouvelle-Orleans geboren. Ja, ich sage lieber Nouvelle-Orleans, das gefällt mir besser. Ich bin in einer ruhigen kleinen Stadt namens Ethyopia am linken Ufer des Mississippi geboren, aber aufgewachsen bin ich in Nouvelle-Orleans. Ich kann mich noch an den Fluss erinnern, den langsam dahinfließenden Morast, aber ich bin nicht einmal sicher, ob ich mich tatsächlich erinnere oder ob ich mich nur deswegen erinnern kann, weil meine Mutter mir so oft erzählt hat, wie sie mit mir am Ufer spazieren gegangen ist. Sie erzählte gern, dass die schlammbeladene Strömung bei Sonnenuntergang, wenn sie das verglühende Licht der Sonne spiegelte, sich in reines Gold verwandelte. Wenn ich also an Ethyopia denke, sehe ich einen goldenen Fluss fließen. Mein Vater war Zauberer. Kein richtiger Zauberer, kein Curandeiro, wie es hierzulande so viele gibt, sondern ein Zauberkünstler, einer, der Kaninchen aus Hüten zaubert. Mein lieber Vater holte allerdings die Kaninchen nicht aus Zylinderhüten, er hatte nicht einmal einen, sondern aus seinem eigenen Mund – er erbrach sie. Er erbrach weiße Kaninchen, zwar klein, aber perfekt. Er hat sich jedoch nicht aus dem Fenster gestürzt, nicht mit elf Kaninchen[24], sondern wurde von der Trunksucht dahingerafft, einer Leberzirrhose, noch bevor er fünfzig Jahre alt war.

Ich ging schon früh ins Showbusiness. Mit sieben Jahren spielte ich bereits recht talentiert Klavier und begleitete meinen Vater bei seinen Auftritten. Bis eines Tages ein Freund, der etwas älter war, ein Journalist, mich in eine Spelunke mitnahm, wo die New Orleans

---

24 Vgl. die Hauptfigur der Geschichte »Brief an ein Fräulein in Paris« (Bestiarium, 1950) von Júlio Cortázar.

Rhythm Devils spielten. Ich war sprachlos. Sylvester Page spielte am Kontrabass, und ich merkte sofort, dass es das war, was ich für den Rest meines Lebens tun wollte. Nach dem Konzert sprach ich ihn an und bat ihn, mir das Instrument beizubringen. Ich glaube, Sylvester freute sich über meine Begeisterung. Es gab damals nicht so viele Leute, die sich für Kontrabass interessierten. Wir wurden Freunde. Als er starb, vererbte er mir Walker. Das war der Beginn meiner Karriere, vielleicht sollte ich »meiner kurzen Karriere« sagen. Ich spielte mit der Original Dixieland Jazz Band und mit James France Durant, dem alten Jimmy, in der Original New Orleans Jazz Band. Als der Krieg begann, ging ich zur Marine. Aber das war nichts für mich. Ich hasse den Krieg. Jede Form von Gewalt. Und Patriotismus noch mehr, Disziplin und Uniformen erst recht, also alles, was eine erfolgreiche Armee ausmacht. So ging ich, als das Schiff, auf dem ich eingesetzt war, in Luanda anlegte, mit einer Gruppe von Kameraden von Bord, um etwas Spaß zu haben, und kam nicht mehr zurück. An jenem Vormittag lernte ich Faustino Manso kennen. Ich hatte mich in eine Bar gesetzt, um zu überlegen, was als Nächstes zu tun war.

Ich erinnere mich, dass ich Magenschmerzen hatte vor Nervosität ...

Ich besaß kaum Geld, sprach kein Wort Portugiesisch und hatte Angst, dass die Polizei mich aufgreifen und den Amerikanern ausliefern würde. Da saß ich also, völlig in Gedanken, trank ein Bier und kaute Lupinenkerne, als ich einen jungen Mann hereinkommen sah, mit einer Gitarre über der Schulter. Ich hatte meinen Kontrabass mitgenommen, unter dem Vorwand, in der Stadt einen befreundeten Musiker besuchen zu wollen, dem ich versprochen hätte, auf seiner Hochzeit zu spielen. Letztendlich ist dann genau das passiert. Es war das einzige Mal, dass ich die Wahrheit sagte, obwohl ich log. Faustino sah mich da neben Walker sitzen, ich war ja nicht zu übersehen, und kam zu mir. Jetzt, wo ich dir das alles erzähle, kann ich sogar seine Stimme wieder hören. Eine schöne Stimme, die eines Hypnotiseurs, verstehst du, sehr ruhig und sehr sicher. Er brauchte bloß etwas sagen, und schon mochten ihn die Leute. Faustino Manso, der große Verführer, bestand für mich aus sechzig Prozent Stimme, fünfunddreißig Prozent Charme und fünf Prozent Sanftmut. Charme, oder das, was wir Charme zu nennen pflegen, ist nichts weiter als gute Manieren gepaart mit gepflegter Erscheinung. Faustino hatte gute Manieren, sah gut aus und war ein sehr sanftmütiger Mann, der trotzdem niemals unmännlich wirkte. Aber seine Stimme, diese Stimme!, seine Stimme. Sie war seine stärkste Waffe. Er kam zu mir an den Tisch, schaute auf den Kontrabass, zeigte mir seine Gitarre und sagte: »Ich muss zugeben, Ihre ist größer als meine!«

Auf Portugiesisch natürlich. Dann sah er meinen Gesichtsausdruck, meinen erschrockenen Blick, und er übersetzte es ins Englische. Damals sprach Faustino schon ganz gut Englisch. Erst verstand ich den Witz nicht, lachte aber trotzdem. Was ich in diesem Moment am meisten brauchte, war ein Freund. Ein paar Minuten später unterhielten wir uns, als würden wir uns bereits ewig kennen. Wahrscheinlich war es auch so, wir kannten uns schon. Ich glaube an Reinkarnation oder zumindest an irgendetwas Ähnliches. Schließlich, um nicht den Faden zu verlieren, nach einigen Minuten und zwei oder drei Bier, sagte mir Faustino, er müsse kurz nach Hause und sich umziehen, weil er später noch auf einer Hochzeit auftreten müsse, und lud mich ein mitzukommen. Es war seine eigene Hochzeit. Du weißt, die Musik ist eine universelle Sprache, und das Universum ist eine musikalische Sprache – noch so etwas, an das ich glaube –, also gehörte ich einfach so, nach ein paar Monaten, schon zum Inventar aller Feste in der Stadt. Und lass mich dir sagen: Es waren rauschende Feste. Außerdem mochten die Leute amerikanische Musik, es gab damals schon ein halbes Dutzend Kerle, die Jazz hörten, ich lernte sogar welche kennen, die steppen konnten, Liceu

Vieira Dias zum Beispiel, der große Liceu, sodass ich, ohne es zu wollen, zu einer Art Prophet für die jüngere Generation wurde. Die ersten Jahre lebte ich relativ vorsichtig, immer in der Angst, dass die Polizei mich holen kam; ich hielt mich ja illegal in Luanda auf, das darf man nicht vergessen. Aber so lernte ich schnell Portugiesisch, mit dem richtigen Akzent, und ließ mich schließlich als Angolaner registrieren – oder besser gesagt, als Portugiese. Das war damals normal. Es gab erwachsene Leute ohne Papiere. Niemand fragte nach. Man gab mir die Dokumente, die ich brauchte, auf den Namen »Arquimedes Mourão«, und ich hatte nie wieder Probleme. Heute wissen nur noch die Älteren, dass ich eigentlich Amerikaner bin. Ich habe geheiratet, nach Landessitte, und das ziemlich oft, und habe viele Kinder.

Heimweh?

Heimweh nach den Vereinigten Staaten? Nein, mein Kind, ich habe keinerlei Sehnsucht! Und wenn ich doch mal welche bekomme, weißt du, was ich dann mache? Ich schalte den Fernseher ein, suche mir CNN und höre Bush sprechen, zwei Minuten, drei Minuten, länger habe ich das nicht verdient, niemand hat das verdient, und ich danke Gott, dass ich mit diesem Land nichts mehr zu tun habe.

Zurück zu Faustino. Ja, natürlich war ich es, der dem sanftmütigen Hornochsen beigebracht hat, Kontrabass zu spielen. Aber irgendwann, das muss ich zugeben, lernte ich von ihm. Faustino war ein Naturtalent, gab sich dem Instrument hin, wie, bitte entschuldige die billige Metapher, ein Vogel sich dem Himmel ausliefert. Wenn er spielte, war er selbst die Musik. Ich traf mich immer nachmittags mit Faustino im Café Rialto, denn das lag und liegt immer noch, unbesiegbar, direkt neben der Post, wo er arbeitete. Damals war auch Ilídio Machado noch bei der Post, als Kassierer – es heißt, die MPLA sei bei ihm zu Hause gegründet worden, aber ich glaube, das ist ein Gerücht.

Ich mach doch nur Spaß! Schneide das raus, was ich da eben gesagt habe, ich will keinen Ärger …

Wahr ist, dass Ilídio bei der Post gearbeitet hat und sehr beliebt war bei uns allen. Manchmal kam auch er ins Rialto. Bei einer dieser Gelegenheiten, wir hatten schon einiges getrunken, erfand Faustino diese Geschichte, mein Kontrabass, Walker, sei vom Geist des Sylvester Page besessen, und jeder, der darauf spielte, würde sich in eine Art Matumbola verwandeln, einen leeren Körper. Pages Geist würde von diesem Körper Besitz ergreifen, um wieder sein Instrument spielen zu können. Kompletter Blödsinn ist das, Resultat einer Bierlaune, aber die Leute glaubten es. Es gibt heute noch Leute, die diese Geschichte erzählen.

Es ist schon spät. Gleich werdet ihr kein Licht mehr zum Filmen haben. Du möchtest sicher wissen, warum ich Faustino Manso den Walker geschenkt habe, richtig?

. . . . . . . .

. . . . . . . . . . . . . . .

. . .

Also will ich es euch erzählen: Weil ich mir ein neues Leben erfunden habe und Walker zu einer unnützen und störenden Erinnerung geworden war. Ein Klotz am Bein, und ein recht großer dazu. Nur zwei Arten von Menschen können mit einem Kontrabass etwas anfangen: Musiker und Schiffbrüchige. Der Schiffbrüchige kann auf ihm eine einsame Insel erreichen und ihn dann sogar noch zum Feuermachen benutzen. Ich war ein Schiffbrüchiger und spielte Kontrabass.

Aber dann verwandelte ich mich in etwas anderes.

. . . . . . . .

. . . . . . . . . . . . . . .

. . .

Und außerdem hatte Faustino ihn mehr verdient als ich. Wäre er Amerikaner gewesen, er wäre Charles Mingus geworden. Doch er war Angolaner, mein Kind. In gewisser Weise hat er noch mehr erreicht als Charles Mingus.

Er war Faustino Manso.

# Diamantenjäger

Brand Malan erwartete mich mit übereinandergeschlagenen Beinen und einer Zigarre an einem Tisch im Vida e Caffe, genau so, mit zwei »F«, einem der wenigen Orte in Kapstadt, an denen man ein gutes Pastel de Nata bekommt und einen ordentlichen Kaffee. Er stand auf, um mich zu begrüßen.

»Ich freue mich, dich wieder zu sehen, Pouca Sorte!«

Ich setzte mich, und sofort brachte mir ein Kellner einen Kaffee und ein Pastel de Nata. Brand grinste.

»Da siehst du mal, wie gern ich dich habe. Du musst nicht einmal etwas sagen. Ich weiß, was du willst, hatte es schon bestellt.«

»Und weißt du, was ich jetzt will?«

»Ich glaube schon.« Er nahm ein Buch aus einem kleinen Rucksack und schob es mir hin. »Mit schönen Grüßen von meinem Vater.«

»Diamond Hunters« von Wilbur Smith. Senhor Malan hat einen feinen Sinn für Humor und Selbstironie. Ich schlug das Buch auf und sah den Umschlag zwischen den ersten Seiten stecken. Dann schlug ich das Buch wieder zu und verstaute es sorgfältig in meiner Tasche. Während ich meinen Kaffee trank und mein Pastel de Nata aß, erzählte mir Brand, wie wunderbar er sich in den letzten Tagen vergnügt hatte, beim Tanzen in den Diskotheken und auf der Jagd nach jungen Gänsen. Gänse, der Begriff stammt von mir. Was für Frauen interessieren sich schon für einen Hinterwäldler wie Brand?

Morgen fahren wir zusammen zurück nach Angola.

# Ein grauer Tag

Es gibt eine Art Morgengrauen, das von weit her zu kommen scheint. Das bereits müde und frierend ankommt und einen festlichen Brautschleier aus feinem, geklöppeltem Nebel hinter sich herschleift. Aus einer anderen Jahreszeit, aus dem hohen Norden, wie Zugvögel oder blonde Auswanderer mit sehr weißer Haut, die noch ganz durcheinander und aufgeregt in der Schlange stehen, um ihren Pass vorzuzeigen.

Heute Morgen zum Beispiel.

Ich schaute aus dem Fenster und sah Luanda wie eine traurige Ophelia über dem dreckigen Wasser der Bucht schweben. Mandume sah mich an und fragte verwundert: »Was ist denn los?«

(Ich, die traurige Ophelia) Seit Tagen fragt er mich das. Seit Tagen antworte ich ihm nicht. Er ging kopfschüttelnd weg. Auch er benimmt sich eigenartig. Er hat ein Mädchen auf der Straße kennengelernt und beschlossen, sie zu retten. Wie es aussieht, hat das Mädchen Aids. Ein Drama. Eine von zehn oder zwölf Millionen Mini-Tragödien, so vielen angolanischen Leben, die von einem halben Dutzend Inländer und einem weiteren halben Dutzend Ausländer aus reiner Habgier in bitterer Armut gehalten werden. Sie, das Mädchen, hat riesige Augen, die viel erwachsener aussehen als der Rest ihres Körpers. Ich glaube, sie ist in Mandume verliebt.

Ich rief Bartolomeu an und bat ihn zu kommen. Etwas in meiner Stimme beunruhigte ihn. Eine halbe Stunde später klopfte er an meine Tür. Ich ließ ihn herein. Er setzte sich auf den Boden und lehnte sich ans Bett. Er sitzt am liebsten auf dem Boden. Ich wollte sagen: »Ich bin schwanger«, aber er kam mir zuvor.

»Ich habe Scheiße gebaut, meine Liebe! Ich habe Merengue geschwängert!«

»Wie bitte?!«

»Merengue ist schwanger.«

»Seit wann weißt du das?«

»Seit ein paar Tagen. Ich hätte es dir längst erzählen müssen, du hast recht. Aber ich bin immer noch ganz verwirrt. Ich kann keinen klaren Gedanken fassen.«

»Naja, ich bin auch schwanger!«

Bartolomeu lachte los, aber dann schaute er mich sehr ernst an und wurde bleich. Dann tat er etwas, das ich nicht erwartet hatte: Er stand auf und umarmte mich. Umarmte mich, wie ein Mann eine Frau umarmt. Und ich – was sollte ich sonst machen? – ich brach in Tränen aus.

# Eine Überraschung

Der Briefträger erwartete mich in der Lobby des Hotels. Als er mich kommen sah, stand er auf. Er heißt Hipólito und ist genau so, wie man sich einen wirklichen Hippolyt vorstellt: groß, linkisch, mit einem länglichen Pferdegesicht und langsamen, feierlichen Bewegungen. Die Art von Mensch, die stets aussieht, als trüge sie Anzug und Schlips, dunkel natürlich, selbst wenn sie in Wirklichkeit nichts weiter anhat als Unterhosen.

»Laurentina, das hier ist für Sie angekommen.«

Er hielt mir einen hellbraunen Umschlag hin. Ich las den Namen des Absenders, Seretha du Toit, und wusste sofort, um was es ging. Ich drückte dem guten Hipólito fünfhundert Quanzas in die Hand, er dankte mit einer kleinen Verbeugung und ging rückwärts hinaus. Er tut so, als sei er mein privater Briefträger, und händigt mir Briefe nur persönlich aus. Wenn es sein muss, wartet er, solange es nötig ist. Ich bezahle ihm diese Aufmerksamkeit natürlich, denn so kann ich sicher sein, dass kein Brief verloren geht.

Im Umschlag steckte eine Postkarte von Seretha. Ein brüllender Löwe, üppige goldene Mähne, funkelnde Augen und dahinter in violetter Tinte die energische Schrift der Choreografin.

»Meine Liebe,
wie versprochen hier die Kopien einiger Briefe, die Faustino mir geschickt hat. Ich habe die ausgewählt, die mir für Ihre Arbeit interessant erschienen – und auch für Sie selbst. Ich denke, mittlerweile haben Sie die Wahrheit oder etwas, das nach Wahrheit aussieht, über Ihren Vater erfahren. Ich hoffe, dass Sie deswegen die Idee des Dokumentarfilms nicht aufgeben. Faustino Manso war ein außergewöhnlicher

Musiker. Und vor allem ein guter Mensch. In unseren Ländern, in diesem Teil von Afrika, der nicht zur Ruhe kommt, zählt Erinnerung nicht zu den Grundbedürfnissen, man kann sie weder essen, noch kann man sich mit ihr vor Kälte, Krankheiten oder Unglück schützen – also vernachlässigen wir sie. Und doch ist es unmöglich, ein Land aufzubauen, ohne in Erinnerung zu investieren. Ich sehe Sie als Erinnerungsarbeiterin.

In Freundschaft
und mit einem solidarischen Gruß unter Frauen
Seretha du Toit«

*Lourenço Marques, 1962*

»In manchen Nächten träume ich rot. Tiefe Stimmen werden immer lauter, und wenn ich sie höre, bekomme ich Angst, Angst um dich. Und zugleich schwillt mein armes Herz vor Stolz. Ich weiß, am Ende wirst du siegen. Ich hätte bei dir bleiben sollen, doch ich bin nicht in der Lage und werde es nie sein, etwas Mutiges zu tun. Verzeih mir.«

»Es war nicht schwer für mich, Arbeit bei der Post zu finden. Trotzdem beobachte ich in diesem Land, verglichen mit meinem eigenen, mehr rassistische Vorbehalte, Misstrauen (schräge Blicke, Flüstern), auf der andern Seite aber auch Solidarität von Kollegen aus dem Mutterland, die sich demonstrativ mit mir in der Öffentlichkeit zeigen. Es erinnert ein wenig an Südafrika, mit dem Unterschied, dass der Rassismus hier nicht offiziell ist, ohne Überheblichkeit, denn offiziell herrscht die Idee der Rassenvermischung. Sie nennen es Luso-Tropikalismus. Mir ist das lieber. Ich meine, wenn ich die Wahl habe zwischen einem Rassisten, dem es peinlich ist, und einem, der stolz darauf ist, ziehe ich den Beschämten vor. Ich erdulde den kleinen Verrat, einen billigen, aber geflüsterten Spruch lieber als die offene Aggression, den direkten Schlag ins Gesicht. Jede Beleidigung schmerzt. Aber ein Schlag verletzt noch viel mehr.«

»Ich habe einen Ort gefunden, wo Jazz gespielt wird, nichts, was District Six das Wasser reichen könnte natürlich, aber doch recht interessant. Walker hat unter den Einheimischen Aufmerksamkeit erregt. Mal sehen, was in den nächsten Monaten passieren wird.«

»Wenn ich an dich und an Kapstadt denke, was immer dann passiert, wenn ich einmal nicht an dich und an Kapstadt denke, fehlt mir am meisten all das, was ich mit dir in Verbindung bringe: die Freunde, die langen Gespräche in Trevors Wohnung (in der Küche) bei Getränken und Zigaretten, rauchend und trinkend und rauchend. Ab und zu buk Thulisile einen Kuchen, stellte uns kleine Teller mit Käse hin. Trevor und Thulisile beim Dagga-Rauchen. Milton schon betrunken, wie er ständig die gleichen witzlosen Witze erzählte und selbst darüber lachte, alleine, sich schier ausschüttete vor Lachen. Sein Lachen hat mir immer ein wenig Angst gemacht, es war eine Art Weinen. Ich war nicht überrascht, als ich erfuhr, dass er sich umgebracht hat. Erinnerst du dich an das eine Mal, als Frank auftauchte und Klavier spielte, ich ihn mit Walker begleitete und du schließlich mit einem Saxofon dazukamst? Ich weiß nicht mehr, wem das Saxofon gehörte. Aber ich weiß noch genau, dass alle staunten. Ich nicht, denn ich habe deinen Atem immer bewundert – und dein Feuer. Dein inneres Feuer. Ach, meine Tänzerin, du fehlst mir!«

»Ich schlafe schlecht in letzter Zeit. Die Albträume kommen wieder. Besser gesagt, der Albtraum ist, wie du weißt, immer derselbe, auch wenn er verschiedene Formen annimmt: der Morgen, an dem ich mit einem verletzten Arm nach Hause kam, nachdem ich mit meinem Motorroller gestürzt war und meine Frau im Zimmer von Ernesto erwischte. Wäre ich trotz des verletzten Arms arbeiten gegangen, ich hätte Luanda nie verlassen. Natürlich hätte ich auch dich dann nicht kennengelernt. Siehst du, wie die Dinge laufen? Der Fahrer passt nicht auf an einer Kreuzung, schaut den Kurven einer Mulattin hinterher und fährt einen armen Teufel auf seinem Motorroller über den Haufen. Nichts Ernstes, ein paar Kratzer am rechten Arm, und nach einer ehrlich gemeinten Entschuldigung und Sprüchen darüber, wie gefährlich doch die Mulattinnen sind, ist alles wieder in Ordnung. Die Mulattin hätte auch einige Minuten später aus dem Haus gehen, sich noch ein wenig länger schminken können, und nichts wäre passiert. Der Fahrer hätte sich verspäten können, sich, während er in seinem Stammcafé einen Kaffee trinkt, noch die Schuhe putzen lassen, und nichts wäre passiert. Ich selbst hätte lediglich in eine Apotheke zu gehen brauchen, mir schnell ein Mittelchen kaufen und dann einfach weiter zur Post gehen können. Darüber muss ich oft nachdenken, wenn ich nachts auf dem Bett liege und versuche, meinen Albträumen zu entkommen. Den Tag dieses Autofahrers und der jungen Frau wiederhole ich Minute für Minute. Es ist eine Art Spiel. Ich nenne es das Spiel von Gott und Zufall. Ich stelle mir vor, dass ich es nur überzeugend genug spielen muss, um am nächsten Morgen wieder neben Anacleta aufzuwachen.«

»Gerade fällt mir ein, dass der Zufall Gott ausschließt und Gott den Zufall. Ich für meinen Teil glaube eher an Gott als an Zufall, und doch habe ich mehr Furcht vor den Zufällen. Die Tatsache, dass man nicht gleichzeitig an Gott und an den Zufall glauben kann, stört mich nicht. Wir Kreolen – so definiert uns ein Freund von mir, Mário António de Oliveira, einer der größten Intellektuellen, die Angola hat –, wir Kreolen bringen zusammen, was nicht zusammengehört. Wir sind ein erfolgreiches Paradox.«

*Lourenço Marques, 1963*

»Ich habe versprochen, ehrlich zu dir zu sein und dir alles zu erzählen. Also will ich ehrlich sein. Vor ein paar Tagen wurde ich krank. Alles tat mir weh. Schüttelfrost. Ich dachte gleich, es sei Sumpffieber, doch ich glaubte auch, dass ich ohne Hilfe wieder gesund würde. Doch am nächsten Morgen ging es mir noch schlechter, ich glühte vor Fieber, also rief ich einen Freund an, der mich ins Krankenhaus brachte. Ich glaube, ich war wirklich sehr krank. Irgendwann dachte ich, ich sei tot. Ich erinnere mich, dass ich die Augen aufschlug und mich selbst im lieblichen Licht von strahlend weißen Wolken schweben sah. Ich dachte: Der Tod ist also weiß. Und dann sah ich sie: den schwarzen Engel. Und mir fiel das Lied von António Machín »Angelitos Negros«

ein. Sie heißt Elisa und ist Krankenschwester. Ein Mädchen noch, aber so stark wie du und ohne hemmende Skrupel. Sie geht sicher sehr weit – auf jeden Fall weiter als du.«

*Lourenço Marques, 1965*
»Die mosambikanischen Nationalisten stehen schon in Niassa an der gesamten Länge des Sees und bedrohen die Eisenbahnstationen der Nacala-Strecke. Die Weißen sind nervös. Manchmal ertappe ich einen dabei, wie er mich misstrauisch ansieht, aber auch (das ist eigenartig) mit einer Art ängstlicher Ehrfurcht. Ich staune, aber viele Kolonisten können sich immer noch nicht vorstellen, dass die schwarzen Portugiesen, die sogenannten Portugiesen, sich erheben könnten, und dieser Aufstand ihre Anwesenheit hier ganz in Frage stellen könnte. Immer noch glauben viele, dass Portugal für immer in Afrika bleibt.«

*Lourenço Marques, 1969*
»Sei nicht böse mit mir, meine Liebe, aber es ist schon wieder passiert. Was willst du denn? Die Natur hat mir ein unbändiges Herz geschenkt und das Glück, die Aufmerksamkeit der Frauen zu erregen. Diesmal kam sie aus der Luft, ihr Element ist der Himmel, und deshalb glaube ich, es ist eher als bei allen anderen richtig, dass ich sie für einen Engel halte. Es gibt viele Engel, ich weiß, ich kann deine berechtigten Einwände bis hierher hören. Sie würden in keinen Hühnerstall passen. Und doch, verzeih mir die Wiederholung: Alma ist etwas Besonderes. So besonders, dass ich sie nie für mich alleine haben werde, das ist mir klar. Das Höchste, das ich mir erhoffen kann, ist ein Leben in Etappen – in denen ich bei ihr bin – und in der restlichen Zeit Winterschlaf … Soll ich sie dir beschreiben? Ich will es versuchen: schlank, grazil und sehr hell, ein Lächeln wie

Blumen in der Wüste. Man muss sie nur ansehen und hat das Gefühl, dass die Schwerkraft für sie nicht gilt, und auch keine andere Kraft. Nichts hält sie. Als sie noch sehr jung war, ist sie von ihren Eltern aus Moçâmedes fortgegangen und per Anhalter bis Johannesburg gefahren. Dort hat sie als Bedienung in einem Restaurant gearbeitet und gleichzeitig ihren Flugschein gemacht. Ich lernte sie im Polana kennen, wo ich, wie ich ja schon erzählt habe, arbeite. Ein Pianist lernt schnell viele Leute kennen.«

*Lourenço Marques, 1970*

»Ich werde aus Lourenço Marques fortgehen. Elisa hat mich aufgefordert, ihr Haus zu verlassen. Ich habe den Verdacht, dass sie seit einigen Monaten eine ›love affair‹ mit einem hier sehr bekannten Rechtsanwalt hat. Jedenfalls war unsere Ehe, wenn ich es einmal Ehe nennen darf, schon ziemlich tot und roch auch nicht mehr gut. Es tut mir leid für die Kinder, aber auch wegen ihnen bleibt mir nichts anderes übrig. Ich habe weder die Waffen noch den Mut, gegen Elisa zu kämpfen. Sie war sehr deutlich: ›Du wirfst mich in meinem Leben zurück‹, sagte sie zu mir. ›Du belastest die Zukunft der Kinder.‹ Elisa sagt solche schrecklichen Dinge. Ihre Stimme bleibt dabei stets gleich, klein und sanft wie immer, nur ihr Körper verändert sich. Man stelle sich einen Löwen vor, der seiner Autorität Ausdruck verleiht, indem er miaut wie eine Katze.«

»Ich habe beschlossen, mich in Quelimane niederzulassen. Ein Freund, ein Goaner, hat mir angeboten, mich an seinem Stoffhandel zu beteiligen. Er hat ein Geschäft in Quelimane und braucht jemanden, der es verwaltet. Ich weiß nicht, ob ich dir schon einmal erzählt habe, dass ich etwas Erfahrung auf diesem Gebiet habe, meine erste Arbeit war in einem Tuchgeschäft in Luanda, das einem Bruder meines Vaters gehörte.«

*Quelimane, 1970*

»Hier stehe ich nun am Ufer des Rio dos Bons Sinais in einer neuen Rolle. Doch, ich bin immer noch Faustino Manso, Musiker und Komponist, aber ich bin auch Senhor Faustino vom Bazar Central, und als solcher noch mehr geachtet denn als Musiker. Ich habe ein Zimmer in einem alten kolonialen Stadthaus mieten können, einem prächtigen Bau, der einer ehemals wohlhabenden Familie gehört, die heute fast ruiniert ist. Der letzte Spross dieser Familie ist eine junge, sehr attraktive Dame mit Namen Ana, Ana de Lacerda, die hier zusammen mit einer alten Dienerin lebt. Ana ist eine weit gereiste Frau, hat in Paris studiert und war dort im Mai 1968, als die Studenten die Straßen in Brand setzten. Diese Zeit hat sie sehr geprägt. Sie war mit auf den Barrikaden. Dann kehrte sie überstürzt nach Mosambik zurück, weil ihre Mutter im Sterben lag, und das bewahrte sie, sage ich, vor der Revolution. In ihrem Esszimmer hängt ein Poster von Mao direkt neben dem Porträt ihres Großvaters, einem Herrn mit buschigem Schnurrbart, scharfen, neugierigen Augen und tiefen Augenringen. Ich bin mir sicher, dass er die Ideen seiner Enkelin nicht gutheißt.«

»Es gibt einen neuen Mieter im Haus der Lacerdas. Ein sehr netter Portugiesischlehrer mit Namen Dário, der noch mehr Erfolg bei den Frauen zu haben scheint als ich. Wir spielen nach dem Abendessen Schach und trinken Tee dazu. Wir unterhalten uns viel über alles Mögliche, ausgenommen Politik. Weder er noch ich verstehen viel von Politik.«[25]

25 Die Erwähnung meines Vaters ließ mich für einen Moment vor Schreck erstarren. Ich setzte mich und las den Brief, diese Passage, wieder und wieder, und da – plötzlich – verstand ich, warum Juliana mir so ähnlich sieht (oder ich ihr).

*Quelimane, 1972*

»Die Wochenenden, überhaupt jede freie Minute verbringe ich auf der Ilha de Moçambique. Ich liebe dieses Fleckchen Erde, das Meer, das von einem Smaragdgrün ist, das ich bis jetzt nur von deinen Augen kannte. Ich tauche ins Meer ein und stelle mir vor, ich tauchte in dir, in deinen Träumen und Geheimnissen. Besuche mich wieder einmal. Es war so gut, dich zu sehen. Wenn du kommst, verspreche ich dir, ein Lied für dich zu schreiben. Wenn du nicht kommst – umso schlimmer –, dann komme ich zu dir, auch auf das Risiko hin, damit die Gesetze der Moral zu verletzen. Alle Gesetze. Das wilde Tier, das man Dummheit nennt.«

*Quelimane, 1973*

»Von Thulisile erfuhr ich, dass du im Gefängnis bist. Sie gab mir auch die Adresse, an die ich jetzt diese kurzen Zeilen schicke. Ich hoffe, sie erreichen dich mit derselben Kraft, mit der ich sie jetzt zu Papier bringe. Ich liebe dich sehr, liebe dich ohne Hoffnung und ohne Aussicht, was die reinste und aufrichtigste Liebe ist, die ein menschliches Herz erleben kann. Zu wissen, dass du gefangen bist, bedeutet, mich selbst gefangen zu fühlen. Ich gehe durch die Stadt und denke nur an dich. ›Wo treibst du dich herum?‹, werde ich gefragt, und ich sage ›Seretha‹, und manche denken, das sei ein Vorort von Quelimane. Ich habe so viel von dir gelernt, vor allem, was Würde bedeutet, dass ich im Rückblick nicht mehr weiß, wer ich war, bevor ich dich kannte: Ich liebe dich!«

*Quelimane, 1974*

»Heute Morgen platzte ein Kollege in meinen Unterricht. Er rief mich zur Tür und flüsterte: ›In Portugal ist eine Revolution ausgebrochen, man weiß aber noch nicht, ob von rechts oder links.‹ Ich beendete die Stunde und ging nach Hause, um Radio zu hören. Ana war total aufgeregt. Sie hängte eine Fahne der Frelimo aus dem Fenster und rief: ›Jetzt kommt sie, die Unabhängigkeit!‹

Wenn du diesen Brief erhältst, gibt es wahrscheinlich neue Nachrichten aus Lissabon. Ich weiß nicht recht, was ich denken soll. Hilf mir doch […]«

»Das Chaos hat begonnen. Im Augenblick höre ich Rádio Clube Moçambique. Eine Frauenstimme fordert die Bevölkerung von Nampula auf, sich vor dem Regierungspalast zu versammeln. ›Die spontane Bewegung siegt überall‹, sagt die Frau. Jetzt spricht ein gewisser Kommandant Roxo: ›Achtung Niassa, Achtung Interventionsreserve und Spezialkräfte, hier spricht Comandante Roxo, hier spricht Ihr Kommandant, aus Lourenço Marques, halten Sie sich bereit für den Ernstfall. Einwohner von Niassa, versammelt euch und demonstriert für die Bewegung zur Befreiung Mosambiks.‹ Ana rennt durchs ganze Haus und ruft ›Reaktionäre! Faschisten! Sie wollen Mosambik zu einem zweiten Rhodesien machen. Damit kommen sie nicht durch!‹ Und dann ironisch: ›Sie sind verrückt! Was wollen sie denn erreichen mit diesem Kommandant Roxo?‹ Was ich an ihr am meisten bewundere, ist ihre Fähigkeit, das Groteske in den Dingen zu erkennen, selbst wenn diese eher Zähne zeigen als ihre Lächerlichkeit und schon beinahe zubeißen. Auch die Kolonisten, die Rádio Clube besetzt haben, scheinen Sinn für einen, wenn auch eher unfreiwilligen Humor zu besitzen. Ihr Slogan ist: ›Alle gemeinsam, uns wird niemand verraten.‹ Man würde lachen, hätte diese Komödie nicht auch das Zeug dazu, als Tragödie zu enden.«

*Ilha de Moçambique, 1975*

»Meine Liebe, ich brauche dringend deine klaren Gedanken und deinen Rat. Die letzten drei Wochen waren die schwierigsten und turbulentesten, die ich erlebt habe, seit ich aus Luanda fortgegangen bin. Vor einem Monat sollte wieder einmal ein Kind kommen, aus einer Liaison mit einem Mädchen hier von der Insel, Alima; ich hatte ernsthaft vor, sie zu heiraten, wirklich zu heiraten, mich von Anacleta scheiden zu lassen, doch dann wurde ich krank, und nach einer Reihe von ärztlichen Untersuchungen kam etwas heraus, das mich ein paar Tage lang völlig aus der Bahn warf: Ich bin unfruchtbar. Bin es immer schon gewesen. In diesem Zustand tiefster Depression, in meinem Zimmer eingeschlossen, erhielt ich einen Anruf aus Luanda, dass mein Bruder Ernesto in seinem eigenen Haus erschossen wurde, von einem Querschläger. Wenige Tage später hielt ich einen Brief von Anacleta in Händen, in dem sie mich um Verzeihung bat und schwor, dass sie immer nur mich geliebt habe. Zwischen ihr und Ernesto habe ein Pakt bestanden – sie nannte es Pakt –, weil sie mich so geliebt habe und befürchtet habe, ich würde sie verlassen, wenn sie mir keine Kinder schenkte.

Was soll ich nur machen?

Ich kann seit Tagen nicht schlafen. Mir ist, als würde mein Kopf platzen. Ich liege auf meinem Bett und es scheint mir, als würde sich die Nacht auf mich legen und mich erdrücken mit dem gesamten Gewicht ihrer Dunkelheit.

Hilf mir bitte. Ich kann mich nur noch auf dich verlassen.

Und derweil geht dort draußen eine Welt unter, und eine andere ist dabei zu entstehen, und ich weiß nicht einmal genau, zu welcher ich nun gehöre.«

*Luanda, Angola*
*4. März 2007*

E-MAIL VON KAREN BOSWALL

Ich arbeite immer noch an dem Dokumentarfilm über die Dugongos. Wie du weißt, befahren die arabischen Segelschiffe so ziemlich dieselben warmen, geschützten Gewässer zwischen dem Wendekreis des Steinbocks und des Krebses, in denen diese Seekühe leben. Was du vielleicht nicht weißt, ist, dass es ein Gesetz gibt, das immer noch gilt und es verbietet, im Boot sexuelle Beziehungen zu Delfinen und Dugongos zu unterhalten. Ich dachte mir, dass die Sirenen vielleicht aus dieser nicht nur seltsamen, sondern auch verbotenen Art des Geschlechtsverkehrs entstanden sind. Wer weiß, vielleicht hat sich im Lauf der Jahrhunderte ein Fischer des einen oder anderen Dugongo-Weibchens angenommen oder sich gar in eines verliebt. Und es dann, nachdem er es vergewaltigt hatte, schwanger ins Meer zurückgeworfen.

In den Interviews, die ich mit Bewohnern der Insel Bazaruto geführt habe, behaupteten alle, ein Dugongo sei nicht mit einer Sirene zu verwechseln. »Was für eine dumme Frage!«, sagten sie. »Sie sind vollkommen unterschiedlich. Dugongos haben riesige Euter, und wenn sie Babys haben, schwimmen sie auf dem Rücken, damit an jeder Seite ein Kind saugen kann.« Wusstest du, dass die Truhe, in der man die Steine gefunden hat, auf denen Moses die zehn Gebote aufgeschrieben hat, aus Dugongo-Haut gefertigt war? Ich hoffe, ich kann dir bald mehr dazu erzählen. Live.

Liebe Grüße
KB

# Senhor Malan

Ich und Senhor Malan. Wir beide an der Steilküste sitzend, und unten, vor unseren Augen, das ruhige, unendliche Meer. Senhor Malan hat einen weißen Bart, den er immer wieder mit der linken Hand glatt streicht. In der rechten hält er eine Pfeife. Ich könnte hier schreiben »eine nachdenkliche Pfeife« (die Zigarette durch die Pfeife ersetzend), damit man erkennt, dass auch ich meinen Eça de Queirós gelesen habe. Eine nachdenkliche Pfeife also. Er sagt: »Wir Afrikaner ...«

Sagt er auf Englisch. Er spricht Englisch, als hätte er Steine im Mund, das ist die Art, wie diese Leute, seine Leute, Englisch sprechen. Er sagt: »Wir, die Afrikaner, wissen, dass der beste Boden fast immer mit Dornen bedeckt ist.«

Er schaut mich direkt an, schaut mir in die Augen mit seinen ehrlichen, hellen Augen, wenn er »wir Afrikaner« sagt. Ich verstehe, worauf er hinauswill. Ich glaube, ich verstehe ihn. Auch er versucht wie der andere Weiße dort in der Karoo, mich auf seine Seite zu ziehen. Doch ich stehe auf gar keiner Seite. Ich bin unterwegs, und das ist etwas anderes, als nur auf der Durchreise zu sein. Mein Ort ist nirgendwo. Und doch stimme ich ihm mit einem leichten Kopfnicken zu, stimme aus Freundlichkeit zu. Meine Zustimmung (meine Freundlichkeit) gibt ihm Mut. Er spricht nun etwas lauter.

»Mit gutem Boden meine ich zum Beispiel das angolanische Volk. Die Dornen, das sind die Anführer dieses Landes.« Er lacht. »Sie, Albino, wissen genau, dass ich mit guten Vorsätzen hierherkam, aus freien Stücken, und viel gearbeitet habe, aber ehe ich mich versah, hat man mir alles genommen. Meine Fabrik, diese Fabrik, habe ich Ihnen das schon erzählt? Es gab keine vergleichbare, weder in Namibia noch in Südafrika. Solange sie keine Gewinne abwarf und nur Arbeit machte, hatte ich keine Probleme. Doch als ich begann, damit Geld zu verdienen, stand der Gouverneur sofort da und begann, sich interessiert umzusehen, dann kam ein General und dann jemand noch Höheres.«

Ich kenne die Geschichte. Es ist immer dieselbe Geschichte, nur die Namen ändern sich. Ich kenne auch den offiziellen Diskurs auswendig: Wir müssen Anstrengungen unternehmen, eine nationale Mittelschicht zu schaffen, und das sehr schnell. Mit welchen Mitteln, ist zweitrangig. Andere, heute sehr angesehene Länder haben ähnliche Prozesse durchgemacht. Ansehen ist das Wort, das die Reichen für Vergessen benutzen. Es geht darum, das wiederzuerlangen, was uns geraubt wurde. Diesen Satz halte ich für ein Meisterwerk. Ich hörte ihn mit großem Vergnügen schon von den verschiedensten Leuten. Manche von ihnen hatten dabei ehrliche Tränen in den Augen und ihr Herz in der Hand.

»Es geht darum, das wiederzuerlangen, was uns geraubt wurde.«

Andere grinsten verschwörerisch und ihre Tränen kamen vom Lachen.

»Verstehst du? Wir holen uns nur wieder, was der Kolonialismus uns geraubt hat.«

Senhor Malan, muss ich gestehen, macht sich schlecht in der Rolle des Kolonisten, abgesehen von seiner Hautfarbe. Natürlich weiß ich, dass, wenn ich mich erdreisten würde, ihn mit einem solchen Argument in Schutz zu nehmen (und ich werde mich hüten, das zu tun, bin doch nicht blöd), irgendjemand sofort erwidern würde: »Kein Kolonist? Schlimmer noch, er ist ein Carcamano, ein weißer Südafrikaner, er hat nicht nur uns ausgeraubt, sondern auch unsere schwarzen südafrikanischen Brüder. Außerdem hast du wohl vergessen, dass sie 1975 hier eingefallen sind, alles kaputt gemacht haben, von Moçâmedes bis Novo Redondo. Der hier zahlt jetzt dafür. Er zahlt für die anderen.«

Richtig. Ich nicke wieder leicht mit dem Kopf, Zustimmung signalisierend. Senhor Malan achtet schon nicht mehr auf mich. Redet weiter.

»Also kann man das, was ich tue, auch nicht als Diebstahl bezeichnen. Ich hole mir nur das zurück, was sie mir geraubt haben …«

Ach ja! Richtig. Der Spruch scheint verbreiteter zu sein, als ich dachte. Mit kleinen Anpassungen kann jeder Dieb ihn für sich verwenden. Mir allerdings ist das alles egal. Senhor Malan hat Diamanten gefunden und weiß auch, wie er sie ohne großes Aufsehen fördern kann. Meine Aufgabe ist lediglich, sie in meinem Bus zu verstecken und damit bis Kapstadt zu kommen. Das tue ich ganz gemütlich und ohne je das kleinste Problem damit gehabt zu haben, seit gut fünf Jahren. Es ist eine leichte und gewinnbringende Arbeit. Nach und nach bekomme ich so meine Rente zusammen. In fünf oder sechs Jahren werde ich genug Geld haben, um mir eine Villa in Kapstadt zu kaufen, mit Blick auf das Meer. Ich werde im Garten sitzen können, lesen und die Schiffe vorüberziehen sehen. Ich werde endlich anfangen können zu vergessen – und vergessen zu werden.

# Fast das Ende oder auch nicht

Das Licht – oder was davon übrig ist, ein Hauch, eine Vermutung – dringt durch die offenen Fenster, durchsetzt von der Feuchtigkeit und dem salzigen Rauschen des Meeres, und lässt sich dann müde auf die weißen Laken fallen. Alfonsina sitzt auf dem Bett, mit gekreuzten Beinen im Lotussitz. Ich stehe mit dem Rücken zu ihr, doch ich kann sie im Spiegel des Kleiderschranks sehen. Die Luft flimmert rostig (das muss der Spiegel sein).

»Und jetzt«, flüstert sie, »kannst du mich jetzt küssen?«

Jetzt, wo ich weiß, dass Alfonsinas kleiner Körper eine über dreißigjährige Frau gefangen hält. Jetzt, wo ich ihre außergewöhnliche Lebensgeschichte überprüft habe, Dokumente gesehen und sie Dinge habe erzählen hören, die ein elfjähriges, praktisch analphabetisches Mädchen nicht kennen kann.

Winzige weiße Fliegen, kleine schüchterne Schmetterlinge flattern herum. Sie stehen in der Luft, wie regungslos. Die Zeit hält inne, aber mein Herz schlägt weiter. Meine Hände sind feucht (ich wische sie an den Hosenbeinen ab). Schwere in der Brust. Mir fällt eine Episode ein, an die ich mich schon lange nicht mehr erinnert habe. Einmal, als ich Kind war, wohl kaum älter als fünf Jahre, ließen mich meine Eltern im Haus einer Freundin. Sie hatte eine Tochter verloren und ein Zimmer voller Puppen. Sie legten mich in das kleine Bett im Zimmer des gestorbenen Mädchens, und ich schlief ein. In der Nacht wachte ich auf, wusste nicht, wo ich war, und als ich um mich blickte, sah ich die Puppen, Dutzende davon, überall um mich herum, blond und bleich und mit riesigen Augen. Sie beobachteten mich. Ich glaube, ich konnte den Rest der Nacht nicht mehr schlafen vor Angst, oder ich schlief sogar, aber mir war, als könnte ich nicht schlafen, denn kaum schloss ich die Augen, schlüpften die Puppen in meine Träume. Ich weiß nicht, warum mir gerade jetzt diese Puppen einfallen. Ich reiße mich zusammen und drehe mich zu Alfonsina um. Setze mich auf das Bett, ans andere Ende des Bettes.

»Ich weiß nicht«, sage ich. Und ich weiß es wirklich nicht. »Ich weiß nicht, ob ich kann.«

Alfonsina steht auf, packt ihr Kleid am Saum und zieht es sich über den Kopf. Jetzt, denke ich, jetzt wo ich alles weiß. Heute Morgen sagte Laurentina zu mir: »Wir müssen reden«, und begann zu reden, bevor ich Zeit hatte, mich in Sicherheit zu bringen.

Ich ließ sie nicht ausreden. »Ich weiß. Sag nichts mehr. Ich weiß alles.«

Oder fast alles. Ich muss nur, und das habe ich auch schon pausenlos die letzten Tage gemacht, die Stunden und Stunden Revue passieren lassen, die ich mit ihr gedreht habe, um zu erkennen, in welcher Minute, an welchem Ort ich begonnen habe, sie zu verlieren. Ich sehe, wie sich ein Lächeln über ihr braunes Gesicht ausbreitet, ihre Augen beginnen zu leuchten (16:52), und ich höre sie sagen: »Mein Gott, ist dieses Land schön!«

Der Mund in Großaufnahme. Ihre roten Lippen, die Blitze ihrer Zähne. Dann entfernt sich die Kamera und eine imposante Gebirgskette erhebt sich langsam weit in der Ferne: schroffe, gelbe Abhänge, ausgeschnitten gegen das strahlende Blau des Himmels. Neue Szene: Es regnet. Eukalyptusbäume umarmen die Straße. Kühe durchkreuzen den Regen wie langsame Schiffe einen ruhigen Fluss. Ihre Hand ruht auf Bartolomeus Schulter (17:32). Verschwommene Aufnahmen durch das Wasser hindurch, das an den Scheiben abperlt.

Ja, meine Liebe, nur die Details kenne ich nicht und will sie auch nicht kennen. In jener Nacht in Kapstadt war ich noch wach, als du um drei Uhr nachts kamst. Ich hörte, wie du dich auf dem Flur mit Lili (Lilith?), der rothaarigen Portugiesin, Historikerin oder Bibliothekarin, ich kann mich nicht mehr erinnern, für die Bartolomeu sich interessierte (oder umgekehrt), unterhalten hast. Ich habe nichts gesagt, nicht in diesem Moment und auch nicht am nächsten Morgen, weil ich nicht wollte, dass es dir peinlich ist. Ich sagte auch nichts, als ich zufällig eines der Bücher, die du gerade liest (»Ada oder Das Verlangen« von Nabokov), aufschlug und den positiven Schwangerschaftstest sah. Du hast nicht einmal aufgepasst, als du mich betrogen hast.

Ich schließe die Augen, und als ich sie wieder öffne, ist Nacht. Ich schließe sie wieder, und die Nacht ist immer noch da. Ich habe keine Lust, sie je wieder zu öffnen.

# Morans Erfindung

Als wir uns in Cazenga von Arquimedes Moran verabschiedeten, fragte ich ihn, was der Sinn dieser merkwürdigen Maschinen sei, die in seinem Garten herumstanden. Bartolomeu hatte ihn das schon gefragt, als wir angekommen waren, aber da hatte der Alte nur ausweichend erwidert: »Träume, alte verrostete Träume.«

Mir antwortete er ausführlicher. Erzählte, er habe eine Maschine zur Herstellung von Regenbögen erfunden. Diese Maschine, versicherte er, sei nicht nur in der Lage, gewöhnliche Regenbögen zu erschaffen, sondern auch doppelte und dreifache, manchmal auch umgekehrte oder an den Enden aufgerollte. Letztere habe er »perverse Regenbögen« genannt, in Anlehnung an die etymologische Bedeutung des Wortes pervers, also ins Gegenteil verkehrt, und nicht etwa, weil diese farbigen Fantasien geeignet wären, gegen die öffentliche Moral oder die guten Sitten zu verstoßen.

Arquimedes Moran war überzeugt, dass seine Maschine eine große Attraktion hätte werden können, die sogar das öffentliche Interesse an Feuerwerken in den Schatten hätte stellen können. Leider hatte er damit gegen Ende der Siebzigerjahre begonnen, also zu Hochzeiten der marxistischen Diktatur, einer der Poesie nicht besonders zugeneigten Epoche. Als der Prototyp gerade fertiggestellt war, hatte eine Gruppe Agenten der Staatssicherheit sein Haus gestürmt. Ein Nachbar hatte ihn angezeigt. Ein amerikanischer Staatsbürger und vermutlicher CIA-Agent baue in seinem Garten seltsame Geräte, um Kontakt mit dem Feind aufzunehmen, behauptete der Nachbar. Moran wurde in Handschellen gelegt und ins São-Paulo-Gefängnis gebracht. Dort saß er drei Wochen mit einem schlacksigen jungen Mann in einer Zelle, der leidenschaftlich und emotional über den Unterschied von

Kommunismus und Sozialfaschismus dozierte und über das Scheitern der Revolution in Moskau im Gegensatz zu ihrem Triumph in Tirana. Nach dieser unfreiwilligen Schulung in revolutionärer Theorie wurde er einem »liebenswürdigen und dabei gleichzeitig ziemlich unangenehmen« Menschen vorgeführt.

»Setzen Sie sich«, sagte der Mann und wies ihm einen Stuhl zu. »Ich habe Erkundigungen über Sie eingeholt, Genosse. Ich weiß, dass Sie wegen eines bedauerlichen Irrtums hier sind. Es sind schwierige Zeiten für Träumer. Ich habe Sie in der Kolonialzeit mehrmals spielen sehen. Meiner Meinung nach ist die Tatsache, dass Sie das kapitalistische Lager verlassen haben, um bei uns zu leben, und sich entschlossen haben, Angolaner zu werden, ein großer Sieg über den amerikanischen Imperialismus. Leider denken nicht alle unsere Genossen so, sie sind noch rückständig, aus dem Busch, was will man machen? Daher rate ich Ihnen, vorsichtig zu sein. Draußen steht ein Auto, das Sie nach Hause bringen wird. Vergessen Sie bitte, je hier gewesen zu sein. Es war nur ein schlechter Traum. Es ist vorbei ...«

Eine Ahnung befiel mich. Ich fragte ihn, ob die Person, die ihn verhört hatte, nicht zufällig Monte geheißen habe. Magno Moreira Monte. Der Alte schaute mich mit einem kurzen Anflug von Verblüffung an.

»Ja genau. Ich treffe ihn immer noch manchmal, hie und da, vor allem wenn in Luanda Jazz gespielt wird. Wir winken uns kurz zu. Und tun beide so, als wäre das alles nie geschehen. Monte war auch auf Faustinos Beerdigung, wissen Sie? Er sprach mich an und sagte, er habe Papiere beiseitegeschafft aus der Zeit, in der er für die Regierung gearbeitet hatte, Papiere, die mit Faustino Manso zu tun hätten. Die wollte er nun der Witwe übergeben.«

»Und hat er das?«

»Nein. Ich riet ihm, Dona Anacleta in Ruhe zu lassen. Sie wissen doch, Laurentina, die Zeiten haben sich geändert, es mag nicht so scheinen, aber heute bin ich stärker als er. Ich lebe in diesem Haus, so wie ich lebe, wie Sie es hier sehen, weil ich es so will. Weil ich hier gern lebe. Aber über die Jahre habe ich genug Geld zusammengetragen. Ich kenne alle möglichen Leute, Banditen, die auf die Füße gefallen sind, und solche, die es nicht geschafft haben. Monte dagegen ist ein armer Teufel. Also sagte ich ihm, er soll Dona Anacleta in Ruhe lassen, ich will, dass sie die letzten Jahre, die ihr noch bleiben, in Ruhe verbringt. Warum soll man sie mit der Vergangenheit belasten?«

»Und die Maschinen?«, fragte Mandume, der sich immer weniger für die Geschichte von Faustino Manso zu interessieren scheint. »Funktionieren diese Maschinen tatsächlich? Haben Sie nie überlegt, sie wieder in Stand zu setzen?«

Arquimedes Moran schaute ihn empört an. »Ich habe Ihnen doch schon gesagt, dass auch Träume nicht gegen Rost gefeit sind. Ich bin älter geworden. Und habe eingesehen, was ohnehin klar ist. Wahre Schönheit kann man nicht einfangen, nicht wiederholen und nicht voraussehen. Ein Regenbogen ist nur schön, wenn er ungezähmt bleibt.«

# Das Geheimnis von Albino Amador wird enthüllt

Gestern kam ich nach zehn Stunden Fahrt in Luanda an. War um neun Uhr in Benguela losgefahren; als ich endlich die Stadtgrenze erreichte, war es schon nach 18 Uhr. Danach quälte ich mich noch zwei Stunden durch den dichten Stadtverkehr. Ein Aufruhr von Scheinwerfern und Blech, vor Hass berstende Menschenmassen. Die brüllenden Radios in den Autos. Hinter einer Kurve zerbeultes Metall. Dunkles Blut schimmerte im Scheinwerferlicht. Ich kenne das alles seit Jahren und gewöhne mich dennoch nicht daran. Die gute Nachricht ist, dass die Chinesen gut vorankommen mit der Instandsetzung der Straße. Die Schlaglöcher von Canjala habe ich zum letzten Mal überwinden müssen, vermute ich.

Heute Morgen traf ich mich mit Bartolomeu im Café del Mar.

»Du darfst mir gratulieren!«, sagte er. »Ich werde Vater.«

Er duzte mich wieder. Tat so, als würden wir uns schon ewig kennen. Vielleicht glaubt er ja, wir seien Freunde. Sind wir aber nicht, aber es ist auch nicht meine Aufgabe, ihm das zu sagen.

»Hast du Laurentina geschwängert?«

Er schaute mich erstaunt an, ein bisschen misstrauisch sogar. »Woher weißt du, dass es Laurentina ist?«

»Weibliche Intuition …«

»Weibliche?«

»Ganz genau! Meine weibliche Seite ist meine bessere Seite. ›Ach, könnte doch jeder Mann verstehen, dass der Sommer der Gipfel des Frühlings ist.‹«

Bartolomeu hört wahrscheinlich nicht oft Gilberto Gil. Eine andere

Generation. Er schaute mich fragend an – wie einen armen Irren –, aber er widersprach nicht. Im Gegenteil, er lächelte triumphierend.

»Genau genommen werde ich zwei Mal Vater. Ich habe auch Merengue geschwängert, meine Cousine.«

Mir wurde übel. Und meine Stimme klang heiser. »Und auf diese Verantwortungslosigkeit bist du auch noch stolz?«

»Was willst du damit sagen?« Er wurde bleich. »Was für eine Scheißunterhaltung ist das denn?!«

»Du hast recht. Es geht mich alles nichts an. Du bist es, der den Stress am Hals hat.«

»Es geht dich tatsächlich nichts an! Oder willst du wieder den Pfarrer spielen? Rückfällig werden? Welches Recht hast du überhaupt, mir eine Moralpredigt zu halten?«

Ich stand auf, kramte ein paar Münzen hervor und legte sie auf den Tisch. Auch Bartolomeu stand auf. Er hielt mich am Arm fest.

»Reg dich doch nicht auf, Pouca! Das ist es nicht wert.«

Ich antwortete nicht einmal. Vor zwei Tagen ist Mandume abgereist. Das fand ich schade. Von ihm hätte ich mich gerne verabschiedet. Als ich nach Hause kam, war Mefistófeles sehr nervös. Mefistófeles – ich habe Ihnen noch gar nicht von ihm erzählt – ist eine Katze. Nun, nicht wirklich eine Katze. Sagen wir, eine Katze in luxuriösem Gewand, einem tiefschwarzen Pelz, aus dem wie in der Nacht leuchtende Sterne kleine weiße Punkte hervorstechen. Ich habe ihn irgendwann in Canjala gefunden, im Straßengraben mit einem gebrochenen Bein. Er hat nicht den geringsten Widerstand geleistet. Ich nahm ihn mit und legte ihn auf den Beifahrersitz. In Luanda angekommen, brachte ich ihn sofort zu einer Tierärztin, einer Freundin von mir, die sich um ihn kümmerte.

»Dieses Tier ist keine Katze«, warnte sie mich. »Sobald es wieder gesund ist, wirst du es in den Wald zurückbringen müssen.«

Ich wollte wissen, warum Mefistófeles, der, vom Fell einmal abgesehen, einer Katze so ähnlich war, keine Katze sei. Und sie lachte.

»Weil sie andere Gewohnheiten hat. Nicht das Habit macht den Mönch, sondern die Gewohnheiten, die guten wie die schlechten.«

Als er mich sah, beruhigte sich Mefistófeles. Streckte sich zu meinen Füßen aus und schlief ein. Ich glaube, er mag mich. Wir sind beide aus demselben Material wie die Albträume, und er weiß das. 1988 habe ich einen Jungen getötet. Es war ein Unfall. Er wollte mich erpressen. Er hatte kompromittierende Fotos von mir und drohte, sie zu verbreiten. Sechs Monate lang gab ich ihm Geld. Viel Geld. Eines Abends kam er zu mir nach Hause, und ich sagte ihm, dass ich nicht mehr bereit sei, auch nur einen Dollar zu zahlen. Wir stritten. Der Junge war ein Kleinkrimineller, ein kleiner Dieb, und bewaffnet. Er zielte mit einer Pistole auf mich. Ich war so verzweifelt, dass ich mich, anstatt ihn zu beschwichtigen, wehrte. Ich kämpfte, wir kämpften. Dann fielen wir beide zu Boden, und da löste sich aus seiner Pistole ein Schuss und er blieb leblos liegen. So war es. So einfach. Der Tod ist sehr einfach. Sieben Jahre saß ich dafür im Gefängnis und verlor meine Zukunft, meine Freunde, meine Familie. Ich verlor alles, außer meiner Erinnerung.

# Mandume spricht zum letzten Mal

Ich begriff erst, dass ich nicht mehr ich selbst, sondern ein anderer war, als ich am frühen Morgen in Lissabon landete. Ein sauberes Licht kam gemächlich über die Hügel der Stadt gekrochen. Ich staunte über die Stille, die klare Ordnung der Dinge. Die Straßen mit ihrem sanften Rauschen. Ich konnte mich nicht mehr beherrschen und rief voller Glück: »Lissabon ist so schön!«

Der Taxifahrer wandte sich zu mir (gegen mich). Er schaute beleidigt.

»Wie bitte?«

»Lissabon! Es ist so schön!«

»Lissabon ist schön? Schön?! Wie kann man nur so einen Mist reden! Es ist noch nie so übel gewesen wie jetzt. Eine Müllhalde! Sie sehen es bloß nicht, weil Sie Ausländer sind.«

»Ich bin kein Ausländer, mein Herr, ich bin Portugiese!«

»Sie sind Portugiese? Ha, ha! Dann bin ich Schwede!«

Vor drei Monaten hätte ich diesen Spruch wohl lieber überhört. Jetzt nicht. Ich erklärte ihm, dass ich in Lissabon geboren sei als Sohn angolanischer Eltern und deswegen auch Angolaner hätte werden können. Dass ich mich aber entschieden hätte, Portugiese zu bleiben. Er dagegen hätte überhaupt keine andere Wahl gehabt – war Portugiese, weil es das Schicksal so wollte. Der Mann schaute mich irritiert an, sagte aber nichts.

Alfonsina war noch zum Flughafen gekommen, um sich von mir zu verabschieden. Ich zwang sie, alles Geld anzunehmen, das ich bei mir hatte (natürlich ist das keine Lösung, es gibt keine Lösung!), und versprach ihr, bald zurückzukommen.

Natürlich werde ich nicht zurückkommen.

# Faustino Manso und die Staatssicherheit

Ich gebe zu, nach allem, was ich über Magno Moreira Monte gehört hatte, hatte ich ein wenig Bedenken, mich alleine mit ihm zu treffen. Deshalb überredete ich Bartolomeu, mit mir hinzugehen. Ich fand ihn dann aber ungewöhnlich klug und aufmerksam, obwohl, ja, die Augen (die Art, wie sie ihr Gegenüber aufspießten) ein wenig erschreckend waren. Die Augen einmal ausgenommen ist er, körperlich gesehen, ein unauffälliger Typ: verschrumpelt, fast kahl, mit grauem, stoppeligem und schlecht geschnittenem Bart, wie ein Rentner im Schlafanzug. Als er uns sah, stand er auf und zog eilig einen Stuhl herbei, damit ich mich setzen konnte.

»Bitte, junge Dame, bitte schön ...« Eine schmucklose Kneipe, mitten auf dem Bürgersteig oben in Quinaxixe, mit Blick auf das urbane Chaos und umgeben vom brutalen Lärm des Straßenverkehrs. Eine Baracke mit einer Plane als Dach wie ein Zelt, drei Plastiktische, ein paar Stühle. Sie nennt sich »Chapeuzinho«, Hütchen, und ohne Montes Beschreibung wäre es mir nicht einmal aufgefallen.

»Sie also sind die Kleine von Faustino Manso?«

Ich bejahte und schämte mich ein bisschen für die Lüge. Monte schien mein Zögern zu wittern. Er beugte sich zu mir herüber.

»Ich habe Sie auf der Beerdigung gesehen. Ich kann mir vorstellen, dass das alles sehr schwer für Sie gewesen ist. Ihren Vater zu finden und ihn gleich wieder zu verlieren.« Er lehnte sich wieder zurück und schloss die Augen. Mit geschlossenen Augen wirkte er völlig harmlos. »Faustino Manso war ein außergewöhnlicher Musiker, leider ist das nur wenigen aufgefallen.«

Bartolomeu, der bis dahin fast nichts gesagt hatte, fragte, ob Monte die Papiere dabei habe, von denen Arquimedes Moran gesprochen hatte. Der Expolizist warf ihm einen verächtlichen Blick zu und beachtete ihn nicht weiter. Dann sprach er wieder mit mir, nur mit mir, als säßen wir alleine da, und nicht an diesem Ort über dem Chaos, sondern in einem edlen Café, und würden über die politische Situation im südlichen Afrika plaudern, über Filme, Bücher, Kurioses aus der Tierwelt. Was ich von Kapuściński hielt, ob ich »Ulysses« von Joyce gelesen hätte. Und »Das Buch der Unruhe«? Darüber, dass Pessoa nie seine Kindheit in Afrika thematisierte, obwohl sie doch ein entscheidender Faktor bei der Herausbildung von Identität sei, diese mysteriöse Ausblendung erklärte seiner Meinung nach das Entstehen der Heteronyme (um ehrlich zu sein, verstand ich nicht, was das eine mit dem anderen zu tun haben soll). Anschließend schwadronierte er noch über Schmetterlinge und Käfer, Ameisen und Ameisenhaufen, Bienen, Seejungfrauen, Quiandas und darüber, wie man die einen von den anderen unterscheiden könne. Dann endlich schwieg er. Lächelte, öffnete einen ledernen Aktenkoffer und holte einen grünen Schnellhefter hervor. »Das sind natürlich Kopien. Es ist allerhand Material über Ihren Vater drin. Abhörprotokolle von Telefongesprächen, ein paar Briefe, die von der ehemaligen Abteilung für Information und Sicherheit abgefangen wurden, Agentenberichte und was weiß ich noch alles. Viel Spaß damit.«

Viel Spaß? »Sagen Sie mir, Senhor Monte, warum zum Teufel hat sich die angolanische Geheimpolizei für meinen Vater interessiert? Soweit ich weiß, hat er niemals auch nur das kleinste Interesse für Politik gezeigt.«

Monte zuckte zusammen, nervös. Dann lächelte er. »Sie sind noch sehr jung. Sie haben ja keine Ahnung, wie das damals war. Ein Land, das von allen Seiten bedroht wird. Innere Feinde und äußere. Wären wir nicht gewesen, wäre das alles hier nicht mehr.« Dabei zeigte er auf den Platz hinaus, auf die Stadt, die sich schmutzig und erbärmlich erstreckte, so weit die Augen reichten. »Nichts davon! Versuchen Sie das zu verstehen. Faustino tauchte 1975 wieder in Angola auf, kurz vor der Unabhängigkeit, nachdem er jahrelang durch das südliche Afrika gereist war. Wir dachten, er sei vielleicht ein Agent der Apartheid.«

»Mein Vater ein Agent der Apartheid?«

»Was wollen Sie hören? Glauben Sie, das südafrikanische Bureau of State Security, das berüchtigte BOSS, von dem Sie selbstverständlich noch nie gehört haben, glauben Sie, das BOSS würde einen Agenten nach Angola schicken, der genau so aussieht, wie man sich einen gewöhnlichen Agenten vorstellt? Wenn ich einen Agenten in einen Wald einschleuse, will ich, dass er aussieht wie ein Baum, ein Vogel, eine kleine Maus, und gewiss nicht wie ein Löwe, insbesondere, da es im Wald keine Löwen gibt.«

Ich war sprachlos.

Bartolomeu griff sich die Akte und stand auf. »Gehen wir?«

Monte erhob sich zuvorkommend und half mir, den Stuhl wegzuschieben. Als er sich verabschiedete, mit einer kleinen Verbeugung, die an einen Bettler erinnerte und doch stolz wirkte, fügte er hinzu, dass er mir die Papiere nur gegeben habe, weil ihm viel am Andenken meines Vaters gelegen sei. Ich war froh, dass ich ihm nicht die Hand gegeben hatte.

AUSZUG EINES BERICHTS DER ABTEILUNG INFORMATION UND SICHERHEIT ÜBER DEN BÜRGER FAUSTINO MANSO, MUSIKER, VERWALTUNGSANGESTELLTER. OHNE UNTERSCHRIFT

Der betreffende Bürger wird regelmäßig in Begleitung eines gewissen Arquimedes angetroffen, einem antisozialen Element, der insbesondere zu Zeiten des Kolonialfaschismus als Lieferant traditioneller Rauschmittel (Liamba) an die weiße Mittelschicht auffällig wurde. Er soll amerikanischer Staatsbürger sein. Laut Aussage eines Nachbarn, Baptista Baptista, Korrektor beim »Jornal de Angola«, soll besagter Arquimedes sich mit der Konstruktion einer komplexen optischen Apparatur befassen, welche die Übermittlung von militärischen Informationen an das rassistische Apartheidregime zum Ziel hat. In diesem Zusammenhang wird darauf hingewiesen, dass Faustino Manso einige Jahre in Südafrika gelebt hat, anschließend in Mosambik und erst kürzlich nach Angola zurückgekehrt ist. Wir sind der Ansicht, dass es sich bei ihm um einen eingeschleusten Agenten handelt, der mit besagtem Arquimedes zusammenarbeitet.«

## AUSZUG DES ABHÖRPROTOKOLLS EINES TELEFONATS ZWISCHEN DEM BÜRGER FAUSTINO MANSO, MUSIKER, VERWALTUNGSANGESTELLTER, UND DER HAUSFRAU FÁTIMA, GENANNT FATITA, DE MATOS, SEINER GELIEBTEN BZW. EX-GELIEBTEN IN BENGUELA

Faustino Manso: Hallo, Fatita?

Fatita de Matos: Hallo, bis du es, Faustino? Mein Gott, bist du es wirklich?

Faustino Manso: Ich bin es, meine Liebe, aber mit immer mehr Schwierigkeiten. Ich bin alt.

Fatita de Matos: Red doch keinen Unsinn. Ein Mann wie du wird niemals älter. Ich bin alt. Alt und verbraucht. Wo steckst du?

Faustino Manso: In Luanda, mein Engel. Ich bin nach Luanda zurückgekehrt.

Fatita de Matos: Bist du wieder bei Anacleta?

Faustino Manso: Ja.

Fatita de Matos: Nach allem, was sie dir angetan hat?

Faustino Manso: Sie hat mir dasselbe angetan wie du. Ihr habt mich beide betrogen, so war es doch. Aber ich will mal glauben, dass auch du es aus Liebe getan hast …

Fatita de Matos: Ich weiß nicht, wovon du redest.

Faustino Manso: Das weißt du genau, mein Engel.

Fatita de Matos: Was ich weiß, habe ich vergessen. Ich wollte auch all die Nächte vergessen, in denen ich allein schlafen musste, frierend, entsetzlich frierend, weil ich dich nicht im Arm halten konnte. Weißt du überhaupt, was mein Leben war? Mein Leben war ein einziger trauriger Samba.

Faustino Manso: Das tut mir leid, wirklich. Es tut mir von Herzen leid. Ich hätte dir gern ein anderes Leben geboten.

Fatita da Matos: Kommst du mich besuchen?

Faustino Manso: Ich kann nicht …

Fatita de Matos: Kannst nicht oder willst nicht?

Faustino Manso: Ich kann nicht. Ich darf nicht schon wieder alles falsch machen.

Fatita de Matos: Nichts falsch machen? Du darfst mit Anacleta nichts mehr falsch machen, ist es das? Weil ich ein Fehler war, ich war schon immer der Fehler deines Lebens.«

AUSZUG EINES BERICHTS DER ABTEILUNG INFORMATION UND SICHERHEIT ÜBER DEN BÜRGER FAUSTINO MANSO, MUSIKER, VERWALTUNGSANGESTELLTER.
GEZ. AGENT ERMELINDO LINDO, DECKNAME CAXEXE

Nach Durchführung einer konspirativen Observation des Genossen Musiker Faustino Manso wegen des Verdachts der Kollaboration mit dem rassistischen Regime Südafrikas ist zu vermelden, dass besagter Manso in der Cervejaria Biker in freundschaftlicher Begleitung eines jungen Angehörigen der Streitkräfte mit Namen (oder Kampfnamen) Babaera angetroffen wurde. Da dieser, wie spätere Ermittlungen ergaben, aus dem Süden des Landes gebürtig ist, welcher gegenwärtig unter der illegalen Okkupation des rassistischen Apartheidregimes steht, liegt der Verdacht nahe, dass er die Absicht hat, dem Feind Nachrichten zu übermitteln. Demgegenüber steht die Aussage von Kameraden des B., die erklärten, er habe 1975, beim Überfall der südafrikanischen Truppen auf unser Land, tapferen Widerstand geleistet.«

## BRIEF VON ALIMA AN IHRE TOCHTER LAURENTINA

*Meine liebe Tochter,*
*ich schreibe dir diesen Brief mithilfe einer brasilianischen Nonne, die hier auf der Insel wohnt und das Schreiben besser beherrscht als ich. Ich will nicht über die portugiesische Sprache stolpern. Die Tage, seitdem du wieder fort bist, habe ich in großer Unruhe verbracht. Ich hoffe, dich bald wiedersehen zu können. Mit mehr Zeit zum Reden. Um all die Jahre aufzuholen, die wir verloren haben. Trotzdem bin ich der Meinung, dass ich dir eine Wahrheit schulde – die deiner Herkunft. Ich weiß, man hat dir gesagt, dass dein Vater ein angolanischer Musiker sei, den ich als Kind kennengelernt hatte (ich war ja damals noch ein Kind) und der Faustino Manso hieß. Die ganze Zeit über habe ich die Leute dies glauben lassen, auch meine eigene Familie, um den einzigen Mann zu schützen, den ich in meinem Leben je geliebt habe. Dieser Mann war schon verheiratet, als ich ihn kennenlernte. Zufällig wurde seine Frau zur gleichen Zeit schwanger wie ich. Er, dein Vater, ist Portugiese. Er ging fort, bevor ich wieder zu mir kam (ich lag einige Tage im Koma, irgendwo zwischen Leben und Tod), in den Wirren der Unabhängigkeit, und ich habe nie wieder etwas von ihm gehört. Er heißt oder hieß – ich bete jeden Tag für seine Gesundheit – Dário Reis. Vielleicht gelingt es dir, ihn zu finden.*

*Ich schreibe dir diesen Brief an die Adresse, die du mir gegeben hast.*
*Und küsse dich in Liebe.*
*Deine Mutter*
*Alima*

# Laurentina findet ihren Vater

Dário holte mich am Flughafen ab. Wir nahmen uns ein Taxi und fuhren zu meiner Wohnung. Ich gab mich kühl, distanziert, und er merkte es sofort, da bin ich sicher, aber er sagte nichts. Erst als wir uns in der Küche an den Tisch setzten und Tee tranken, wagte er, mich vorsichtig zu fragen, wie die Reise gewesen sei und ob wir für unseren Dokumentarfilm genug Material zusammenbekommen hätten.[26] Schließlich räusperte er sich, nahm all seinen Mut zusammen und fragte, ob irgendetwas passiert sei, das mich bedrücke.

Ich schaute ihn wütend an. »Alima«, sagte ich, »Alima hat mir alles erzählt.«

»Du hast sie also gefunden.« Er stand auf und ging zum Fenster. »Ich dachte mir, dass du sie finden würdest.«

»Und was dachtest du dir noch?«

Er schaute mich beleidigt und verblüfft an. »Was willst du damit sagen?«

»Hast du dir möglicherweise überlegt, ob Alima es nicht verdient hätte, die Wahrheit zu erfahren?«

»Versuche zu verstehen, Laurentina. Damals dachte ich, es sei die beste Lösung. Ich konnte nicht mit beiden zusammenbleiben, oder etwa doch?«

»Wenn schon, dann mit dreien. Du hast noch eine Tochter in Mosambik: Juliana. Ich habe ihre Mutter kennengelernt, Dona Ana de Lacerda. Du erinnerst dich doch noch an sie, oder nicht?«

---

26 Ja, wir haben genug Material beisammen. Allerdings weigerte sich Dona Anacleta, ihre »wahre Geschichte über Faustino Manso« vor der Kamera zu erzählen.

Dário drehte sich um. Ich sah, dass er sich an der Wand abstützen musste. Dann ging er zwei Schritte vor und setzte sich wieder.

Da platzte es aus mir heraus: »Ich bin schwanger. Ich werde ein Kind bekommen.«

»Sehr schön!«, seufzte er. Wahrscheinlich dachte er, das Schlimmste sei überstanden. »Das klingt nach einer guten Nachricht, nicht wahr? Und darf ich erfahren, wann du mir den Vater vorstellen willst?«

Ich lächelte. Keine Ahnung, woher ich die Kraft nahm zu lächeln. Vielleicht aus der Verzweiflung all seiner Frauen. Ich schaute ihm direkt ins Gesicht und sagte: »Nie. Mein Kind hat keinen Vater.«

*Hotel Terminus, Lobito, Angola*
*16. März 2007*

# Meeresleuchten

Gestern bin ich in Lobito angekommen, ich will einen Freund besuchen. Ich habe mich im Hotel Terminus eingemietet mit dem festen Vorsatz, Kindheitserinnerungen aufzufrischen. Allerdings ohne Erfolg. Ich kann mich nur noch erinnern, dass das Hotel damals größer war. Die Welt, das weiß man, wird kleiner, je größer man selbst wird.

Nach dem Abendessen ging ich zum Strand. Keine Menschenseele zu sehen. Sterne funkelten in der klaren Unendlichkeit des Firmaments. Ich erkannte das Kreuz des Südens, die Venus, die in der Antike noch Luzifer hieß, Trägerin des Lichts. Ich zog mich aus und ging ins Meer – das Wasser war still und warm –, als tauchte ich in die Nacht selbst ein. Im 18. Jahrhundert hätte man vielleicht Finsternis gesagt; sagen wir also, ich fühlte mich, als tauchte ich ein in die Finsternis, angezogen von ihrem düsteren Strudel, und sagen wir, dass ich die Augen schloss, und als ich sie wieder öffnete, sah ich, dass Sterne um mich herumwirbelten. Ich bewegte die Arme, und jede Bewegung schien unter den Sternen Tumult auszulösen. Ich kenne Leute, die dabei Panik bekommen haben. Andere sind in Ekstase verfallen. Viele sprechen von einem Schwindel, die meisten jedoch von einem Traum. Das Phänomen wird von Noctilucae hervorgerufen, winzigen Einzellern, die von selbst leuchten können. Man nennt das Meeresleuchten oder, im Süden Portugals, Agualusa. Ich blieb lange im Wasser, tollte herum wie ein kleiner, bösartiger Gott, der Sternbilder entstehen lässt und wieder zerstört. Als ich aus dem Wasser stieg, sah ich den schlanken Schatten einer Frau in einem Liegestuhl, neben den sie ihre Kleidung gelegt hatte. Als ich näher kam, erkannte ich sie sofort: die Tänzerin. Sie trug einen schwarzen, eng sitzenden Bikini mit Glasperlen oder ähnlichem Zeug, das schwach funkelte wie Glühwürmchen unter schwarzer Haut. Ich setzte mich neben sie, sagte nichts, und diesmal war sie es, die zuerst redete.

»Nimm deine Träume ernst«, flüsterte sie. »Nichts ist so wahr, dass es nicht wert wäre, erfunden zu werden.«

# Worterklärungen

*Ach, könnte doch jeder Mann verstehen ...* aus »Superhomem«, einem der bekanntesten Stücke von Gilberto Gil; wird als Zeile über die Ambiguität der Geschlechter definiert

*Alexandra* einer der ältesten und elendsten Townships am Rande von Johannesburg

*Baobab* afrikanischer Affenbrotbaum; Baobabs haben einen extrem dicken Stamm

*Bessangana* afrikanische Geschäftsfrau

*Boer* Bure

*Cachupa* kapverdisches Maisgericht

*Calulu* Trockenfischeintopf

*Camba* Freund (von Kimbundu »Diakamba«)

*Candongueiro* Sammeltaxi (von Kimbundu »Candonga«: illegale Tätigkeit) bzw. Fahrer eines Sammeltaxis

*Canjala* Gegend in der Provinz Benguela, ein Straßenabschnitt

*Capulana* gemustertes Tuch, traditionelle Frauenkleidung in vielen afrikanischen Ländern

*Carcamano* weißer Südafrikaner

*Casa das Mariquinhas* bekannter Fado von Silva Tavares und Alfredo Marceneiro

*Cervejaria* Biker eines der ältesten und traditionsreichsten Bierlokale in Luanda

*Cota* alter (weiser) Mann (von Kimbundu »Dikota«: Altvorderer)

*Chê* Ausruf

*Cuanhama* (Kwanyama) Ethnie im Süden Angolas und im nördlichen Namibia

*Curandeiro* traditioneller Heiler

*Das Verhängnis der Liebe* (Original: »Amor de Perdição«) von Camilo Castelo Branco (1825–1890); ein Klassiker der portugiesischen Literatur; deutsch von Curt Meyer-Clason, Beck & Glückler Verlag 1988

*Dugongo* Gabelschwanzseekuh oder auch Dugong

*Feijoada* Bohneneintopf mit Fleisch
*Frangipani* Tempelbaum (Plumeria); »Unter dem Frangipanibaum«, deutsch von Karin Schweder-Schreiner, Unionsverlag 2007, Alexander Fest Verlag 2000, Roman von Mia Couto: »A Varanda do Frangipani«
*Frelimo* Frente de Libertação de Moçambique, Mosambikanische Befreiungsfront; marxistische Guerillaorganisation, später Einheits- und heute Regierungspartei in Mosambik
*Frevo* Musikstil aus dem brasilianischen Nordosten
*Fuba* Maniokmehl
*Funje* Maniokpaste (Angola), auch als »Funji« bekannt, in Westafrika »Foufou«
*Gaza* mosambikanische Region nördlich von Maputo
*Ilha de Luanda* Landzunge vor Luanda, der Hauptstadt Angolas
*Ilha de Moçambique* auf einer Insel gelegene Stadt an der Küste der nördlichen mosambikanischen Provinz Nampula
*Jindungo Piri-Piri* (sehr scharfe Chilischoten)
*Jornal de Angola* eine der größten Tageszeitungen Angolas, offizielles Verlautbarungsorgan der Regierung
*Karoo* (auch »Karroo«, früher »Karru«) Halbwüstenlandschaft in den Hochebenen Südafrikas
*Kuduro* ein in den Achtzigerjahren in Angola entstandener populärer Tanzstil
*Langa* abfällige Bezeichnung für angolanische Rückkehrer aus dem Kongo oder Kongolesen; abgeleitet von einem Bandnamen: »Zaiko Langa Langa«
*Liamba* Marihuana (Angola)
*Liga Africana* Kulturzentrum in Luanda
*Luuanda* der erste Roman von Luandino Vieira; 1963 veröffentlicht, aber von der portugiesischen Zensur bis 1974 verboten. Luso-Tropikalismus ideologisches Konstrukt des portugiesischen Kolonialismus mit dem Ziel der kulturellen Assimilation der Kolonien (die nicht als Kolonien, sondern als »Überseeprovinzen« bezeichnet wurden)
*Machimbombo* Autobus (Mosambik)
*Majika* mosambikanischer Musikstil
*Mano* Bruder
*Matapa* zerstoßene Maniokblätter (Mosambik)

*Matumbola* durch Zauberei wiederauferstandener Toter, Zombie
*Missangas* Glasperlen, Glasperlenschmuck
*Muadiê* Typ, Kerl (von Kimbundu »Muadiakimi«: Altvorderer; Jargon von Luanda)
*Muamba* Hühnergericht
*Mucubal* (auch Mucubai) Nomadenvolk im Süden Angolas
*Mupeque* Baum, aus dessen Früchten Körperpflegeöl gewonnen wird
*Musseque* Armenviertel der Großstädte Angolas
*Muxiluanda* von der Ilha de Luanda gebürtig
*Muxima* eines der legendären Stücke des angolanischen Semba, von unzähligen Musikern interpretiert; wahrscheinlich das bekannteste Lied der angolanischen Popmusik
*Mutumbela Gogo* Stamm-Ensemble des Teatro Avenida in Maputo und eine der ersten professionellen Theatergruppen Maputos
*Ntsikana* (Ntsikana Gaba, vermutl. 1760–1821), legendärer Prophet der Xhosa
*Pastel de Nata* portugiesisches Puddingtörtchen
*Pedro Páramo* Roman von Juan Rulfo; zitierte Übersetzung: Dagmar Ploetz, Hanser Verlag 2008
*Prazeiro* Grundbesitzer in einer Art Lehnssystem der portugiesischen Regierung; diese »Lehen« (Prazos) wurden vom 15. Jahrhundert bis etwas ins 19. Jahrhundert hinein an Familien aus Goa vergeben, wobei die Macht aus verschiedenen Gründen von weiblichen Familienoberhäuptern ausgeübt wurde (Donas do Prazo); aus den Nachfahren der Prazeiros entwickelte sich ein Teil der mosambikanischen Oberschicht
*Pula* abfällige Bezeichnung für (weiße) Portugiesen (Jargon von Luanda)
*Quianda* (auch »Kianda«) Wassergeist
*Regrês* Rückkehrer aus dem Kongo (siehe auch Langa)
*Réis* Plural von Real; alte portugiesische Währung, die 1911 vom Escudo abgelöst wurde
*São-Paulo-Gefängnis* zu Kolonialzeiten Gefängnis der portugiesischen Geheimpolizei PIDE; mit dem Sturm auf dieses Gefängnis begann 1961 offiziell der Befreiungskampf; nach der Unabhängigkeit wurde es von der angolanischen Regierung weiter als Gefängnis für politische Gefangene genutzt

*Seripipi* Rotrückenmausvogel (colius castanotus); in Angola und Zaire sehr verbreitete und charakteristische Vogelart, die sich durch ihren permanenten Gesang auszeichnet

*Soba* traditioneller Führer einer Bevölkerungsgruppe oder eines Dorfes; Townchief

*Suruma* Marihuana (Mosambik)

*Tigerbucht* literarischer Reisebericht von Pedro Rosa Mendes; ins Deutsche übersetzt von Inés Koebel, Ammann Verlag 2001

*Timbalada* in den Neunzigerjahren international sehr erfolgreiches brasilianisches Musikprojekt, das sich an den Afro-Blocos aus Salvador da Bahia orientierte

*Tuga* verächtlich für Portugiese

*Xhosa* südafrikanisches Volk, das sprachlich zu den Bantu gehört

# Personenregister

*Andrade, Eugénio de* (1923–2005) portugiesischer Dichter; die zitierten Verszeilen stammen aus dem Gedicht »Março voltou« (in: »Branco no Branco«, 1984)

*Arrimar, Jorge* (*1953, Chibia) angolanischer Dichter; erster Gedichtband »Ovatylongo« 1975 in Angola veröffentlicht; anschließend auf den Azoren und in Macau tätig; lebt heute in Portugal

*Bilal, Enki* (*1951, Belgrad) Comiczeichner und Illustrator

*Camões, Luís Vaz de* (ca. 1524–ca. 1579): Gilt als portugiesischer Nationaldichter, insbesondere wegen seines Epos »Die Lusiaden«, in dem unter Rückgriff auf klassische Mythen und in Anlehnung an die Odyssee die portugiesische Eroberung des Seewegs nach Indien besungen wird

*Carvalho, Ruy Duarte* (1941–2010), Anthropologe, Schriftsteller und Dokumentarfilmer; angolanischer Staatsbürger seit den Achtzigerjahren

*Carlos, Roberto* brasilianischer Schlagersänger

*Comandante Roxo* Francisco Daniel Roxo; Kommandant der Interventionsreserve der portugiesischen Armee im Konterguerillaeinsatz

*Couto, Mia* (*1955) mosambikanischer Schriftsteller, international bekannt seit seinem Roman »Terra Sonâmbula« (dt.: »Das schlafwandelnde Land«, Übers.: Karin von Schweder-Schreiner, Dipa 1994); auf Deutsch liegen außerdem vor: »Unter dem Frangipanibaum« (»A Varanda do Frangipani«, Übers.: Karin von Schweder-Schreiner, Unionsverlag 2007), »Das Geständnis der Löwin« (»A Confissão da Leoa«, Übers.: Karin von Schweder-Schreiner, Unionsverlag 2014) und »Imani« (»Mulheres de Cinza«, Übers.: Karin von Schweder-Schreiner, Unionsverlag 2017)

*Dog Murras* (*1977) populärer *Kuduro*-Interpret

*Gonzaga, Tomás António* (1744, Porto/Portugal – ca. 1810, Mosambik) portugiesischer Dichter der Vorromantik; wegen seiner Beteiligung an der brasilianischen Unabhängigkeitsbewegung nach Mosambik verbannt; das zitierte Gedicht stammt aus seiner bekanntesten Ode »Marília de Dirceu«

*Gungunhana* König (1885–1895) von Gaza, dem letzten großen Bantukönigreich im heutigen Mosambik

*Hussein, Jall Sinth* (*? Muhipiti, Ilha de Moçambique – 1982, Maputo) mosambikanischer Dichter

*Ibrahim, Abdullah* (*1934, Kapstadt als Adolph Johannes Brand) gilt als Protagonist des Modern-Creative-Stils in der Jazzmusik; bevor er Ende der Sechzigerjahre zum Islam konvertierte und seinen aktuellen Namen annahm, nannte er sich »Dollar Brand«; seine Komposition »Mannenberg« galt unter dem Apartheidregime als inoffizielle Nationalhymne der farbigen Bevölkerung Südafrikas

*Indipwo, Raul* (1933, Angola – 2006, Portugal) angolanischer Maler und Sänger; 1956 Gründer des »Duo Ouro Negro«, einem in den Sechziger- und Siebzigerjahren in Angola und Portugal sehr erfolgreichen Afro-Pop-Duos

*Knopfli, Rui* (1932–1997) mosambikanischer Dichter; engagierte sich gegen den Kolonialismus; nach der Unabhängigkeit verließ er Mosambik und arbeitete in Großbritannien und Portugal; das zitierte Gedicht stammt aus seinem letzten Gedichtband »Monhé das Cobras« (Ed. Caminho 1997)

*Kok Nam* (1939–2012) mosambikanischer Fotograf

*Lacerda, Alberto de* (1928, Ilha de Moçambique – 2007, London) portugiesischer Dichter und Journalist; ab den Vierzigerjahren erst in Portugal und dann in London ansässig

*Lura* (*1975, Lissabon) international erfolgreiche kapverdische Sängerin

*Machado, Ilídio* (1914–1983) Mitbegründer der Volksbewegung zur Befreiung Angolas (MPLA), der späteren Einheits- bzw. Regierungspartei

*Masekela, Hugh Ramopolo* (1939–2018) gilt als einer der wichtigsten Jazz- und Weltmusik-Pioniere aus Südafrika

*Machel, Graça* Witwe des ersten mosambikanischen Staatspräsidenten (siehe auch *Samora Machel*) und Witwe von Nelson Mandela

*Machel, Samora* erster Staatspräsident des unabhängigen Mosambik; 1986 bei einem Flugzeugabsturz unter mysteriösen Umständen ums Leben gekommen

*Mingas, Rui* legendärer angolanischer Sänger, Dichter und Komponist; ehemals angolanischer Kulturminister

*Patraquim, Luís Carlos* (*1953, Lourenço Marques) Journalist, Drehbuchautor und Dichter; Mitbegründer der mosambikanischen Nachrichtenagentur sowie des nationalen Filminstituts; lebt seit 1986 in Portugal

*Peixoto, Cauby* (1931–2016) brasilianischer Musiker; als Exzentriker bekannt, zeitweise als »brasilianischer Elvis Presley« gehandelt

*Queirós, Eça de* (1848–1900) portugiesischer Schriftsteller; die Passage »Er rauchte eine nachdenkliche Zigarette« stammt aus: »Os Maias« (dt.: »Die Maias«, Übers.: Rolf Krügel, Aufbau 1983 / Piper 1986) und ist als klassisches Beispiel für die Rhetorische Figur der Enallage im portugiesischen Sprachraum bekannt

*Rangel, Ricardo* (1924–2009) renommierter Bildjournalist; Gründer des mosambikanischen Fotografenverbandes und einer Fotografenschule; daneben war er als ausgezeichneter Jazz-Kenner bekannt

*Rulfo, Juan* (*1917, Sayula – 1986, Mexiko-Stadt) mexikanischer Schriftsteller

*Salgari, Emílio* (1862, Verona – 1911, Turin) italienischer Abenteuerschriftsteller

*Sant'Anna, Glória de* (1925, Lissabon – 2009, Gaia/Portugal) Dichterin; lebte von 1951 bis 1974 in Mosambik

*Santimano, Sérgio* (*1956) mosambikanischer Fotograf; seit 1982 in Schweden ansässig

*Sena, Jorge de* (*1919, Lissabon – 1978, Santa Barbara) portugiesischer Schriftsteller, Literaturwissenschaftler und Übersetzer

*Sérgio, Orlando* (*1960, Malange) angolanischer Filmschauspieler

*Tavares, Ana Paula* (*1952, Huíla) angolanische Dichterin und Historikerin; das zitierte Gedicht stammt aus dem Band »Manual para Amantes Desesperados« (Ed. Caminho, Lissabon, 2007), deutsche Übersetzung von Juana und Tobias Burghardt, Edition Delta 2010

*Vieira, Luandino* (*1935, Lagoa de Furadouro/Portugal), angolanischer Schriftsteller; wegen Unterstützung der Unabhängigkeitsbewegung von 1962 bis 1972 im portugiesischen Konzentrationslager Tarrafal inhaftiert; 2006 erhielt er die höchste literarische Auszeichnung für portugiesischsprachige Schriftsteller, den Prémio Camões, den er aber ablehnte; Vieira lebt heute wieder in Portugal

*Vieira Dias, Liceu* Musiker und Komponist; Gründer der legendären N'Gola Ritmos; Mitbegründer der angolanischen Befreiungsbewegung MPLA

*Das Lachen des Geckos*

Félix Ventura geht einer ungewöhnlichen Tätigkeit nach: Er handelt mit erfundenen Vergangenheiten. Er erstellt neue Stammbäume, besorgt Fotografien von illustren Vorfahren und erfindet glückliche Erinnerungen. Ein Kunde ist von Venturas Schöpfung so fasziniert, dass er sich auf die Suche nach den Figuren seiner gekauften Vergangenheit begibt.

*Die Frauen meines Vaters*

Faustino Manso, ein berühmter angolanischer Musiker, hinterlässt sieben Frauen und achtzehn Kinder. Als seine jüngste Tochter Laurentina von ihrem leiblichen Vater erfährt, fliegt sie nach Angola, um mehr über ihn herauszufinden. Die Spurensuche führt sie auf eine abenteuerliche Reise, in eine Welt voller Musik, Poesie und Leidenschaft.

*Barroco Tropical*

Bartolomeu Falcato fällt eine Frau buchstäblich vor die Füße. Allerdings nicht aus heiterem Himmel, und nicht freiwillig – sie ist tot. Es folgt eine rasante Odyssee durch den Untergrund der angolanischen Hauptstadt Luanda. Vierundzwanzig Stunden, in denen Falcato in einen Strudel aus skrupelloser Gewalt, Liebe, Leidenschaft und Eifersucht gerät.

»Agualusa ist ein Virtuose vielfacher Perspektiven. Das Ergebnis ist ein gigantischer Schmelztiegel, aus dem der betörende Duft von Liebe und Tod aufsteigt, durchdrungen vom Schwung des südlichen Afrika.« *The Guardian*

*Unter dem Frangipanibaum*

In einem Altersheim in der Provinz Mosambiks versucht Inspektor Izidine Naíta, einen Todesfall aufzuklären. Dabei taucht er immer tiefer in die fantastische Welt der Bewohner ein. Mia Coutos sprachgewaltiger und poetischer Roman über Afrikas Mythen und deren Bedrohung in einer modernen Welt nimmt den Leser in faszinierende Bilderwelten mit.

*Das schlafwandelnde Land*

In einem ausgebrannten Autobus richten sich der alte Tuahir und der junge Muidinga ein. Die beiden erzählen einander ihre Erlebnisse, und Muidinga liest dem Alten aus dem Tagebuch vor, das sie im Gepäck eines Toten fanden. Zwischen Tuahir, Muidinga und dem Schreiber entfaltet sich ein Geschichtenzyklus voller Wunder und Überraschungen.

*Das Geständnis der Löwin*

Arcanjo, der letzte Sohn einer berühmten Dynastie von Großwildjägern Mosambiks, macht sich auf in ein Dorf, das von menschenfressenden Löwen heimgesucht wird. Nach und nach entdeckt er die dunklen Geheimnisse der Dorfgemeinschaft: Die Frauen sind Opfer brutaler Traditionen. Eines Nachts wird das Dorf erneut von Löwen angegriffen.

*Imani*

Das Mädchen Imani muss einen portugiesischen Offizier unterstützen, der den Vormarsch des großen Herrschers Ngungunyane in Mosambik gegen die Kolonialherren aufhalten soll. Ihr Dorf wird vom Krieg der Männer heimgesucht, zu einer Zeit, in der das Wort einer Frau nicht zählt. Doch die Frauen nutzen eigene Mächte, um die Pfade der Männer zu lenken.